# Das Reich der Magie

W0004216

# Moderne Universalgeschichte der Geheimwissenschaften

# Das Reich der
# MAGIE

Kurze Geschichte der Magie

•

Die Welt der Magier

•

Geister und Dämonen

Gondrom

Übersetzung aus dem Französischen von Steffi Steigemann
Titel der französischen Originalausgabe: Le monde de la magie,
in L'univers des sciences occultes, Sernor-Tchou, Paris 1975.
Textnachweis der französischen Ausgabe:
Louis Chochod: Histoire de la magie et de ses dogmes, Payot 1949;
Arturo Castiglioni: Incantation et magie, Payot 1951;
Pierre Fontaine: La Magie chez les Noirs, Dervy 1949;
P.-L. Jacob: Curiosités infernales, Garnier 1886;
C.-H. Dewisme: Les Zombis, Grasset 1957.
Fotos: Jean-Loup Charmet

Lizenzausgabe für Gondrom Verlag GmbH, Bindlach 1997
© 1979 Econ Verlag GmbH, Düsseldorf
ISBN 3-8112-1493-4

# INHALT

## TEIL I
## GESCHICHTE DER MAGIE

| | | |
|---|---|---|
| *1. Kapitel*: | Magie und Geheimwissenschaft (*Louis Chochod*) ........ | 11 |
| *2. Kapitel*: | Die Magie in China (*Arturo Castiglioni*) ................ | 31 |
| *3. Kapitel*: | Die präkolumbische Tradition (*Arturo Castiglioni*) ....... | 41 |
| *4. Kapitel*: | Geheimnisvolles Indien (*Arturo Castiglioni*) ........... | 51 |
| *5. Kapitel*: | Die ägyptischen Mysterien (*Arturo Castiglioni*) ......... | 69 |
| *6. Kapitel*: | Die assyrisch-babylonische Magie (*Arturo Castiglioni*) .... | 79 |
| *7. Kapitel*: | Die jüdische Überlieferung (*Arturo Castiglioni*) ......... | 89 |
| *8. Kapitel*: | Die griechische Esoterik (*Arturo Castiglioni*) .......... | 105 |
| *9. Kapitel*: | Magische Kulte im alten Italien (*Arturo Castiglioni*) ....... | 117 |
| *10. Kapitel*: | Magie und Wunderglaube (*Arturo Castiglioni*) .......... | 131 |
| *11. Kapitel*: | Das Mittelalter (*Louis Chochod*) .................... | 143 |
| *12. Kapitel*: | Die Renaissance der Geheimwissenschaften (*Arturo Castiglioni*) ................................ | 161 |
| *13. Kapitel*: | Magie zur Zeit der Illuminaten und des Spiritismus (*Arturo Castiglioni*) ..................... | 175 |
| *14. Kapitel*: | Afrikanische Magie (*Pierre Fontaine*) ................. | 203 |

## TEIL II
## DIE WELT DER MAGIER

| | | |
|---|---|---|
| *1. Kapitel*: | Der Mensch im Angesicht des Übernatürlichen (*Arturo Castiglioni*) ................................ | 229 |
| *2. Kapitel*: | Magische Riten und Opfer (*Arturo Castiglioni*) .......... | 245 |
| *3. Kapitel*: | Magie und Gesellschaft (*Arturo Castiglioni*) ............ | 261 |

## TEIL III
## GEISTER UND DÄMONEN

*1. Kapitel*:    Die Welt der Geister (*P.-L. Jacob*) .................... 281
*2. Kapitel*:    Haus- und Schutzgeister (*P.-L. Jacob*) ................. 291
*3. Kapitel*:    Das Reich der Toten (*P.-L. Jacob und C.-H. Dewisme*) .... 311

## ANHANG

Anmerkungen ................................................. 329
Literatur über Magie, Religion, Weltbild,
Zauberei und Geheimlehren ...................................... 332

# I

## GESCHICHTE DER MAGIE

*Satana. Fidus (Deutschland, 1896)*
*Quelle: Musée des Arts Décoratifs*

# 1. KAPITEL

## MAGIE UND GEHEIMWISSENSCHAFT

Nach semitischer Überlieferung ist die Magie überirdischen Ursprungs und so alt wie die Menschheit. Im Buch Henoch wird berichtet, die Engel seien vom Himmel herabgestiegen, um sich mit den Töchtern der Menschen zu vereinen. Sic kamen mit zweimal neun Anführern und ließen sich auf dem »Berg des Herrn« Hermon nieder. Die himmlischen Wesen führten die Sterblichen in die Geheimnisse der Elemente, der Gestirne, der Zaubermittel und die Eigenschaften der Minerale und Pflanzen ein.

Kluge und gebildete Nachkommen, die aus der Vereinigung der Engel mit den Töchtern der Menschen hervorgingen, schrieben die Lehre in heiligen Büchern nieder. Die höchste Wertschätzung aller Bücher genießen das Sepher Sohar (Buch des Glanzes) und das Sepher Jezirah (Buch der Schöpfung).

Die Magie, das Wissen vom Höchsten, ist nicht nur nach jüdischer Überlieferung übermenschlichen Ursprungs. Die ältesten überkommenen Schriften bestätigen, daß das Wissen um verborgene Dinge eine Gunst des Himmels und eine Gnade ist, die nur außergewöhnlichen Menschen zuteil wird. Die Auserwählten sind zumeist Frauen. »Die Frau hat etwas Göttliches«, sagten die alten Germanen.

Es gibt unterschiedliche Definitionen der Magie. Die einen erklären sie als die Kunst, widernatürliche Erscheinungen zu bewirken. Andere sehen in ihr teuflische Praktiken, wenn das gewünschte Ziel nicht mit üblichen Mitteln zu erreichen ist.

Die erste Definition setzt eine genaue und erwiesene Kenntnis der Natur voraus. Doch wer kennt ihre Grenzen und kann sie beweisen? Die zweite Definition setzt fälschlicherweise Magie und Satanismus gleich. Magie befaßt sich mit den geheimnisvollen Naturkräften, auf die der Mensch normalerweise keinen Einfluß hat. Sie versucht, diese Kräfte zu ergründen, sie zu lenken und sich in gewisser

Weise dienstbar zu machen. Magie und Wissenschaft haben eine gemeinsame Grundlage. Ihre Methoden unterscheiden sich lediglich in der äußeren Form.

Zauberei und Magie sind nicht identisch. Die Zauberei ist eine grobe Verfälschung. Sie verfolgt gewöhnlich niederträchtige, unheilbringende Ziele und bedient sich althergebrachter Mittel, deren Bedeutung nur wenig bekannt ist und deren Anwendung keine großen wissenschaftlichen oder psychischen Kenntnisse erfordert.

Die naturalistische und materialistische Weltanschauung leugnet den Satanismus. Er äußert sich jedoch immer wieder in Erscheinungen, die nach materialistischer Anschauung nicht zu erklären sind. Aus spiritualistischer Sicht beruht der Satanismus auf der vermeintlichen Existenz von übernatürlichen Geistwesen und deren Wirken. Die Magie ist dagegen die Wissenschaft von der übersinnlichen Welt, eine »transzendente Physik«, eine wunderbare »Vor-Wissenschaft«.

# URSPRUNG DER MAGIE

Das Wort »Magie« scheint auf den Namen des medischen Stammes der Magier zurückzugehen. Die Priester der zoroastrischen Religion, die überwiegend diesem Stamm angehörten, hießen daher ebenfalls »Magier«.

Wenn von den Heiligen Drei Königen die Rede ist, die nach Bethlehem zogen, um das Neugeborene anzubeten, muß man sie als Weise aus dem Morgenland, aber nicht als weltliche Könige ansehen. Bourdaloue betrachtet sie als »Fürsten der Wissenschaft«, Eliphas Lévi vertritt in *Histoire de la Magie* die gleiche Auffassung. Häufig werden die Wörter *Magie, Magus*, Magier auch auf den indogermanischen Wortstamm *mog, magh* und megh zurückgeführt. Er bedeutet Können und Weisheit. Das französische Wort »sorcier« (Zauberer) wird vom lateinischen *sortiarius* abgeleitet, das wiederum aus *sors* entstand. Damit bezeichnete man Tafeln, auf die Wahrsagungen geschrieben wurden.

In der Geschichts- und Sprachforschung gelten die Magier als Gelehrte, als »Weise der heidnischen Völker«. Die Zauberer sind »Wahrsager«. Die Begriffe sind keineswegs gleichbedeutend. Man unterscheidet im allgemeinen zwischen der »weißen« Magie und der »schwarzen« Magie. Unseres Erachtens ist diese Trennung willkürlich und unzutreffend, da sie unterschiedliche Ziele berücksichtigt, aber nicht vom Gehalt ausgeht. Es gibt nur eine Magie. Die Eingeweihten setzen sie zum Guten und Bösen ein. Die Lehre und ihre Anwendung erfahren dadurch keine Veränderung. Es gibt daher nur eine Gesamtwissenschaft der Magie, ebenso wie der Physik oder der Chemie. Man kann sie zum Guten oder Bösen nutzen. Das ändert jedoch nichts an der wissenschaftlichen Grundlage.

In den antiken Mysterienbünden gab es drei Grade mit unterschiedlichen Praktiken. Die streng geheimen, sogenannten »theurgischen« Praktiken verliehen dem Eingeweihten nahezu göttliche Macht. Diese Praktiken gerieten vollkommen in Vergessenheit und konnten trotz intensiver Nachforschungen bisher nicht entdeckt werden. Ferner gab es die »magischen« Praktiken, die im wesentlichen bekannt sind. Sie sollten jedem zugänglich sein, der durch psychische Übung versucht, Kenntnisse zur Bereicherung seines Lebens zu erwerben. Schließlich seien noch die »Zauber«-Praktiken (niedere Magie) genannt. Gegenüber einfachen Anhängern zeichneten sich die Eingeweihten durch umfassenderes Wissen und höhere Ethik aus.

Dic bisherigen Untersuchungen führten zu keinem zusammenhängenden System, in das alle Länder und Epochen eingegliedert werden könnten. Obwohl die Magier verschiedener Länder in vielen Dingen unterschiedliche Ansichten vertraten, gelangten sie durch Beobachtung zu gleichen Schlußfolgerungen, die in jeder Hinsicht mit den Gesetzen der modernen Physik vergleichbar sind. Da man die gewonnenen Erkenntnisse darstellen mußte, ohne ihren esoterischen Charakter preiszugeben, wählte man die symbolische Form des Pantakels oder der »Schlüssel« (Clavis, Clavicula). Diese Symbole beinhalten das Wesen der reinen Magie.

Da das Pantakel häufig ein fünfzackiger Stern ist, schreibt man es im allgemeinen *Pentakel* und bezieht sich dabei auf das griechische »*pente*« (fünf). Doch es leitet sich von *pan – alles* ab. Infolge seines hohen synkretistischen Wertes spielt das Pantakel in der *gesamten* esoterischen Überlieferung eine große Rolle. Es gilt für *alle* Geheimwissenschaften.

## EIN GESCHLOSSENES WELTBILD

Das All ist eine Kugel mit unendlichem oder unbestimmbarem Durchmesser. Die Galaxien, die aus Zentralgestirnen und dazugehörigen Planeten bestehen, werden von Elementarkräften, wie Schwerkraft, Magnetismus und Wärme, bewegt. Struktur und Beschaffenheit der Wesen jedes Satelliten oder Planeten werden von der Ausstrahlung des Zentralgestirns bestimmt.

Da die Erde Teil des Sonnensystems ist, werden alle Energien (Licht, Wärme usw.) von der Sonne auf sie übertragen. Der Mensch als Bewohner des Planeten Erde hat an allen Bewegungen teil, die Erde und Sonne sowie andere Planeten auf Grund kosmischer Kräfte vollführen. »Es bestehen erhebliche Unterschiede zwischen den Wesen der Schöpfung, Tieren, Pflanzen und Mineralien. Durch mannigfache Beziehungen, in denen sich eine tiefe, unwiderlegliche Harmonie offenbart, gehören sie alle einem großen Ganzen an.«

Die Kraft oder Energie ist das Wesentliche der Körper, sie ist ihr Grundmerkmal. Sie verleiht ihnen nicht nur Bewegung und physikalische Eigenschaften, sondern schließt sie in einen großen harmonischen Prozeß ein. Dante verleiht diesem Gesetz der Magie in dem wunderbaren Vers des letzten Gesangs der *Göttlichen Komödie* Ausdruck: »L'amor che muove il sole e l'altre stelle.«

Die Radiästheten behaupten, jeder Körper sende Strahlen aus. Damit bestätigen sie die Vorstellungen der Magier. Obwohl diese Strahlen nicht mit klassischen Kontroll- oder Untersuchungsmethoden zu messen sind, existieren sie tatsächlich. Sie können schwach oder intensiv sein und unter gewissen Umständen bestimmte Personen gefährden. Die Magier waren lange Zeit der Ansicht, daß sich Materie und organisches Leben nicht wesentlich voneinander unterscheiden. Sie hielten die Materie für ein organisches Produkt. Wenn »tote« und »lebende« Materie miteinander verwandt sind, müssen zwischen den beiden Gegensätzen Kräfte wirken, die die Wesenheit der Körper ausmachen. Die reine Magie geht daher von der Existenz eines »mittleren« physikalischen Zustands aus, den wir Materie nennen. Manche Autoren bezeichnen diesen Zustand als »strahlend«. Diese verbindende Kraft stellt als Mittler oder übertragende Schwingung die Beziehungen der Wesen untereinander oder mit dem Kosmos her. Moderne Okkultisten bezeichnen die große magische Kraft als »das Astrale«.

Sie ist »das Prinzip des undifferenzierten Lebens, der nicht wesenhaften Energie, der ständig wirkenden Dynamik und Medium, in dem alles, das Gestalt annehmen soll, bereits angelegt ist. Durch Verkettung von Ursache und Wirkung nach kosmischen Gesetzen ermöglicht das Astrale die Fernbeeinflussung aller irdischen Organismen und die Objektivierung des Willens (Talismanik usw.), ja sogar die Schaffung des Homunculus.«

Die Kabbala weist bestimmten Kräften, die auch in der Magie eine Rolle spielen, einen festen Platz im Universum zu. Die Weiße Magie beinhaltet keine furchterregenden Praktiken. Der wahre Magier muß ein aufrichtiger, ehrfürchtiger Mensch sein. »Die Wissenschaft erfordert Reinheit des Herzens.« Dies ist eine Grundvoraussetzung. Es wurden nur jene in die Lehre eingeweiht, die sich durch sittlichen Lebenswandel auszeichneten. Der Magier mußte außerdem sicher sein, die Wahrheit zu kennen, und aufrichtig im Dienste einer guten Sache handeln. Abweichende Lehren und Verfahren sind eine Verfälschung der Magie. Diese kann sich auf harmlose, abergläubische Vorstellungen und Manipulationen beschränken, aber auch zu schlimmen Exzessen der Schwarzen Magie und des Satanismus führen.

MAGIE UND GEHEIMWISSENSCHAFT

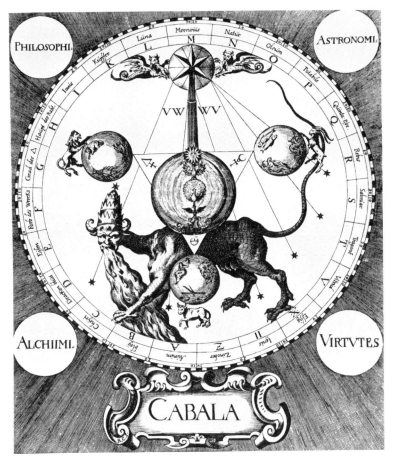

*Zweite Bildtafel aus der Serie* Die Kabbala *von Mittelspacher, 17. Jh.*
*Quelle: Sammlung Roux-Devillas*

Die Entscheidung für ein bestimmtes magisches Ritual bedingt die Abwandlung des Zeremoniells und der rituellen Ausstattung. Sie kann sich auch darin äußern, daß einer bestimmten Anschauung der Vorzug gegeben wird.

## GEISTERGLAUBE IST HÄRESIE

Aus dem Geisterglauben erklärt sich die Entstehung einer verfälschten Magie, deren Lehre und Praktiken sich von der reinen Magie lösen. In der Geschichte der

Magie war die Irrlehre, daß sich überirdische Mächte in Personen verkörpern, weit verbreitet. Zu allen Zeiten nahm man an, unbekannte Naturkräfte seien vernunftbegabte Wesen, die dem Menschen nicht nur gleich, sondern zuweilen auch überlegen seien. Ferner versuchte man, das Wirken unpersönlicher, übernatürlicher Kräfte häufig mythisch zu erklären. Der Mythos der Lernäischen Schlange war vermutlich eine Darstellung der Malaria. Erfahrene Orientalisten deuten den Gott Indra als phantasievolle Personifikation der Sonnenstrahlen.

In den Beschwörungsformeln der schwarzen Magie werden vermeintliche »Geister« mit hebräischen Namen gerufen. Dabei wird vollkommen übersehen, daß es sich in vielen Fällen nicht um dem Menschen überlegene Geistwesen, sondern lediglich um physikalische Stoffe oder um Himmelsrichtungen handelt.

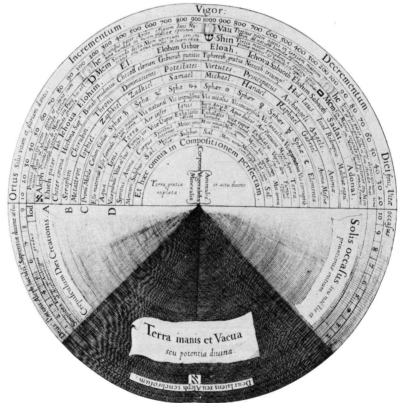

*Diagramm der Entsprechungen. Es zeigt die Verbindungen zwischen den vier Elementen, den Himmelsrichtungen und den Engeln auf.*
*Quelle: Bibliothèque Nationale (Imprimés)*

Das Pantakel zur Anrufung der Geister des Saturn besteht z. B. aus einem dreifachen Kreis mit der Inschrift »Maymon rex, Abulamith, Assaibi, Balidet«. Der wahre Eingeweihte weiß, daß sich hinter diesen Namen keine Personen, sondern die vier Elemente Luft, Wasser, Feuer und Erde verbergen. »Um die verschlüsselten Angaben zu verstehen, muß man vor allem die symbolischen Namen der

*Aufstand der Engel (Delacroix)*
*Quelle: Musée des Arts Décoratifs*

Himmelsrichtungen kennen.« Sie sind Ophiel oder Samael für den Norden; Raphael, Sachiel, Bethaz oder Hagit für den Osten; Phul, Cassiel, Arathon für den Süden und Anael, Michael, Phalig und Och für den Westen. Es sind Namen von Engeln. Nach ihrer Bedeutung im Hebräischen können sie aber auch Teile des Alls, Gestirne oder Naturkräfte sowie Träger göttlicher Macht bezeichnen. Diese übernatürlichen Kräfte heißen im Hebräischen »haioth-hakodesch«.

In der reinen Magie gelten sie nicht als geistige Geschöpfe oder Engel. Viele nahmen es fälschlicherweise an. Man kann etwas Abstraktes ohne weiteres mit einem Eigennamen oder etwas Gegenständlichem bezeichnen. Damit wird allerdings der abstrakte Begriff oder die Eigenschaft nicht dem Gegenstand, nach dem sie benannt sind, gleichgesetzt. Blei nenne ich Saturn, identifiziere es aber nicht mit dem gleichnamigen Planeten. Wir haben gerade die Eigennamen genannt, die für Himmelsrichtungen verwendet wurden: Ophiel, Hagit, Phul und Phalig. Sie sind außerdem die Namen der »Geister« des Merkur, Mondes, Mars und der Venus. Bethaz und Arathon werden den Planeten Jupiter und Saturn, Och der Sonne zugeordnet.

Will man mit diesen Namen den Beistand irgendwelcher Wesen beschwören, handelt es sich nicht mehr um echte Magie, sondern um entstellende, abergläubische Praktiken. Für den Eingeweihten bedeutet das Wort Arathon in einem Pentakel je nach Zusammenhang: Süden, Saturn oder Blei.

Die Magie arbeitet nicht mit übernatürlichen Mitteln. Das heißt jedoch nicht, daß sie das Übernatürliche leugnet. Der Magier bezweifelt nicht die Existenz reiner Intelligenzen, die Gott zu seinem Ruhm und seinen Diensten schuf. Die guten Engel stehen ständig mit der Welt in Verbindung und haben Einfluß auf die gesamte Natur. Der Magier soll sie verehren und zu ihnen beten. Er hat nicht die Macht, ihnen zu befehlen. Das wäre Anmaßung. Die bösen Engel oder Dämonen wurden zwar verbannt; doch sie besitzen weiterhin Ausstrahlung und Macht. Obwohl sie auf die Natur in starkem Maße einwirken können, unterliegen sie der göttlichen Macht. Sie blenden die Menschen durch Wunder und können ihnen als Lichtengel erscheinen. Einerseits flossen religiöse Vorstellungen in die schwarze Magie ein, zum anderen drangen abergläubische Praktiken der schwarzen Magie in die Religion ein.

## DIE ENTSPRECHUNGSLEHRE

Die Magie beinhaltet eine auf »Entsprechungen« gegründete Betrachtungsweise. Kosmische und irdische Welt werden in Beziehung gesetzt. Aufbau und Bewegung aller Teile des Weltkörpers unterliegen bestimmten Gesetzen, die häufig mit dem Verstand zu erfassen sind. Die Magie erklärt daher die Eigenschaften jedes irdischen Wesens als Widerspiegelung der in ihm ruhenden kosmischen Kräfte. Ein Stück Kupfer, ein Stengel Eisenkraut und eine Taube unterscheiden sich in ihrem organischen Aufbau, ihrer Form, ihrem Gewicht usw. Doch in diesen anscheinend so verschiedenartigen Objekten walten gleichgeartete Kräfte. Im Mineral treten sie nicht unmittelbar in Erscheinung, während sie sich im Tier, einem aktiven und bis zu einem gewissen Grade mit Vernunft ausgestatteten Lebewesen, deutlich offenbaren. Nach Aussagen der Astrologie steht die ebengenannte Dreiergruppe unter dem kosmischen Einfluß des Planeten Venus. Daher herrscht zwischen allen Venus zugeordneten Dingen und Wesen Sympathie und ein Zusammenwirken der Kräfte. Es sind z. B. in den drei Naturreichen: Kupfer und Karneol; Myrte und Eisenkraut; Taube und Stier. Ein Mensch, der unter Venus-Einfluß steht, kann somit seine eigene Kraft durch das Tragen eines Talismans aus Kupfer und Karneol vergrößern.

Durch die symbolische Darstellung kosmischer Kräfte entstand der Glaube, das Symbol sei kraftgeladen. Diese auf Entsprechungen beruhende Anschauung ist nicht haltbar. Dem Zeichen die gleichen Eigenschaften zuzuschreiben wie der dargestellten Sache, bedeutet Aberglaube. Eliphas Lévi äußert hierzu: »Das Zeichen lebt über den Gedanken hinaus, es verselbständigt sich.« Doch das vom Gedanken losgelöste Zeichen ist tot und kraftlos. Aus dem magischen Aberglauben entstand der Scharlatanismus, die Aufschneiderei und Prahlerei der Quacksalber, Betrüger oder Unwissenden. Als Beispiel abergläubischer Magie möchten wir folgenden Ratschlag des spanischen Zauber- und Beschwörungsbuches Picatrix aus dem 16. Jahrhundert anführen: »Um Fische zu fangen, zeichne man zur Stunde des Mondes, wenn Venus und Mond im Aszendenten stehen, das Bild des Wassermanns. Man werfe dieses Bild ins Wasser, und es werden sofort viele Fische herbeischwimmen.«

# DER STANDPUNKT DER KIRCHE

Einige Autoren vertreten die Ansicht, Magie und Religion seien im Grunde ein und dieselbe Sache. Sie begründen dies damit, daß es bei den Urvölkern Zauberpriester gab und ähnliche Erscheinungen bei den Naturvölkern noch heute zu beobachten sind. Wir stimmen aus folgendem Grunde nicht mit ihnen überein: Magie ist Kunst und gleichzeitig Wissenschaft. Sie bedingt umfassende und tiefgreifende wissenschaftliche Kenntnisse, erfaßt die Beziehungen der Dinge zueinander, erklärt sie und stellt Grundsätze, Theorien und Gesetze auf. Der gestaltende Wille, der in den Verfahren zum Ausdruck kommt, erhebt sie zur Kunst. Die Arbeitsweise der Magie ist einerseits wissenschaftlich ausgerichtet – aus Beobachtungen und Versuchen werden Gesetze abgeleitet. Andererseits steht sie den Geisteswissenschaften nahe, die durch Überlegungen und Analogieschlüsse zu Ergebnissen gelangen. Religion ist eine »Verknüpfung von Lehren und Praktiken, die die Beziehung des Menschen zur göttlichen Macht herstellen«. Diese Definition hat nur metaphysischen Wert, wenn man die göttliche Macht als eine übernatürliche Größe betrachtet. Unseres Erachtens ist Religion aber die Gesamtheit der Beziehungen des Menschen zu Gott. Jede transzendente Religion beinhaltet ein Dogma, eine Morallehre und bestimmte Kultformen. Vergleichen wir Magie und Religion nach der obigen Definition, so stellen wir Abweichungen in ihrem Wesen, ihrer Zielsetzung und in ihren Praktiken fest. Die Magie erfordert hohe ethische Anschauungen des Ausübenden. Sie können zwar gleichzeitig mit der Wissenschaft vermittelt werden, sind aber nicht mit ihr identisch. Die magischen Praktiken unterscheiden sich in zwei wesentlichen Punkten von kirchlichen Ritualen. Eine magische Handlung ist ebenso exakt wie ein physikalisches Experiment. Sie kann gefährlich sein. Wird sie jedoch in allen Einzelheiten vorschriftsmäßig vorgenommen, führt sie zum Erfolg. Der Gottesdienst dagegen – katholische Messe oder hinduistischer Ritus – ist in erster Linie Verehrung, Gebet und Danksagung, deren Formen symbolischen Wert haben. Der Erfolg, z. B. eines Bittgebetes, ist nie gewiß, sondern hängt vom göttlichen Wohlgefallen ab. Der Priester und die Gläubigen *hoffen*; der Magier ist *sicher*.

Magie und Religion beruhen nicht auf dem gleichen Prinzip. Der hebräische Sohar, der chinesische T'ien kai, die alten ägyptischen und orientalischen Schriften oder die Eleusinischen Mysterien stellen die Magie stets als Ergebnis einer überweltlichen Offenbarung dar. Der magische Gedanke erwächst aus dem Religionsgedanken. Er ist ihm untergeordnet und unterscheidet sich in Wesen und Objekt von ihm. Nach de Grosparmy und Nicolas Valois »ist die Wissenschaft der Magier eine Gabe Gottes«. Das ist unmißverständlich. Der moderne Astronom Piazzi-Smith schreibt: »Gibt es eine andere Lösung des Rätsels der Großen Pyramide als die, daß der Gott Israels den Architekten der Cheops-Pyramide, Sems Nachkommen, Moses, seinen Propheten und Salomon, seinen Auserwählten erleuchtete?«

Man bezichtigte die katholische Kirche der Intoleranz und des Obskurantismus. Es entstand der Glaube, daß jeder Mensch, der die Geheimnisse der Natur auf ungewöhnliche Weise zu ergründen suchte, ein Bündnis mit dem Teufel eingegangen sei, um »etwas zu erreichen«: z. B. andauerndes Glück im Spiel, die Eroberung einer widerspenstigen Schönen oder die Herstellung von Gold. Die ka-

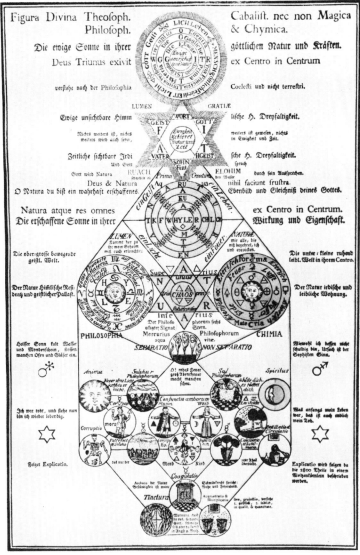

Die Kabbala. Aus einer Rosenkreuzer-Schrift, 18. Jh.
Quelle: Bibliothèque Nationale (Imprimés)

tholische Kirche hat die Magie, wie wir sie definieren, nie verurteilt. Sie verfolgte Hexerei und Wahrsagekunst, die sich übernatürlicher Methoden bedienten. Nach ihrer Auffassung ist die Wahrsagerei eine ausdrückliche oder stillschweigende Beschwörung des Dämons, um Dinge zu erfahren, die man mit natürlichen Mitteln nicht wissen kann. Hiermit sind weder Metagnomie noch Radiästhesie gemeint, die die Wahrnehmung übersinnlicher Erscheinungen ermöglichen. Sie sind nicht dämonisch. »Spiritismus« wurde 1917 vom Heiligen Officium verboten.

# DIE UNIVERSALITÄT DER MAGIE

Die weite Verbreitung der Magie in der Geschichte der Menschheit geht aus vielen Zeugnissen unterschiedlicher Quellen hervor.

Eintausendfünfhundert Jahre vor unserer Zeitrechnung kannten die Chaldäer bereits den Bildzauber. Sie übten ihn nach den gleichen Grundsätzen und auf die gleiche Weise wie europäische Eingeweihte im Mittelalter, die »Atharvanen« des vedischen Indiens oder die heutigen Medizinmänner afrikanischer Negerstämme aus.

Jedes Volk hatte seine eigenen Zaubersprüche, und die Exorzismen sowie Haß- oder Liebeszauber wiesen regionale Besonderheiten auf, doch sie gründeten sich auf die gleiche Anschauung. Ebenso wie heute gab es auch in frühen Zeiten nur eine einzige Magie. Die fortlaufende, gleichgerichtete Entwicklung beweist, daß die Magie aus Bestrebungen entstanden ist, die der ganzen Menschheit gemeinsam sind. Sie entspringt einer allgemeinen Geisteshaltung und ist die Umsetzung von Vorstellungen, die höchstens durch den Wissensstand einer bestimmten Epoche Veränderungen erfahren.

Außer den bereits erwähnten grundlegenden Faktoren sind noch die Macht des Wortes und des Namens sowie der Gesten und Handlungen (Gesang, bildliche Darstellung und Ritualtanz) zu nennen. Sie sind Bestandteile des Rituals, das darauf ausgerichtet ist, dem Menschen zu helfen, d. h. böse Einflüsse abzuwenden und heilbringende wirksam werden zu lassen. Die alte orientalische Magie gibt immer wieder zu erkennen, daß sie der modernen Wissenschaft in den parapsychologischen Kenntnissen ebenbürtig – wenn nicht überlegen – war.

Bekanntlich ist es beim Schadenzauber möglich, auf ein Abbild (Wachsfigur, Fluchtafel) Kräfte einwirken zu lassen, durch die dem ausersehenen Opfer Schaden zugefügt wird. Beim Liebeszauber verhält es sich ähnlich. Vom Liebenden sollen Schwingungen auf den geliebten Menschen ausgehen und derart gelenkt werden, daß ein Gleichklang der beiden Fluida entsteht. Sieht man vom zwar eindrucksvollen, aber bedeutungslosen äußeren Rahmen und dem abergläubischen Beiwerk ab, hat sich das Wesen der Bezauberung im Laufe der Jahrtausende nicht verändert. Die moderne Parapsychologie zweifelt die Existenz eines psychischen Fluidums nicht mehr an. Baréty nennt es »force neurique«, Reichenbach »Od« und Durville »magnetisches Fluidum«. Man räumt ferner die Möglichkeit ein, daß diese geheimnisvolle »Aura« die tote Materie durchdringen kann (psychische Durchdringung der Materie und Übertragung der Empfindung). Die Entsprechungslehre spielt hierbei eine bedeutende Rolle.

Der Körper eines getrockneten Kolibris ist unter folgenden Beschwörungen in einem Mörser zu zerstoßen: »Vogel der Wälder, flieg in sein (ihr) Herz. Ich befehle dir im Namen der drei Marien und im Namen Ayidas.[1] Dolor, dolori, passa.«

*Kolibris werden auch für Zaubermittel verwendet.*
*Quelle: Musée des Arts Décoratifs*

Gilt der Liebeszauber einer Frau, fügt man dem Kolibripulver etwas geronnenes Blut sowie Sperma des Liebenden und Pollen aphrodisischer Pflanzen hinzu. Dieses Gemisch streut man der begehrten Frau ins Gesicht.

Nach der Entsprechungslehre sind die Zaubermittel selbstverständlich an Tagen und zu Uhrzeiten herzustellen, deren astrale Einflüsse sich günstig auf die Liebe auswirken. Es ist die Stunde des Jupiter oder der Venus, wenn der Löwe im Aszendenten steht, oder Mond und Venus müssen im Zeichen des Krebses in Konjunktion stehen.

Wie wir bereits erwähnt haben, übten die Chaldäer schon vor mehr als 1000 Jahren v. Chr. Bildzauber aus. Außerdem ist er in anderen alten Dokumenten überliefert: in den vedischen Schriften (1500–1400 v. Chr.), sumerisch-akkadischen und altägyptischen Inschriften, in Überlieferungen der haitianischen Neger, in fernöstlichen Schriften, z. B. dem *Jade-Buch*, usw.

Felsbilder und Felsinschriften deuten darauf hin, daß bereits im Quartär magische Praktiken bestanden. Sie ähneln den Darstellungen und Zeichnungen, die in jüngerer Zeit für magische Zwecke verwendet wurden.

Wie sind die weltweite Verbreitung und überall gleichen Prinzipien der Magie zu erklären?

Die ältesten Überlieferungen enthalten bereits die Antwort. Nehmen wir an, Gott offenbare sich den Menschen durch die Engel. Daraus würde sich die heute anerkannte Tatsache erklären, daß eine den angeborenen Bestrebungen des Menschen entsprechende Lehre aus einer einzigen Quelle stammt und in unveränderter Form aufrechterhalten wurde.

Der positivistische Rationalismus gab sich mit dieser Erklärung nicht zufrieden. Für ihn entstand die Magie aus der Überzeugung der frühzeitlichen Gesellschaften, die Fähigkeit, eine Sache darzustellen oder zu benennen, verleihe Macht und Kontrolle über sie. Ist man z. B. in der Lage, ein Bison zu zeichnen, besitzt man auch die Kraft, es zu erlegen und zu töten. Der Höhlenmensch zeichnete Tiere auf die Felswände, damit die Jagd erfolgreich verlief. War das Tier getötet, bat man um Vergebung und brachte über dem Kadaver Trankopfer dar, um eventuelle Vergeltung abzuwehren. Diese Vorstellungen sind eine Art geistiges Erbe aller Naturvölker. Auf ihnen baute höchstwahrscheinlich auch die Magie Babylons auf. Spuren dieses Gedankenguts sind auch heute noch hier und da festzustellen.

G. Contenau schreibt in *La Magie chez les Assyriens et les Babyloniens*: »Die Gesetzmäßigkeit dieser magischen Vorstellungen regte die Völker an, auf der gleichen Grundlage ähnliche Schemata aufzubauen.«

Doch die Theorie ist unvollständig. Sie erläutert nicht, worauf sich die Vorstellung gründet, eine benannte Sache auch beherrschen zu können. Sie scheint außerdem vollkommen unhaltbar zu sein, da die tägliche Erfahrung das Gegenteil lehrt.

Obwohl Religion und Magie häufig eng ineinander verwoben sind, läßt sich nicht beweisen, daß die Religion aus einer ohnmächtigen und wirkungslosen Magie entstanden ist. Es trifft ebensowenig zu, daß die Magie »ein wilder Sproß der Religion« ist. Die Gründe dafür haben wir bereits dargelegt. Die einzige vernünftige

*Felsmalerei in der Höhle von Lascaux*
*Quelle: Musée de l'Homme*

Erklärung, die sich weltweit bestätigt hat, lautet: die »Allergrößte Weisheit« ist eine Gabe Gottes.

Als Strafe für ihren Ungehorsam verloren Adam und Eva mit der Reinheit des Herzens ihre ursprüngliche Vollkommenheit. Schmerz, Krankheit und Unwissenheit kamen über sie. Doch in den Menschen ruhte verborgen ein Restwissen von der göttlichen Offenbarung. Es gelang ihnen in einem langwierigen Prozeß und unter großen Anstrengungen, die Fragmente zu einer zusammenhängenden Lehre zusammenzufügen. Sie wurde das Erbe der Gerechten und ging dank Noah nicht mit der Sintflut verloren.

Für den einfachen Menschen ist die Materie alles, was er mit den Sinnen wahrnehmen kann. Für den Magier ist sie die Substanz, die über allen Zustandsformen steht. Sie ist einzig in ihrer Wesenheit. Gott schuf sie und teilte sie in drei Kategorien. Aus der edelsten machte er die Engel und Erzengel. Aus der etwas gröberen und weniger reinen schuf er Himmel, Sterne und Planeten. Aus der dritten formte er die »irdische Materie«. Aus ihr entstanden in abnehmender Reinheit: Feuer, Luft, Wasser und Erde. Feuer und Wasser, Luft und Erde sind daher unterschiedlicher Qualität und einander nicht gleichwertig. Doch vom Mineral bis zum Erzengel ist alles aus einer einzigen Urmaterie geschaffen.

Andererseits wird die Materie lediglich als Gewicht oder Masse aufgefaßt, während die Energie das Wesen und die Grundkraft aller Dinge bestimmt. Die materielle Form aller Dinge ist eine Zustandsform der Astralenergie. Somit stehen alle Wesen auch auf Grund ihrer gemeinsamen »essentia« in enger Verbindung miteinander.

*Die Vertreibung aus dem Paradies. Stich, 15. Jh.*
*Quelle: Musée des Arts Décoratifs*

Dies ist die westliche Theorie, die in leicht abgewandelter Form auch in der fernöstlichen Lehre anzutreffen ist. Die gegenständliche Welt ist das konkretisierte Zusammenspiel der positiven und negativen Kraft, die im All wirkt. Die Gesamtmasse der Weltenergie ist unveränderlich. In einem sich ständig erneuernden Kreislauf entstehen die einzelnen Erscheinungsformen aus dem Chaos und kehren allmählich dorthin zurück. Die Chinesen nennen den Urgrund dieses Seins »Tao«. Es ist die höchste Vernunft, die die Welt lenkt und leitet. »Da das Tao unendlich ist«, sagt Lao-tse, »ist es mir, der ich endlich bin, entgegengesetzt. Des Menschen Gesetz ist auf der Erde, das Gesetz der Erde im Himmel, das Gesetz des Himmels im Tao, und das Tao ist aus sich selbst Gesetz.«

Wir möchten betonen, daß Lao-tse sechshundert Jahre vor Christus lebte. Seine Werke entstanden nach der Epoche monotheistischer Glaubensvorstellungen, d. h. im Anschluß an die Zeit, als man an den alleinigen Gott Shang-Ti glaubte, der die Welt schuf und sie nach seiner Vorsehung regierte.

# DIE SYMBOLE

Da das geheime Wissen niedergeschrieben werden mußte, ohne seinen okkulten Inhalt zu verraten, bediente man sich symbolischer Figuren, wie der Pantakel, der Schlüssel (Clavis, Clavicula) und Allegorien.

Die Allegorie ist wie eine Rede, in der man mit dem Gesagten etwas anderes zum Ausdruck bringt und meint, als die Worte eigentlich bedeuten. Die Rede als solche ist die »exoterische« Form (was außerhalb geschieht), und der »okkulte«, verborgene Sinn ist der »esoterische« Hintergrund (was innerhalb geschieht).

Eine Allegorie, hinter der sich eine magische Lehre verbirgt, ist z. B. der Osirismythos. Er ist eine sprachliche Allegorie, die die Phantasie anspricht und daher leicht verstanden wird. Auf diese Weise kann man wichtige Punkte einer Lehre einprägsam zum Ausdruck bringen. Die Lernäische Schlange, die Python, sind Beispiele einer mythischen Darstellungsweise. Die Alchimisten benutzten häufig Allegorien und Mythen für die Beschreibung ihrer Verfahren und zur Verschleierung ihrer Terminologie. Sie schufen Ausdrücke wie »Extrakt des Saturn« oder »Vitriol des Mondes« usw. Die esoterische Lehre wurde in Allegorien, Mythen, Parabeln, Apologe und Symbole gekleidet. Das Symbol war ursprünglich ein Erkennungszeichen der Eingeweihten und entwickelte sich zum Sinnbild (Bild des Sinnes), das das Gemeinte veranschaulichen sollte.

In der Magie verwendete man vor allem graphische Symbole, die Wesen, Dinge und Begriffe versinnbildlichten. Die bekanntesten Symbole sind der Tierkreis und die Planeten. Für Stoffe, die in der Magie verwendet wurden, wählte man z. B. folgende Bezeichnungen:

Froschkopf: Ausdruck für Ranunkel (von *rana* – Frosch); Stierauge: rote Nelke; gekrönter König: Goldquartz; rote Tochter: rotes Quecksilbersulfid; usw . . .

Zuweilen werden ein Planet oder die Jahreszeit, die er regiert, nach einem Tier benannt, das angeblich unter seinem Einfluß steht. So kann die Taube, die der Venus zugeordnet wird, sowohl den Planeten Venus wie die Zeit vom 20. September bis zum 20. Oktober versinnbildlichen.

Die Magie erfordert die Kenntnis physikalischer Gesetze, und der Magier muß sie peinlich genau beachten, soll sein Werk zum Erfolg führen. Es sind Gesetzmäßigkeiten, die wissenschaftlich überprüft werden können. Echte magische Praktiken sind keine willkürlichen Handlungen, sie beruhen nicht auf von Erfahrung unabhängigen Erkenntnissen und haben nichts mit abergläubischem Firlefanz zu tun, wie falsch Unterrichtete behaupten.

Jede magische Handlung muß sachkundig von einem erfahrenen und überzeugten Magier vorgenommen werden. Eingeweihte sagten über Skeptiker und Ungläubige »non facere potest quod posse facere non credit«. (Er kann nichts vollbringen, wenn er nicht glaubt, es vollbringen zu können.)

Damit die magische Handlung wirkungsvoll ist, muß der Magier sorgfältig vorbereitet sein. Zeit und Ort der Durchführung sowie das Gerät sind dem angestrebten Ziel entsprechend zu wählen.

Der Magier muß psychisch besondere Fähigkeiten besitzen, die Gesten, die er ausführt, verstehen und sein Ziel klar vor Augen haben. Tag und Uhrzeit sind nach den günstigsten Planeteneinflüssen zu bestimmen. Ferner dürfen die tellurischen Einflüsse nicht vernachlässigt werden. Die chinesische Magie mißt ihnen große Bedeutung bei. Bei der Wahl des Geräts sind psychische Gesichtspunkte und astrophysikalische Entsprechungen zu berücksichtigen. Jedes Metall und jede Holz- oder Stoffart besitzen besondere Eigenschaften, denen Rechnung zu tragen ist.

Je nach Zielsetzung spricht man von segen- und schadenbringenden Praktiken. Aber es können auch abstrakte (geistige, gedankliche) und konkrete (materielle) Ergebnisse angestrebt werden.

## DIE WEISSE UND DIE SCHWARZE MAGIE

Die auf glückbringende Ziele ausgerichtete Magie befaßt sich in erster Linie mit der Herstellung von Talismanen und Philtren. Durch den Talisman sollen biologische oder Lebensfluida intensiviert werden. Er ist mit einem Kondensator vergleichbar. Man schreibt dem Talisman die Wirkung zu, dem Menschen zusätzlich die in ihm ruhende Kraft zu verleihen.

Das Pantakel ist nicht nur ein Symbol, sondern auch ein Schutzzeichen, das gleich einem Blitzableiter böse Einflüsse und schädliche Strahlen ablenkt. Es kann von jedem verwendet werden, der sich vor widrigen Einwirkungen schützen möchte. Der Talisman dagegen ist für eine bestimmte Person gefertigt und nur von dieser zu tragen.

Das Philtrum ist kein Aphrodisiakum, sondern eine *psychische* Droge, die auf die verführerische Ausstrahlung oder die Empfindung wirken soll. Die dem Philtrum zugeschriebene Kraft (griechisch philtron, jedes Getränk, das Liebe wecken soll) beruht auf der Fähigkeit jedes Menschen, feinstoffliche, unsichtbare und nicht greifbare Partikeln – Lucretius nennt sie *membranae* – auszusenden. Sie sind je nach Veranlagung des Menschen mehr oder weniger stark mit jener geheimnisvollen Kraft geladen, die Antipathie oder Sympathie bewirkt. Während Aphrodisiaka den Geschlechtstrieb anregen und die Zeugungsfähigkeit erhöhen, exaltieren und steigern Philtren die verführerische Kraft und die Empfindung.

Die Schwarze Magie kommt dem Schadenzauber im weitesten Sinne gleich. Im alten Indien wurden mit ihrer Hilfe die Sinne des feindlichen Heeres gestört und die Treffsicherheit des Gegners beeinträchtigt. Wie Herodot berichtet, wendeten die delphischen Priester sie gegen die Perser an. Am häufigsten bediente man sich ihrer, um Gegner oder Tiere zu töten. Zu diesem Zweck grub man dort, wo das Opfer häufig vorüberkam, »Zaubermittel« ein, deren schwache Strahlung langfristig wirkte. In Monstrelets Chronik (1390–1453) ist darüber folgendes zu lesen:

»Diese nichtsnutzen Zauberer töten, verursachen Krankheit und Schwermut. Sie lassen die Milch der Ammen versiegen; sie bewirken Koliken, Magen-, Kopf- und Fußleiden; sie rufen Lähmung, Schlaganfall, Geschwülste und andere Krankheiten herbei, die keiner kennt und die Ärzte nicht heilen können . . . Sie töten das Vieh und bezaubern es mit Wassersucht oder Abmagerung und Auszehrung . . .«

Die Magie kann von einer einzelnen Person oder von mehreren Magiern »zeremoniell« ausgeübt werden. Ein typisches Beispiel zeremonieller Magie war das Te-Giao-Fest, das alle drei Jahre in Hué (Annam) veranstaltet wurde.

Die herkömmlichen Zeichen, die magische Geheimnisse beinhalten, sind einfache oder aus mehreren Bestandteilen zusammengesetzte Zeichnungen, wie die Tierkreiszeichen oder d. Figuren des Tarot. Sie können auch aus geometrischen

Figuren (s. Abb. 2), Strichen oder Punkten in bestimmter Anordnung, wie die Clavicula Salomonis und des Phuc-Hi, Buchstaben und kombinierten Zeichen, wie das Pantakel, bestehen. Die Abbildung 4 stellte ein Pantakel dar, und die Abbildung 1 vermittelt die Vorstellung von einem »magischen Kreis«.

Die kosmischen Kräfte, die durch die magische Handlung gelenkt und geleitet werden, bewegen sich auf bestimmten Bahnen und können nur auf ihnen wirksam werden. Wird das Ziel aus irgendeinem Grunde nicht erreicht oder liegt es außerhalb der Bahn, verfehlt die Fluidalkraft ihre Wirkung. Sie entlädt sich aber nicht ihrer Energie, sondern kehrt unfehlbar zum Ausgangspunkt zurück und wirkt auf den Magier.

Kann eine Bezauberung an dem ausersehenen Opfer nicht wirksam werden, erleidet der Zauberer persönlich Schaden. Es sind daher gleichzeitig Schutzmaßnahmen zu treffen. Zu diesem Zweck umgeben sich der Zauberer oder Magier mit Schutzzeichen, wie Pantakeln oder magischen Kreisen.

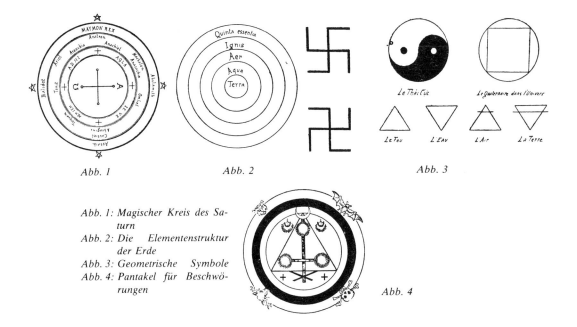

Abb. 1   Abb. 2   Abb. 3

Abb. 1: Magischer Kreis des Saturn
Abb. 2: Die Elementenstruktur der Erde
Abb. 3: Geometrische Symbole
Abb. 4: Pantakel für Beschwörungen

Abb. 4

# 2. KAPITEL

## DIE MAGIE IN CHINA

Das Gedankengut der Völker des pazifischen Raums weist viele Übereinstimmungen auf. Ein wesentliches Merkmal der »pazifischen Magie«, wie ich sie nennen möchte, ist ihre geometrische und numerische Ausrichtung. Diese Besonderheit ist auch in der Kunst, der Literatur und den religiösen Vorstellungen der fernöstlichen Völker sehr stark ausgeprägt.

Bevor der Buddhismus in China Fuß faßte, herrschte die taoistische und konfuzianistische Geisteshaltung vor. Der Konfuzianismus ist eine Staats- und Sittenlehre, die auf den Anschauungen des Konfuzius (550–478 v. Chr.) beruht, während der Taoismus eine philosophische und religiöse Lehre darstellt. Ihr Begründer Lao-tse (580–530 v. Chr.) vertrat die alten überlieferten Auffassungen, denen er jedoch mystisch verklärt eine neue philosophische Ausrichtung gab. Zu jener Zeit hatte die Magie in allen Lebensbereichen einen festen Platz. Die Vorstellung von zwei ständig wirkenden, entgegengesetzten Kräften (*Yang* – männlich und aktiv, *Yin* – weiblich und passiv) ist ihrem Wesen nach magisch. *Yang* ist kraftvoll und schöpferisch – seine Jahreszeit ist der Sommer. *Yin* ist sanft und nachgiebig – die entsprechende Jahreszeit ist der Winter. Yin und Yang gestalten das Wesen des Menschen. In ihm wirken alle Kräfte des Universums. Er ist ein Abbild des Kosmos. Jeder Körperteil, jedes Organ und jede Funktion des Menschen haben Entsprechungen im All.

Eine ständige enge Wechselbeziehung herrscht in genau festgelegten Zusammenhängen. Den fünf Elementen Holz, Feuer, Erde, Metall und Wasser entsprechen die fünf Farben Grün, Rot, Gelb, Weiß und Schwarz; die fünf Bereiche Osten, Süden, Mitte, Westen und Norden; die fünf Organe Milz, Lunge, Herz, Leber und Niere; fünf Seinsformen, fünf Töne, fünf Pflanzenarten, fünf Geister, fünf Gerüche usw. Jedem Element ist ein Organ, eine Farbe, ein Ton oder eine Zahl zugeordnet. Dieses System erfaßt den gesamten Kosmos, in dem alles einen

*Tao-Zauberbild gegen Dämonen. Es wurde zum Fest des fünften Mondes an den Türen befestigt.*
*Quelle: Bibliothèque Nationale (Imprimés)*

bestimmten Platz hat und die Beziehungen aller Teile zueinander durch die jeweilige Position festgelegt sind. Dieses Gefüge unterliegt einem festen Zahlensystem, dessen Gesetze das Leben der Menschen und den Lauf der Gestirne regieren. Einige Zahlen haben eine gute, andere eine schlechte Bedeutung. Die chinesische Musik besteht aus fünf Tönen, die den fünf Planeten entsprechen.

Diese auf einer systematischen Ordnung beruhende Denkweise erklärt, warum einige Tiere, die als Verkörperung des gesamten Systems gelten, besonders verehrt werden. Man glaubt, daß der gewölbte Rückenteil des Schildkrötenpanzers dem Himmel und die flache Bauchseite der Erdscheibe entsprechen, während die vierundzwanzig seitlichen Hornplatten die vierundzwanzig Stationen des Mondes und die fünf großen rechteckigen Felder die fünf Planeten darstellen.

In einem solchen System kommt der Astrologie zwangsläufig große Bedeutung zu, da man annimmt, daß sie die Gesetze ergründen könne, nach denen das Leben der Menschen abläuft. Der chinesische und aztekische Kalender sind eng miteinander verwandt. Zeichen und Symbole regieren bestimmte Zeitabschnitte. Es gibt günstige und ungünstige Tage. Der Kalender besitzt die Kraft und Bedeutung eines Talismans.

Die Lebensgeschichte des Konfuzius wurde zunächst mündlich überliefert und dann in Bildern dargestellt. Der Konfuzianismus entwickelte sich zur Volks- und Staatsreligion. Auf kaiserlichen Befehl wurden Pagoden gebaut, und die Zahl der Statuen, Tafeln und Bildbiographien über Konfuzius und seine Schüler wuchs ins Unendliche. Die bildlichen Darstellungen nahmen zweifellos den größten Raum ein. Jede Figur und jedes Zeichen hatten eine ganz bestimmte Bedeutung. Die Gliedmaßen, zwölf Jünger und vierundsechzig Weisen wurden zu Symbolen, die in allen magischen Praktiken vorkommen. Die Magie spielte eine bedeutende Rolle im Leben des Konfuzius. Aus der Begegnung mit den symbolischen Wassern entstand die Lebensregel von der Vergänglichkeit des menschlichen Lebens. Die goldene Statue mit versiegeltem Mund, die Konfuzius in einem Tempel antraf, versinnbildlichte die Pflicht des Weisen zu schweigen.

Die Biographen berichten weitere Einzelheiten. Konfuzius soll eines Tages z. B. unterwegs stehengeblieben sein, um einer wunderbaren alten Melodie zu lauschen. Seit dem Tage verspürte er kein Verlangen mehr nach Fleisch.

Im Taoismus bildete sich die Lehre von den zwei Seelen des Menschen heraus. Erste Ausführungen darüber sind in den Schriften des Tschuang-tse, eines Zeitgenossen des Konfuzius, enthalten. In jedem Menschen wohnen zwei Seelen, eine niedere (Pe), die dem materiellen Leben zugewendet ist, und eine höhere (Hon), die über das geistige Leben herrscht. Diese Anschauung fand weite Verbreitung und wurde zum Ausgangspunkt magischer Praktiken.

## RITUELLE PRAKTIKEN

Das Buch der Wandlungen (I-Ging) ist eine Sammlung magischer Praktiken, eine Orakelkunde. Jedes der vierundsechzig Kapitel ist einem bestimmten Zeichen gewidmet. Es stellt eine Art Hieroglyphe dar und wird eingehend erläutert. Die Zeichen (Hexagramme) bestehen aus sechs parallelen, zum Teil unterbrochenen Linien und symbolisieren die Vergangenheit und Zukunft aller Menschen sowie alle Ereignisse. Sie stehen in ursprünglichem Zusammenhang mit den Flecken und Linien auf der Haut eines legendären Drachen, der dem Gelben Fluß entstieg, und den Markierungen eines Schildkrötenpanzers. Alle Gesetze, die das Weltall regieren, werden nach einem komplizierten mathematischen oder geometrischen Verfahren erklärt und dargestellt.

Der Jesuit Henry Doré, der lange Jahre in China lebte, hat viele der weitverbreiteten Praktiken untersucht. In seinem hervorragenden Buch *Recherches sur les superstitions en Chine* (Shanghai 1919), das umfangreiches Bildmaterial enthält, berichtet der Pater, daß noch heute viele alte Praktiken in chinesischen Familien und Tempeln vollzogen werden. Dieses Buch und einige andere Werke vermitteln aufschlußreiche Kenntnisse über die wesentlichen Merkmale der chi-

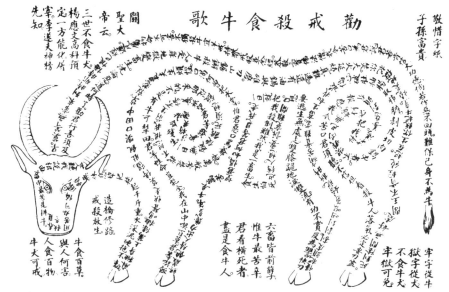

*Chinesisches Tieramulett. Aus* Recherches sur les superstitions en Chine *von Pater H. Doré*
Quelle: Bibliothèque Nationale (Imprimés)

nesischen Magie. Die magischen Praktiken sind sehr komplex und bis in alle Einzelheiten ausgearbeitet, wobei unzählige feine Unterschiede zu beachten sind.

Der Glaube an die Kraft des Zeichens, des Buchstabens und des geschriebenen Wortes spielt in der chinesischen Magie offensichtlich eine beherrschende Rolle. Schluckt man die Asche eines Zettels, auf dem ein Exorzismus oder eine Beschwörung geschrieben war, tritt bei jeder Krankheit Heilung ein, wird jedes Unglück abgewendet oder Glück erwirkt. Von allen Mitteln hat das geschriebene Wort die stärkste magische Kraft. Daher sind Pergament- oder Papieramulette mit Sprüchen weit verbreitet. In allen Häusern Chinas sind Bilder mit Segenswünschen, Anrufungen und sonstigen Texten anzutreffen. Ein weiteres Merkmal der chinesischen Magie ist die Bedeutung der Zahl. Sie beherrscht Religion und Medizin sowie alle Bereiche des menschlichen Lebens.

Das Leben des Chinesen ist von der Empfängnis bis zum Tod in einen starren Rahmen unzähliger magischer Praktiken gefügt, die sich über Jahrhunderte nahezu unverändert erhalten haben. Darüber hinaus werden die Verstorbenen in

*Chinesischer Glücksbringer. Er soll dem jungvermählten Paar reichen Kindersegen bescheren.*
*Quelle: Bibliothèque Nationale (Imprimés)*

zahlreichen Riten geehrt. Jeder Chinese wünscht sich viele Nachkommen. In den entsprechenden magischen Riten werden Fabeltiere, wie Einhorn und Phönix, angerufen. Im Schlafzimmer jedes jungvermählten Paares hängt das Bild des berühmten chinesischen Gelehrten Koan-Kong, der ein Kind mit der Kopfbedeckung eines Gelehrten in den Armen hält.

Ergeben sich Komplikationen bei der Geburt eines Kindes, holt man einen Tisch aus der Pagode, auf den die niederkommende Frau ihre Kleidungsstücke legt. Auf den Körper der Gebärenden klebt man Papiertalismane oder -amulette, die von einem Mönch beschrieben wurden. Eine junge Mutter darf das Haus, in dem ein Toter aufgebahrt ist, nur betreten, wenn sie einen kleinen Kupferspiegel um den Hals trägt. Andernfalls könnte sie ein böser Zauber treffen.

## »DAS KLEID DER HUNDERT FAMILIEN«

Nach der Geburt des Kindes wird sofort ein Horoskop erstellt, um die Schwierigkeiten, auf die es im Leben stoßen wird, zu erfahren. Zur Vertreibung der bösen Dämonen schießt man Pfeile aus Pfirsichholz in alle Richtungen. Sie gelten als zauberkräftiges Mittel. Die Eltern leben in der ständigen Furcht, eine Hexe könne ihr Kind rauben, oder ein Dämon, der zuweilen die Gestalt eines gelben Hundes annimmt, bringe ihm Unglück. In einigen Gegenden Chinas ist es Brauch, den Ahnengeistern drei Tage nach der Geburt des Kindes einen Hahn zu opfern.

Kinder werden häufig nach Tieren benannt, da man glaubt, die bösen Geister auf diese Weise täuschen zu können. Es ist außerdem in weiten Teilen des Landes üblich, Glöckchen an die Füße der Kinder zu binden. Sie sollen mit ihrem Geläut die bösen Geister erschrecken. Zahlreiche Amulette, insbesondere Ohrringe, Anhänger und Medaillons, die an der Kopfbedeckung und Kleidung befestigt werden, dienen dazu, die Kinder vor dem bösen Blick zu schützen. Pater Doré beschrieb ferner ein außergewöhnliches Amulett, das sogenannte »Kleid der hundert Familien«. Die Mutter bittet alle Nachbarn um ein kleines Stück Stoff und einen Faden. Aus den vielfarbigen Stoffstücken und Fäden näht sie ein Kleid, das ihr Kind wirksam schützen wird, da jeder mit seiner Gabe dazu beigetragen hat.

Es gibt unzählige Amulette verschiedenster Art, um das Kind vor Krankheit zu bewahren. Jedes Amulett ist gegen eine ganz bestimmte Krankheit wirksam. Das Amulett gegen Kopfschmerzen kann z. B. nicht gegen Ohrenschmerzen oder Halsschmerzen verwendet werden. Die Riten sind in allen Einzelheiten vorgeschrieben und werden sehr genau befolgt.

Wir wollen kurz auf den häufig erwähnten und charakteristischen Ritus der dreißig Pforten eingehen. Er steht in enger Verbindung zu den präkolumbischen magischen Glaubensvorstellungen und verdeutlicht mathematische und recht poetische Züge der chinesischen Magie. Man nimmt allgemein an, jedes Kind müsse eine bestimmte Anzahl Pforten passieren. Es darf die einzelnen Pforten jedoch erst nach vorheriger Prüfung durchschreiten. Diese Aufgabe wird von Geistern, die den Menschen auf dem Lebensweg quälen, wahrgenommen, und häufig verwehren sie dem Kind den Durchlaß. Jede Pforte hat einen Namen, z. B. Pforte des goldenen Huhns, der hundert Tage, der fünf Dämonen, der eisernen Schlange, des weißen Tigers usw. Sie ist zu festgelegten Zeiten zu erreichen und kann nur unter bestimmten Voraussetzungen passiert werden. Amulette, kleine Figuren oder magische Kennworte dienen als Paß und sichern den Durchlaß. Nachdem der Jugendliche im Alter von sechzehn Jahren alle Pforten durchschritten hat, lebt er in größerer Sicherheit, da ihn die bösen Geister nicht mehr so hartnäckig verfolgen. Doch er muß sich auch auf seinem weiteren Lebensweg gegen sie schützen. Die Riten bei Verlobung, Heirat und Einzug der Vermählten in das Haus des Ehegatten sind eine Kette genau vorgeschriebener magischer Handlungen.

# DER TOD

Schwere Krankheiten und der Tod haben ebenfalls ihren festen Platz in der magischen Praxis. Wenn der Sterbende mit dem Tode ringt, nimmt man ihm den Gürtel ab. Diese Handlung ist folgendermaßen zu erklären. Die Wörter *tai-tse* (Gürtel) und *t'ai-tse* (Kindesraub oder Kindesentführung) werden im Chinesischen gleich ausgesprochen. Sieht jemand den Gürtel und spricht das Wort aus, könnte es auch die zweite Bedeutung annehmen und wie eine Beschwörung wirken. Um diese Gefahr zu bannen, entfernt man den Gegenstand rechtzeitig.

Das magische Totenzeremoniell, das die »Überquerung der Brücke« und den Übergang vom irdischen ins jenseitige Leben versinnbildlicht, sowie die Bestattungsfeierlichkeiten geben die große Bedeutung des Totenkults zu erkennen. Der Brauch des »Papierhauses« zeigt die enge Verbindung einiger Praktiken mit dem magischen Glauben der Frühzeit und der klassischen Antike. Am neunundvierzigsten Tage nach dem Tod baut man ein Papierhaus mit Möbeln, Dienern, Hausgerät und allem, was dem Verstorbenen zu Lebzeiten gehörte. Anschließend verbrennt man es in dem Glauben, daß es ins Jenseits übergehe und der Geist des Toten darin wohnen könne. Diese Denkweise ist ebenfalls bei Naturvölkern anzutreffen, die den Toten Waffen in die Gräber beigaben. Die alten Ägypter umgaben den Toten mit genauen Nachbildungen des Hauses, der Diener, Tiere usw. Als weiterer magischer Brauch haben die Strohkränze auf Kindergräbern zu gelten, die den kinderverschlingenden Himmelshund fernhalten sollen. Die Kränze sind einem magischen Kreis vergleichbar, in den der Dämon nicht eindringen kann. In China und Japan sind auch Münzen und Geldscheine, bzw. nachgemachte Scheine, als Grabbeigaben weitverbreitet. Der Tote soll damit dem Charon des chinesischen Glaubens das »Fährgeld« zahlen können.

Aus der Vielzahl magischer Praktiken habe ich nur einige Beispiele ausgewählt, um zu zeigen, daß die Chinesen die magischen Vorstellungen in der unvergleichlichen Vielfalt bewahrt haben. Sie werden außergewöhnlich genau in der Praxis angewendet. Die chinesische Mentalität zeichnet sich durch eine starke Traditionsgebundenheit und den Glauben an das geschriebene Wort aus.

Diese Einstellung gegenüber dem geschriebenen Wort ist vermutlich auf das hohe Ansehen und die große Verehrung der Gelehrten im »Reich der Mitte« zurückzuführen. Der Gelehrtenstand erreichte in keinem anderen Land der Welt eine so angesehene und gesicherte Position innerhalb der Gesellschaft. Der Glaube an die überragende Macht des geschriebenen Wortes und an die magische Wirksamkeit eines von einem gelehrten Manne gemalten Zeichens festigte und verstärkte gleichzeitig ihren Einfluß. Der chinesische Magier ist ein Gelehrter. Jedes geschriebene oder gedruckte Wort hat magische Kraft. Daher genießen Bücher und mit Schriftzeichen versehenes Papier hohes Ansehen und außergewöhnliche Wertschätzung. Das Buch ist das Tabu schlechthin.

Die detaillierte und nahezu mathematische Struktur aller magischen Handlungen in China, die den magischen Praktiken der Indianer gleichen, beruht auf dem Hang zum strikten Gehorsam und der Verehrung aller Überlieferungen, so klein und unscheinbar sie in Form und Geste sein mögen. Dies ist eine Grundeigenschaft der chinesischen Mentalität. Die Beachtung minuziöser Praktiken erklärt wiederum die unerschütterliche Geduld der Chinesen und ihre Vorliebe für ausführliche Beschreibungen, endlose Aufstellungen und metaphysische Differenzierung. Es gibt in China eine unüberschaubare Vielzahl von Bezeichnungen, Methoden und Verfahren. Bei einer Diagnose unterscheidet man zwischen fünfhundert verschiedenen Pulsschlägen. Die Akupunktur, eine in der chinesischen Medizin angewendete Behandlungsmethode, kennt tausend verschiedene Punkte.

Die chinesische Magie bietet in ihren mannigfachen Formen und Erscheinungen, die sich im Laufe der Jahrhunderte herausbildeten, ein sehr eindrucksvolles

Bild. Hier zeigt sich, wie sich in einem gegen äußere Einflüsse und Gedanken-ströme abgeriegelten Land magische Vorstellungen in Fülle entfalten können und wie infolge dieser Selbstbezogenheit Form und Buchstabe zu einem selbstän-digen Sinn werden.

(Es muß wohl nicht besonders betont werden, daß in diesem Abschnitt die poli-tisch-gesellschaftlichen Veränderungen nicht berücksichtigt wurden, die das China von heute bewirkten. Interessant ist jedoch, daß auch im modernen China traditionelle Lehren wie z. B. jene der Akupunktur eine Renaissance erlebten. Anm. d. Verlages)

*Mexikanischer Kalender*
*Quelle: Musée des Arts Décoratifs*

# 3. KAPITEL

# DIE PRÄKOLUMBISCHE TRADITION

Für die Erforschung frühgeschichtlicher Anschauungen bietet Amerika ein interessantes Untersuchungsfeld. Hier lebten bis vor etwa fünfhundert Jahren Völker, die über Jahrtausende nicht mit außerkontinentalen Kulturen in Berührung gekommen waren. Auf den folgenden Seiten werde ich versuchen, die Entwicklung des magischen Denkens und der Praktiken der präkolumbischen Völker aufzuzeigen, wie sie sich in ihren Monumenten und im Glauben ihrer Nachkommen darstellen.

Ein wesentliches Merkmal ist die dualistische Sicht der Natur. Sie ist sowohl bei den Kagaba Südamerikas wie bei den Arowak-Indianern in der Sierra Nevada Kolumbiens anzutreffen, die der Ethnologe K. Th. Preuß erforschte. Beide Völker glauben, die höchste Gottheit sei eine Frau. Die große Göttin Hava Sibalaneuman ist die Mutter aller Menschen, aller Rassen, Felsen, Tiere und Pflanzen. Sie herrscht über Regen, Sonne und Mond. Bezeichnenderweise sollen alle Frauen von dieser weiblichen Gottheit, der Allmutter, abstammen. Dies erinnert uns an die alten Matriarchate und an manche Insektenvölker, wie Bienen, wo nur die Königin Eier legt und sozusagen die alleinige Mutter eines Bienenvolkes ist. Die Männer stammen dagegen von einer anderen Gottheit oder einem übernatürlichen Wesen ab. Beide sind männlichen Geschlechts. Hierin zeigt sich das eindeutig getrennte Abstammungsverhältnis von Männern und Frauen. Diese Vorstellung reicht in eine Zeit zurück, in der die Naturvölker den Zeugungsakt als solchen nicht erkannten und die Entstehung neuen Lebens dem Genuß bestimmter Speisen oder der Berührung mit Tieren oder Pflanzen zuschrieben. Nach Preuß entstand der Geschlechtstotemismus aus dem Glauben, daß eines der Geschlechter für das andere Geschlecht desselben Stamms tabu, heilig, sei. So entstand das Gesetz der Exogamie, d. h. das Heiratsverbot und Verbot sexueller Vereinigung der Totemmitglieder untereinander.

## DIE AZTEKEN UND MAYA

Gayton berichtet über die magischen Vorstellungen der in Kalifornien lebenden Indianer. Sie glauben, das Leben und das Weltall seien aus Riesentieren entstanden. Der Adler soll über den Kosmos herrschen. Der Medizinmann (Schamane) besitzt außergewöhnliche Fähigkeiten. Die Eule, das Totem, mit dem sich die Gruppe verbunden fühlt, gilt als der ursprüngliche Heiler, der den Stamm vor Krankheiten schützte. Nach Auffassung der Indianer werden dem Schamanen die geheimnisvollen Kräfte im Traum offenbart.

Die Monumente der alten aztekischen Kultur zeichnen sich durch interessante Besonderheiten mit magischen Merkmalen aus. Zur Zeit der spanischen Eroberung hatte das Aztekenreich seine höchste Blüte erreicht, wie Baudenkmäler, Kunstgegenstände, Zeichnungen und Waffen zu erkennen geben. Die aztekische Schrift beruhte im wesentlichen auf Begriffszeichen, d. h. die Bilder wurden mit einfachen Bedeutungszeichen verbunden. Die Musik war Bestandteil des Kultgeschehens und oblag Priestern und Zauberern.

Die Kulturen der Maya und Azteken wiesen in mehrfacher Hinsicht Ähnlichkeiten auf. Doch im Unterschied zu den Azteken besaßen die Maya ein hochentwickeltes mathematisches System und genaue astronomische Kenntnisse.

Die aztekische Magie ist durch eine systematische Entwicklung charakterisiert. Sie steht in unmittelbarer Verbindung mit den Vorstellungen der früh- oder vorgeschichtlichen Bewohner. Die Azteken waren furchtlose Krieger und umsichtige Organisatoren, die weite, fruchtbare Landstriche eroberten und ihrem Gesetz unterwarfen. Sie sind zweifellos auch als fähige Gesetzgeber anzusehen. Wie alle Völker, deren Wohlstand vornehmlich auf dem Ackerbau beruht, befaßten sich die Azteken eingehend mit der Beobachtung des Jahresablaufs und der Erstellung eines Kalenders. Er gründete sich auf die Vorstellung von guten und schlechten Tagen, an denen die Feldarbeit und alle anderen Tätigkeiten geboten bzw. verboten waren. Mit anderen Worten, der Kalender beherrschte den Ablauf des religiösen und Alltagsgeschehens.

Für die Magie war die Kenntnis günstiger und ungünstiger Tage von ausschlaggebender Bedeutung. Sie wurden durch Tiere oder Wettererscheinungen angezeigt oder aus ihnen gedeutet. Im alten Mexiko galt das Sonnenjahr, das in Zeitabschnitte von jeweils dreizehn und zwanzig Tagen unterteilt war. Die zwanzigtägigen Zeitabschnitte (Finger und Zehen eines Menschen ergeben zusammen die Zahl zwanzig) waren von Tieren, wie Krokodil, Schlange, Hirsch, Hund, Jaguar und Geier, bzw. Wasser, Wind oder Regen regiert. Ferner stand jeder Tag unter

*Kupferanhänger in Form eines wilden Tieres. Vicus-Kultur*
*Quelle: Sammlung Hélène Kamer*

dem Schutz einer bestimmten Gottheit. Das System wird außerordentlich kompliziert, wenn man bedenkt, daß zusätzlich während des gesamten Jahres die jeweiligen Zeitabschnitte von fünfundsechzig und drei Tagen einem übernatürlichen, mit besonderen Funktionen ausgestatteten Wesen unterstanden.

Die Weltgeschichte umfaßt fünf große Zeitalter: des Wassers, des Jaguars, des Feuerregens, des Sturms und des Erdbebens. Nach mexikanischen Glaubensvorstellungen gab es in der Anfangszeit ungeheure Regenfälle, und die Erde war von Riesenwesen bewohnt, die ausnahmslos ausstarben. Diese Überlieferung ist auch bei anderen Völkern, wie den Babyloniern und Israeliten anzutreffen. Das Zeitalter des Jaguars endete mit dem Einsturz des Himmels, der Verfinsterung der Sonne und dem Erscheinen der Raubtiere, die die Menschen verschlangen. Am Ende des dritten Zeitalters ergossen sich Feuerströme vom Himmel und vernichteten jegliches Leben auf der Erde. Das vierte Zeitalter ging in schrecklichen Stürmen unter. Sie fegten das Leben fast vollständig hinweg, und die Menschen verwandelten sich in Affen. Das letzte Zeitalter, in dem wir leben, ist das der Erdbeben. Es wird mit einem grauenvollen Beben enden, in dem alles Leben untergehen soll.

Die Lehre von den großen Zeitaltern existierte auch bei den Babyloniern, und wie Danzel berichtet, war sie auch bei einigen polynesischen Völkern verbreitet. In ihr spiegelt sich die alte klassische Weltanschauung von den vier Elementen

Erde, Wasser, Eisen und Luft wider. Den Aufbau des Weltalls stellte man sich in einer ebenso systematischen, ja fast mathematischen Ordnung vor. Danach gab es dreizehn Himmel über der Erde und die Unterwelt. Der letzte Himmel, der Himmel der Dunkelheit, war das Reich der Toten. Es war von einem Fluß umgeben, in den neun Wasserläufe mündeten. Die Welt wurde in der aztekischen Kunst als riesige Stufenpyramide auf dem Rücken einer Schlange dargestellt.[2]

## DER SONNENKULT

Die Gottheiten der alten Mythologie sind unterschiedlichen, scharf voneinander getrennten Bereichen zugeordnet. Jede von ihnen ist mit bestimmten Eigenschaften ausgestattet und steht für genau festgelegte Funktionen. Der Gott des Feuers z. B thront im Zentrum der Erde. Im Mittelpunkt seines Kults stand das Menschenopfer, wie überhaupt bei allen Feierlichkeiten den Göttern Gefangene als Opfer dargebracht werden mußten. Zum Ritual gehörten unter anderem Musik und Spiele. Die bekanntesten sind Ballspiele. Sie wurden in der Nähe des Tempels ausgetragen und versinnbildlichten die Bewegungen der Sonne und des Mondes.

Die alt-mexikanische Architektur ist stark von der Stufenform, die die einzelnen Lebensabschnitte darstellt, geprägt. Die meisten Tempel sind hohe Pyrami-

*Darstellung eines Menschenopfers in Mexiko*
*Quelle: Bibliothèque Nationale (Estampes)*

den, an deren Spitze sich der Altar erhebt. Man schreitet über dreihundertsechzig Stufen, die der Anzahl der Tage eines alt-mexikanischen Jahres entsprechen, zu ihnen hinauf. Die Tempelanlagen erinnern sehr stark an die babylonischen und buddhistischen Tempel. Sie veranschaulichen die allmähliche Läuterung, der sich der Mensch unterziehen muß, um vor die Gottheit treten zu dürfen.

Die Inka lebten in Gemeinschaften oder *dan*, deren Oberhaupt Verwaltungsaufgaben, die Rechtsprechung und religiöse Funktionen wahrnahm. Im Inkareich unterstanden dem Staat nicht nur die Verwaltung und das gemeinschaftliche Vermögen, die Beamten hatten auch die Aufsicht über alle Untertanen, deren Rechte genau festgelegt waren. Im Mittelpunkt des religiösen Lebens stand der Sonnenkult. Der Inka galt als Sohn der Sonne. Sein Name durfte nur bei bestimmten Anlässen mit größter Ehrfurcht ausgesprochen werden. Der Zauberpriester spielte in der Gesellschaft eine wichtige Rolle. Er sagte die Zukunft aus dem Vogelflug, den Eingeweiden, Blutgerinnseln in den Lungen der Opfertiere und anhand verschiedener Pflanzen voraus. Für die entsprechenden Zeremonien versetzten sich die Zauberer durch den Genuß bestimmter Pflanzen in Ekstase.

Die Geschichte der Magie aller südamerikanischen Völker trägt den Stempel

*Adler und Schlange im mexikanischen Wappen*
*Quelle: Musée des Arts Décoratifs*

kühner Menschen, die auf den Hochplateaus der Anden oder an den Ufern mächtiger Ströme in ständigem Kampf mit der Gefahr lebten. Der Reichtum der Erde erschloß sich ihnen erst durch intensive Bearbeitung des Bodens. Das Totem-Tier ganz Amerikas ist ein großer Raubvogel, der über den steilen Berggipfeln schwebt und die höchste Macht versinnbildlicht. Viele Staaten wählten ihn als Wappentier. Das Wappenbild der Vereinigten Staaten und Mexikos ist der Adler, Bolivien führt den Kondor und Guatemala den Quetzal im Wappen. Jahrtausende hindurch prägte man sein Bild auf Münzen, Medaillen und Siegel. Dieses uralte Totem, das zudem das Streben nach fernen Zielen symbolisiert, übte auf die Völker ganz Amerikas eine geheimnisvolle Kraft aus.

Die amerikanische Geschichte weist in mehrfacher Hinsicht Bezüge zu der Kraft, der Majestät und Kühnheit der großen Raubvögel auf. Der Thron der Inka hatte die Form eines Rieseneis. Bunte Federn waren ein begehrter Tempelschmuck und das Würdezeichen aller Stammeshäuptlinge, von den Rothäuten Zentralamerikas bis zu den Quechua in Chile. Das Totem Mexikos war die gefiederte Schlange. Sie vereint die magische Kraft der Schlange und des Raubvogels. In der mexikanischen Folklore spielt sie eine bedeutende Rolle.

*Die gefiederte Schlange. Siegel aus Ecuador*
*Quelle: Sammlung Hélène Kamer*

# DROGENPFLANZEN

Die Medizin des präkolumbischen Amerikas beruhte im wesentlichen auf magischen Anschauungen. Die Azteken und Inka glaubten, Krankheiten werden durch böse Dämonen verursacht. Zu den Heilmethoden gehörten daher vorrangig Exorzismen, Talismane und Amulette. Während der Geburt eines Kindes und über dem Neugeborenen wurden magische Riten vollzogen. Die frühen Chirurgen besaßen eine erstaunliche Fertigkeit, ihre Instrumente waren aus Feuerstein. Auf Tonvasen, den berühmten *huacos*, sind Kranke, speziell Hautkranke, häufig sehr naturgetreu dargestellt. Vermutlich erfüllten die Gefäße eine spezifische Aufgabe bei der Behandlung von Krankheiten, da höchstwahrscheinlich jedem ein Dämon zugeordnet war. Wie bei allen alten Völkern waren die Zauberer sehr mit den speziellen Eigenschaften der Pflanzen vertraut. Sie kannten die narkotische Wirkung der Kerne des Stechapfels und die berauschenden Kokablätter. Der Kokastrauch war ursprünglich heilig, und seine Blätter durften nur für Könige, Fürsten und Mitglieder des Hofs verwendet werden. Auf Grund der stimulierenden Wirkung fanden sie später auch im Volk starke Verbreitung.

Bei den Indianern Perus übt der *calahuata* oder *kamili* (Medizinmann) seine magischen Praktiken selbst heute noch mit recht geheimnisvollen Riten aus. Er legt eine bestimmte Anzahl Kokablätter auf die Brust des Patienten. Dann breitet er ein schwarzes Tuch auf dem Boden aus und läßt die Blätter darauf fallen. Er prüft, in welcher Anordnung sie zueinander liegen, murmelt unverständliche Worte und erklärt dann, die Krankheit sei durch den bösen Einfluß eines Tieres verursacht. Es folgen zahlreiche Zeremonien, um das Tier ausfindig zu machen und den bösen Zauber abzuwehren. Die Bauern wenden sich noch immer an die Zauberer und glauben an ihre übernatürliche Kraft.

Den Kokablättern kommt in der südamerikanischen Magie eine besondere Bedeutung zu. Sie waren anfangs der Gottheit geweiht, und ihr Genuß war ausschließlich den Königen und großen Magiern gestattet. Sie galten als starke Droge, die Halluzinationen hervorruft. Später durften sie auch im Volk verwendet werden, und heute ist ihr Genuß weit verbreitet. Die von den spanischen Vizekönigen erlassenen Verbote und Einschränkungen sowie die modernen Gesetze hatten lediglich zur Folge, daß sich der Gebrauch in Grenzen hielt. Wie zu Zeiten der Inka ist die Koka auch heute noch das heilige Blatt, das den magischen Eindruck eines besseren Lebens verleiht und den Menschen mit neuer Hoffnung erfüllt. Der erhabene Zauber ist zur magischen Flucht aus dem Alltag geworden.

H. Valdizan stellte eingehende Untersuchungen über die peruanische Volksmedizin an und stieß dabei auf eine weite Verbreitung des magischen Glaubens. Bestimmte Vögel, wie die Schwalbe und der Puter, gelten als Vorboten des Todes. Beim Herannahen des Todes soll ein Hund angeblich zu jaulen beginnen. Von einem scheuenden Pferd sagt man, es habe die Seele eines Verstorbenen gesehen.

Die Schutzgeister für Ernte und Vieh genießen bei den Indianern hohe Verehrung. In einigen Gegenden gelten die *achachilas* als die Urväter des Stammes. Sie beschützen Leben und Gesundheit der Menschen, Tiere und Pflanzen. Sie leben versteckt auf Hügeln und in Wäldern. Zu bestimmten Zeiten des Jahres bringt man den Geistern Opfer dar und veranstaltet ein Festmahl. Es findet unter der Leitung jener Männer statt, die die geheimen Riten und alten Sprüche kennen. Das Kultzentrum ist die Sonneninsel im Titicaca-See, wo sich die *achachilas* angeblich versammeln. Paredes berichtet über ähnliche Glaubensvorstellungen bei den Bolivianern.

In manchen Landesteilen Perus glaubt man, daß der Mensch an bestimmten gefährlichen Bergpässen seine Seele verliere, wenn er es unterläßt, ein Opfer aus frischen Zweigen darzubringen. Dieser Glaube geht offensichtlich auf frühzeitliche Anschauungen zurück. Nach Ansicht der Eingeborenen wird der seelenlose Mensch von einer schweren Krankheit, meistens einer Geisteskrankheit, befallen. Die Heilung ist nur möglich, wenn es gelingt, durch magische Riten die Rückkehr der Seele zu bewirken. Diese Riten müssen nachts von Zauberern vollzogen werden.

Man ist ferner der Überzeugung, daß böse Dämonen Krankheiten über das Vieh bringen. Auch hier ist Heilung nur mit Hilfe magischer Mittel möglich.

Der Totenkult beinhaltet lange und umständliche Riten. Die Trauerfeierlichkeiten dauern mehrere Tage. Man glaubt, der Tote kehre ins Leben zurück und bewirke Schaden oder Wohltaten.

Die Zentralgestalt der alten peruanischen Religion ist der *supay*, der böse Geist, dem man alle Krankheiten und alles Unglück zuschreibt. Die Indianer Südamerikas gaben diesem mächtigen Dämon, der im Gegensatz zu den guten Göttern steht, mehrere Namen und Gestalten. Die durch ihn drohende Gefahr kann nur durch magische Handlungen gebannt werden. Die Medizin dieser Volksgruppen, die noch weitgehend dem alten Glauben ihrer Vorfahren anhängen, ist überwiegend magisch geblieben. Mythologie und Medizin sind aufs engste miteinander verflochten. Die praktische Ausübung beschränkt sich auf eine bestimmte Personengruppe. Ihr gehört z. B. die *bruja* (Hexe) an, die ihre Kunst mit umständlichen Riten betreibt und für alle Krankheiten Heilmittel bereithält. Sie

## DIE PRÄKOLUMBISCHE TRADITION

empfiehlt das Tragen von Talismanen und Amuletten. Man soll Sprüche aufsagen, in denen katholischer Glaube und magische Vorstellungen eine seltsame Verbindung eingehen.

Der magische Brauch bei Geburt und Versorgung des Neugeborenen ist aufschlußreich. Mit umständlichen rituellen Gesten, die als wesentlicher Bestandteil des Geburtsvorgangs gelten, vollzieht die *recibidora* (Hebamme) das Durchtrennen der Nabelschnur, d. h. die Loslösung des Kindes von der Mutter.

Die magische Medizin der Azteken zeichnet sich durch ihre alte Überlieferung und ihre außerordentliche Verbreitung im Volke aus. Narkotika und Drogen spielen eine große Rolle. Vor allem der Ololiuqui und die Peyote, die über Jahrhunderte magische Anziehung ausübten, sind in zahlreichen Untersuchungen beschrieben worden. Vergeblich kämpfte die Kirche gegen den Glauben der Indianer an die magische Kraft der beiden Pflanzen. Die *Peyote* und der *Ololiuqui* wurden wegen ihrer betäubenden Wirkung auf Hirn und Nervensystem sowie für magische Zwecke verwendet. Die *Peyote*, mit der Havelock Versuche durchführte, enthält ein starkes Alkaloid (Meskalin). Der *Ololiuqui* mit dem botanischen Namen *Rivea corymbosa* ist eine Windenart, deren Blüten unter Beachtung besonderer Riten gepflückt werden. Die Pflanze wird zu unterschiedlichen Zwecken verwendet. Sie dient teilweise als Narkotikum und wird auch bei Weissagungen eingenommen, da man ihr besondere Kräfte zuschreibt. Häufig ruft man den Gott des *Ololiuqui* an. Die chemische Zusammensetzung dieser Drogenpflanze ist nicht bekannt. Man hat herausgefunden, daß sie einen halluzinogenen Schlaf und ein euphorisches Glücksgefühl bewirkt. Der *Ololiuqui* und die *Peyote* rufen gleichgeartete Visionen hervor.
Zusammenfassend können wir als Besonderheit der indianischen Magie eine Neigung zum Bizarren und Phantastischen hervorheben. Obwohl die grundverschiedenen klimatischen und gesellschaftlichen Voraussetzungen bei den einzelnen Völkern zu sehr unterschiedlichen Erscheinungsformen der magischen Ansichten führten, läßt sich im pazifischen Raum eine gemeinsame, besonders ausgeprägte Ausrichtung feststellen. Man verwendet hier in starkem Maße rauschgifthaltige Pflanzen, um den »grünen Schmerz« zu vertreiben. Die Magie steht ganz und gar unter dem Einfluß des Glaubens an das Totem. Das bevorzugte Totem-Tier ist der Raubvogel mit seinem farbenprächtigen Gefieder.

Die alte Magie ist vielleicht in keinem anderen Land so lebendig wie in diesen kleinen geschlossenen Volksgruppen, und sie hat vermutlich nirgendwo so starken Einfluß auf die Eroberer ausgeübt. Glaubensvorstellungen und Bilder der eroberten Völker erwachen, wenn auch in veränderter Form, im Gedankengut der Eroberer zu neuem Leben. Es gibt viele Beispiele für die Verschmelzung neuer und alter Ideen, obwohl man die Überreste alter Traditionen vernichtet und wie die antiken Sonnentempel verschüttet glaubte. Bei besonderen Gelegenheiten treten Vorstellungen, die man für immer verloren hielt, mit unvermuteter Kraft wieder zutage und offenbaren deutlich ihren fernen Ursprung.

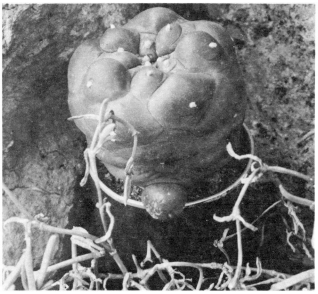

*Die Peyote wird für magische Riten verwendet.*
*Quelle: Sammlung Editions Tchou*

# 4. KAPITEL

## GEHEIMNISVOLLES INDIEN

Die Geschichte Indiens, das Verhalten der Menschen und ihre Geisteshaltung geben zu erkennen, daß dieses Land zutiefst von der Magie durchdrungen ist. Indien ist ein überreiches Museum, in dem alle Erscheinungsformen magischen Denkens, alle Arten der Zauberei sowie alle magischen Bräuche und Riten zu finden sind. Es ist vielleicht das einzige Land, in dem Mythos und Legende neben westlichem Realismus und den Errungenschaften des technischen Zeitalters bestehen. Sie gelten als Wirklichkeit und scheinen häufig Vorstellungen, Strukturen und Gesetze der Neuzeit aufzuheben oder zu widerlegen.

Die indische Geisteshaltung ist von der tief verwurzelten Furcht vor fremden, geheimnisvollen und unbekannten Kräften geprägt. Im Hinduismus werden alle oder fast alle Tiere als Götter verehrt. Die abschreckenden Götter zeigen keine Spur von Güte oder Barmherzigkeit. Die Lehre ist aus der von Angst vor unbekannten und unheimlichen Dingen geprägten Weltanschauung hervorgegangen. Die gesamte indische Kunst ist Ausdruck einer magischen Denkweise. Die grotesken Gestalten der in Stein gehauenen oder auf Höhlenwände gemalten Tiere haben magischen Charakter. Das von einer blutrünstigen Gottheit geforderte Opfer (wobei heute Tiere an Stelle von Menschen geopfert werden) ist magischen Ursprungs. Die Ansichten über Zugehörigkeiten, den Schatten (schon der Schatten eines unreinen Menschen macht Dinge unrein) und Namen von Ahnen, die mit Furcht und Ehrerbietung ausgesprochen werden, sind von den Urvätern übernommen. Das grausame, magische Gesetz des Tabu, das Verstöße mit harten Strafen ahndet, findet seinen Niederschlag im indischen Kastensystem. Der Hindu lebt in einem magischen Kreis, aus dem die buddhistische Lehre, die die Überwindung der Begierde und den Sieg des Geistes predigte, ihn vergeblich zu befreien suchte.

*Wischnu im Weltzentrum. Aquarell eines europäischen Missionars, 18. Jh.
Quelle: Bibliothèque Nationale (Estampes)*

## UMWELT UND KLIMA

Die indische Denkweise entwickelte sich aus frühzeitlichen magischen Vorstellungen und dem Glauben an Dämonen. Es entstand ein ethisch-philosophisches System, das in mehrfacher Hinsicht als eines der vollkommensten gelten kann. Verschiedene Anschauungen folgten aufeinander oder überlagerten sich. Auf der alten vedischen Religion baute der Brahmanismus auf. Ihm folgten große philosophisch-religiöse Strömungen, die zur Entstehung des Jainismus und Buddhismus führten. Dann kam es zu einer Rückkehr zum Brahmanismus, der schließlich mit dem Hinduismus verschmolz. Die einzelnen Lehren sind oft so vielschichtig, daß es schwierig ist, neben den tiefgreifenden und prägenden Fremdeinflüssen den eigentlichen Ursprung zu erkennen. Alle Geistesrichtungen zeugen jedoch von einer außerordentlich phantasiereichen Mentalität der verschiedenen Volksgruppen unter dem starken Einfluß der Umwelt und des Klimas. Es drängt sich der Vergleich mit der üppigen Vegetation und den leuchtenden Farben sowie dem schnellen Wachstum und dem unendlichen Formenreichtum alles Lebenden in einem heißen Klima auf. Alles scheint auf ein Ziel ausgerichtet zu sein, das zumeist jenseits der Grenzen der Wirklichkeit liegt. Der Totemismus äußert sich in der frühen kultischen Verehrung der Tiere (Kuh, Schlange, Tiger, Elefant und Affe waren Totems). Mit der weiten Verbreitung der Vorstellung von der Seelenwanderung erlangen sie eine beherrschende symbolische Bedeutung. Der Kult der Zahlen, Formen und Zeichen ist besonders stark ausgeprägt. Er tritt sowohl im Schrifttum wie in den heiligen Tänzen und Gesängen zutage. Tanz und Gesang gehören ebenso zu den magischen Praktiken wie das Sprechen magischer Formeln, durch die Kranke geheilt, Gefahren gebannt, Tod und Feinde vertrieben werden sollen.

In Indien zeigt sich die Magie stärker als in irgendeinem anderen Land als beschwörende Naturreligion, die (was vielleicht durch die Lebensbedingungen erklärlich ist) eine besondere Geisteshaltung erfordert. Sie zeichnet sich durch ein Unvermögen zur Kritik oder zumindest durch weitgehende Kritiklosigkeit aus. Die Gefühle des einzelnen oder der Masse werden ins Ekstatische gesteigert oder stehen unter der suggestiven Einwirkung von Musik, Worten, Formen oder Zeichen.

Der Soma, der einen festen Platz im Mondkult einnimmt, ist eine der ältesten und bedeutendsten magischen Praktiken. Priester und Gläubige brachten den Soma als Trankopfer dar. Das Getränk erzeugt einen ekstatischen Zustand. »Wir haben Soma getrunken und das himmlische Licht geschaut.« An anderer Stelle heißt es: »Ich habe mich von der Erde in die himmlische Weite zum überirdischen Licht erhoben, und dort bin ich mit der Sonne.« In diesen Bereich gehören auch der Feuerritus, bei dem magische Praktiken vollzogen werden, und insbesondere die Zeremonien im Rahmen des Ahnenkults. Es gibt eine Vielzahl überlieferter Praktiken, bei denen Musik, Tanz, Zaubersprüche und andere Verfahren Gläubige und Zuschauer der Wirklichkeit entrücken.

Die Zentralfigur der indischen Mythologie ist Indra, der Sonnen- und Kriegsgott, der furchterregende und grausame Herrscher, der Sieger über alle Feinde. Indra wird von Varuna, dem Gott des Mondes, begleitet, der Ereignisse und Zeit regiert, Gutes belohnt und Böses bestraft. Das indische Pantheon ist von unzähligen anderen Göttern und Dämonen bevölkert. Einen wichtigen Platz nimmt auch Puruscha ein. Er ist der erste Mensch, der den Göttern feierlich als Opfer dargebracht wurde. In dieser Opferzeremonie entstand die Welt. Aus dem Auge des Puruscha entstand die Sonne, sein Kopf wurde zum Himmel. Aus seinen Armen entstanden Krieger und aus seinen Schenkeln Bauern. Dieser alten Legende zufolge ist der Mensch also das Abbild des Universums.

In den riesigen bizarren Darstellungen kommt den Tieren große Bedeutung zu. Alle Formen und Linien dieser mythisch-mystischen Zeugnisse, wie sie uns in Skulpturen und Bauwerken erhalten sind, scheinen übertrieben zu sein.

# EIN GRUNDLEGEND ANDERES DENKEN

Der indische Tanz ist das reinste und beste Beispiel für einen magischen Ritus. Die diabolischen Tänze mit absonderlichen, grimmigen Masken oder die Nachbildungen von Skeletten und Ungeheuern sowie die langandauernden Tänze in ungewöhnlichem Rhythmus, die bei allen feierlichen Anlässen aufgeführt werden, geben dem Volksleben in Nordindien und den Tälern Tibets ihr unverkennbares Gepräge. Die Tänze scheinen kein melodisches Thema zu besitzen. Sie drücken weder Leidenschaft noch Leiden aus, sondern nur entrückte Melancholie, die von tiefer Trauer durchdrungen ist. Diese Geistesverfassung mutet wie eine Bezauberung an und übt einen starken Einfluß auf die Zuschauer aus. Bei den Bewegungen handelt es sich weniger um einen Tanz als eine Aufeinanderfolge von symbolischen Gesten, deren tiefere Bedeutung wir nicht verstehen. Sie vermitteln den Eindruck einer wiederholten Beschwörung in rhythmischer Ekstase. Es drückt sich darin eine seltsame Schönheit in fast rührender Einfachheit aus. Der Tanz ist Ausdruck einer ursprünglichen Naturhaftigkeit. Er ist eine vertonte Legende, deren Sinn wir nicht erfassen können. Er ist die Aufführung einer

*Einer der sechs Raga. Rajastan, Indien, 17. Jh.*
*Quelle: Galerie Slim, Paris*

Geschichte, die weder Anfang noch Ende hat und die Kinder so gern mögen. Man erinnert sich nur an den Rhythmus und den Schritt. Die gleichförmigen Bewegungen scheinen sich in offensichtlichem Zusammenhang mit den Beschwörungen und dem Rhythmus zu wiederholen.

Diese Tänze entbehren anscheinend jeder Erotik. Jede erotische Bedeutung, die in ihnen verborgen sein könnte, wird symbolisch umgesetzt. Dies erklärt vielleicht, warum indische Tänzerinnen wenig Liebreiz ausstrahlen. Diese Tänze weckten in mir häufig die seltsame Empfindung, den Pulsschlag eines fernen, unbekannten Lebens zu spüren, vergleichbar mit dem Gefühl, wenn man in der nächtlichen Stille plötzlich entfernten Straßenlärm wahrnimmt.

Dieser Eindruck beruht auf der unterschiedlichen Denkweise der Menschen des Westens und der östlichen Welt, die der westlichen Kultur weitgehend verschlossen blieb. Dort gelten für das Fühlen und Handeln der Menschen keine Be-

GESCHICHTE DER MAGIE

griffe, wie kausale Zusammenhänge, Erfahrungswissen oder mathematische Erwägungen. Nach Schopenhauer ist die Magie die Vergegenständlichung eines Wunsches ohne jeden kausalen Bezug. Danach ist die indische Lebensauffassung von Grund auf magisch.

In Indien gehen von den Formen, Farben und Düften der Natur sowie vom gleißenden Licht eine so überwältigende Faszination und ein so tiefer Zauber aus, daß man ohne weiteres versteht, warum der magische Glaube so lebendig geblieben ist und die Menschen den Kreis nicht durchbrechen können. Wer Indien kennt, wird verstehen, daß Wissenschaft, Beobachtung und Gelehrsamkeit diese Geisteshaltung nicht vollständig ergründen können. Man muß die hintergründigen, geheimnisvollen Kräfte, die selbst empfindlichste Instrumente nicht registrieren können, selbst gespürt haben. Es wird klar, warum das geistige und gemeinschaftliche Leben so eng mit der gesamten Natur in Verbindung stehen. Diese lebendige und unaufhörlich wirkende Kraft aller Dinge erklärt und begründet zugleich den Kult der Berge, Bäume und Tiere. Sie gehören dem gleichen magischen Lebensbereich an und stehen unter dem gleichen Zauber. Ferne hohe Gebirge und Flüsse stellen für die Gläubigen die höchsten Mächte dar, auf die ihre Gedanken ständig gerichtet sind und von denen fortwährend eine Bedrohung ausgeht. Die Menschen glauben, die Bäume verkörpern die Gesetze, die ihr Leben regieren.

Es besteht eine tiefe Zusammengehörigkeit und enge Verwandtschaft zwischen den großen Palmen mit ausladenden Blättern und den Menschen, die sich in ihrem Schatten ausruhen und ihre Früchte ernten. In allen Legenden und Ritualen spielt der heilige Baum *Asvatha* eine wichtige Rolle. Der Asvatha ist der *ficus religiosa* und trägt auch die Bezeichnung *Banyan*, da indische Kaufleute (banyan) in seinem Schatten Handel treiben. Nach indischer Überzeugung ist dieser Baum ein übernatürliches Wesen. Seine großen, blaßgrünen Blätter sind so leicht, daß sie sich schon bei einem Windhauch bewegen. Die Spitzen der großen Äste biegen sich zur Erde und schlagen Wurzeln, aus denen wieder ein Stamm sprießt. Auf diese Weise entstehen aus einem Baum Hunderte von Stämmen, deren Blattwerk ein schattenspendendes Dach von einzigartiger Schönheit bildet, unter dem sich der Reisende ausruhen kann. Der Asvatha ist Vishnu geweiht. Einigen Autoren zufolge nahm Vishnu selbst die Gestalt dieses Baumes an. In einigen Gegenden Indiens wird der Asvatha dem Gott in einer langen und umständlichen Zeremonie geweiht.

## EINE UNGEWÖHNLICHE VERMÄHLUNG

Oft wird der Baum mit der dreifachen weißen Kordel der Brahmanen geschmückt. Ein sehr altes und ungewöhnliches Ritual beinhaltet die feierliche Vermählung mit einem anderen heiligen Baum, der Shiva geweiht ist und als ihr Gemahl ausgesucht wurde. Der Hochzeitsritus wird mit der gleichen Feierlichkeit vollzogen wie die Vermählung eines Brahmanenpaares. Man bindet die Bäume so aneinander, daß sie nebeneinander wachsen können. Die gläubigen Bauern sehen in diesem Ritus den Bezug zum Menschlichen. Doch in den heiligen Büchern kommt dem Leben des Asvatha eine symbolische Bedeutung zu. Die Äste, die sich zur Erde neigen und Wurzeln schlagen, aus denen wiederum Bäume wachsen, symbolisieren den Geist eines Gottes, der herabsteigt und in einen aus Lehm geformten Körper eingeht. Der Baum ist Sinnbild des Universums und seiner vielfältigen Formen, die sich ständig erneuern, aber stets aus derselben Materie hervorgehen. Er verkörpert die Vorstellung, die in mehr oder weniger deutlicher Form in allen alten Büchern anzutreffen ist, wonach das Leben ein Kreislauf ist.

Die Tiere sind in den kultischen Vorstellungen nicht minder bedeutend. Nach hinduistischer Anschauung kann in jedem Tier ein Gott wohnen. Das Tier besitzt eine erkennbare oder verborgene Kraft, die es auf den Menschen ausüben kann. Die Kuh wird als heiliges Kulttier aufs höchste verehrt. In den lärmerfüllten und verkehrsreichen Straßen der Großstädte kommt der Verkehr oftmals an dem unüberwindlichen Hindernis einer Kuh zum Erliegen. Sie hat sich bedächtig mitten auf der Straße niedergelassen, und niemand wagt, sie von dort zu vertreiben. Es ist untersagt, Kühe zu töten oder ihr Fleisch zu essen. Zwischen den Mohammedanern und Hindus gab es seit jeher scharfe Auseinandersetzungen über die Ernährungsfrage. Dem Hindu ist alles, was mit der Kuh in Verbindung steht, heilig. Ihre Sekrete und Exkremente werden vermischt und ergeben den *apancha gavia*. Dieses Mittel soll gegen alle Krankheiten verwendet werden können, da es von dem heiligen Tier stammt und alle Stoffe enthält, die für die eingehende Reinigung des Gläubigen erforderlich sind. Alle Leiden sind sicher zu heilen, und alle Fehler können ausgemerzt werden, wenn man den Körper mit dieser Mixtur einreibt und davon trinkt. Wer eine alte und kranke Kuh pflegt, tut ein gutes Werk. In Indien gibt es viele Tierheime, in denen ausschließlich schwache Tiere versorgt werden. So blieb das Totem der alten Völker über Jahrhunderte unantastbar.

Die Kuh ist nicht das einzige Tier, das verehrt wird. Die Schlange, die Höllengottheit der Vorzeit, nimmt ebenfalls einen wichtigen Platz unter den zahlreichen

*Der Gott der Weisheit, Ganesha. Tantrische Miniatur
Quelle: Galerie Slim, Paris*

indischen Gottheiten ein. Es gibt in Indien bekannte Schlangentempel, in denen die Priester zahllose Reptilien halten. Der Fisch, der Affe, der Vogel Garuda, den Vishnus Anhänger verehren, der heilige Stier, der Tiger sowie alle Lebewesen haben Anrecht, auf einem Altar verehrt zu werden. Die Richtung des Vogelflugs gilt als Omen. Der Elefant verkörpert den Gott der Weisheit Ganesha. Die Schlangen gelten als heilige Tiere, und Angehörige einer hohen Kaste dürfen nicht einmal Giftschlangen töten. Dies erklärt sich aus dem Glauben (der bei allen Völkern irgendwann einmal bestand), alle Formen des Lebens seien Verkörperungen eines höheren Wesens. In Indien ist dieser Glaube besonders ausgeprägt. Jedes Lebewesen ist eine höhere oder niedere Stufe einer Gottheit.

# GESTIRNE UND KRANKHEIT HEILENDE DÄMONEN

Außer den Konstellationen der Planeten werden auch die Sterne genau beobachtet. In ganz Indien glaubt man, daß der beim Anblick einer Sternschnuppe ausgesprochene Wunsch in Erfüllung geht. Diese Meinung ist auch in den westlichen

Ländern verbreitet. In Indien legt man gleichzeitig den Finger auf den geschlossenen Mund, damit die Seele nicht den Körper verläßt, um mit der Sternschnuppe zu ziehen. Diese magische Geste entstand aus der Auffassung, die Sternschnuppe sei ein Geist, der aus dem Paradies auf die Erde zurückkehrt.

Die indische Medizin trägt auch die Bezeichnung *Ayurveda*, da ihre Lehren den alten vedischen Büchern entnommen sind. Hierin zeigt sich eindeutig ihre magische Grundlage. Sie wird in dieser Form noch offiziell gelehrt und ist von der Regierung gesetzlich anerkannt. Die althergebrachten Regeln, psychologische Beobachtungen und psychische Einflüsse sind in der indischen Medizin von größerer Bedeutung als neue Erkenntnisse der modernen Wissenschaft. Dennoch sind Versuche und klinische Beobachtung nicht ausgeschlossen.

Die Behandlung von Geisteskranken hat in der indischen Medizin einen besonderen Stellenwert. Menschen, die an Halluzinationen leiden, und generell alle Psychopathen werden gewöhnlich gefürchtet, zuweilen verehrt. In besonderen Fällen gelten sie sogar als heilig. Bei heftigen Manien, durch die andere gefährdet sind, werden Exorzismen vorgenommen. Um den von einem Dämon besessenen Kranken zu heilen, beschwört man einen anderen, stärkeren Dämon. Dieser heilende Dämon wohnt zuweilen in einem Bambusstock, den Zauberer auf Marktplätzen verkaufen.

Die Heilung durch seelische Behandlung ist ein wesentlicher Bestandteil der indischen Medizin. In medizinischen Anweisungen ist nachzulesen, daß eine in den Wehen liegende Frau stets froh gestimmt sein muß. Menschen, die an Tuberkulose leiden, sind von Freunden zu pflegen, mit Musik, Wohlgerüchen und lustigen Geschichten zu erfreuen. Bei manchen Krankheiten werden alkoholische Getränke verordnet, die ansonsten verboten sind.

Wasser und Feuer spielen in der magischen Medizin ebenfalls eine große Rolle. Die Persönlichkeit des Arztes ist von ausschlaggebender Bedeutung. Ist er ein Anhänger der alten hinduistischen Medizin und ihrer Praktiken, wendet er eine suggestive Therapie an.

Ein wesentlicher Faktor der indischen Magie ist der Glaube, *schradda*. Ohne festen Glauben und trotz strenger Beachtung der Vorschriften gelangt man nicht zum angestrebten Ziel. Negelein erklärt, daß es sich nicht um den Glauben an die Güte und Gerechtigkeit Gottes handelt, sondern um den Glauben an die magische Kraft der Riten, des wiederholten Sprechens von magischen Formeln, des Wertes der Versöhnungsrituale und an die Macht der Brahmanen. Alle hinduistischen Rituale setzen Glauben voraus. Durch den Glauben sind alle Wunder möglich.

Die Welt des Hindu ist von Dämonen und Zauberern bevölkert. Die Glaubensvorstellungen beruhen auf seltsamen und grotesken, mit dem Totem in Verbindung stehenden Auffassungen. So soll sich ein Mensch z. B. in einen Tiger verwandeln können.

In Indien existieren noch alle magischen Praktiken, die aus der Geschichte der Naturvölker bekannt sind. Alle Arten der Wahrsagerei – durch Würfel, Muscheln, Worte, Zeichen oder Feuer –, Ordalien und Exorzismen sind weit verbreitet.

## VEGETARISCHE LEBENSWEISE

Alle Worte und Taten des Erleuchteten sind gegen die Magie gerichtet. Buddha verachtete die Gesetze der Kasten, sprach den magischen Praktiken jeden Wert ab und lehrte die Glückseligkeit durch rechtes Handeln. Vielleicht konnte sich der Buddhismus daher nie in ganz Indien durchsetzen. Nach einigen Jahrhunderten wurde er durch den Glauben an die Magie, der sich im Schutze des Brahmanismus erneut in Indien verbreitete, fast vollständig zurückgedrängt.

Die Verdienste des Erleuchteten sind einzigartig in der Geistesgeschichte. Buddha zerstörte oder versuchte den Glauben an die Magie zu zerstören. Er lehrte die Menschen den geistigen Wert der Sittengesetze und wandte sich mutig vom symbolischen Kult ab. Durch sein Vorbild vermittelte Buddha den Sinn für den Wert des Opfers und die Gerechtigkeit sowie die Schönheit des Lebens und die Frömmigkeit. L. H. Elliot meint, es sei Ironie des Schicksals, daß man ihn auf den Thron erhob, den er abschaffen wollte. Daraus geht hervor, daß es speziell bei Völkern mit einer geschlossenen Gesellschaftsordnung, wie dem indischen Kastenwesen, sehr schwer ist, den Glauben an Symbole, Wunder und überirdische Kräfte durch ethische und moralische Werte zu ersetzen. Möglicherweise liegt der Grund dafür in der Armut und Unwissenheit der Landbevölkerung, die zahlenmäßig den größten Anteil ausmacht, sowie in den vielen Naturkatastrophen und Epidemien, die das Land überziehen.

Die enge Verbindung von Magie und hinduistischem Glauben wird an der Bezeichnung *Brahman* deutlich. Sie leitet sich von einem Wort ab, das »magische Kraft« bedeutet. Daher schreibt man dem Priester (Brahmane) die Kraft zu, Kranke durch Handauflegen heilen zu können. Eine von einem Brahmanen ausgesprochene Verwünschung wird sofort wirksam und kann nicht rückgängig gemacht werden (wie der Segen Jakobs). Vorhersagen der Priester treten mit Sicherheit ein, z. B. die dem Neugeborenen ins Ohr geflüsterte Prophezeiung eines langen Lebens.

Jegliche Nahrungseinnahme unterliegt magischen Vorschriften. Man sagt, der *ghi* (flüssige Butter) sei die heiligste und beste Nahrung, um das Leben zu verlän-

*Buddha. Freskenmalerei im Tempel von Chotscho in Ostturkestan*
*Quelle: Galerie Slim, Paris*

gern. Die Väter flößen den kleinen Kindern die Flüssigkeit mit einem goldenen Löffel ein. Nach einer alten medizinischen Empfehlung soll man dem Neugeborenen eine Mischung aus Butter, Honig und Goldpulver geben.

Dem berauschenden Saft der Soma (*Asclepias acida*) wird die Eigenschaft zugeschrieben, Geduld zu verleihen. Der Verzehr von Fleisch ist untersagt. Die harten Kämpfe zwischen Hindus und Mohammedanern entbrannten meistens aus der Verachtung der Hindus für Menschen, die Fleisch essen. Hierin zeigt sich, wie das gesamte Leben Indiens noch immer von der magischen Denkweise beherrscht wird.

Der Brahmanismus ist von den frühzeitlichen Vorstellungen der allgegenwärtigen und unauslöschlichen Magie und dem erdrückenden oder belebenden Zauber überirdischer Kräfte durchdrungen. Er ist eine Lehre für Eingeweihte, die an die Notwendigkeit der Selbsthingabe und eines asketischen Lebens glauben. Diese beiden Grundsätze wurden zum Kernpunkt einer neuen Religion. Die Rituale bezwecken in erster Linie, den Geist des Menschen von irdischen Dingen abzulenken. Alle geistigen Fähigkeiten des Menschen streben nach völliger Selbstbeherrschung, um das geistige vom körperlichen Leben zu trennen und es von ihm unabhängig zu machen. Dieses Streben nach Aufheben des Leidens, nach asketischer Versenkung und Vergeistigung des Lebens konzentriert sich im Yoga.

# YOGA

Aus dem uralten Glauben an das Leben nach dem Tod entwickelte sich in der brahmanischen Religion die Lehre von der Seelenwanderung. Nach brahmanischer Anschauung durchlebt die Seele des Verstorbenen verschiedene Daseinsstufen. Sie wird als Pflanze, Tier, Mensch, Dämon und schließlich als Gottheit wiedergeboren. Eine aufrichtige und fromme Lebensführung ist die beste Gewähr für die Erhöhung der Seele. Diese Lehre führte zu Praktiken, durch die die Seele von unreinen Wünschen und Gedanken befreit werden sollte. Die höchste Stufe der Läuterung ist *Atman*. Es ist ein ekstatischer Zustand der Vereinigung des Menschen mit dem All.

Der Buddhismus verfolgt ein ähnliches Ziel. Er will den Menschen von den zahllosen Existenzstufen des Wiedergeborenwerdens, von Durst und Leiden befreien. Die Glückseligkeit erfüllt sich im *Nirvana*. Es ist die Aufhebung allen Leidens, es steht über dem Sein und dem Nichtsein. Diese Anschauung stellt eindeutig eine Rückkehr des Buddhismus zu der magischen Volksreligion dar. Die ur-

*Ein Hindu-Asket. Anfang 20. Jh.
Quelle: Galerie Slim, Paris*

sprüngliche alleinige allesschaffende Kraft entwickelte sich im Hinduismus zu dem göttlichen Wesen in drei Gestalten: Shiva, Krishna und Vishnu. Daneben existieren unzählige Dämonen und übernatürliche Wesen, auf die der Mensch mit verschiedenen Mitteln und durch entsprechende Praktiken Einfluß ausüben kann.[3]

In allen Entwicklungsstufen des indischen Denkens treffen wir auf den Glauben, daß eine besondere Geistesverfassung erforderlich ist, um nach Überwindung aller Hindernisse die Selbstopferung zu erreichen. Wir sehen darin die systematische Erweckung und Erweiterung des Unterbewußten und den allmählichen Wandel einer Methode, deren Form und Ergebnisse sich der Zeit und dem Menschen anpassen. Ihr Ziel: die Loslösung bleibt stets bestehen. Sie soll dazu führen, sich über das Körperbewußtsein und das materielle Leben zu erheben, durch Überwindung aller Widerstände und Schwierigkeiten zu einem höheren, rein geistigen Bewußtsein zu gelangen. So beherrscht die Magie in absoluter Überlegenheit das organische Leben, Menschen, Tiere, Pflanzen, Zeit und Raum.

Alle Formen des Yoga gründen sich auf diese Anschauung. Es gibt viele Bücher über den Yoga. Manche Autoren betrachten ihn als Ausdruck einer hohen

Philosophie oder als strenge rituelle Praktik. Andere halten ihn für einen umständlichen Scharlatanismus und einen raffinierten Betrug. In neuerer Zeit sind viele Yoga-Lehren und -Schulen entstanden. Der indische Arzt Vasant G. Rele hat ein sehr aufschlußreiches Buch geschrieben, in dem er sich vornehmlich mit dem *Kundalini* oder *Laya Yoga* befaßt. Es handelt sich um eine der ältesten Yoga-Formen, die auf der magischen Kraft der Schlange beruht. Der Laya-Yoga erfordert mehrere Stufen der Vorbereitung, die in unterschiedliche Stadien einmünden, einschließlich dem vollkommenen Vergessen des körperlichen Ichs, oder anders ausgedrückt, dem vorübergehenden Aussetzen des Lebens. Vasant G. Rele nahm in Bombay im Beisein mehrerer Ärzte einen Versuch an einem Patienten vor. Durch die suggestive Kraft der Yoga-Technik setzten der Puls der Speichen- und Schläfenbeinarterien sowie der Herzschlag für mehrere Sekunden aus. Rele untersuchte den Patienten unter strenger wissenschaftlicher Kontrolle mit Röntgenstrahlen, Pulswellenmesser usw. Seine Erkenntnisse sind vielleicht nicht in allen Punkten einsichtig, und sie liefern keine vollständige Erklärung. Doch sie weisen den Weg, der zu beschreiten ist, um dieses Phänomen auf unsere wissenschaftlichen Kenntnisse der Anatomie und Physiologie zu übertragen.

Das Wort *Yoga* ist von *juja* (lat. *jugum* – Joch) abgeleitet. Es bedeutet vereinigen oder verschmelzen und beherrschen. Wie zwei Metalle durch Schmelzen oder andere Verfahren miteinander verbunden werden, wird im Yoga die individuelle Seele (*Jivatman*) mit der Überseele (*Paramatman*) eins. Der Weg führt über körperliche und geistige Übungen zur Vereinigung. Manche Autoren definieren den Yoga als eine Konzentration, durch die die Seele von den materiellen Fesseln befreit werden soll. Andere erklären ihn als »die Wissenschaft, die den Menschen befähigt, Schwingungen, Bewegungen und Ereignisse, die sich im All vollziehen, wahrzunehmen und aufzunehmen«. Für die Yogis ist es der Weg, sich durch Konzentration und Kontemplation einem festgelegten und angestrebten Ziel zu nähern. Es gibt mehrere Methoden, zu diesem Ziel zu gelangen. Der Karma-Yoga ist die Ausrichtung aller Handlungen und Gedanken auf das Göttliche. Der Bhakti-Yoga lehrt die selbstlose Hingabe, um sich ganz auf das Göttliche zu konzentrieren. In der höchsten Form, dem Jnana-Yoga, soll sich die Seele schließlich mit der Gottheit identifizieren.

Diese kurz angedeuteten Yoga-Formen lassen erkennen, daß es möglich ist, die Beherrschung des vegetativen Nervensystems, ja sogar das Aussetzen des Pulsschlages zu erreichen, wie das Bombayer Beispiel beweist. Rele befaßte sich eingehend mit den *asanas* (Sitz) und Methoden des Yoga. Er beweist, daß die alten Gelehrten, die diese Methoden ausarbeiteten, das Nervensystem bestens

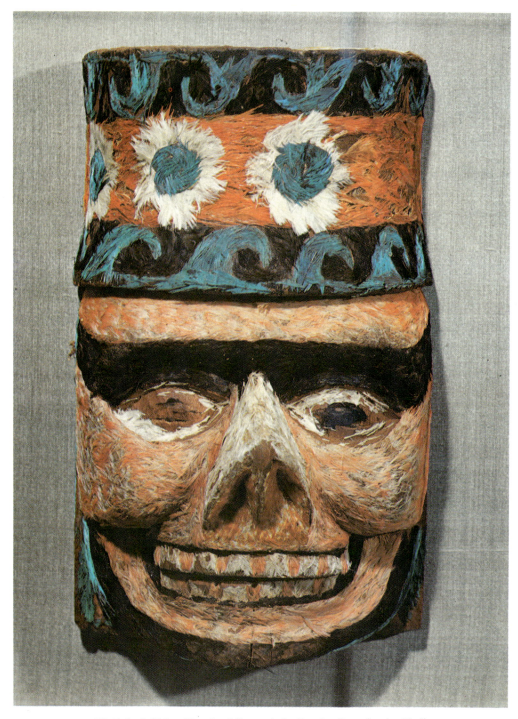

*Mit Feder beklebter Totenkopf für magische Zwecke. Peru, 9. oder 10. Jh.
Quelle: Sammlung Hélène Kamer*

*← Indra auf seinem Elefanten Airavata
Quelle: Galerie Slim, Paris*

*Hinduistische Opfer. Miniatur, 18. Jh.*
*Quelle: Bibliothèque Nationale (Estampes)*

*Die Stämme Israels haben sich um den Tempel versammelt. Deutsche Gravur, 17. Jh.*
*Quelle: Bibliothèque Nationale (Imprimés)*

kannten. Ihre Vorstellungen von den Funktionen des Zentralnervensystems und insbesondere des sympathischen und Lungen-Magen-Nervensystems stehen kaum hinter unseren modernen wissenschaftlichen Kenntnissen zurück. Alle Reize auf die Nervenzentren (*chakra*) gehen von der geheimnisvollen Kraft *Kundalini* aus. Die göttliche Kraft wird durch den *Kundalini* und die sechs *chakras* und ihre Nebenzentren auf den menschlichen Körper übertragen. Normalerweise ruht der *Kundalini*. Er wird erst durch die Ausübung des Yoga geweckt und angeregt. Dann ist die Seele zur Wahrnehmung des Überirdischen fähig. Sie erhebt sich aus dem Sumpf der Lügen, die Vollkommenheit des Schönen erfüllt des Menschen Herz mit Freude. Der *Kundalini* beherrscht alle Lebensfunktionen, er ist die Lebensenergie und die Einzelverkörperung der kosmischen Kraft, die das Universum erschafft und erhält. Wo ruht diese latente Kraft? Alten Texten zufolge ruht sie im *Brahman-Randhra*, d. h. in der vierten Hirnkammer. Im ruhenden Zustand ist die Einzelseele unfähig, mit der höchsten Seele eins zu werden. Andere Texte lokalisieren den *Kundalini* in anderen Zentren. Wir können hier nicht den Gründen nachgehen, warum Rele den *Kundalini* dem *Nervus vagus* oder dem zehnten Hirnnerv gleichsetzte. Er tritt durch das Hinterhauptloch aus der vierten Hirnkammer aus und verläuft entlang der Wirbelsäule bis zum Unterleib. Er trägt zur Innervierung der Organe bei und steht mit dem Sonnengeflecht in Verbindung.

## DIE HÖCHSTE WIRKLICHKEIT

Um sich über das Körperbewußtsein zu erheben und mit der Überseele eins zu werden, strebt der Yogi einen Zustand der körperlichen Ruhe und Verinnerlichung der Aufmerksamkeit und des Willens an. Sie ermöglichen ihm die vollkommene Beherrschung und bewußte Kontrolle der wichtigsten Nervenzentren. Dieser Zustand entspricht insofern einem passiven Zauber, als das Denken ausgeschaltet ist und die Aufmerksamkeit und der Wille sich auf einen Gedanken oder etwas Überirdisches konzentrieren. Es wäre denkbar, daß der Yogi durch die Kontrolle des Nervus vagus das Unterbewußte zu wecken versucht. Möglicherweise ruht die geheimnisvolle Kraft des *Kundalini* im Unterbewußten, das durch die vollständige Unterdrückung von Gefühlen, die Ausschaltung psychischer Eigenaktivität und die Wiederherstellung verschütteter Verbindungen zwischen dem Menschen und dem Kosmos geweckt werden kann.

Der Leser kann sich anhand der Vorschriften für die vierte Stufe davon überzeugen: »Die Augen sind halbgeschlossen auf einen Gegenstand zu richten, der

*Eine Frau bringt einem Büßer Speise. Englischer Stich, 1783*
*Quelle: Musée des Arts Décoratifs*

innerlich geschaut werden soll (diese Punkte sind durch magische Kreise gekennzeichnet). Gelingt es dem Yogi, sein Bewußtsein und seine Atmung auf die inneren Dinge, die er kennenlernen möchte, zu konzentrieren, und richtet er seinen Blick mit leicht gesenktem Haupt auf einen Punkt, ohne jedoch an den betrachteten Gegenstand zu denken, da in Wirklichkeit seine gesamte Aufmerksamkeit von den innerlich wahrnehmbaren Dingen in Anspruch genommen wird, ist er auf dem Wege zur höchsten Wirklichkeit, zur Befreiung des Geistes.«

Das langwierige Verfahren, das heute in vielen Schulen gelehrt wird, ist sozusagen ein passiver Zauber durch intensive Autosuggestion, der schließlich zur dreifachen Wahrheit und der Beherrschung der okkulten Kräfte führt.

Die Autosuggestion oder Bewußtmachung des Unterbewußten ist die höchste geistige Form des Yoga. Sie kann durch manche Praktiken des Fakirwesens zur Fremdsuggestion oder Beeinflussung des kollektiven Unbewußten führen.

Hierbei verwendet der Yogi alle Riten der Magie. Einige Autoren, unter anderem Eliphas Lévi, vertreten die Ansicht, die schwarze Magie sei aus der indischen

Magie hervorgegangen. Ähnlich der primitiven Zauberei bedient sie sich – allerdings in stark vervollkommneter Form – der Massensuggestion durch Worte, Handlungen, Gerüche, Talismane, Amulette und Musik. Vor den Augen der Zuschauer wächst unter den Beschwörungen des Fakirs ein Baumstamm. Ein Baby wird mit einem Bambusstab in die Luft geworfen, zerfällt, und der Fakir setzt es sofort wieder zusammen. Die Beispiele lassen sich beliebig fortsetzen. Die Massensuggestion erklärt alle diese Erscheinungen, die nur von den Zuschauern unter Einwirkung der Bezauberung wahrgenommen werden. Sie werden sorgfältig durch die Umgebung und andere unerklärliche, aber angeblich objektiv überprüfbare Faktoren und langes angespanntes Warten darauf vorbereitet. Diese Erscheinungen sind Halluzinationen und beruhen auf magischer Suggestion.

Diese Dinge lassen sich mit Sicherheit am besten in dem Land untersuchen, in dem sie sich im Laufe von Jahrtausenden durch lange psychische und physische Vorbereitung entwickelt haben und sich ihnen eine ideale Umwelt bietet. Wir können schließlich fragen, ob die Idee des Yoga und seiner Praktiken nicht aus frühen magischen Vorstellungen herzuleiten ist und im Grunde eine Folgeerscheinung darstellt. Bei allen Völkern stand der magische Glaube zeitweise unter dem beherrschenden Einfluß mystischer oder metaphysischer Elemente, die verändernd auf ihn einwirkten. Bei den westlichen Völkern ist die mystische Magie von der Religion überlagert worden. Wissenschaftliche Erkenntnisse und objektive Kritik haben sie in ihrer Entwicklung gestört bzw. unterbrochen. Zahlreiche mit dem Irrealen in Verbindung stehende Vorstellungen gingen fast vollkommen verloren. Die Grenzen des Bewußtseins erweiterten sich durch die Entstehung neuer Systeme und Darstellungen des Ich. In Indien hat sich das angewandte wissenschaftliche Denken nie richtig durchgesetzt. Die Grenzen zwischen Realem und Irrealem, zwischen Subjekt und Objekt sowie Bewußtem und Unbewußtem sind nie klar gezogen worden. Daher ist der Hinduismus die einzige Lehre, die ungebrochen weiter besteht. Die Riten werden zum beherrschenden Element des transzendenten Mystizismus. Meines Erachtens beruhen Denkweise und Kultur Indiens auf jahrtausendealten magischen Grundlagen, die bis heute unzerstört sind.

*Osiris in Gestalt einer Mumie.
Bronzestatue, 3. Jh. v. Chr.
Quelle: Galerie Mythologies, Paris*

# 5. KAPITEL

## DIE ÄGYPTISCHEN MYSTERIEN

Ägypten war seit frühester Zeit das Land der Symbole und Mysterien, der Magie und Alchimie sowie aller geheimen Künste. Kein Volk hat uns einen solchen Reichtum kostbarer und gut erhaltener Baudenkmäler aus ferner Vergangenheit hinterlassen. Über kein Land gibt es eine so umfangreiche Literatur, die sich mit den jahrhundertelang unerforschten Mysterien befaßt und die Riten, Tempel und Gräber beschreibt, welche dem Laien für immer verborgen geblieben wären. Der Glaube – der später zum Dogma erhoben wurde –, die Seele verlasse den Körper und lebe nach dem Tode weiter, entstand wahrscheinlich in Ägypten. Die Vorstellung von einem Totengericht ist zum ersten Male auf Bildern in ägyptischen Gräbern dargestellt. Der Mythos des Osiris, der zweifellos auf einem frühen Sonnenmythos beruht, bekundet das Wissen um den Tod, seine Überwindung und eine frühe Vorstellung von möglichen Daseinsveränderungen und Wiedergeburt in neuer Gestalt.

Die Magie beherrschte im alten Ägypten alle Bereiche des Lebens. In diesem Land nahm sie wahrscheinlich ihren Ursprung, hier entwickelte sie sich erstmalig zu einer Religion.

Mit Hilfe der Magie sind die beiden wichtigsten Aspekte der ägyptischen Metaphysik zu erklären: die Schaffung der Welt (die Kosmogonie von Heliopolis) sowie die Vorstellung von Leben und Tod. Alle Mythen beruhen auf magischen Vorstellungen, z. B. dem Sonnenmythos, dem des Skarabäus, der am Himmel umherirrt, sowie des jungen Horus, der aus einer Lotusblume geboren wurde, gegen die Schlange kämpfte und auf dem Rücken seiner Mutter, der Himmelskuh, die Menschen verließ. Die ältesten Darstellungen höherer Wesen – des Falken Horus, des Hundes Anubis, des Ibis Thot, des Krokodils Thebens, der Kuh Hathor und viele andere – entspringen totemistischen Anschauungen. Im Laufe der Zeit wurden die Gottheiten als Mischwesen, d. h. Menschenkörper mit Tierköpfen dargestellt. Danach verliert das Tier vollkommen an Bedeutung. Es wird nur noch in Details, wie den Hörnern der Gottheiten Amun, Isis und Hathor, angedeutet. Nach Moret ist die Entwicklung des menschlichen Denkens an der Geschichte der Magie abzulesen. Die Kunstwerke aus vorgeschichtlicher Zeit zeigen ausschließlich Totemfiguren – Tiere, Pflanzen und Gegenstände. Zu Beginn der ersten Dynastie nahmen Falken und Fische menschliche Züge an. Am Ende der zweiten Dynastie erschienen die ersten Abbildungen von Menschenkörpern mit den Köpfen der alten Totems, die zu menschenähnlichen Göttergestalten wurden. Diese Art der Gestaltung verbreitete sich recht schnell. In den Heiligtümern traten neue göttliche Wesen an die Stelle der alten Götter, die bis zum Zerfall des ägyptischen Reiches und einem späteren Wiederaufleben in Vergessenheit gerieten.

Tiere und Totemfiguren sind in der Ikonographie jeder Epoche anzutreffen. Das Schutztotem eines Klans wurde häufig im Wappen aufgenommen.

Einige Totems wurden als Götter verehrt. Der Stier z. B. wurde seit der Herrschaft Ramses II. bis zur Zeit des Königs Ptolemaios im Tempel des Ptah angebetet. Andere Tiere waren häufig lediglich Lokalgottheiten. Nach ihrem Tode wurden sie mumifiziert und in heiligen Gräbern bestattet. Wer einen Falken oder Ibis tötete, wurde mit dem Tode bestraft. Wie Herodot berichtet, galt die Macht dieser heiligen Tiere nur für eine bestimmte Stadt oder Provinz. An anderen Orten hatten sie keinen Einfluß. Sie genossen daher auch keinen Schutz, und man scheute sich nicht, ihr Fleisch zu verzehren. Der alte Totemglaube tritt hier noch deutlich zutage.

## DAS LEBEN NACH DEM TODE

Als ganz Ägypten später unter der Herrschaft eines Königs vereinigt war, dessen Macht über die Grenzen des Landes reichte, entwickelte sich auch die Religion zu einer höheren Form. Die Götter wurden zu Naturgottheiten und verkörperten die Kräfte der Natur. Doch die heiligen Riten bewahrten im wesentlichen ihren magischen Charakter. Der Osiris-Mythos, der eine grundlegende Vorstellung von Tod und Auferstehung vermittelt, wurde in ganz Ägypten dargestellt. Die alten Texte enthalten magische Formeln für die Läuterung und Bestattung des Leichnams, die Wiederauffindung und Zusammensetzung des Körpers sowie die Darbringung von Opfergaben. Die magischen Formeln, die im *Totenbuch* niedergeschrieben sind, wurden von Osiris, dem Totenrichter, gesprochen. Im alten ägyptischen Glauben war die Angst vor dem Tod gänzlich unbekannt. Waren alle

*Ägyptisches Totenschiff aus der Zeit des Mittleren Reiches*
*Quelle: Galerie Uracus, Paris*

heiligen Riten vollzogen und das Grab des Toten mit den wichtigsten Nahrungsmitteln und Gegenständen, die dem Verstorbenen im irdischen Leben Freude bereiteten, ausgestattet, konnte er von einem Leben in das andere treten, wo ihn alle Freuden erwarteten. So wie der Gott Anubis den Körper des Osiris vor der Verwesung bewahrte, mußte notwendigerweise auch der Leichnam des Verstorbenen mumifiziert werden. Es waren die gleichen überlieferten Verfahren, die in einem starren Ritual vollzogen wurden. Man legte den präparierten Körper in eine Salz- und Natronlösung. Anschließend wurde er mit Öl und Salben eingerieben und mit Leinenbändern, auf die Zeichen geschrieben waren, umwickelt. Eingeweide und Herz wurden in Gefäßen aufbewahrt, die mit Abbildungen der vier Söhne des Horus geschmückt waren. Die wichtigste feierliche Handlung, das Öffnen der Augen und des Mundes, fand geheim im Tempel statt. Ein mit einem Pantherfell bekleideter Priester berührte das Gesicht, den Mund und die Augen des Leichnams mit dem Zauberstab, während ein zweiter Priester die Zauberformel sprach. Anschließend wurde der Körper sofort in seinem Grab versiegelt.

In seinem Buch *La Magie de L'Egypte ancienne*, Paris 1925, das interessante Erläuterungen zu Texten, Praktiken und Bildern enthält, schreibt Lexa, daß den

Bewohnern des alten Ägyptens das Leben nach dem Tode wichtiger als das irdische Leben war. Sie betrachteten es nur als einen kurzen Aufenthalt. Aus dieser Anschauung erklären sich die umfangreichen, sorgfältigen Vorbereitungen, die man in Ägypten für das künftige Leben traf. Die Bestattungsriten waren in allen Einzelheiten festgelegt, und es wurde für alles auf die bestmögliche Weise vorgesorgt. Dem Grab wurden Figuren beigegeben, die die Aufgaben des Toten im Reich des Osiris verrichten sollten. Nachbildungen von Dienern, Bauern, Tieren und selbst Göttern sollten den Toten auf seinem Weg begleiten und ihn schützen.

Die Zauberformeln für die Auferstehung sind uns durch die in den Pyramiden gefundenen Papyri überliefert. Plutarch beschreibt den Zauberritus der *cysta mystica*. Man trug ein goldenes Gefäß zum Nil und füllte es mit Wasser. Dann mischte man Erde darunter und formte aus der Masse kleine Figuren, in die Samenkörner eingeschlossen wurden. Das Samenkorn trieb einen Sproß durch die Form hindurch. Er war das Zeichen eines neuen Lebens, der Kraft der Natur, der Wiederkehr des Frühlings und das Sinnbild des Glaubens an die Auferstehung.

Budge äußert in seinem Buch *Egyptian Magic* die Ansicht, der Einfluß der Magie auf die gesamte ägyptische Kultur, von der Frühzeit bis zum Niedergang des Reiches, sei so tiefgreifend und nachhaltig, daß man ihn gar nicht in seinem vollen Ausmaß ergründen könne. In der vierten Dynastie war die magische Kunst offiziell anerkannt. Doch die magischen Praktiken bestanden bereits in der prädynastischen Zeit, sie sind älter als jede Gottesvorstellung. Der magische Inhalt der Hieroglyphen ist so offensichtlich, daß Breasted zu der Überzeugung gelangte, alle Inschriften stellten nur eine Sammlung magischer Texte dar. Die magische Kraft des geschriebenen und gesprochenen Wortes, der Amulette und Talismane ist ein wichtiger Faktor ägyptischer Magie.

## ZAUBERFORMELN UND KRAFT DES NAMENS

Magie und Religion waren in Ägypten eng miteinander verflochten. Die Trennung zwischen Priester und Zauberer trat erst in späterer Zeit ein und vertiefte sich, als politische und moralische Gesichtspunkte in der Religion an Bedeutung gewannen. Die Götter sind zweifellos die Urheber der Zauberformeln. Thot ist der »Gott der klugen Rede, der Herr über Wort und Schrift«. Isis ist die große Prophetin, die alle Geheimnisse kennt. Khonsu beherrscht die magischen Riten und bezaubert auf Anordnung der Götter. Die Götter besitzen die höchste Macht. Die unsichtbaren niederen Wesen, die die Erde oder das Meer bewohnen, können sich nicht mit den Göttern messen. Sie besitzen allerdings die Kraft,

*Holzkasten, in den die Kanopen gestellt wurden. Ende der 26. Dynastie*
*Quelle: Galerie Uracus, Paris*

Krankheit und Unglück zu bewirken, Menschen und Tieren den Tod zu bringen und die Ernten zu vernichten. Erfahrene Menschen, die die Namen der Götter, Geister und Dämonen kennen, können durch die Zaubersprüche Macht über sie erlangen. Das Wort, der Name, die Betonung und der Rhythmus sind bei allen heiligen und magischen Handlungen von ausschlaggebender Bedeutung. Nach ägyptischer Auffassung wirkt der Name eines Gottes oder Königs, eines Geistes oder eines heiligen Tieres durch sich selbst. Das Aussprechen des Namens ist eine zauberkräftige Handlung, die böse Folgen haben kann, sofern nicht alle Vorschriften beachtet werden. Das strenge Verbot, die heiligen Namen von Gottheiten auszusprechen, das auch in der Bibel genannt ist, beruht zweifellos auf der Angst vor den Folgen, die die unbedachte Nennung eines Namens nach sich ziehen kann. Sie kommt einer Beschwörung gleich, für die keine Schutzmaßnahmen getroffen wurden. Die Namensnennung bei der Anrufung verstorbener Könige, ihre Titel in den Zaubersprüchen, dem *Totenbuch* oder in heilkundlichen Papyri sind eine Beschwörung. Es gibt zahlreiche minuziöse Vorschriften, wie für einen bestimmten Zweck ein mächtiger und gefürchteter Name anzurufen ist, ohne ihn dabei zu nennen.

Die Magie war ein wesentlicher Bestandteil der ägyptischen Heilkunde. Der Zauberer sprach magische Formeln, um den Kranken durch die Vertreibung der bösen Dämonen zu heilen. Dieses Ritual war in Praktiken eingebunden, die grundlegende medizinische Kenntnisse erforderten.

Die Talismane und Amulette stellten Götter, Könige oder Tiere dar. Häufig verwendete man auch Täfelchen mit den Symbolen des Lebens, der Gesundheit, der Macht oder der Schönheit, bzw. mit den Hieroglyphen, die die Begriffe Hilfe,

Schutz oder Heilung ausdrückten. Das Symbol hatte die gleiche Wirkung wie das ausgesprochene heilige Wort oder der Zauberspruch.

Den Zeichen, vor allem in Form eines Skarabäus, maß man große Bedeutung zu. Durch seine Herzform symbolisierte der Skarabäus Leben und Unsterblichkeit. Häufig legte man einen steinernen Skarabäus mit eingravierter Zauberformel in Mumien, deren Herz herausgenommen worden war und zusammen mit den Eingeweiden in Alabastergefäßen aufbewahrt wurde. Neben diesen Figuren gab es Pergament- und Papyrusamulette, auf die Zeichen geschrieben wurden. Man befestigte oder verknotete sie aufgerollt am Hals des Toten. Der Knoten war ein sehr beliebtes Amulett. Die Hieroglyphe *dmz*, die »befestigen«, »lösen« und »verbinden« bedeutet, ist ein gezeichneter Knoten. Die verschiedenartigsten Gegenstände, z. B. Skarabäen und Teile kleiner Tiere, wurden eingeknotet.

# DIE TALISMANE

Das Ägyptische Museum in Kairo besitzt eine wunderbare Sammlung von Skarabäen, auf die der Name eines Pharao in einen kleinen Kreis graviert ist. Es handelt sich um einen Namen, der tabu war. Er verlieh dem Menschen, der den Namen trug, ihn aussprach oder niederschrieb, magische Kraft. Es gibt Tausende von Amuletten: ausgestreckte Finger und Augen in allen Größen und Farben in prächtiger Emailarbeit, Lebensbäume, Menschen und Tierfiguren. Die Neugier der Archäologen und die Respektlosigkeit der heutigen Zeit kennen keine Grenzen. Man holte die Talismane aus den alten Gräbern und stellte sie in Glaskästen zur Schau. Dort erinnern sie nun an ihre Kraft und bekunden schweigend die mannigfaltigen magischen Vorstellungen der alten Ägypter.

Das *Totenbuch* und die Zauberpapyri sind Sammlungen der rituellen Formeln und Exorzismen. Für jede Situation und gegen jede Gefahr gab es eine Formel und ein Mittel.

Das Wohl der Kinder wurde ebenfalls durch Zauberpraktiken geschützt. Folgender Text ist einem Exorzismus aus dem *Buch der Zaubersprüche für Mutter und Kind* entnommen:

»Geh hinweg, o du in der Dunkelheit lebende Tote, deren Nase entstellt ist. Geh hinweg, ohne deine Tat auszuführen. Bist du gekommen, dieses Kind zu umarmen, so werde ich es dir nicht erlauben. Bist du gekommen, seinen Schrei zu ersticken, so werde ich es nicht zulassen. Bist du gekommen, mir das Kind zu entreißen, so werde ich dich daran hindern. Aus Liebe zu ihm habe ich Zaubermittel gegen dich ausgelegt. Lattich und Knoblauch, deren Geruch du nicht erträgst,

*Ägyptische Talismane. Oben: Horus mit geflügeltem Skarabäus; unten: die vier Söhne des Horus.
Aus der Zeit der Ptolemäer
Quelle: Galerie Mythologies, Paris*

sowie Honig, den die Menschen mögen, Tote aber verabscheuen, und auch eine Garnrolle. Geh hinweg und laß von deiner Absicht ab!«

Die heilkundlichen Papyri enthalten eine Vielzahl von magischen Formeln zur Behandlung von Kranken. Folgende Formel soll gegen Rheumatismus wirksam sein:

»Verschwinde, o Rheumatismus, Sohn des Rheumatismus, der die Knochen bricht, den Kopf zum Bersten bringt und die sieben Öffnungen des Kopfes mit Schmerzen erfüllt. Das ist das Heilmittel: die Milch einer Wöchnerin. Das ist der süße Duft, der dich aus dem Körper des Opfers vertreiben wird. Hinaus, falle zu Boden, du Unreiner, der so viel Leid bringt.«

Bestimmte Zauberformeln galten für den Augenblick, in dem der Heilkundige das Arzneigefäß in die Hand nahm. Andere waren bei der Zubereitung der Arznei aus Gerste, Honig oder Fett zu sprechen. Der Heilkundige legte einem Verletzten selbst den Verband an und entfernte ihn auch eigenhändig. Die magischen

Formeln sind ein Gemisch aus Gebeten, Drohungen, Befehlen, Verboten und Exorzismen.

In der ägyptischen Heilkunde gingen magische Praktiken und empirisches Wissen eine enge Verbindung ein. Der Kranke vertraute nicht nur auf die Magie, sondern ließ sich gleichzeitig von einem Heilkundigen behandeln. Im Papyrus Ebers ist niedergeschrieben, daß magische Formel und Medikament eine Einheit bilden. Es wird ausdrücklich betont, daß außer den magischen Praktiken ein geeignetes Medikament erforderlich ist. Lexa nennt zahlreiche Dokumente, aus denen hervorgeht, wie ärztliche Versorgung und magische Praktiken einander ergänzen.

In der Einleitung des Papyrus Ebers heißt es: »Wenn das Heilmittel verabreicht wird, müssen auch die feindlichen Kräfte aus meinem Herzen und meinem Körper vertrieben werden. Die magischen Formeln entfalten ihre Kraft in Einklang mit dem Heilmittel, und die Heilmittel helfen in gemeinsamer Wirkung mit den magischen Formeln.«

Es gibt einen magischen Ritus, der meines Erachtens besonderes Interesse verdient, da er mit modernen Praktiken vergleichbar ist. Es handelt sich um den Ritus, in dem die Götter, die Geister des Lichts und die Schatten der Verdammten beschworen werden. Er ist in den demotischen Papyri beschrieben, die in London und Leyden aufbewahrt werden. Ich beziehe mich in meiner kurzen Zusammenfassung auf Lexas Buch:

Der Zauberer bestimmt einen jungen Mann, der noch keine Frau berührt hat. Amulette schützen den Jüngling gegen alle Gefahren, die ihn bei der Beschwörung bedrohen. Der Zauberer eröffnet den Ritus mit einem Gebet und bittet die Götter um Beistand. Er zündet in einem dunklen Raum ein Licht an. Dann stellt er sich vor oder hinter den jungen Mann, dessen Augen geschlossen sind, und spricht siebenmal die vorgeschriebene Formel. Dabei schlägt er dem Jüngling leicht auf den Kopf und fragt: »Siehst du das Licht?« Antwortet er: »Ich sehe das Licht«, fragt ihn der Zauberer nach Dingen, über die er eine Auskunft zu erhalten wünscht. Um sein Medium möglichst schnell in den Zustand der Entrückung zu versetzen, räuchert der Zauberer mit Weihrauch oder anderen Duftstoffen. Haben die Geister ihre Aufgabe erfüllt, beugt sich der Zauberer zur Beendigung des Ritus über den Jüngling und spricht wieder siebenmal die Zauberformel. Dann befiehlt er ihm, die Augen zu öffnen.

Lexa beschreibt außerdem einen Ritus, bei dem sich der Zauberer vor eine Laterne setzt, die Formeln spricht und sich selbst in den Schlaf versetzt, in dem ihm die Götter und Geister der Toten erscheinen.

Aus den genannten Beispielen und anderen überlieferten Riten geht hervor, daß die ägyptischen Zauberer bereits Hypnose praktizierten, um mit den Göttern und den Geistern der Toten in Verbindung zu treten. Semitische Namen in den Formeln deuten auf die ausländische Herkunft einiger Zauberer hin. Die Zauberpraktiken waren demnach auch bei den Israeliten verbreitet.

# DIE ÄGYPTISCHE RELIGION

Die ägyptische Religion ist in ihrer ursprünglichen Form durch philosophische Aspekte gekennzeichnet. Sie entwickelte sich nur ganz allmählich in verborgenen und den Eingeweihten vorbehaltenen Bereichen zum Monotheismus. Bis zum Zusammenbruch des Reiches, der den Niedergang oder besser eine Neuorientierung der ägyptischen Kultur bedeutete, drücken sich die religiösen Vorstellungen in den alten Symbolen verhafteten Praktiken aus. Durch sie treten die Gläubigen mit der Gottheit in Verbindung.

Kurz vor der Ausbreitung des Christentums, d. h. in der hellenistisch-alexandrinischen Zeit, gehen aus der institutionalisierten Magie die Mysterien hervor. Aram verweist auf die Geschichte Klemens' von Rom (200 n. Chr.), der angeblich von dem Wunsch beseelt war, die Geheimnisse des Lebens und der Seele nach dem Tod zu ergründen. Ein ägyptischer Priester und Zauberer erklärte sich gegen ein hohes Entgelt bereit, eine Seele zu beschwören, um alles über die Unsterblichkeit in Erfahrung zu bringen. Klemens von Rom gehört zu den Apostolischen Vätern. Der Legende nach war er nach Petrus der dritte Bischof von Rom und ein erbitterter Gegner des heiligen Paulus. Man glaubte also auch zu jener Zeit an die Möglichkeit, die Seelen der Toten durch Geheimriten zu beschwören. In seiner Beschreibung der chaldäischen Astrologen in Rom nimmt Juvenal auf diese Begebenheit Bezug. Die Astrologen erfreuten sich großer Beliebtheit im Volke und wurden vor allem von Frauen um Rat gefragt.

# DIE WAHRSAGEKUNST

Wir wissen nur wenig über die ägyptischen Mysterien. Die Papyri aus den Gräbern von Theben, die aus dem ersten Jahrhundert v. Chr. stammen, sind nur unvollständig entziffert. Aram erwähnt einen Papyrus, der von Hopfner (Prag) übersetzt wurde. Es handelt sich um einen Brief an Pharao Psammetich I., in dem ein Ritus der schwarzen Magie zur Beschwörung des Höllengottes Seth, dem Feind des Osiris, beschrieben ist. Wir können aus diesem und anderen Beispielen schließen, daß die magischen Anrufungen der Gottheiten bestimmte Praktiken beinhalteten. Dazu gehört auch eine Art der Divination, der Wahrsagekunst, die wir kurz beschreiben wollen, da sie in ähnlicher Form heute noch ausgeübt wird. In der Mitte eines bronzenen Dreifußes, auf dem Hekate, die Göttin der Magier, dargestellt war, steckte ein Stab mit einer magischen Scheibe. In die drehbare Scheibe waren griechische oder hebräische Buchstaben sowie Hieroglyphen eingraviert. Über dieser Scheibe ließ man einen Ring pendeln, der mit einem Faden an einem bronzenen Nagel befestigt war. Die vom Ring bezeichneten Buchstaben wurden notiert. Man setzte das Verfahren so lange fort, bis sich aus den Buchstaben und Zeichen Wörter und Sätze ergaben, die als Antwort auf die vom Magier gestellte Frage galten.

Die ägyptische Zauberei des Alexandrinischen Zeitalters übte einen starken Einfluß auf die Mysterien der ersten Jahrhunderte n. Chr. aus. In den Mysterien erhielten die alten magischen Vorstellungen eine neue Richtung und neue Ausdrucksweisen. Einige Grundbegriffe haben sich bis in unsere Zeit erhalten.

# 6. KAPITEL

## DIE ASSYRISCH-BABYLONISCHE MAGIE

Die Geschichte der babylonischen Magie bietet ein geschlossenes Bild. Wir verfügen über zahlreiche Kunstwerke und Epen, aus denen die Entwicklung der Magie klar abzulesen ist. Die ältesten Darstellungen der Babylonier bringen bereits sehr deutlich die magische Vorstellung von der Verwandtschaft und Verbundenheit zwischen Mensch und Tier zum Ausdruck. Das gesamte babylonische Pantheon ist mit merkwürdig gestalteten, stilisierten Tieren bevölkert. Sie säumen auch die Prachtstraßen der alten Stadt und scheinen eine unauslöschliche gemeinsame Erinnerung zu verkörpern.

Das Gilgamesch-Epos ist eine sehr anschauliche Darstellung des magischen Kampfs gegen das Schicksal. Gilgamesch, der Zweidrittel-Gott, kämpft darum, Mensch zu sein. Er fordert von den Göttern das Heil und die Unsterblichkeit. Das Gilgamesch-Epos ist tragisch-dramatischen Inhalts. Es schildert mit außergewöhnlicher Eindringlichkeit die Menschheitsgeschichte mehrerer Jahrtausende, während der sich die allmähliche Lösung von primitiven magischen Vorstellungen vollzog. Hier spielt sich der Kampf des Prometheus und des Herkules – das Ringen des Menschen, den Tod zu überwinden, ab. Gilgamesch versucht mit allen Mitteln, den Schlaf zu meiden, da er ihn ebenso fürchtet wie den Tod. Das heldenhafte Bemühen Gilgameschs, seinen toten Bruder ins Leben zurückzurufen, wird ergreifend dargestellt. Schließlich kehrt Gilgamesch in menschlicher Resignation auf die Erde zurück und ergibt sich in sein Schicksal. Dieses wundervolle Epos ist ein Spiegelbild der Geschichte des Menschen, immer in Angst und immer in Hoffnung, stark durch sein Bündnis mit den Überirdischen oder stark durch den Glauben an seine Macht über sie. Doch der Wunsch des Menschen, die Unsterblichkeit zu erlangen, erfüllt sich nicht. Der ewige Zwiespalt zwischen Fleisch und Geist, die Hinwendung zu astrologischen Vorstellungen und das Streben nach der Erforschung der Geheimnisse des Himmels, das zur Entstehung des

Sonnenmythos und viele Jahrhunderte später zur Erstellung des magischen Kalenders führte, finden im Gilgamesch-Epos ihren poetischen Niederschlag.

## EINE HOCHENTWICKELTE KULTUR

Die Babylonier bewiesen recht früh ein vernunftorientiertes Denkvermögen. Der Ackerbau entwickelte sich erstaunlich schnell, der Handel wurde stark ausgedehnt, außerdem wurden Verwaltung und Gesetzgebung eingeführt. Man arbei-

*Gilgamesch bezwingt die Löwen. Bronzener Schmucknadelkopf, 9. Jh. v. Chr.*
*Quelle: Giraudon*

tete ideelle und praktische Systeme aus, die auf der eingehenden Beobachtung der Natur, der Sterne und ihrer Bahnen sowie der Flüsse und ihrer unterschiedlichen Wasserführung beruhten. In dieser beispiellosen Regsamkeit schufen die Babylonier nicht nur einen großen Staats- und Verwaltungsapparat, ein Gesundheitswesen und ein ausgeklügeltes Kanalsystem zum Schutz gegen Überschwemmungen, sondern sie entwickelten auch auf religiösem Gebiet eine hochstehende Lehre. Sie beinhaltete Zauberpraktiken, in die das archaisch Unbewußte und die kollektive Erinnerung an die Vergangenheit in starkem Maße einflossen. Aber der Zauberei drohte eine Gefahr. Durch die fortgesetzte Beobachtung der Natur und das daraus hervorgehende wissenschaftliche Denken gerieten Magie und Religion allmählich in Widerstreit. Die assyrisch-babylonische Kultur steht unter dem Zeichen einer institutionalisierten Zauberei. Sie gewährleistete der Gesellschaftsgruppe, die sie maßgeblich ausübte, über Jahrhunderte eine Vorrangstellung. Sie bestimmte das Denken, und unter dem Einfluß der neuen Erkenntnisse förderte sie die Entstehung der Geheimwissenschaften. Vielleicht erfuhr hier die Zauberei zum ersten Mal in der Geschichte eine Ausrichtung auf sorgfältige Beobachtung der Natur und kritisches Denken.

## DIE GOTTHEITEN

Die babylonischen Gottheiten waren dem Himmel, der Erde und dem Wasser zugeordnet. Der Himmelsgott Anu, der Gott des Festlandes Enlil und der Gott der Wassertiefe Ea stellten die drei höchsten Gottheiten dar. Die anderen Gottheiten waren je nach Stadt oder Provinz mit unterschiedlichen Fähigkeiten ausgestattet. Jeder Gott galt als Schutzherr einer bestimmten Stadt und besaß besondere Eigenschaften. Alle göttlichen Wesen unterstanden der Triade Anu, Enlil und Ea. Doch einige der untergeordneten Götter, wie Marduk, der Stadtgott von Babylon und Sohn des Ea, wurden später allgemein verehrt. Nach Ansicht von Lenormand und Lehmann ist Ea für die Magie von größtem Interesse. Er ist der Herr aller magischen Praktiken. Dies beruht wahrscheinlich auf seiner Eigenschaft als Gott des Wassers. Denn dem Wasser kommt in der Magie große Bedeutung zu. Ea ist der göttliche Magier, der Gott der Weisheit und der Herr aller Künste. Er formte den Menschen aus Lehm und hauchte ihm Leben ein. Aus dem Wasser schuf er die Erde. Daher schrieb ihm der Volksglaube und die offizielle Religionslehre (Tontafeln in der Bibliothek von Ninive) ungeheure Macht zu. Ea kennt alle magischen Formeln und Exorzismen. Sein Sohn Marduk, der Gott der Sonne und der Gott des Feuers stehen unter seiner Herrschaft.

*Assyrische Hölle*
*Quelle: Louvre (Sammlung Clercq)*

Außer den Göttern spielen die bösen Geister eine wichtige Rolle. Unwetter, Finsternisse und Stürme werden auf sie zurückgeführt. Die Tontafeln von Ninive besagen, daß sie in das Leben von Mensch und Tier eingreifen. Sie machen Frauen unfruchtbar und rauben Kinder. Durch ihren bösen Einfluß lassen Tauben ihr Nest im Stich, ziehen Schwalben in ferne Länder und kommen die beiden gefürchteten Krankheiten, die Pest und das Fieber, über das Land. »Der quälende Asak richtet seine Macht gegen den Kopf des Menschen, der grausame

DIE ASSYRISCH-BABYLONISCHE MAGIE

Namtar gegen sein Leben, der niederträchtige Tuk gegen seinen Hals, der unglückbringende Alu gegen seine Brust, der verderbte Ekin gegen sein Gedärm und der schreckliche Galu gegen seine Hände.« Jeder Dämon hatte bestimmte Funktionen. Die Macht dieser gefürchteten Wesen ist in allen Einzelheiten und für jedes Körperteil beschrieben. Es gibt entsprechend viele Methoden, sie zu bekämpfen. Daraus entstand zwangsläufig die Vorstellung von einem ewigen Ringen zwischen guten und bösen Dämonen sowie guten und bösen Mächten. Die Götter wachen über den Kampf und entscheiden ihn durch ihre höchste Macht.

Es ist leicht zu verstehen, welche Bedeutung der Magie in diesem Dämonenglauben zukommt. Die Zauberei ist ein sehr wichtiger Faktor in der Religion der Sumerer, Akkader und Assyrer. Ihre Riten haben magischen Charakter. Die Götter handeln häufig auf magische Weise, und der Mensch versucht, mit magischen Mitteln auf ihren Willen einzuwirken. Da bei jeder Krankheit ein böser Dämon im Körper des Kranken wohnt, ist die Magie *pars magna* der Heilkunst. Die magischen Handlungen werden vorzugsweise nachts vollzogen. Für die Bestimmung der Uhrzeit wird ein Horoskop erstellt. Ein bezauberter Mensch ist unrein. Es sind daher Reinigungsriten an ihm zu vollziehen, für die Milch, Butter, Sahne und verschiedene Metalle, wie Gold, Silber und Kupfer verwendet werden. Um sich vor den Dämonen zu schützen und sie abzuwehren, sind ebenfalls entsprechende Riten erforderlich. Das Amulett ist eine ständig wirkende magische Handlung. Es wird daher auf dem Körper getragen oder über der Tür bzw. an der Schwelle des Hauses befestigt, um die bösen Dämonen fernzuhalten und die Gunst der Götter zu erwirken. Figuren Unheil abwehrender Dämonen und Tiere schützen das Haus und bewahren die Bewohner vor Krankheiten. Diese Figuren stellen Mischwesen dar, d. h. Menschen mit Vogelköpfen, Stierschwanz und -hufen, Katzenkopf usw. Bei einem Knotenzauber, der körperliche oder moralische Wirkung haben kann, bedeutet das Lösen des Knotens die Aufhebung des Zaubers. Exorzismen und die dafür erforderlichen Opfer werden in magischen Riten vollzogen.

## DIE WOHLTÄTIGEN ZAUBERER

Die Zauberei bedient sich des Beistands der Götter und der guten Geister, um den Menschen im Kampf gegen die bösen Dämonen zu unterstützen. Die magische Handlung steht somit in enger Verbindung zur Religion und zur Religionspraxis. Der Priester ist gleichzeitig Magier, da er als einziger die Formeln kennt und den Exorzismus beherrscht. Er wendet die Gefahr ab und stellt die Verbindung zu den höheren Wesen her. Der Magier-Priester übernimmt auch die Rolle des Heilkundigen, indem er die bösen Dämonen vertreibt und den Einfluß der feindlichen magischen Kräfte neutralisiert. Dies geschieht in erster Linie durch Exorzismen, deren Formeln uns in großer Vielzahl überliefert sind. Gewöhnlich beginnt der Exorzismus mit der Beschreibung der Krankheit. Es folgt die Anrufung der Gottheit und eine Aufzählung ihrer Eigenschaften und Fähigkeiten. Dazu ein Beispiel, das wir Lehmanns Buch entnommen haben:

»Die Krankheit der Stirn (Wahnsinn?) wird durch den Beherrscher der Hölle verursacht. Der peinigende Dämon raubt dem Menschen den Schlaf und läßt ihn nicht zur Ruhe kommen. Die Krankheit quält ihn Tag und Nacht. Sie befällt alte Menschen und knickt sie wie ein Schilfrohr. Sie tötet junge Menschen wie Lämmer. Marduk erkennt den Kranken und hilft ihm. Er geht in das Haus seines Vaters Ea und spricht: ›Mein Vater, diese Krankheit ist von der Hölle geschickt. Was kann der Mensch unternehmen, wie kann er geheilt werden?‹ Ea erwidert: ›Geh, mein Sohn, nimm einen Eimer und fülle ihn am Zusammenfluß zweier Wasserläufe mit Wasser. Verleihe dem Wasser deine große magische Kraft. Wasche den Kranken, der ein Geschöpf Gottes ist, und lege ein Band um seinen Kopf. Der Wahnsinn soll den Menschen freigeben! Die Krankheit dieses Menschen soll wie ein feiner nächtlicher Regen verdunsten. Er soll auf Eas Geheiß geheilt werden. Er soll durch Marduk, den aus dem Ozean Geborenen, gereinigt werden!‹«

Diese Formel zeugt von Vorstellungen, die in der Volksmedizin noch sehr verbreitet sind. Sie ist vergleichbar mit dem Knotenzauber und der reinigenden und läuternden Wirkung des Wassers. Es gab in der babylonischen Heilkunde einen weiteren sehr volkstümlichen Brauch, um Krankheiten zu heilen. Man fertigte kleine Tonfiguren der verschiedenen Krankheitsdämonen an und hängte sie den Kranken um. Beim Anblick seines Ebenbildes werde der Dämon, so glaubte man, aus dem Körper des Kranken fahren.

Oftmals erfüllten auch riesige Göttergestalten die Funktionen von Talismanen oder Amuletten. Sie wurden vor Häusern oder Palästen aufgestellt, um den Eingang der Gebäude zu schützen. Stein- oder Tontafeln mit eingemeißelten magischen Formeln dienten dem gleichen Zweck.

In der babylonischen Mythologie traten die Dämonen zum größten Teil in seltsamer Tiergestalt oder als Ungeheuer auf. Götter und Priester standen mit ihnen im Kampf. Sie verfügten über ein reiches Arsenal an Formeln, Riten, Exorzismen und Beschwörungen sowie Talismanen und Amuletten, deren sie sich je nach Bedarf zur Verteidigung bedienten. Die priesterlichen Exorzisten der Sumerer kannten die Namen aller Dämonen und die entsprechenden Formeln, mit denen

## DIE ASSYRISCH-BABYLONISCHE MAGIE

sie jeden Dämon austreiben konnten. Die frühen Vorstellungen von ansteckenden Krankheiten stimmen in ihren Grundzügen mit den modernen wissenschaftlichen Erkenntnissen überein. Die Krankheit beruht auf einer Infektion, d. h. ein unsichtbares Wesen dringt in den Körper. Es muß vertrieben werden, bzw. geeignete Schutzmaßnahmen müssen sein Eindringen verhindern. Die Verwendung von Impfstoffen und Seren in der heutigen Zeit hat zweifellos Ähnlichkeit mit der primitiven Auffassung, nämlich den Dämon aus dem Körper zu vertreiben oder den Menschen gegen sein Eindringen zu schützen.

Die Priester besaßen große Heilkräfte, und die Ausübung der weißen Magie lag ausschließlich in ihren Händen. Ihr Ansehen in der Gesellschaft ist dem der Medizinmänner und Zauberer bei den primitiven Völkern gleichzusetzen. Die Gesellschaft erkannte ihre magische Kraft an, und sie übten sie geschickt in einem gesetzlich festgelegten Rahmen aus. Erklärlicherweise stießen sie auf den immer heftiger werdenden Widerstand jener Magier, die keine Priester waren und die von sich behaupteten, die bösen Geister direkt und ohne Anrufung der Götter beeinflussen zu können. Sie handelten nicht zum Schutz oder zur Vorbeugung, sondern wollten sich ihre Kraft dienstbar machen. Diese Magie ist ein Versuch der Auflehnung gegen die institutionalisierte Macht. Es ist immer wieder festzustellen, daß die schwarze Magie von einzelnen oder Gruppen betrieben wird, die gegen die Praktiken der Priester und des Staates aufbegehren. Die babylonischen Zauberer, die sich der schwarzen Magie verschrieben, waren gegen die bestehenden Institutionen und ließen sich vom persönlichen Vorteil und von Rachegedanken leiten. Sie beschworen die bösen Geister, um ihre Feinde und Gegner zu zerstören. Dabei bedienten sie sich ähnlicher Praktiken wie die amtlich eingesetzten Zauberer, nur war ihr Ziel ein anderes. Sie verbreiteten Krankheit, Elend, Verzweiflung und Tod. Vielleicht waren sie die ersten Vertreter jener Zauberer, die sich mit der Staatsreligion verfeindeten und sich gegen sie zu schützen suchten. Eine häufig angewendete, verheerende Methode der schwarzen Magie ist der böse Blick, der unendlichen Schaden anrichten kann. Auch die Bezauberung gehört zu den Praktiken der schwarzen Magie. Man fertigt ein Abbild des Menschen an, dem man schweren Schaden zufügen oder den Tod bringen will. Die symbolisch am Zauberbild vorgenommenen Handlungen übertragen sich auf das ausersehene Opfer.

## ASTROLOGIE UND ANDERE ARTEN
## DER WAHRSAGEREI

Im Zuge der kulturellen Entwicklung und der Erweiterung des Wissens auch auf den Gebieten der Astronomie und der Mathematik nahmen die religiösen Vorstellungen neue Formen an. Sie wendeten sich der Astrologie zu und trugen zur schnellen Entfaltung der Geheimwissenschaften im allgemeinen bei.

Die Kunst, Dinge vorherzusagen, bedeutete für die Priester als anerkannte Zauberer eine beträchtliche Steigerung ihres Ansehens. Ihre Gegner versuchten, sich die gleichen Machtmittel zu eigen zu machen. Es entstand der magische Kalender. Man unterteilte die Tage in günstige und ungünstige Tage, je nachdem, ob sie von einem glück- oder unheilbringenden Planeten regiert wurden. Das Sonnenjahr wurde genau berechnet und in Monate unterteilt. Die Beobachtung der Gestirne und ihrer Bahn führte zu der Überzeugung, daß sie einen entscheidenden Einfluß auf das Leben der Menschen und das gesamte irdische Geschehen ausüben. Es mangelte nicht an beweiskräftigen Beispielen. Man war der Überzeugung, jede Himmelserscheinung wirke sich auf Ereignisse auf der Erde aus. Nach dieser Anschauung stand das Leben des Menschen von der Geburt bis zum Tod unter dem Einfluß eines Planeten oder Fixsterns, und das Schicksal hing von der Stellung des Geburtssterns zum Mond, zur Sonne und zu den Planeten ab.

Die Beobachtung des Vogelflugs, die Eingeweideschau (speziell der Leber) von Opfertieren, die Auslegung geometrischer Figuren nach unterschiedlichen magischen Regeln, die Deutung auffälliger Naturerscheinungen sowie des Verhaltens bestimmter Tiere, z. B. des Hundes und der Schlange, sind nur einige der vielen Wahr- und Weissagungskünste. Die Träume, denen im Gilgamesch-Epos große Bedeutung zukommt, wurden von den Traumdeutern ausgelegt und sind auf heiligen Tafeln geschildert.

Im babylonischen Zauberwesen spiegelt sich die Entwicklung religiös-magischen und wissenschaftlichen Denkens. Es paßte sich in seiner Struktur und seinen Anschauungen dem schnellen kulturellen Aufstieg des Landes an. Sein Einfluß auf die Nachbarvölker, z. B. Perser und Juden, ist offenkundig. In der Folgezeit übernahmen auch andere Völker, einschließlich der Ägypter, Grundbegriffe der babylonischen Magie. Nach der Eroberung Persiens durch Alexander den Großen drang sie auch bis Griechenland vor.

Die babylonische Magie zeichnet sich durch ein auf gewissenhafte Beobachtung gegründetes System, durch die dichterische Schönheit ihrer Texte sowie kunstvolle bildnerische Gestaltung aus. Sie stellt einen bedeutungsvollen Abschnitt in der Geschichte der Zauberei dar und galt allen späteren Zeiten als Vorbild.

*Assyrischer Genius. Relief*
*Quelle: Louvre (Sammlung Clercq)*

*Die Juden durchschreiten mit Moses das Rote Meer. Stich, 19. Jh.
Quelle: Musée des Arts Décoratifs*

# 7. KAPITEL

# DIE JÜDISCHE ÜBERLIEFERUNG

Bevor die Juden den Glauben an den Alleinigen Gott annahmen, spielte die Magie in der Geschichte des Volkes eine große Rolle. In den überlieferten historischen Dokumenten, die den Stempel der monotheistischen Gottesauffassung tragen, sind Anspielungen auf magische Vorstellungen weitgehend ausgemerzt oder nur indirekt zu erkennen. Die Magie hat im monotheistischen Glauben keinen Platz. Die magische Literatur ist zwar verlorengegangen oder wurde zerstört. Doch auch die Bibel liefert eindeutige Beweise, daß bei den alten semitischen Völkern magische Praktiken sehr verbreitet waren. Das Volk hielt trotz der mosaischen Gesetzgebung an ihnen fest.

Vor allem in moderner Zeit hat man sich wieder eingehend mit der Magie im *Pentateuch* befaßt und ist zu interessanten Ergebnissen gelangt. Wir verweisen besonders auf die Bücher *Der eigene und der fremde Gott* von T. Reik und *Das Christus-Dogma* von Erich Fromm. In der Bibel spiegeln sich, wie eindeutig zu erkennen ist, zwei gegensätzliche Anschauungen wider, die auf unterschiedliche Quellen zurückgehen. Die eine ist der *Elohist* (von *Elohim*: die Götter), der unverkennbar sumerischer Herkunft ist. Er beweist, daß in ferner Zeit der Glaube an Götter und Dämonen verbreitet war. Die zweite Quelle ist der *Jahwist* (von *Jahwe*, dem tabuisierten Namen des Alleinigen Gottes), in dem die monotheistische Anschauung dargelegt ist. Im *Pentateuch* stoßen diese gegensätzlichen Richtungen häufig aufeinander. Die gesamte Bibel, aber vor allem der Teil sumerischen Ursprungs, enthält zahlreiche Hinweise auf magische Praktiken. Der Stab wird z. B. an vielen Stellen erwähnt. Er ist ein wichtiges magisches Instrument, das aus sich heraus Kraft besitzt. Der Prophet Elias erweckte mit dem Stab einen Toten zu neuem Leben. Viele rituelle Vorschriften haben magischen Charakter, z. B. das Verbot, die Bundeslade zu berühren. Wer gegen dieses Verbot selbst unbeabsichtigt verstößt, wird mit dem Tod bestraft. Uzziah, der die Bundeslade beim Transport stützen wollte, mußte daher sterben. Viele Kinder Israels »wurden geschlagen, darum daß sie die Lade des Herrn angesehen hatten«.

Der Segen ist eine übertragene Lebenskraft und kann nicht rückgängig gemacht werden. Auf diese Weise erschlich sich Jakob den Erstgeburtssegen von seinem sterbenden Vater Isaak (1. Mose 27). Goldberg vertritt in seinem Buch *Die Wirklichkeit der Hebräer* die Meinung, der Segen stelle im Glauben der Alten eine magische Formel dar, deren unmittelbare Wirkung außer Zweifel stehe. Ein Segen, der durch Handauflegen oder Umarmung erteilt wurde, war eine Emanation der Lebenskraft. Die Berührung hatte seit frühester Zeit bei allen Völkern kraftübertragende Bedeutung. Sie konnte heilen, Schaden zufügen und töten.

## ZEICHEN UND WUNDER

Die Beschreibungen von Wundern, *othot* (Singular: *oth*) und *mophetim* (Singular: *mophet*), in den Büchern Mose sind aus magischer Sicht von großem Interesse. *Oth* hat in der Bibel die Bedeutung eines besonderen Zeichens. Es ist das Zeichen, das der Herr auf Kains Stirn machte. Es ist das Blut, mit dem die Juden beide Pfosten an der Tür und die obere Schwelle an den Häusern bestrichen, bevor sie aus Ägypten zogen. Es ist der Sabbat in seiner umfassenden Bedeutung. Die ersten Wunder Aarons waren Zeichen. Der Stab verwandelte sich in eine Schlange und wurde wieder zum Stab. Die Hand wurde aussätzig und wieder rein. Das stetige Wunder, z. B. der Tod der Erstgeborenen, fällt dagegen unter den Begriff *mophet*.

Die Zauberer des Pharao sind ebenfalls in der Lage, Wunder zu vollbringen. Daher erkennt der Pharao dem Gott der Juden keine größere Kraft als dem Gott der Ägypter zu. Moses und Aaron als Vertreter des Gottes der Juden und die Zauberer des Pharao als Vertreter des Gottes der Ägypter stehen sich in einer Kraftprobe gegenüber. Der Pharao muß erleben, daß Moses Wunder vollbringen kann, die seine Zauberer nicht nachvollziehen können.

Wir begegnen in der Bibel immer wieder dem Blutopfer als einem wesentlichen Bestandteil des Kults. Es ist offensichtlich auf frühe magische Bräuche zurückzuführen. Das Tieropfer, das der Herr als einziges »gnädig ansieht«, wie über die von Kain und Abel dargebrachten Opfer berichtet wird (1. Mose 4, 3-7), trat an die Stelle des ursprünglichen Menschenopfers und insbesondere der Opferung der Erstgeborenen in vorgeschichtlicher Zeit. Das Blut ist *der* Lebensträger, und in ihm wohnt die Seele. Die Lebenskraft ruht nach primitiver Anschauung im wesentlichen im Fett. Blut und Fett sind daher bevorzugte Opfergaben. Da »des

## DIE JÜDISCHE ÜBERLIEFERUNG

Leibes Leben im Blut ist«, ist es göttlichen Ursprungs, und »keine Seele soll Blut essen« (3. Mose 17, 11 u. 12).

Der Bericht von der Opferung Isaaks sagt ganz klar aus, daß die Opferung eines Tieres an Stelle des Menschenopfers vollzogen wurde. Die Beschneidung beinhaltet zweifellos typisch magische Wesensmerkmale (Blutopfer und Verstümmelung des Zeugungsorgans). Vermutlich handelt es sich dabei um einen frühen Brauch afrikanischer Völker und der Ägypter. Er wurde zu magischen Zwecken und zur Initiation vollzogen. Wahrscheinlich war die Beschneidung auch in Israel wie bei manchen Naturvölkern ein Übergangsritus, der vor der Eheschließung vollzogen wurde.

Nach altem jüdischem Gesetz ist die Beschneidung des Kindes am achten Tage nach der Geburt vorzunehmen. Dem Anschein nach war die jüdische Religion von Anfang an initiationsgebunden. Darauf deuten auch andere Praktiken hin, wie das Eremitendasein in der Wüste, die Verordnungen über die Speisen, die sorgsame Trennung nach Stämmen und vor allem die wiederholte Erklärung, daß die Juden das auserwählte Volk sind. Die magisch-religiöse Lehre der Ägypter unterscheidet sich in einem wesentlichen Punkt vom jüdischen Glauben. Bei den Juden beschränkt sich die Initiation nicht auf eine kleine Gruppe von Anhängern,

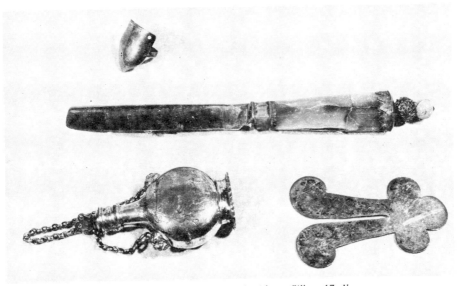

*Ritualinstrumente für die Beschneidung. Silber, 17. Jh.*
*Quelle: Musée d'Histoire de la Médecine, Paris*

sondern das ganze Volk ist eine geschlossene Gemeinschaft von Eingeweihten. Die Vorschriften sind für die Allgemeinheit verbindlich, und alle müssen sie befolgen.

Weitere Ereignisse, die in der Bibel nachzulesen sind, wie die Anbetung des goldenen Kalbs und andere, sind so zu verstehen, daß das Volk am magischen Brauchtum festhielt. Zahlreiche Kultgegenstände sind von außergewöhnlicher Bedeutung und kommen in ihrer Funktion dem Talisman oder Amulett gleich. Die *Tephillim* z. B. werden an Lederriemen am Arm oder auf der Stirn getragen. Der *Mezuzah* wird über der Haustür angebracht und wehrt Unheil ab. Diese Gegenstände besitzen auf Grund des eingravierten Namens Gottes besondere Kraft. Die Vorstellung von der machtvollen Ausstrahlung des göttlichen Namens ist in allen Religionen anzutreffen.

Das geschriebene Wort besitzt abwehrende und magische Kraft. Geschriebenes kann daher sowohl Unheil abwehren wie Glück bewirken. Zu Lebzeiten Maimonides' schrieben die ägyptischen Juden den einundzwanzigsten Psalm auf ein Gold- oder Silbertäfelchen, das sie den Kindern um den Hals hängten. Maimonides verbot diesen magischen Brauch.

Der Name ist nicht nur von großer Bedeutung, er ist auch auf bestimmte Weise zu nennen und mit heiligen Buchstaben oder Zeichen zu schreiben. Das zeigt sich immer wieder in den heiligen Schriften und Praktiken, die sich um sie ranken. Es ist streng verboten, das Tetragramm, d. h. den aus vier Buchstaben bestehenden Namen Gottes, auszusprechen. Dieser Name darf nur einmal im Jahr vom Hohepriester ausgesprochen werden. Er begibt sich dazu in den Tempel von Jerusalem und tritt vor die Bundeslade, in der der heilige, geoffenbarte Gesetzestext aufbewahrt wird.

Die Tabu-Vorschriften sind sehr streng. *Kadosch* bedeutet unberührbar, »der Gottheit geweiht«. Das Wort kann zwei Bedeutungen haben. Es entspricht dem arabischen *muharran*, das hebräisch zu *herem* wurde. Der eigentliche Wortstamm von *kadosch* heißt geweiht, heilig; es ist das, was nicht berührt werden darf. Später nimmt *herem* den Sinn »exkommuniziert« an. Der Unberührbare und der Exkommunizierte sind aus der Gemeinschaft ausgeschlossen. (In Indien dürfen sowohl der Paria wie der höchste Priester nicht berührt werden.)

# DIE FREMDEN GÖTTER

Das mosaische Gesetz verbietet die Magie nicht wegen ihrer Unwirksamkeit, sondern wegen des Götzendienstes. Zahlreiche Textstellen geben zu erkennen,

DIE JÜDISCHE ÜBERLIEFERUNG

daß die magischen Praktiken durchaus als wirksam angesehen werden. Die Beschreibung der Hexe von Endor und die lange Liste der Strafen für Wahrsager mögen als Beispiel dienen. In anderen Versen heißt es, kein Zauberer und kein Magier dürfe den Geist des Drachen Python beschwören, und kein Jude dürfe seinen Sohn oder seine Tochter durch das Feuer des Moloch gehen lassen. Im *Zweiten Buch von den Königen* wird berichtet, wie der Zorn Gottes über den König Ahasja kam, da er Boten ausgesandt hatte, um Baal-Sebub, den Gott der Philister, um Rat zu fragen. Jeremias (Jeremias 27) befiehlt dem König von Juda und anderen Königen, sich unter das Joch Babels zu beugen, aber nicht den Propheten, Zauberern oder Weissagern zu gehorchen. Der Prophet Nahum sagt den Untergang der Stadt Ninive voraus, »um der großen Hurerei willen, der schönen, lieben Hure, die mit der Zauberei umgeht ... und die mit ihrer Zauberei Land und Leute zu Knechten gemacht hat« (Nahum 3, 4). Maleachi schließlich prophezeit den Zauberern Strafe (Maleachi 3, 5).

*Abraham opfert Isaak. 16. Jh.*
*Quelle: Musée des Arts Décoratifs*

Im Laufe der Jahrhunderte verblaßte die Erinnerung an den Totemismus und an Menschenopfer. Die Opferung Isaaks, die Anbetung des goldenen Kalbs und vielleicht auch die Erwähnung der ehernen Schlange sind Überreste vergangener Zeit. Alle Bildnisse, die in den Gesetzen als Quellen magischer Praktiken galten, wurden verboten und die Totemgottheiten von ihrem Sockel gestoßen. Eines der gefährlichsten Wesen scheint Asasel (3. Mose 16, 10), der Wüstendämon in Bocksgestalt, gewesen zu sein, der Ähnlichkeit mit dem Stammes-Totem besaß. Bei den Feierlichkeiten zum Versöhnungsfest wird ein Bock zu Asasel in die Wüste geschickt.

Es fand eine Reinigung der jüdischen Riten statt. Sie bewirkte eine stärkere Hinwendung zu dem Gott, der keine anderen Götter neben sich duldete und deren Bildnisse verwarf. Die Religion löste sich von der Magie und dem Dämonenglauben.

Der Monotheismus entstand nicht aus dem Mißtrauen gegenüber der Magie, wie einige Autoren behaupten. Die Religion geht vielmehr mit der Entwicklung des kritischen Denkens einher. Sie ist das Bestreben des Menschen, den Teufelskreis zu durchbrechen, indem er das Gesetz einer ethischen Macht anerkennt. Die Schrift, die Worte, die Buchstaben des Gesetzes, die Gesetzestafeln und die Bundeslade wurden heilig und tabu.

In der Blütezeit des Königreiches Israel wurde die Magie bedeutungslos. Aus jener Zeit gibt es nur sehr wenige Hinweise auf magische Bräuche. Durch die babylonische Gefangenschaft und die Verzweiflung der langen Leidenszeit verfielen weite Kreise des Volkes wieder den magischen Denkvorstellungen. 458 v. Chr. wurde das jüdische Volk in einer politischen und tief religiösen Bewegung, die im Buch des Propheten Esra dargestellt ist, erneut auf die Befolgung der alten Gesetze verpflichtet. Die Vorschriften waren genau einzuhalten, die Vermählung mit fremden Frauen wurde verboten, und Mischehen mußten geschieden werden. Auf diese Weise sollte die Reinheit der jüdischen Religion und des Judentums wiederhergestellt werden.

# DER TALMUD

In späterer Zeit lebte das magische Denken erneut auf und fand im *Talmud* seinen Niederschlag. Dieses Werk vermittelt ein umfassendes Bild vom geistigen und gesellschaftlichen Leben der Juden. Es ist eine Sammlung von Gleichnissen und Erzählungen, alten Lehren, Betrachtungen und Diskussionen, Stellungnahmen und Aussprüchen der Gelehrten Israels, die wahrscheinlich im 5. Jahrhun-

dert v. Chr. zusammengetragen wurden. Wir finden im Talmud die altherge-
brachte Vorstellung, daß männliche (schedim) und weibliche (lilith) Dämonen
Krankheiten verursachen können. Die Angina wird nach Ansicht einiger Lehrer
durch einen bösen Geist hervorgerufen, der das Kind am Hals ergreift. Asth-
maanfälle sind dagegen einem anderen feindlichen Dämon zuzuschreiben. Magische Worte, das Betreten bestimmter Örtlichkeiten sowie der Blick eines Fremden können schwere Erkrankungen oder Tod zur Folge haben. Die Heilung ist
durch magische Formeln oder das Auflegen kleiner Pergamentzettel mit Bibel-
worten möglich. Der Talmud erwähnt auch die Heilkraft des Priesters durch
Handauflegen. Dieses Werk enthält allerdings auch zahlreiche Beschreibungen
rationaler Behandlungsmethoden.

# DIE KABBALA

Die Magie lebte also teilweise in der Volksmedizin und im Volksglauben weiter.
Später erfuhr sie durch Gelehrte, die sich eingehend mit dem Studium und der
Auslegung der heiligen Schriften beschäftigten, eine Wende. Diese Menschen
suchten nach einer geheimnisvollen, tiefgründigen Bedeutung. Die volkstümliche
Magie trägt im Judaismus im wesentlichen die Züge der primitiven Zauberei.
Durch die Gelehrten bekam die Magie einen mystischen und spekulativen Cha-
rakter. Sie vertieften sich in vielfältige und komplizierte Verknüpfungen und
Kombinationen und gründeten ihre Deutungen auf Zahlen- und Buchstabensy-
stemen. Aus den Deutungen entstand eine Lehre von großer historischer Bedeutung.

Diese Entwicklung ist nicht so verwunderlich, wie sie zunächst erscheint. Die
Mentalität der Inder äußert sich z. B. in einem überaus bildhaften Denken des
Volkes, während die Chaldäer eher mathematischen Methoden zuneigten. Die
ägyptische Mentalität wiederum wies eine starke vernunftbezogene Tendenz auf,
die die Entstehung einer spekulativen Philosophie begünstigte. Die neue jüdische
Magie entsprang ebenfalls einer spekulativen und kritischen Geisteshaltung eines
Volkes, das zum Widerspruch und auch zur Mystik neigte. Seine Geschichte trägt
den deutlichen Stempel der beiden großen assyrisch-babylonischen und ägyptischen Geistesströmungen.

Es gibt mehrere Versionen über die Entstehung der *Kabbala*. Einige Kommen-
tatoren behaupten, sie sei von den gefallenen Engeln überliefert worden. Sie
schließen dies aus *Genesis* 6, 1, 5 und den Berichten des Buches *Henoch*. Dem
babylonischen *Talmud* zufolge ist die Kabbala göttlichen Ursprungs. Der Le-

gende nach soll der Gott des Sinai Moses nicht nur die Gesetzestafeln mit den eingemeißelten Geboten gegeben haben, sondern er verkündete ihm gleichzeitig ein
mündliches Gesetz, das nur an die Eingeweihten weitergegeben wurde.

Im Grunde sollte mit der späteren Vertiefung der Legenden nur die Behauptung, die Kabbala reiche in ferne Zeiten zurück, untermauert werden. Es ist jedoch historisch, daß mündliche Überlieferungen über Jahrhunderte weitergegeben wurden und später im *Sepher Jezirah* (»Buch der Schöpfung«) und im *Sepher
Sohar* (»Buch des Glanzes«) niedergelegt wurden. Der *Sepher Jezirah* entstand
vermutlich im 6. oder 7. Jahrhundert n. Chr. in Mesopotamien. Der *Sohar* (der
bereits im 3. Jahrhundert bekannt war) wurde wahrscheinlich von Moses de Leon
(1250–1305), einem spanischen Juden und Gelehrten, nach alten Quellen neu
verfaßt. Beide Bücher enthalten Gedanken und Überlieferungen der *Mischna*,
die vermutlich im 2. Jahrhundert n. Chr. geschrieben wurde.

Die Kabbala beschäftigt sich in erster Linie mit dem geheimen und symbolischen Sinn der Worte des Alten Testaments, um die Weltschöpfung und das göttliche Leben zu ergründen. Im Sohar heißt es: »Jedes Wort des Gesetzes hat eine
tiefere Bedeutung und enthält ein Geheimnis. Die Worte des Gesetzes sind nur
das Gewand. Wehe dem, der das Gewand mit dem Gesetz selbst verwechselt. Die
aber mehr wissen, sehen nicht auf das Gewand, sondern auf den Körper, der darunter ist. Die wahrhaft Weisen aber, die Diener des höchsten Königs, jene, die am
Berge Sinai standen, sehen nur auf die Seele, die der wirkliche Grund ist.« Die
Erklärung der Worte und Zeichen wurde zur Religionsphilosophie erhoben, die
häufig im Gegensatz zur reinen heiligen Lehre stand. Hier tritt offensichtlich der
Einfluß des Volkes zutage, mit dem die Juden enge Berührung hatten: den Babyloniern. Dieses System bemühte sich, die Vorstellungen anderer Religionen mit
der jüdischen Gesetzeslehre in Einklang zu bringen.

Die Kabbalisten waren ein geschlossener Kreis von Eingeweihten. Eine Text-
stelle der Mischna lautet: »Es ist untersagt, die Schöpfungsgeschichte anderen
Menschen zu erklären. Die Geschichte vom ›himmlischen Wagen‹ darf niemandem erzählt werden, es sei denn, einem weisen Manne, der keiner Erklärung bedarf.« Die Eingeweihten, die *Mekubalim*, stellten stets eine sehr kleine Gruppe
dar. Der Sohar berichtet von Zusammenkünften, an denen nicht mehr als sieben
Personen teilnehmen durften. Jeder mußte schwören, die Geheimnisse nicht
preiszugeben.

Das kabbalistische Deutungsverfahren bestand ursprünglich darin, die Konso-
nanten der Worte auf verschiedene Weise mit Punkten zu versehen (im Hebräischen werden die Vokale durch Punkte wiedergegeben), so daß sich unterschied-

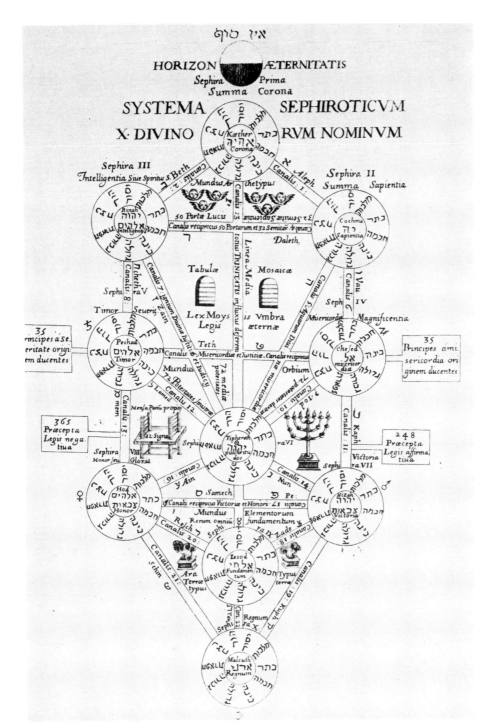

*Der Baum der Sephiroth, jüdische Kabbala. In Pater Kirchers Œdipus Ægyptianicus
Quelle: Bibliothèque Nationale (Imprimés)*

liche Bedeutungen aus einem Wort ergeben konnten. Außerdem setzte man die Wörter in Zahlenwerte um. Da in der hebräischen Schrift jede Ziffer einem Buchstaben entspricht, konnte man für jedes Wort einen Zahlenwert errechnen. Addierte man die einzelnen Ziffern dieser Zahl (Quersumme), erhielt man eine neue Zahl. Es war also möglich, daß sich bei verschiedenen Wörtern die gleiche Quersumme, d. h. eine gleiche neue Zahl ergab. Diese Wörter waren nach kabbalistischer Anschauung austauschbar. Dieses System heißt *Gematrie*. Für das Wort ah(a)d (Einheit) und das Wort acb(a)h (Liebe) ergibt sich z. B. jeweils die Zahl 13. Daher kann man das eine an die Stelle des anderen setzen. Im ersten Buch Mose (Genesis 18,2) wird das Erscheinen von Engeln beschrieben. Die Worte dieses Verses ergeben die Zahl 701. Addiert man die Buchstaben der Namen Michael, Gabriel und Raphael, erhält man die gleiche Zahl. Daher behaupteten die Kabbalisten, die Namen der drei Engel seien in den Buchstaben der Verkündigung verborgen.

Ein anderes Verfahren trägt die Bezeichnung *Notriqum* (griechisch notarikon). Bei diesem Verfahren gilt jeder Buchstabe eines Wortes als Anfangsbuchstabe eines anderen Wortes, so daß sich aus einem einzigen Wort ein vollständiger Satz ergibt. Das erste Wort der Bibel ist *bereschid* (am Anfang). Die Kabbalisten, die jeden Buchstaben als Anfang eines neuen Wortes sehen, deuteten daraus: »Am Anfang erkannte Gott Israel in der Thora an.« Dies weist auf die Verkündigung der Gebote hin. Ein anderes kabbalistisches Verfahren beschreitet den umgekehrten Weg. Man bildet Wörter aus den ersten oder letzten Buchstaben der Wörter eines Satzes. Man könnte es mit unseren heutigen Abkürzungen vergleichen, wie UNO oder DRG usw. So entsteht aus dem Satz des Deuteronomiums (5. Mose 30,12) »Wer will uns in den Himmel fahren?« das Wort *Mila* (Beschneidung), wenn man die Anfangsbuchstaben aneinanderreiht. Die letzten Buchstaben dagegen ergeben Jahwe, den Namen Gottes, der nicht ausgesprochen werden durfte. Anhand dieser Deutungsmethode schien bewiesen, daß Gott selbst die Beschneidung als Zeichen des auserwählten Volkes gebot.

Im dritten Verfahren, dem *Temurà*, werden verschiedene Buchstaben nach einem bestimmten System gegeneinander ausgetauscht. Für die jeweiligen Buchstabenentsprechungen gibt es eine besondere Tabelle. Nach einem ähnlichen Verfahren werden die Buchstaben des Alphabets in neun Gruppen eingeteilt und können durch Punkte oder Zahlen derselben Gruppe ersetzt werden. Hierbei sind zahlreiche Umstellungen und Kombinationen möglich, die der Ausgangspunkt für weitere Deutungen sind.

Die zehnstufige Hierarchie der *Sephiroth*, die die Urbestimmung aller Dinge beinhaltet, steht in der gesamten Kabbala an hervorragender Stelle. Die höchste *Sephira* oder 1. Stufe stellt den Alleinigen Gott, das Urwesen des Göttlichen, dar; die zweite *Sephira* entspricht dem Wort. Das Wort ist wie der Odem. Es ist eine Emanation des Geistes. Odem und Geist sind zwei Dinge, dennoch sind sie eins, da sie der einen Unwirklichkeit angehören. Der Geist verfügt über zweiundzwanzig Buchstaben (elfmal zwei), um Ausdruck zu werden. Es gibt zweiundzwanzig Wege der Weisheit, die in drei Gruppen unterteilt sind: die drei großen Wege, die sieben zweifachen Wege und die zwölf einfachen Wege. Es gibt drei Elemente (Feuer, Wasser, Erde), drei Jahreszeiten und drei wesentliche Körperteile des Menschen (Kopf, Oberleib und Unterleib). Die sieben zweifachen Wege sind die Eingeweide, die eine gute oder schlechte Funktion erfüllen; die sieben Planeten, die einen guten oder unheilvollen Einfluß ausüben; die sieben Tage und Nächte der Woche, die gut oder schlecht sein können; die sieben Tore der Weisheit, durch die das Gute oder das Böse eintreten kann. Die zwölf einfachen Wege sind die zwölf Monate des Jahres, die zwölf Konstellationen und die zwölf Tätigkeiten des Menschen. Es sind nach kabbalistischer Anschauung das Sehen, Hören, Riechen und Schmecken sowie Sprechen, Essen, Zeugen, Bewegen und schließlich Zorn, Freude, Denken und der Schlaf.

# DIE UNENDLICHEN METAMORPHOSEN GOTTES

Der Sohar befaßt sich mit der Schöpfung und der Beziehung Gott-Mensch. Gott wird als das »Geheimnis im Geheimnis« beschrieben, als das Unerkennbare. Der Glanz seines Angesichts erhellt vierhunderttausend Welten. Er schafft täglich dreizehntausend Myriaden Welten. Mit dem Tau seines Hauptes erweckt er Tote zu neuem Leben. Sein Angesicht ist dreihundertmal tausend Welten groß. Gott hatte nicht immer dies Form. Im ersten Teil des Sohar sind seine verschiedenen Ausstrahlungen dargestellt. Am Anfang war Gott *en soph* (das Eine und Unendliche), später offenbarte er sich nacheinander in den zehn *Sephiroth*. Die höchste *Sephira* ist *Kether*, das geistige Urbild, die Krone aller göttlichen Kronen, die auch *Eljon* (»Ich bin«) genannt wird. Alle anderen *Sephiroth* sind Emanationen dieser höchsten *Sephira*. Die zweite *Sephira* ist *Chochmah*, die Weisheit, die aus der Krone Gottes hervorgeht. Die dritte *Sephira* ist die Vernunft. Diese drei *Sephiroth* sind die höchste Dreieinheit, das »dreifache Haupt«. Ihnen folgen alle anderen *Sephiroth*. Die Lehre von den *Sephiroth*, dem kabbalistischen Weltenbaum, ist einsichtig. Die *Sephiroth* symbolisieren die Eigenschaften Gottes, die ideell auch im Menschen vereint sind. Der Mensch ist die Einheit der zehn *Sephi-*

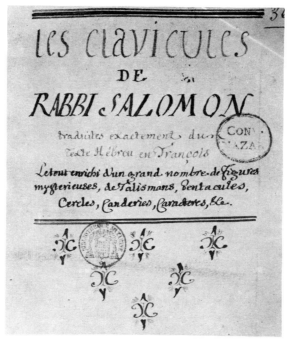

*Deckblatt der Clavicula Salomonis*
*Quelle: Bibliothek Mazarine*

*roth*, und er besitzt drei Seelen, die die höchste Dreieinheit darstellen, aus der alle anderen Seelen und Formen hervorgehen.

Dies ist die ursprüngliche Lehre der Kabbala, die in der Folgezeit jedoch unterschiedlich ausgelegt wurde. Die mittelalterliche Magie entlehnte der Kabbala viele Begriffe. Sie verwendete ebenfalls Zahlensysteme sowie geometrische Figuren und schrieb den Zahlen und Buchstaben symbolische Bedeutungen zu. Jede Zahl und jeder Buchstabe hatten in mehr oder weniger direkter Verbindung zu ihrem Sinn, in der Weissagung und Beschwörung eine besondere Bedeutung.

Die kabbalistische Mystik und alle ihr verwandten Richtungen beruhen auf Berechnungen und Kombinationen. In mystischer, spekulativer und analytischer Deutung versuchte man immer wieder, mit Hilfe der vermeintlichen symbolischen Bedeutung der Worte und Zeichen, das Geheimnis aller Dinge zu ergründen. Die kabbalistische Mystik sprengt den Rahmen der reinen Religion, sie ist sozusagen ein esoterischer Überbau der Religion. Die Magier und Anhänger geheimer Wissenschaften verwendeten in der darauffolgenden Zeit Worte, Begriffe

## DIE JÜDISCHE ÜBERLIEFERUNG

und Symbole (Pentagramm oder Pantakel sowie Salomons Siegel usw.) der Kabbala, um übernatürliche Wesen anzurufen oder das Böse abzuwehren.

Die jüdische Magie entstand in vorgeschichtlicher Zeit und entfaltete sich ungefähr bis 700 v. Chr. Die von den Propheten verkündete Lehre war streng ethisch und monotheistisch. Sie lehrten, Opfer seien vergeblich, wenn der Mensch nicht reinen Herzens vor Gott trete. Mit dieser These wandten sie sich gegen die Magie. Das verheißene Königreich der Gerechten wird die Erfüllung der hohen Ziele des Messias sein. Wer verdient es, an der Spitze dieses Reiches zu stehen? Jener, der ohne Fehl ist, der Gerechtigkeit übt und der nie bösen Leumund redet, der seinem Nächsten nichts Böses will und den Armen bereitwillig gibt. Jesaja rief vor den Richtern von Sodom und Gomorrha aus: »Bringt nicht mehr Speisopfer so vergeblich, . . . Frevel und Festfeier mag ich nicht!«

Die Propheten verkündeten immer wieder die Lehre von dem einen Gott, und die jüdische Religion gewann allmählich ihre endgültige monotheistische und ethische Form. In der Volksmedizin lebte die Magie jedoch weiter. Die magischen Vorstellungen betrafen vor allem den Schutz gegen Krankheit und den Kampf gegen die bösen Dämonen, der allerdings nie eine zerstörerische oder schadenbringende Wende nahm.

Die jüdische Magie ist ihrem Wesen nach spekulativ und metaphysisch. Sie kommt vor allem in äußerlichen Handlungen und weit weniger in Denksystemen zum Tragen. Im babylonischen Exil und auch im Mittelalter wollte man den drohenden Gefahren und Verfolgungen entgehen und das Gefühl der Minderwertigkeit abstreifen. Man versuchte es nicht mehr in Auflehnung und Aufstand, sondern man hoffte auf den Messias. In dieser Hoffnung wandten sich die Gläubigen in fanatischem Eifer wieder den alten Glaubensvorstellungen zu. Der Satz »Ich bin Dein Gott« wurde zum Leitmotiv der Chassidim, deren Religionsausübung eindeutig magische Züge trug. Der feste Glaube an das geschriebene Wort und die Auslegung der Schriften blieb bestehen, daneben gewannen Symbole und Amulette wieder an Bedeutung. Die Talismane spielten vor allem als apotropäische Mittel eine Rolle. Man trug z. B. Lederkapseln an Gebetsriemen (Tephillim) auf der Stirn oder am Handgelenk, um die bösen Geister zu vertreiben. Der Mezuzah an der Haustür war ein Schutzsymbol. Die wundertätigen Rabbiner der jüdischen Gemeinden Rußlands genossen hohes Ansehen. Sie leiteten und berieten die Gläubigen in allen Angelegenheiten. In den Schulen, Gemeinden und Familien herrschte ein tiefes Zusammengehörigkeitsgefühl. Die Juden lebten im Bewußtsein der alten Überlieferungen und schlossen sich unter den strengen Gesetzen des zaristischen Rußlands eng zusammen. Diesen Gesetzen zufolge war ihnen die Eheschließung mit Nichtjuden untersagt und jeglicher Raum für freie Entfaltung genommen. In diesem abgeschlossenen Sonderdasein gewann der Glaube großen Einfluß und ließ keine Kritik von außen eindringen. Die Autorität des Lehrers war absolut. Der Schriftgelehrte galt als heilig und wurde von allen hoch geachtet. Das Buch als Symbol übte eine stärkere magische und suggestive Kraft aus als das ethische Gesetz.

*Polnische Juden. 19. Jh.*
*Quelle: Musée des Arts Décoratifs*

# 8. KAPITEL

# DIE GRIECHISCHE ESOTERIK

In der vorhellenischen Kultur, die ihre höchste Blüte auf der Inselwelt des Ägäischen Meers erreichte, tritt Kreta besonders hervor. Es war vermutlich der erste geistige Mittelpunkt des Mittelmeergebiets. Die erhalten gebliebenen Kunstwerke der kretischen Religion deuten auf magische Glaubensvorstellungen der Inselbewohner hin. Zur Zeit des Matriarchats, als Hellas noch nicht unter dem Schutz der jungfräulichen, auf dem Olymp geborenen Göttin stand, beherrschte eine mütterliche Gottheit die Insel Kreta. Sie galt als Verkörperung des geheimnisvoll Weiblichen. Ihr Attribut war die Schlange. Die kretische Kultur hatte bereits um 3000 v. Chr. eine erstaunliche künstlerische Reife erreicht. Die herrlichen Kunstwerke lassen erkennen, daß die Schlange die Zentralfigur des religiösen Kults war. Geometrische Muster mit symbolischer Bedeutung und Bauwerke mit starken Anklängen an eine magische Gedankenwelt, wie das Labyrinth, bezeugen den starken Einfluß magischen Denkens. Da die Darstellungen phönikische, babylonische und ägyptische Elemente enthalten, können wir schließen, daß entsprechendes Gedankengut im Zuge des regen Handels unter den Mittelmeerländern nach Kreta gelangte. Das Symbol des Kreuzes ist überaus häufig anzutreffen. Wie aus den minoischen Terracotta-Figuren zu erkennen ist, beruhte die kretische Heilkunde auf magischen Vorstellungen. In ägyptischen heilkundlichen Texten sind häufig magische Formeln der »Kefti«, d. h. der »Bewohner der Inseln«, erwähnt. Auch die spätere magische Heilkunde der Griechen scheint Kreta zum Vorbild genommen zu haben.

Bei Homer finden wir zahlreiche Hinweise auf magische Praktiken, die sich lange Zeit in den entlegenen Landschaften Arkadien und Thessalien erhalten haben. Zum Ritualgeschehen gehörten Masken und rhythmische Tänze sowie der Heroenkult, der im wesentlichen eine Ahnenverehrung darstellt. Man brachte den Verstorbenen auf den Hausaltären Opfer dar, man beschwor ihre Namen und

*Statue der Demeter*
*Quelle: British Museum*

erbat ihren Schutz. Der Totenkult spielte auch bei bestimmten Arten des Wahrsagens eine Rolle. Er wurde, ebenso wie der magische Kult, bis spät in die hellenistische Zeit ausgeübt und war ein Bestandteil des Anthesteria-Festes, das hauptsächlich in Athen bekannt war. Am dritten Tag des Festes brachte man den Toten Trank- und Speiseopfer dar und beschwor ihr Erscheinen.

In den Epen Homers stoßen wir auf zahlreiche Zeugnisse magischen Denkens und Verhaltens. Sie erhielten sich sogar bis in die Zeit, als die griechische Mythologie eine nahezu vollkommene Weltordnung aufgebaut hatte. Geister und Dämonen, wie er sie z. B. im Fünften Gesang der *Odyssee* erwähnt, sind häufig am Werk. Ihr Zorn kann auf die gleiche Weise wie der des Poseidon beschwichtigt werden. Als Rache für die Blendung seines Sohnes Polyphemos ließ der Gott des Meeres seinen Zorn an Odysseus aus. Der Sieg des Menelaos über Proteus (*Odyssee* 4. Gesang) kann als Beschreibung magischer Riten gelten. Proteus nimmt verschiedene Tiergestalten an, um seinem Gegner zu entfliehen. Helena gibt ein Mittel in den Wein (*Odyssee* 4. Gesang), das alle bösen Erinnerungen vergessen läßt. Sie hat von diesem Mittel in Ägypten erfahren, und es ist anzunehmen, daß es mit einem Ritus in Verbindung steht. Die Schiffe der Phäaken, die ohne Steuer und Steuermann über die Meere dahinfahren, sind magisch-geisterhafte Erscheinungen (*Odyssee* 8. Gesang).

In der griechischen Heilkunde übte die Schlange eine wichtige Funktion aus. In den Tempeln des Asklepios wurde die »Inkubation« ausgeübt, d. h. der Gott erschien den Kranken im Traum und gab ihnen die Mittel zur Genesung an.

## DIE ORAKEL

In Griechenland war das Wahrsagen ein fester Bestandteil der Religion. Das Orakel des Apollo in Delphi und das des Zeus in Dodona, im späteren Epirus, waren Mittelpunkte eines in seinen Formen genau festgelegten Kultes. Um auf die Fragen zu antworten, wurden die Priesterinnen durch bestimmte Verfahren in Ekstase versetzt, während der sie angeblich die göttliche Botschaft erhielten. Die Pythia saß auf einem heiligen Dreifuß über einem Felsspalt, aus dem heiße Dämpfe aufstiegen, und verfiel in einen hypnotischen oder hypnoiden Zustand. Die Zeuspriesterin in Dodona soll vor der Weissagung von dem berauschenden Wasser einer nahegelegenen Quelle getrunken haben. Dies sind zwei Beispiele einer religiösen Ekstase, die künstlich durch Halluzinationen bewirkende Mittel herbeigeführt wird.

Das Orakel von Delphi hatte zwischen dem 8. und 6. Jahrhundert v. Chr. auch großen politischen Einfluß (die Bundesversammlung der Amphiktyones fand in Delphi statt). In der Anfangszeit konnte das Orakel nur einmal im Jahr befragt werden. Später erweiterte man die Orakelbefragung auf mehrere bestimmte Tage im Jahr. Der Fragende mußte zuerst ein Opfer darbringen. Waren die Ergebnisse der Eingeweideschau des Opfertieres zufriedenstellend, durfte er im Heiligtum mündlich oder schriftlich Fragen an die Pythia richten. Sie saß in ekstatischer Entrückung auf einem Dreifuß, zwischen den Lippen hielt sie ein Lorbeerblatt und in der Hand einen Lorbeerzweig. Ihre Antwort war stets recht allgemein und symbolisch formuliert. Der höchste Priester des Orakels faßte ihre Worte in Verse und deutete sie. Normalerweise waren sie für den Profanen unverständlich. Nach der Eroberung durch die Makedonier verlor das Orakel von Delphi an Bedeutung, und nach dem Edikt des Jahres 313 n. Chr. wurde es nicht mehr ausgeübt.

Das älteste bekannte Orakel war vermutlich das Zeus-Orakel in Dodona, das bereits in der *Ilias* und der *Odyssee* erwähnt wird. Der Gott tat seinen Willen im Plätschern der Quelle kund. Fast zwei Jahrtausende genoß das Orakel von Dodona bis zur Eroberung durch die Römer hohes Ansehen.

*Orakel des Apollo in Delphi*
*Quelle: Sammlung Editions Tchou*

In den Tempeln des Zeus-Ammon hatte sich ein ähnliches Ritual herausgebildet. Es handelte sich um einen Mischkult, der sich aus ägyptischen Deutungsverfahren der Zeichen und Symbole sowie griechischen Zeremonien zusammensetzte. Maxwell hebt als Besonderheit dieses Kults hervor, daß die Priester nicht nur durch Rauschmittel, sondern auch durch rhythmische Geräusche (Rauschen der Blätter, Murmeln des Wassers und Klang von Bronzezimbeln) in Ekstase versetzt wurden.

Im alten Griechenland wurden künftige Ereignisse auch aus auffälligen Naturerscheinungen, der Beobachtung des Vogelflugs oder der Eingeweideschau von Opfertieren vorhergesagt. Als Diomedes und Odysseus (*Ilias* 10. Gesang) nach einem Zeichen Gottes verlangten, bemerkten sie in der Dunkelheit einen Geier, der von links nach rechts an ihnen vorbeiflog. Pallas Athene hatte ihn geschickt, um den beiden Helden Erfolg zu verheißen.

Homer nennt auch die Nekromantie oder die Weissagung durch Totenbeschwörung. Auf der Fahrt zum Hades bringt Odysseus den Toten das heilige Trankopfer aus Honig, Milch, Wein, Wasser und Mehl dar. Er verspricht den Seelen der Verstorbenen ein weiteres Opfer bei seiner Rückkehr nach Ithaka. Als Opfertier wählt er einen Bock, nach dessen Opferung die Toten aus den Tiefen des Erebos heraufsteigen. Odysseus fordert sie auf, von dem Blut zu trinken und auf seine Fragen zu antworten. Dies ist ein eindeutiges Beispiel dafür, daß den Seelen der Verstorbenen und den Göttern Opfer dargebracht wurden.

Die griechische Religion und Magie weisen bemerkenswerte Übereinstimmungen auf. Die Bezeichnung Zeus-Lykaion geht auf frühe magische Vorstellungen von Wolfsmenschen zurück. Rendel Harris vertritt die Ansicht, die Attribute des Apollo-Kults – Schlange, Lorbeer und andere Pflanzen – seien Überreste eines magischen Glaubens an die Kraft der Tiere und Pflanzen, der mit anderen religiösen Vorstellungen eine enge Verbindung einging.

## DIE MYSTERIEN

In Griechenland erfuhr die Magie eine starke Vergeistigung und mündete in die Mysterienkulte ein. Die Eleusinischen Mysterien stehen in unmittelbarem Zusammenhang mit alten ägyptischen Mysterien. Sie wurden insbesondere in Athen mit großem Aufwand gefeiert und galten sogar noch zur Zeit des Römischen Imperiums als heilig. Der römische Schriftsteller Sueton berichtet, Nero habe bei seinem Aufenthalt in Athen nicht gewagt, an den Feierlichkeiten teilzunehmen. Menschen, die Verbrechen auf sich geladen hatten, durften nicht um Aufnahme in den Kreis der Eingeweihten nachsuchen. Die Eleusinischen Mysterien nahmen die Ausmaße eines attischen Staatskultes an.

Der Sage nach soll Demeter die Mysterien gestiftet haben, als sie auf der Suche nach ihrer von Pluton geraubten Tochter Persephone war. Pluton hatte sie in die Finsternis der Unterwelt entführt und gestattete ihr später, zu ihrer Mutter zurückzukehren. Demeter, die Erdgöttin – die Römer nannten sie Ceres –, galt den Eingeweihten als höchste Vernunft, als die Mutter, die den Kosmos regiert und alle Lebenskräfte in sich trägt. Die Priester der Göttin hießen »Söhne des Monds« und dienten als Mittler zwischen Erde und Himmel. Sie waren in die Esoterik der Mysterien eingeweiht und gestalteten sie zu einem lebendigen und eindrucksvollen Kult, der schließlich das Gepränge eines Nationalfestes bekam.

Als Athen zum politischen Mittelpunkt Griechenlands wurde, wuchs auch die Bedeutung der Eleusinischen Mysterien für das ganze Land. Von der ursprünglichen magischen Bedeutung der mit Initiationsriten verbundenen Feiern blieb im Laufe der Zeit nur noch die symbolische Bedeutung der Riten erhalten. Die kleinen Mysterien fanden nach strengem Ritual im März in der kleinen Stadt Agrai bei Athen statt. Die Kandidaten wurden nach eingehender Prüfung durch den Priester von Eleusis, den Hierophanten (»Zeiger des Heiligen«) aufgenommen. Er führte die Einzuweihenden in den Tempel vor die Priesterin der Persephone. Sie war von weißgekleideten, mit Narzissenkränzen geschmückten Priestern umgeben, die die feierlichen Ritualgesänge zu Ehren der Göttin anstimmten. Die Feierlichkeiten mit Tanz und Gesang zogen sich über mehrere Tage hin. Am letzten Tag versammelten sich die Neophyten an einem geheimen Ort, um das Mysterium der Persephone zu schauen.

## DIE MYSTERIENFEIERN

Die großen Mysterien wurden alle fünf Jahre im September in Eleusis gefeiert und dauerten zehn Tage. Die *Mystai* (die Schweigenden), d. h. die Eingeweihten ersten Grades, wurden in die großen Mysterien eingeführt und bekamen den Namen *Epoptai* (Schauende). Am achten Tag erhielt jeder Eingeweihte die *cysta mystica*, den heiligen, versiegelten Korb mit geheimnisvollen Gegenständen. Die *Orgia* fanden am letzten Tag statt. Dann wurde die mit Myrten bekränzte Statue des Gottes Dionysos in feierlichem Zug von Athen nach Eleusis gebracht. Dieser Ritus versinnbildlichte die Wiedergeburt, die Rückkehr des verjüngten Geistes. Die Feierlichkeiten, die im Anschluß daran stattfanden, sind aus magischer Sicht sehr aufschlußreich. Die *Mystai* versammelten sich in einer großen Halle und ver-

109

brachten die Nacht im Tempel. Von dort stiegen sie in ein unterirdisches Labyrinth hinab, wo man ihnen Getränke verabreichte, die Halluzinationen hervorrufen. Im Anschluß daran erhielten sie nach geheimgehaltenen Vorschriften die höchste Weihe als *Epoptai*. Damit waren die Mysterienfeiern beendet.

Die Eleusinischen Mysterien wurden von vielen Dichtern und Schriftstellern jener Zeit besungen. Der griechische Lyriker Pindar nannte jeden Menschen glücklich, der sich durch die Teilnahme an den Riten der Vollkommenheit des Lebens erfreute. Cicero schreibt, die Eleusinischen Mysterien seien die beste Einrichtung Athens gewesen. Aus diesen Äußerungen geht hervor, daß der ursprünglich magische Hintergrund und das Anliegen, eine Absicht im Zauber zu realisieren, in den Eleusinischen Mysterien, ebenso wie in denen des Osiris, Dionysos und Orpheus, mystisch verbrämt wurden und rein symbolischen Charakter bekamen. Die Ekstase wurde zum wesentlichen Bestandteil des Ritus, und das strenge Verbot, das religiöse Geheimnis preiszugeben, übte wahrscheinlich den stärksten Reiz aus. In diesem Sinne verstehe ich Aristoteles' Erklärung der Eleusinischen Mysterienfeiern: Die Eingeweihten lernen nicht, sie erfahren. Sie werden in einen Zustand versetzt, der ihre Sinnesempfindungen schärft.

# DIE ENTWICKLUNG DER MAGIE
# IM ALEXANDRINISCHEN ZEITALTER

Die primitive Magie unterlag in ihrer weiteren Entwicklung zwei großen Strömungen. In der Frühzeit verwandelte sie sich in einen Wunderglauben. Als dagegen die Philosophie und das naturwissenschaftliche Denken sich durchsetzten, bekämpften alle Vertreter der neuen Denkschule den magischen Glauben aufs heftigste. Sie traten für ein vernunftorientiertes Denken ein und wollten die Grundlagen der Magie, den Aberglauben, zerstören. Pythagoras und Empedokles gehörten zu den ersten Vertretern, die den ewigen Aufenthalt der Seele im Hades bestritten und sich vermutlich unter dem Einfluß der ägyptischen Lehre der Seelenwanderung zuwandten. Die Bücher des *Corpus Hippocraticum*, in denen das gesamte heilkundliche Wissen des Goldenen Zeitalters Griechenlands zusammengetragen ist, enthalten nicht den geringsten Hinweis auf magische Behandlungsmethoden. Im Denken der Männer, denen Athen seinen größten Ruhm verdankte, hatten Zauberpraktiken keinen Platz.

Die Vertreter der griechischen Geisteswelt jener Zeit setzten sich aufgeschlossen und sachlich mit allen schwierigen und problemreichen Themen auseinander. Sie erkannten oder erfaßten intuitiv die Gesetze des Kosmos und beschäftigten

## DIE GRIECHISCHE ESOTERIK

sich mit den Geheimnissen des Lebens und Seins. Sie suchten nach Beweisen für die Unsterblichkeit der Seele. Zur selben Zeit entstand die differenzierte Lehre vom demokratischen Staat. Der Glaube an die Magie gehörte nicht mehr in diese neuen Denkstrukturen. Die Griechen führten eine grundlegende Wende in den Religionsvorstellungen herbei, auch wenn dies nicht immer unmittelbar zutage tritt.

Die griechische Hochkultur beweist auf allen Gebieten eine ausgesuchte Feinsinnigkeit: sie lehnt daher jedes Prinzip eines starren politischen oder geistigen Dogmas ab. Sie bestreitet die Existenz der Magie oder übernatürlicher Mächte, erkennt aber an, daß es möglicherweise unbekannte Kräfte gibt, die der Mensch nicht wahrnehmen kann. Wir erleben hier wahrscheinlich die erste Niederlage der Magie. Vernunft und Kritik ließen der Zauberei keinen Raum oder sahen in ihr eine pathologische Erscheinung. In der neuen politischen Ordnung ruhte die Macht im Gesetz, und die gesetzgebende Gewalt wurde von Männern ausgeübt, die sich nicht durch die Kenntnis geheimer Praktiken oder die Fähigkeit, Tote zu beschwören, auszeichneten. Durch ihren Verstand und ihre Umsicht bewiesen sie Tatkraft im Krieg und im Frieden.

Es gab zwar auch so etwas wie eine Massensuggestion, aber es handelte sich um die Ausstrahlung großer Redner, die die Massen durch Worte in ihren Bann schlugen. Zu ihnen gehörten auch die Dichter, die große Begeisterung weckten, oder die Schriftsteller, in deren Tragödien die Vergangenheit und die Erinnerung an bekannte Helden auflebten und das Volk erschütterten. Die Suggestion strebte ein moralisches und gesellschaftliches Ziel an. Man wollte Erinnerungen und alte Begriffe zum Nutzen einer neuen Staatsidee wachrufen. Die Menschen sollten auf das angestrebte Ziel hingeführt werden. Aus dem archaischen Verlangen, die Einzigartigkeit und Persönlichkeit auch nach dem Tode zu bewahren, entstand das Streben nach Ruhm, nach einem unauslöschlichen Namen und nach Verdiensten. Der Wille, feindliche Einflüsse einzugrenzen, wird zur moralischen Kraft, die die bösen Triebe des Menschen unterdrückt und für einen gesunden Geist in einem gesunden Körper sorgt.

Erkenntnisse auf dem Gebiet der Astronomie helfen, die Gesetze der unveränderlichen Bahnen der Gestirne zu ergründen. Daraus erwächst ein neues und besseres Verständnis des Geschehens im All und des menschlichen Lebens, die unlöslich miteinander verbunden sind. In der Naturlehre stellt Aristoteles, der größte Biologe aller Zeiten, eine neue rein wissenschaftliche Lehre des Gesetzes von den Metamorphosen auf. In den Kreisen der Denker, Philosophen, Dichter und Ärzte erlischt der Glaube an die Magie, bei den Bewohnern abgelegener Tä-

111

*Schule in Athen. Nach einem Fresko von Raphael.
Quelle: Musée des Arts Décoratifs*

ler oder ferner Inseln lebt er jedoch fort. Dort denkt man weiterhin in den Begriffen der Vorväter und hält an den überlieferten Bräuchen fest.

Durch die persischen Kriege kamen die Griechen verstärkt mit dem Orient in Berührung. Daher blieb es nicht aus, daß neues Gedankengut in das Land einströmte. In Thessalien machte sich der Einfluß der Perser über einen längeren Zeitraum besonders stark bemerkbar, und als Folgeerscheinung verfestigte sich dort die magische Denkweise stärker als in anderen Gebieten. Weitab von den fortschrittlichen Städten blieben die Bergbewohner dieser Landschaft stets ihren magischen Vorstellungen treu. Man glaubte noch an Zauberer, die die Fähigkeit besitzen, Menschen durch bestimmte Riten und Salben in Tiere und Pflanzen zu verwandeln. Von den Hexenmeistern behauptete man, sie könnten nachts auf der Suche nach Liebesabenteuern durch die Lüfte fliegen. Nach Lehmann trat dieser im Mittelalter sehr verbreitete Glaube hier zum erstenmal auf. Ursprünglich war die Lichtgöttin Hekate eine dem Menschen wohlgesonnene Schutzgottheit. Unter östlichem Einfluß verwandelte sie sich in die Göttin der Hexen und Zauberer. Griechische Schriftsteller beschrieben ausführlich die Praktiken, Feiern und Exorzismen dieses Kults. Hekate wurde in nächtlichen Beschwörungen als Feindin des Lichts und als Göttin der Toten angerufen. Man brachte ihr Tieropfer dar und veranstaltete Feiern zu ihren Ehren. Angeblich gehörten ihrem Gefolge Menschenfresser und Hexen an, die unglaubliche Orgien feierten und sich vom lebenspendenden Blut der Menschen ernährten, die mit ihnen Umgang pflegten.

Als Bürgerkriege das Land verwüsteten, ein großer Teil der Bevölkerung in Seuchen dahinstarb und Philipp von Mazedonien die Griechen unterwarf, waren Freiheit und Demokratie zerstört. Wie häufig in solchen Situationen, breitete sich die Magie wieder in weiten Kreisen des Volkes aus.

Ein durch Krankheit geschwächter Mensch besitzt nur noch geringe Kritikfähigkeit. Er wird für Suggestionen anfällig und erliegt häufig Sinnestäuschungen. Nationen erleiden oftmals ein ähnliches Schicksal. Völker, die lange unter Kriegseinwirkungen und schweren Seuchen gelitten haben, kehren bereitwillig zu alten im Unterbewußten ruhenden Glaubensvorstellungen zurück und werden leicht zu Opfern der Massensuggestion. Die Kräfte Griechenlands waren durch den Krieg erschöpft und die glanzvollen Denkmäler seiner Kultur zerstört. Vormals blühende Städte führten unter der Herrschaft ehrgeiziger Soldaten und Beamten ein jämmerliches Provinzdasein. Die berühmten Schulen, in die das Land seinen Stolz gesetzt hatte, hatten ihre Pforten geschlossen.

## DER NIEDERGANG

Die Griechen hatten den Glauben an die Macht des Staates sowie an die Kraft der Vernunft und der Kunst verloren. An seine Stelle trat der Aberglaube. Da die Makedonier auch Ägypten erobert hatten, entstanden engere Kontakte zu den Ägyptern und ihrer Vorstellungswelt. Die chaldäische Magie stand den Erben Pythagoras insofern nahe, als sie in philosophischer und astronomischer Hinsicht auf der Kraft und Bedeutung der Zahlen beruhte. Chaldäer und Zauberer strömten in großer Zahl nach Griechenland. Die chaldäischen Götter wurden als böse Dämonen in die griechische Mythologie übernommen. In einer rauhen und fremden Sprache erklangen ihre Namen in Beschwörungen und Exorzismen. Obwohl niemand die Formeln verstand, glaubte man an ihre Wirksamkeit. Die Zauberer ließen Hekate als Lichtgestalt in einem dunklen Raum erscheinen und baten sie um Beistand oder um die Weissagung künftiger Dinge. Unzählige Dämonen und übernatürliche Wesen traten an die Stelle der alten Götter des Olymp und wurden zum Mittelpunkt einer polytheistisch ausgerichteten Magie.

## GESCHICHTE DER MAGIE

Die griechische Kultur verlagerte sich in das neue geistige Zentrum Alexandria, wo die hellenistische Philosophie und Kunst in neuer Schönheit erblühten. In diesem geistigen Klima nahm die Magie wieder symbolische und mystische Züge an. Die alten Überlieferungen entfalteten sich unter dem Einfluß afrikanischer Vorstellungen. Afrika verfügte über ein reiches, unvergessenes Erbe urgeschichtlichen Ursprungs, das seinen Beitrag zur neuen Geistesströmung leistete. In der alexandrinischen Magie entstanden eine Vielzahl magischer Praktiken und umfangreicher Initiationsrituale, die direkt auf den frühen Isis- und Osiriskult zurückgingen. Die äußere Form wurde beibehalten, doch die ethische Lehre erreichte nicht das hohe Niveau der letzten Blütezeit des ägyptischen Reiches.

Als das Alexandrinische Zeitalter ausklang, trieb der magische Kult seltsame Blüten. Er war das Spiegelbild aller magischen Denkarten des Orients und wurde Grundstein hermetischer Lehren und Geheimwissenschaften. In ihnen verschmolzen wissenschaftliche Verfahren, die auf magische Vorstellungen angewandt wurden, mit Elementen von Initiations- und Mysterien-Systemen.

*Die Pythia in Delphi. Holzschnitt nach einem Gemälde von Henri Motte, Ende 19. Jh.
Quelle: Bildarchiv Preußischer Kulturbesitz*

*Festmahl. Etruskisches Grabfresko in Corneto*
*Quelle: Musée des Arts Décoratifs*

# 9. KAPITEL

## MAGISCHE KULTE IM ALTEN ITALIEN

Bisher ist es der Geschichtsschreibung nicht gelungen, die Herkunft der ersten Bewohner der Apenninenhalbinsel mit Sicherheit nachzuweisen. Man weiß nicht, ob die Etrusker aus dem Orient, aus Libyen oder aus Asien einwanderten. Die wenigen Anhaltspunkte, die wir über ihre Glaubensvorstellungen besitzen, deuten auf eine enge Verwandtschaft mit den Assyrern und Babyloniern hin.

In der Mythologie der Etrusker spielt der *Genius* eine große Rolle. Nach Horaz (Epistel, Buch II, 187) begleitet er jeden Menschen und regiert seinen Geburtsstern. Auf polierten Bronzespiegeln sind weibliche Dämonen, die die Geburt der Kinder überwachen, sowie die Schlange als Verkörperung von Erd- und Höllendämonen dargestellt. Die Axt versinnbildlicht die Macht des Todes. Sie ist mit der Sichel in der christlichen Symbolik vergleichbar. Nach der Eroberung Vejis, d. h. ab dem 4. Jahrhundert v. Chr., wurden die Gräber mit bildlichen Darstellungen schrecklicher Dämonen geschmückt. Sie zeugen vom Einfluß abergläubischer Vorstellungen, die nach Etrurien vordrangen, und stehen in scharfem Gegensatz zu den abgeklärten griechischen Grabausschmückungen. Ähnlich vielen anderen Völkern, maßen die Etrusker der Ahnenverehrung große Bedeutung bei. Wir schließen dies aus den häufigen Darstellungen von Festmahlen – z. B. auf dem Grabmonument der Veli in Sette Camini bei Orvieto. Die Geister der verstorbenen Familienmitglieder versammeln sich zu einem Fest und werden von den Göttern der Unterwelt, die auf einem erhöhten Thron sitzen, erwartet.

Bei den Grabmalereien stoßen wir immer wieder auf Ungeheuer mit drei Leibern. Der wilde mit einem Hammer bewaffnete Tuchulcha ist geflügelt, hat einen Geierschnabel, Pferdeohren, auf seinem Kopf ringeln sich züngelnde Schlangen. Das Grab des Typhon in Tarquinia ist ebenfalls mit geflügelten Ungeheuern oder drachenfüßigen Gestalten ausgemalt. Ich habe nur wenige Beispiele der von Ducati beschriebenen Wandmalereien erwähnt, um deutlich zu machen, daß den

117

*Spiegel mit Darstellung des Wahrsagers Kalchas. 5. Jh. v. Chr.
Quelle: Museum des Vatikan*

Dämonenungeheuern in der italischen Mythologie neben dem Phalluskult große Bedeutung zukommt.

Das Wahrsagen, vor allem die Deutung aus Eingeweiden von Opfertieren (Leber-Exstipicium), war bei den Etruskern sehr verbreitet. Das Wort *aruspex* entstand wahrscheinlich aus dem chaldäischen *har* (Leber), und vermutlich stammt diese Wahrsagekunst aus Chaldäa. Im alten Chaldäa fand man aus Ton nachgebildete Lebern mit Keilschriftzeichen und in Bogazköy, der Hauptstadt des alten Hethiterreichs, leberähnliche Gegenstände mit hethitischen Wörtern. Die Bronzeleber von Placentia, ein ausgesprochenes *templum* des 3. Jahrhunderts v. Chr., die eine in Quadrate unterteilte Schafsleber darstellt, ist mutmaßlich in direkter Anlehnung an diese Figuren verwendet worden. Es scheint ein Lehrmodell für die Wahrsagekunst gewesen zu sein. Jedes Feld entspricht einem Bereich des Himmels und ist nach der ihm zugeordneten Gottheit benannt. Die Leber und der Himmelsraum waren in einen *pars familiaris*, der Gutes bedeutete, und einen *pars hostilis*, der Unglück verkündete, eingeteilt. Die Furchen zwischen den einzelnen Feldern hießen *fissum* oder *limes*. Die Protuberanzen der Schafs- oder Rinderleber und geringfügige anatomische Abweichungen waren für die Deutung von größter Wichtigkeit.

## DIE DÄMONISCHE MAGIE

In der dämonischen Magie der Etrusker spielten fürchterliche sexuelle und obszöne Praktiken eine große Rolle. In seinem Buch *Tusca* vermittelt uns Grünwedel ein Bild dieses schrecklichen Treibens. Zu einer Zeit, als an Sittenreinheit und Moral strenge Maßstäbe angelegt wurden, fühlten sich die Römer von diesen Bräuchen abgestoßen. Der ägyptische Sonnenmythos, wonach die Sonne nachts die Unterwelt durchquert, um jeden Morgen erneut am Himmel zu erscheinen, wurde bei den Etruskern in sexuelle Vorstellungen umgesetzt. Grünwedel deutet zahlreiche Verzierungen auf etruskischen Spiegeln und Vasen dahingehend, daß junge Menschen als Ritualopfer dargebracht wurden.[6a] Das Ritualopfer war seines Erachtens ein wesentliches Merkmal des Kults. Horaz berichtet, etruskische Reliefs seien bei Sammlern erotischer Darstellungen sehr begehrt gewesen.

Wie aus zahlreichen Gegenständen zu erkennen ist, hatten die magischen Praktiken im etruskischen Leben einen festen Platz. Man fand z. B. Bleitäfelchen (devotiones) und Bleilinsen, die im Museum von Florenz zu sehen sind. Um schmerzende Füße zu heilen, gab es die magische Formel:

Terra pestem teneto
Salus hic maneto.

(»Die Erde soll die Krankheit festhalten, und die Gesundheit soll bleiben.«)

Man entdeckte zahlreiche Exvoten, die Teile des menschlichen Körpers darstellen. Diese Votivgaben wurden als Dank für die Heilung in Tempeln aufgehängt. Die magische Heilkunde hatte in Etrurien einen hohen Entwicklungsstand erreicht. Hesiod übernimmt in *Theogonie* die Legende, die Söhne der Zauberin Circe seien etruskische Fürsten geworden.

In späterer Zeit standen Kunst und Religion sehr stark unter dem Einfluß griechischer Geistesströmungen. Die Römer übernahmen unter anderem eine Vielzahl magischer Glaubensvorstellungen. Sie waren z. B. fest von dem hohen Wert der Sibyllinischen Bücher überzeugt, die ihnen als magische Verschlüsselung aller Schicksalsfragen galten. Im alten Italien genoß vor allem die aus Vorderasien stammende Sibylle von Cumae hohes Ansehen.

Der Legende nach bot man Tarquinius Superbus neun der Sibyllinischen Bücher zum Kauf an. Doch er lehnte sie angesichts des hohen Preises ab. Der Eigen-

*Die Sibylle von Cumae*
*Quelle: Sammlung Editions Tchou*

tümer verbrannte daraufhin zunächst drei der Bücher, dann weitere drei, und schließlich mußte der König für die restlichen drei den Preis entrichten, der ursprünglich für die neun Bücher gefordert war. Die Weissagungen waren angeblich auf Palmenblätter geschrieben. Die Bücher wurden sorgsam im Jupiter-Tempel des Kapitol aufbewahrt. Fünfzehn Priester erhielten die Aufgabe, die Weissagungen einzusehen und sie zu deuten. Sie wurden vor allem bei öffentlichem Notstand zu Rate gezogen. Cicero zufolge enthielten die Bücher verschleierte Weissagungen, die für alle Zeiten und alle Situationen Gültigkeit besaßen. Die ersten Sibyllinischen Bücher verbrannten, als der Tempel des Jupiter Capitolinus durch Blitzschlag zerstört wurde. Daraufhin wurden auf Anordnung des Senats in Griechenland eingehende Nachforschungen betrieben, und es gelang, eine zweite Sammlung zusammenzustellen. Sie wurde im neuerbauten Tempel verwahrt, doch 400 n. Chr. ließ Stilicho diese Bücher verbrennen.

Die Herkunft dieser prophetischen Bücher ist nicht eindeutig nachweisbar. Auch die Gestalt der Sibyllen ist verschieden erklärt. Waren sie Töchter des Apollo oder des Poseidon? Die Alten brachten sie mit Kassandra, der Tochter des Priamos, in Verbindung, über deren leidvolles Schicksal Homer in der *Ilias* berichtet. Sie setzten sie auch mit Manto, der Tochter des Teiresias, die in einer Höhle des Berges Ida lebte, in Beziehung. Im 4. Jahrhundert v. Chr. kennt man nur *eine* Sibylle, doch in späterer Zeit, nach der römischen Eroberung, gab es ihrer mehrere. Vermutlich sind die sibyllinischen Sprüche in erster Linie auf hebräische Einflüsse in Alexandria zurückzuführen.

Der Brauch des *Mundus* war ein magischer Ritus. Man hob nach dem Vorbild Romulus', als er Rom gründete, eine kleine Grube aus, und jeder der Umstehenden streute ein wenig Heimaterde, *terra patrum*, hinein. Der *Mundus* war der Weg zu den *inferi*, d. h. der Zugang zur Unterwelt. Beim Ausheben der Grube beschwor der Gründer der Stadt die Geister der Ahnen, die unterirdischen Gefilde zu besiedeln und mit den Bewohnern der neuen Siedlung zu leben. Tote und Lebende hatten gemeinsam an der Gründung teil. Dieser Brauch hat sich in der Form erhalten, daß man bei Grundsteinlegungen Dokumente und Geld einmauert. Der *Mundus* wurde an bestimmten Tagen zu festgelegten Uhrzeiten geöffnet (*Mundus patet*). An diesen Tagen – sie galten als ungünstig, und man durfte bestimmte Dinge nicht unternehmen – sollten die Bewohner des Ortes die Haustüren nicht schließen, damit die Geister der Verstorbenen eintreten und am Familientisch Platz nehmen konnten (Varro: I, XVI, 18; Festus: 154–557). Auf den alten etruskischen Grabmalereien, z. B. in Corneto, ist der *Mundus* als Grube dargestellt, aus der eine menschliche Gestalt mit Wolfskopf herausschaut und nach den Lebenden greift. In Indien gibt es noch heute Gruben in der Nähe der Tempel, in die man das Blut von Opfertieren gießt oder Gegenstände aus Edelmetallen wirft. Sie entspringen der gleichen Vorstellung wie der *Mundus*. In alten Zeiten war es z. B. auch üblich, Amulette und Silbergeld in frisch ausgehobene Baugruben zu werfen.

# DAS HEILIGE IM ALLTAGSLEBEN

Durch diesen magischen Brauch bekamen Neugründungen und neue Bauwerke ganz allgemein einen heiligen Charakter. Das lateinische *sacer* hat ähnliche Bedeutung wie der *Tabu*-Begriff bei den primitiven Völkern. Häuser, Feuerstellen, Mauern und Tore waren heilig, d. h. sie wurden verehrt und gefürchtet. Die roten Besatzstreifen der *Toga praetexta* hatten einen magischen Sinn. Es gab rituelle Formeln, die meistens aus unverständlichen Worten etruskischer Herkunft zusammengesetzt waren. Sie besaßen die magische Eigenschaft, unbegrenzt wirksam zu sein und diese Kraft auch zu verleihen. Die Römer maßen ihren Göttern weniger Bedeutung zu als z. B. die alten Griechen. Die Schutzgötter, wie die *La-*

*ren*, die niemals drohende oder rachsüchtige Züge trugen, gehörten zum alten Pantheon des Mittelmeerraumes. Er war von friedliebenden Gottheiten bevölkert, die den Menschen in Gefühlen und Lebensgewohnheiten nahestanden. Es gab so viele Gottheiten, daß die alten Geschichtsschreiber den Ausspruch taten, Rom sei zu Beginn von mehr Göttern als Bürgern bewohnt worden. Die Magie lebte in zahlreichen Bräuchen und Vorstellungen fort. Im alten Rom waren Türschwelle (*forculus*), Türangel (*cardo*) und Haustür (*janua*) der Mittelpunkt vieler magischer Praktiken, die teilweise in den Kulten des Janus Bifrons übergingen. Magische Vorstellungen im Zusammenhang mit der Aussaat wurden auf Saturn übertragen. Im Kult der Diana Nemorensis, der Göttin des Nemisees, mußte der Priester in einer rituellen Handlung getötet werden, wenn es sich erwies, daß ein noch Mächtigerer größere magische Kräfte besaß. (Frazer befaßte sich eingehend mit diesem Ritus.)

Die Zahlenmagie war in Rom ebenfalls von großer Bedeutung. Es entstand das alte Sprichwort: *mundum regunt numeri*. Die symbolischen Bedeutungen von Kreis und Dreieck erfuhren durch die Pythagoräer weitere Vertiefung. Die Auffassung vom magischen Kreis war bei allen Völkern verbreitet. Die von Titus Livius (XIII, 15) und Polybios berichtete Begebenheit mag hier als Beispiel für viele andere gelten. Im Krieg des Antiochos IV. gegen Ägypten im Jahre 168 v. Chr. überbrachte der römische Gesandte Caius Popilius dem König Antiochos den Befehl des Senats, sich zu ergeben. Antiochos wollte sich nicht sofort entscheiden. Da zeichnete der impulsive und energische Popilius einen Kreis um den König. Er durfte ihn erst verlassen, wenn er eine Entscheidung getroffen hatte. Antiochos widersetzte sich zunächst, unterwarf sich dann aber dem Willen des Römers.

In der Frühzeit galten den Römern die Haine als magisch und heilig. Jeder Baum stellte eine Gottheit dar, und jeder, der einen Baum fällte, erhielt eine strenge Strafe. Bei den Feiern der Fratres Arvales, die in den heiligen Hainen stattfanden, wurden den Göttern jährlich die ersten Früchte der neuen Ernte als Dankopfer dargebracht. Die Bäume besaßen symbolische Bedeutung und waren mit einer geheimnisvollen magischen Kraft ausgestattet. Die Eiche verkörperte Stärke; die Silberpappel, die der ägyptischen Göttin Isis geweiht war, Keuschheit; die Esche, aus deren Holz der Speer des Achilles geschnitzt war, war Mars zugeordnet; die Ulme war das Symbol der Ruhe, und der Lorbeer verkündete Freude und Frieden. Mit seinen Zweigen schmückte man das Haupt der Dichter, die Tempel der Götter und die Paläste der Cäsaren. Die Zypresse galt als Baum der Toten. Der Baumkult entsprang den tiefen Empfindungen des ursprünglich

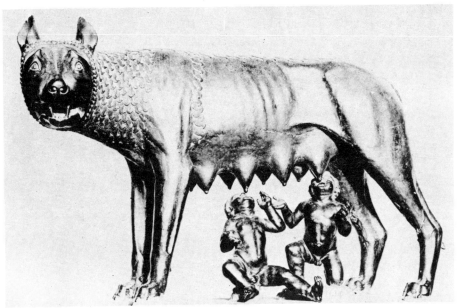

*Romulus und Remus. Erinnerung an einen alten magischen
Mythos, der das Verhältnis zwischen Mensch und Tier widerspiegelt.
Quelle: Musée des Arts Décoratifs*

bäuerlichen Volkes und war Ausdruck der Verbundenheit mit der Erde sowie der Ehrfurcht vor der Natur. Hier fand man Trost im Leid und eine Quelle neuer Freude. Die Römer betrachteten die Bäume als wohlwollende Zeugen und magische Beschützer ihres Lebens und Wohlergehens.

Seit den frühesten Zeiten durchziehen magische Praktiken und Vorstellungen die römische Geschichte. Die Legende von Romulus und Remus, die von einer Wölfin gesäugt wurden, existiert in ähnlichen Ansätzen auch im Orient. Sie ist die Erinnerung an einen alten magischen Mythos, in dem sich die vorgeschichtlichen Auffassungen von den Beziehungen zwischen Mensch und Tier widerspiegeln. Zur Wolfsjagd wurden magische Riten (*lupercalia*) vollzogen. Der *Feuerstein* verkörperte eine Gottheit, die später den Namen Jupiter Lapis bekam. Auch in den *Argei* lebten Erinnerungen an frühe Zeiten fort. Es handelt sich um einen Ersatzritus, in dem Menschenpuppen statt Menschenopfer ins Meer geworfen wurden.

Auch die Reinigung durch Wasser und Feuer (*lustratio*) ist unbestreitbar ein magischer Ritus. Er soll, ähnlich den im asiatischen Raum üblichen symbolischen Waschungen, die Reinheit des Körpers und der Seele bewirken.

Für viele magische Bräuche ist nur schwer eine Erklärung zu finden. Das rechte Pferd einer siegreichen Quadriga mußte mit dem Speer getötet werden, außerdem waren ihm Kopf und Schwanz abzuschneiden. Während man sich um den Schwanz stritt, wurde der Kopf zum Altar getragen, wo die Vestalinnen das Blut in Schalen auffingen.

## DIE WAHRSAGEKUNST

Die römischen Götter griffen nicht aktiv in öffentliche Angelegenheiten ein. Dennoch war es Bürgerpflicht, sie zu verehren. Ihr Ansehen beruhte auf der Macht des Staates, aber sie übten keinen Einfluß auf ihn aus. Ausschlaggebend war die Magie in allen Spielarten. Der Legende nach wurde Tullus Hostilius als Strafe für seine Verbrechen vom Blitz erschlagen. Eine der Vorschriften der Zwölf Tafeln besagt, daß man nicht versuchen dürfe, sich die Ernte eines fremden Feldes durch magische Verfahren anzueignen. Wie dieses Gesetz zu erkennen gibt, sahen sich die ersten Gesetzgeber vor die Notwendigkeit gestellt, schadenbringenden, magischen Praktiken Einhalt zu gebieten.

Der Weissagung und Wahrsagekunst kamen bereits im frühen Rom große Bedeutung zu. Sie wurden der römischen Mentalität entsprechend recht bald ein gut durchorganisierter Staatsbrauch. Die Beobachtung und Deutung des Vogelfluges, die sich aus etruskischem Gedankengut entwickelten, nahmen einen hervorragenden Platz unter allen anderen Weissagungskünsten ein. Die Flugrichtung und Flugordnung der Vögel wurden nach einem komplizierten Verfahren ausgelegt. Die Auguren zeichneten einen Kreis auf den Boden, der als Beobachtungsfeld galt, in dem das eigentliche *aruspicium* stattfand. Die römischen Auguren waren Staatsdiener, die eine öffentliche Aufgabe erfüllten. Auch außerhalb der offiziellen Weissagungen deutete jeder Bürger den glück- oder unglückverheißenden Flug nach festgesetzten und allgemein anerkannten Regeln. Die Deutung von Vorzeichen (*auguria*) entwickelte sich zu einem umfassenden System mit typisch magischen Besonderheiten.

Als weiteres Verfahren ist das Wahrsagen mit Losen zu nennen. Man warf Holztäfelchen mit eingeritzten Buchstaben in einen Kasten. Dann zog ein Kind, rein an Körper und Seele, feierlich die Lose. Das bekannteste Orakel dieser Art wurde in Präneste ausgeübt. Es stand unter dem Schutz der Göttin Fortuna Primigenia (Fortuna die Erstgeborene). In späterer Zeit wurden künftige Ereignisse vorausgesagt, indem man ein Buch an beliebiger Stelle aufschlug – meistens waren es Werke von Vergil – und die ersten Verse der aufgeschlagenen Seite deute-

124

te. Diese Art der Weissagung wird heute noch ausgeübt. Sie beruht auf dem Glauben, daß eine übernatürliche Kraft die Hand des Wahrsagers leitet.

Plinius befaßte sich ausführlich mit der Magie. Er nahm an, sie sei in Persien von Zarathustra geschaffen worden und durch Ostanes, der Xerxes auf seinen Heereszügen begleitete, nach Griechenland gelangt. Durch Demokrits Schriften habe die magische Kunst schließlich weite Verbreitung im Volk gefunden.

Neben den frühen Magiern nennt Plinius die zyprischen Zauberer, die Druiden, die Wahrsager sowie Heiler und schließlich die Skythen, die magische Künste betreiben. Seines Erachtens ist es nicht verwunderlich, daß die Zauberer ein so hohes Ansehen genossen, denn in der Magie seien die drei Künste vereint, die das menschliche Denken maßgeblich beeinflussen: Medizin, Religion und Wahrsagen. Nach Plinius entstand die Magie aus der Medizin und entwickelte sich parallel zu ihr. Doch in seinen Augen sind die Magier leichtfertige und schamlose Betrüger. Er gelangt zu dem Schluß, die Zauberei sei wertlos und nichtswürdig, obwohl ein Quentchen Wahrheit in ihr enthalten sein mag. Sie sei eher auf die Kenntnis der Gifte als auf die der Magie zurückzuführen (XXX, 6). Aus anderen Textstellen geht klar hervor, daß im Rom der Kaiserzeit magische Praktiken zur

*Die Hexe Locusta und Nero mit dem für Britannicus vorbereiteten Gift. Gemälde von J. N. Sylvestre*
*Quelle: Musée des Arts Décoratifs*

Heilung von Krankheiten sehr verbreitet waren. Heiler, Astrologen und Scharlatane wurden häufig um Rat gefragt, und die Verkäufer von Talismanen, Amuletten, Gift sowie magischen Pflanzen betrieben einen schwunghaften Handel.

Plinius beschreibt außerdem ausführlich die magischen Kräfte der Tiere, insbesondere des Drachens, der Schlange und des Basilisk. Aus dem Pflanzenreich erwähnt er Raute, Mohn, Mistel und einige andere, die auf bestimmte feierliche Weise zu pflücken sind. Er geht auch auf die magischen Kräfte der Edelsteine, der Mineralien, einiger Körperteile des Menschen, des Speichels und bestimmter Körpersäfte ein. Seine Schriften enthalten auch interessante Ausführungen zur magischen Übertragung von Krankheiten von Menschen auf Tiere, z. B. auf Hunde, Kröten, Maulesel und Esel. Außerdem zählt Plinius die verschiedenartigsten Amulette auf und weist auf die Bedeutung der Zahlen in der Heilpraktik hin.

# EINE NEUE AUSRICHTUNG DER MAGIE

Während des Niedergangs des Römischen Reiches blieben die zahlreichen Kriege und Epidemien nicht ohne Auswirkung auf die Denkweise des Volkes. Glaubensvorstellungen aus Vorderasien, Persien und Ägypten setzten sich immer mehr durch. Die magischen Praktiken breiteten sich über das gesamte römische Imperium aus und gingen mit einem entsprechenden Wunderglauben einher. Er erreichte im 1. und 2. Jahrhundert n. Chr. seinen Höhepunkt und wurde schließlich vom Christentum verdrängt.

Der Hang zum Mystizismus findet auch in der Literatur des 1. und 2. Jahrhunderts seinen Niederschlag. Aus ihr können wir ablesen, wie die Magie allmählich eine Wende erfuhr. Die ägyptischen Bücher der Alchimie sollen unter Diokletians Herrschaft vernichtet worden sein. Plutarch, der ungefähr um das Jahr 50 geboren wurde, glaubte fest an Wunder und Weissagungen. In seinen Augen waren die Dämonen die Mittler zwischen Menschen und Göttern. Er berichtet, wie der Astrologe Tarratius, ein Freund des Varro, gerufen wurde, um das Horoskop des Romulus zu erstellen. Er fand heraus, daß Romulus im ersten Jahr der zweiten Olympiade, am 23. Tag des ägyptischen Monats Choiah, zur dritten Stunde während einer Sonnenfinsternis gezeugt wurde.

Man war zu jener Zeit von der Richtigkeit der astrologischen Vorhersagen überzeugt, und der Glaube an die magische Kraft von Pflanzen sowie Tieren war fest in den Vorstellungen verwurzelt. Die *Metamorphosen* des römischen Arztes, Naturforschers, Philosophen und Schriftstellers Apulejus (er lebte im 2. Jahrhundert n. Chr.) gehören zu den phantasievollsten Werken des klassischen Altertums. Die Hexen besaßen die Kraft, ihre Feinde in Tiere zu verwandeln, sie zu entführen und dann zu töten oder zu verstümmeln. Sie waren außerdem in der Lage, ihre Opfer in Schlaf zu versetzen. Sie konnten in die Zukunft sehen, hatten Einfluß auf das Liebesleben und vermochten Tote zu neuem Leben zu erwecken. In den meisten Fällen waren sie alt und häßlich. Bei ihren Zauberkünsten verwendeten sie Menschenblut, Haare und Fingernägel. Sie waren mit allen Verfahren der Zauberei vertraut, kannten die Beschwörungsformeln und wußten die Vorzeichen zu deuten.

In seiner Schrift *Apologie* verteidigt Apulejus die Magie. Er unterscheidet dabei allerdings zwischen der weißen, segensreichen Magie, die mit der schwarzen, verdammenswerten Magie nur die Bezeichnung Magie gemeinsam hat. Apulejus trat außerdem für eine gründliche Erforschung der Naturerscheinungen ein. Er betrachtete die Dämonen als Zwischenwesen. Apulejus war Naturalist und somit zweifellos in die Geheimnisse der okkulten Wissenschaften eingeweiht. Augustinus bezeichnete ihn als den klassischen Schriftsteller dieses Wissensgebietes. Sein Werk ist ein unwiderlegliches Zeugnis der in der Magie eintretenden Wende zur Religion.

## MYSTIK UND OKKULTE KÜNSTE

Die mystische Strömung tritt besonders in den Büchern des Apollonios von Tyana zutage. Die Lebensbeschreibung dieses Philosophen ist uns durch Philostratos (um 217) übermittelt. Apollonios lebte im 1. Jahrhundert unserer Zeitrechnung und war ein bekannter Wundermann. Sein Gegner Euphrastos bezichtigte ihn der Zauberei, doch Philostratos weist diese Unterstellung zurück. Er berichtet aber interessanterweise ausführlich über Apollonios' Verbindungen zu Magiern in Babylon und Susa sowie zu indischen Brahmanen und schildert deren Wundertaten. Er beschreibt Erscheinungen wie Levitation und geht auf die astrologische und magische Medizin ein.

Philostratos zufolge besaß Apollonios Heilkraft und konnte Tote erwecken. Er hatte Macht über die Dämonen und vollbrachte Wunder. Im Mittelalter bezweifelte man nicht die Glaubwürdigkeit der Biographie, und Apollonios von Tyana galt als der mächtigste und weiseste große Magier.

Gegen Ende des Römischen Imperiums waren viele alchimistischen Schriften bekannt, einschließlich des *Corpus Hermeticum* (Hermes Trismegistos zugeschriebene Texte). Man las sie, beschäftigte sich eingehend mit ihnen. Sie stellten den geheimen Kanon der in die okkulten Wissenschaften eingeweihten Gelehrten dar. Unter dem ethischen und sozialen Einfluß des Christentums neigten alle Schriftsteller und Dichter jener Zeit dazu, die Magie in einem mystischen Licht zu sehen. Das magische Denken wird aufgewertet. Als seinerzeit die alten Religionsvorstellungen und die politischen Gesetze ins Wanken gerieten, brach für die Magie eine neue Zeit an. Sie erfuhr durch das nun vom Christentum bestimmte Bewußtsein des Menschen eine grundlegende Läuterung und erstand in vollkommen gewandelter Form.

Zusammenfassend könnte man sagen, daß die Entwicklung der Magie in Rom etruskischen, italischen und später griechischen sowie orientalischen Einflüssen unterlag. Auch auf diesem Gebiet bewiesen die Römer ihren Sinn für Methodik und fügten die verschiedenen Ansichten und unterschiedlichen Praktiken zu einem geschlossenen System zusammen. Sie ordneten es den Interessen des Staates unter und übertrugen Staatsdienern die Ausübung des Kults. Die ursprünglich auf Einzelpersonen oder Stammesgruppen bezogene Magie wurde in der griechisch-römischen Zeit zu einem gesellschaftlichen und politischen Faktor. Sie war abhängig von der Vorstellung eines mächtigen Staates, dessen Macht auf unangreifbaren Gesetzen beruhte und der gegen alle Kräfte gefeit war, die seiner Macht gefährlich werden konnten. Die Magie war in einer Zeit bestimmend, als kleine Stammesgruppen den Angriffen und Machenschaften ihrer Nachbarn ausgesetzt waren und in ständiger Furcht und Unruhe lebten. Als Rom militärisch und politisch eine Vorrangstellung erreicht hatte, ließen kluge Gesetzgeber und einfühlsame Kenner der Mentalität des Volkes sie weiterhin zum Nutzen einer starken und gefestigten Republik zu. Zur Zeit des Imperiums stand die Magie ganz im Dienste des Staates. Rom beherrschte die Länder der bekannten Welt, und in der Metropole des Kaiserreichs wurden Vorstellungen und Anschauungen der eroberten Völker, deren Schicksal ganz in seiner Hand lag, mit sicherer Urteilsfähigkeit zu einem umfassenden System vereint. Mit dem Niedergang des Imperiums setzte eine Zeit sozialen und politischen Verfalls ein. Angesichts der zerrütteten Macht Roms büßten die Gesetze ihre Kraft ein. Magische Vorstellungen gewannen wieder die Oberhand. In seiner Not und in seinem Elend suchte das Volk in geheimnisvollen und vielversprechenden Dingen Trost. Um seinem tragischen Schicksal zu entfliehen, ging es das Wagnis eines neuen geistigen Abenteuers ein.

*Hermes Trismegistos überreicht den Ägyptern die Gesetze. Stich nach G. di Stephano*
*Quelle: Musée des Arts Décoratifs*

*Isis-Tempel in Pompeji, wie er im Jahre 79 ausgesehen haben soll.
Quelle: Musée des Arts Décoratifs*

# 10. KAPITEL

## MAGIE UND WUNDERGLAUBE

Die christliche Bewegung war in den ersten Jahrhunderten unverkennbar durch das Judentum und später durch den Hellenismus geprägt. Nach dem Niedergang des Römischen Imperiums wurde Alexandria zum neuen geistigen Mittelpunkt. Philosophen und Mathematiker trafen sich in den Schulen und Bibliotheken Alexandriens. Es war für Anhänger aller Religionen und Glaubensrichtungen das Zentrum geistiger Begegnung. Unter dem Einfluß des Hellenismus fand eine Auseinandersetzung mit allen Überlieferungen des Orients und eine gleichzeitige Verquickung statt. In jener Zeit trat Plotin (204–270) als Gründer des Neuplatonismus auf. Der Neuplatonismus ist eine vorwiegend philosophische Richtung, die auf der griechischen Theosophie aufbaut. Ursprünglich schien diese Bewegung gegen das Christentum gerichtet zu sein, in Wirklichkeit stellte sie aber seine philosophische Grundlage dar.

Plotin könnte als der erste Mystiker gelten. Er trat für das Fasten als Mittel zur Unterwerfung des Körpers ein und befaßte sich als erster mit der Frage des Aufstiegs der Seele zu Gott und dem Erscheinen der Gottheit auf Erden. Seine Lehre ist eine Philosophie der Kontemplation und spekulativen Erforschung des mystisch Unendlichen. Die Gedanken und Gefühle Plotins zeichnen sich durch eine enge Verbindung zur vorchristlichen Magie und zum Mysterienkult aus. Geistig steht er den frühen Magiern sowie jenen nahe, die das Übernatürliche und das tiefe Geheimnis des Seins zu ergründen versuchten. In den geheimen Kammern des Isis-Tempels glaubten die Priester, in feierlichen Ritualen das Geheimnis der Zusammenhänge zwischen dem menschlichen Leben und dem Geschehen des Kosmos entdecken zu können. Plotin lebte in einer Zeit und einer Gesellschaft, in der die hellenistische Philosophie vorherrschend war und starke Einflüsse aus dem Orient vordrangen. In seiner Philosophie verschmelzen alte magische Überlieferungen und ein neuer Mystizismus des Christentums.

Nach Plotin ist das Leben ein Drama, in dem Ort und Handlung häufig wechseln. Ähnlich dem Schauspieler, der in einer Rolle getötet wird, danach aber in einer anderen Rolle wiedererscheint, ist der Tod nur ein Kostümwechsel, ein Abstreifen der irdischen Kleider. Die sterbliche Hülle abzustreifen bedeutet, vorübergehend von der Bühne abzutreten. Nicht der innere Mensch, die Seele, sondern das äußere Ich spielt die irdischen Ereignisse und Sorgen auf der Bühne des Lebens. In diesem machtvollen und ergreifenden Drama ist Gott der Dramaturg und der Mensch der Schauspieler. Plotin entwickelte die Lehre von der Versenkung in Gott – er nannte sie *Theoria* – und gelangte dabei zu einer intuitiven und analytischen Introspektion. Hierin besteht eine gewisse Ähnlichkeit zu magischen Anschauungen, denn in einer durch Empfindungen geschauten Wirklichkeit sind kritisches Bewußtsein und Vernunft ausgeschaltet. Plotin gehört sicher zu den bedeutendsten Philosophen aller Zeiten. Seine »*Logoi*« (Reden) sind die ersten religiös-mystischen Schriften, die in die Richtung christlicher Mystik weisen.

## DIE GNOSIS UND SIMON MAGUS

Die geistige Strömung, in der der Wunderglaube und die feste Überzeugung, man könne durch Visionen und Erfühlen des Jenseits die Wirklichkeit erschließen, große Bedeutung gewannen, mündete in den Gnostizismus. Nach Auffassung der Gnostiker entstanden alle Sphären der Welt, von der höchsten bis zur niedrigsten, in vielen einzelnen Schöpfungsakten. Die Sphäre der Ideen spiegelt die materielle Welt, und im *hieros gamos*, der heiligen oder mystischen Einswerdung, verschmelzen sie zu einer Wirklichkeit. Zu jener Zeit standen die Anschauungen dieser Sekte in enger Beziehung zur christlichen Lehre. Doch in der weiteren Entwicklung wandten sich die Kirchenväter entschieden gegen den Gnostizismus, deren Anhänger sich zwar Christen nannten, aber geheime Riten und Initiationsrituale pflegten.

Die größte Gefahr drohte der Kirche durch die Manichäer, deren Lehre sich in den ersten Jahrhunderten des Frühchristentums über viele Länder ausbreitete. Die Hauptfigur des manichäischen Glaubens ist Mani, in dem die Anhänger dieser Lehre den von Jesus verheißenen Paraklet sahen. Die Manichäer lehnten das Alte Testament ab und übten ihren Glauben nach sehr strengen Regeln aus.

Der Gnostizismus vereinte je nach Ausprägung vorchristliche, babylonische, ägyptische und vermutlich auch persische Elemente. Er war jedoch in erster Linie eine mystische Durchdringung der christlichen Gedankenwelt, die sich weitge-

*Der Sieg der Gnosis. Darstellung auf einem gnostischen Gefäß, 13. Jh.
Quelle: Bibliothèque Nationale (Estampes)*

hend in dem um die Zeitenwende sehr bekannten *Buch Henoch* darstellte. In der gnostischen Literatur fanden frühchristliche Anschauungen, Zahlenmagie und die Lehre der Ophiten ihren Niederschlag. Letztere sind eine gnostische Sekte, die dem Schlangenmythos außergewöhnliche Bedeutung zumißt.

Simon Magus galt als geistiger Mitbegründer der gnostischen Lehre. Er erklärte, alle Macht ruhe in Gottes Hand. In Samaria sei Gott als Vater, in Judäa als Sohn und bei den anderen Völkern als heiliger Geist erschienen. Die Sekte der Simonianer (Exorzisten und Zauberer) geht auf Simon Magus zurück.

Irenäus und Epiphanius zufolge glaubte man, der Gnostiker Markus sei ein hervorragender Meister der Zauberei gewesen. Zahlen und magische Worte besaßen ähnlich der Musik und den Gestirnen Symbolwert und Zauberkraft. Das gnostische Schrifttum, mit dem man sich im Mittelalter eingehend befaßte, entstand etwa zur gleichen Zeit wie die apokryphen Schriften. Es enthält astrologische Hinweise und zahlreiche Bezüge zu ägyptischen Überlieferungen. In ihm bekundet sich der Glaube an die Astrologie, an die magischen Eigenschaften der Edelsteine und an Zaubermittel. Auch in den apokryphen Schriften stoßen wir des öfteren auf die Beschreibung magischer Handlungen. Wir können dort nachlesen (*Ev. infantiae arabicum*, Kap. 15), wie Christus und Maria sich gegen die Praktiken der Zauberer schützten, die Jesus vergeblich Schaden zuzufügen ver-

*Gnostische Gemme. Anfang der frühchristlichen Zeit*
*Quelle: Sammlung Nicolas Landau*

suchten. In einem Matthäus zugeschriebenen Evangelium, im Evangelium des Nikodemus und in den Briefen des Barnabas, den apokryphen Schriften jener Zeit, wurden Jesus nachweislich magische Praktiken angedichtet.

Zunächst beschränkten sich die Auseinandersetzungen auf Schriften und Gegenschriften. Angesichts der gefährlichen Abweichungen der Sekten nahmen sie schärfere Formen an, bis schließlich die Sekten nach jahrhundertelangem Kampf zum Untergang verdammt zu sein schienen. In Wirklichkeit lebten die Magie und die mystische Idee in verschiedenen Formen weiter. Sie führten bei zahlreichen Menschen und Gruppen zu so verzerrten Vorstellungen, daß sich die Kirche zum Eingreifen genötigt sah. Das Christentum als Universalreligion nahm eine Haltung ein, die sich grundsätzlich von der toleranten und gemäßigten Einstellung fast aller vorhergehenden Religionen anderer Völker oder Volksgruppen unterschied. Es strebte eine einheitliche Ausrichtung in einem hierarchisch streng gegliederten System an. Der Glaube an andere Götter und ihre Verehrung wurden verurteilt, und ihr Kult wurde zerstört. Bisher hatte man sie anerkannt oder stillschweigend geduldet. Gleichzeitig verankerte man die Unvereinbarkeit der christlichen Religion mit allen anderen Glaubensvorstellungen in unumstößlichen Gesetzen. Als Reaktion darauf übten die unterworfenen Völker ihre Religionen künftig im geheimen aus, und zwar in Form der Magie. Die Niederlage eines Volkes bewies (nach der Bibel) die Unterlegenheit seiner Götter. Aufständische und Verschwörer erhoben sich noch gegen die siegreichen Götter und flüchteten sich, um den Verfolgungen zu entgehen, in unzugängliche Schlupfwinkel und Geheimpraktiken. Der Kult der heidnischen Götter und Dämonen wurde weiterhin ausgeübt. Es entstand das Bild von Luzifer als dem aufrührerischen und gefallenen Engel.

Andere tief im Empfinden des Volkes verwurzelten Vorstellungen gingen allmählich in der neuen Religion auf und bekamen andere Deutungen. Es ist kenn-
zeichnend für die innere Stärke des Christentums, übernommenes fremdes Gedankengut für sich zu nutzen. Die Feste, die früher zu Frühlingsbeginn und zur
Erntezeit gefeiert wurden, erschienen in neuer Bedeutung. Funktionen, die ursprünglich segenspendenden Göttern oder Dämonen zugeschrieben waren, übertrug man auf wundertätige Heiler. Die Reliquien stattete man mit der Kraft der
alten Talismane aus. Die Bilder alter heidnischer Götter wurden zu Heiligenbil-
dern des christlichen Glaubens. Gedanken und Begriffe, die nicht übernommen
werden konnten, da sie nach christlicher Auffassung im Gegensatz zur reinen
Lehre standen, wurden als ketzerisch erklärt und unterdrückt. Die Struktur der
christlichen Universalreligion nahm ihre endgültige Form an.

Im Frühchristentum wurde die Existenz von Dämonen offiziell bestritten. Man
räumte allerdings ein, die heidnischen Götter könnten die Gläubigen beeinflussen und sie vom wahren Glauben abbringen. In den Büchern der Kirchenväter
werden die bösen Dämonen und die Hölle nur selten und auch nur andeutungs-
weise erwähnt. Ende des 3. Jahrhunderts erklärte Lactantius, »die Dämonen versuchten das Königreich Gottes zu zerstören und sich durch trügerische Wunder
und Orakel den Anschein wahrer Götter zu geben«. So tauchte ein neuer Aspekt
der Magie, nämlich das Wirken der Dämonen, in den Büchern der Kirchenväter
auf. Und alsbald entwarfen Philosophen und Kleriker ein neues Lehrgebäude
und griffen die seinerzeit weit verbreiteten Kulte an. Das Christentum bekämpfte
die alten Mysterien, z. B. die der Isis und des Mithras, sowie den Neuplatonismus,
den Gnostizismus und verschiedene Häresien, vor allem den Manichäismus, der
eine große Gefahr darstellte. Die Götter, Symbole und Riten der Mysterien und
abweichenden Lehren galten als teuflisch. Der Apostel Paulus äußerte in seinem
Brief an die Korinther die feste Überzeugung, wer den Göttern Opfer darbringe,
opfere den Dämonen. In seinem Buch *Das Leben des heiligen Porphyrius* (um
400 Bischof von Gaza) beschreibt Deacon Marcus den Kampf gegen das Heidentum und unterstellt die Existenz des Dämons Aphrodite.

# AUGUSTINUS

Augustinus (354–430) ist die herausragende Persönlichkeit unter den Kirchen-
vätern der frühchristlichen Zeit. Sein Werk war jahrhundertelang für die Haltung
der Kirche gegenüber wissenschaftlichen Denkrichtungen ausschlaggebend. Er
befaßte sich eingehend mit der Magie und wies die gegen Christus erhobene An-

schuldigung, die Menschen durch Magie bekehrt zu haben, aufs entschiedenste zurück. Hierin erkennen wir, daß die häufig vertretene Auffassung, die Christen bedienten sich der Magie, sogar noch im 5. Jahrhundert verbreitet war. Später warfen die Christen den Juden und Mohammedanern ähnliche Praktiken vor. Augustinus stellte der *Goetia*, der teuflischen Magie, die *Theurgia* gegenüber, die den Menschen läutern und seine Seele auf Gott vorbereiten sollte. Der Erfolg in der schwarzen wie in der weißen Magie ist nach Augustinus den Dämonen zuzuschreiben. Er zweifelte nicht an der Glaubwürdigkeit der Heiligen Schrift und stellte somit den Bericht über die Zauberer des Pharao sowie über Magie und Dämonen nicht in Frage. Er räumte ein, daß sie die Kraft besitzen, Wunder zu

*Augustinus. Stich, 19. Jh.*
*Quelle: Musée des Arts Décoratifs*

vollbringen. Zauberer können über die niederen Geister Macht ausüben und sie beschwören. Obwohl sie sich schrecklicher Verbrechen schuldig machen, vollbringen sie Wunder, die Christen und auch Heilige nicht bewirken können. Augustinus Erklärung hierfür lautet: Gott will, daß Christen demütig sind und sich nur in rechtem Handeln üben.

In seinen Werken *Über den Gottesstaat* und *Die Divination der Dämonen* befaßt sich Augustinus ausführlich mit der Macht der bösen Dämonen, deren Einflußnahme dem göttlichen Willen unterliegt. Augustinus war ein erbitterter Gegner der Irrlehren. Er verurteilte alle magischen Praktiken, griff die Astrologen an und riet den Gläubigen von der Beschäftigung mit der Astronomie ab, die zu verderblichen Trugschlüssen führe.

In jener Zeit galt die Vorbereitung auf den Tod als das Hauptziel des Lebens. Das Gewissen der Menschen war von Angst und Furcht erfüllt. Es ist daher nur zu verständlich, daß die Abwehr böser Dämonen als dringende Notwendigkeit empfunden wurde. Im Kampf um ihr Seelenheil waren die Gläubigen unentwegt der Verführung und Verfolgung der Dämonen ausgesetzt. Sie konnten in diesem Ringen nur Sieger bleiben, wenn sie zu den Waffen der Kirche Zuflucht nahmen. Natürlich bedienten sich die Gläubigen nicht ausschließlich der Mittel, die wie Meditation, Askese und Gebet nur die wahren Gläubigen, deren Seele stark und rein war, zum Heil führten. Unwissende und Abergläubische fühlten sich von anderen Methoden angelockt. Alte Verfahren der Beschwörung und Anrufung sowie die Amulettgläubigkeit erfuhren eine magische Erneuerung.

Der Glaube an die Kraft des Amuletts und an magische Erscheinungsformen der göttlichen Gnade beherrschten in starkem Maße die Vorstellungen. Das Bild wurde zum religiösen Symbol und Heilsvermittler. Die Reliquienverehrung nahm derartige Auswüchse an, daß sich Städte um den Besitz einer oftmals winzigen Reliquie mit Waffen stritten. Der Papst mußte sogar eingreifen, um die makabre Leichenfledderung von Menschen, die im Geruch der Heiligkeit gestorben waren, zu verhindern. In den *Acta Sanctorum* ist z. B. nachzulesen, wie die Mönche von Fossa Nuova Reliquien des heiligen Thomas von Aquin anfertigten. Diese Beschreibung vermittelt ein eindrucksvolles Bild des leidenschaftlichen Glaubens jener Zeit. Wie Erasmus berichtete, glaubte man, allein durch den Anblick eines Heiligenbildes dessen Beistand zu erlangen. Um sicher zu reisen, brauchte man nur einen kurzen Blick auf die Statue des Christophorus zu werfen.

Die Geschichte Ludwigs XI. ist ein kennzeichnendes Beispiel für den fanatischen Reliquienglauben. Der König war der festen Überzeugung, es gebe keinen heiligeren Eid als den, der auf dem Kreuz des heiligen Laud von Anger geschworen wurde. Er sammelte in Paris Reliquien von Mönchen und Heiligen aus aller Welt und zahlte hohe Beträge dafür. Ein zeitgenössischer Geschichtsschreiber meinte, Ludwig XI. habe die Gnade zu einem höheren Preis erkauft, als jemals für sie geboten wurde.

## DAS GOTTESURTEIL

Nachdem sich die Völker Nordeuropas zum Christentum bekehrt hatten, breitete sich die nordische Zauberei, der *seid*, auf andere Länder aus. Viele Bräuche, wie das Gottesurteil, die Feuer-, Wasser- und Eisenprobe kommen bereits in den ältesten Legenden vor und wurden nun zu einem festen Bestandteil der mittelalterlichen Magie. Lewis Mumford bemerkt dazu in seinem Buch *La Condition de l'homme*, der Glaube, Weihwasser vertreibe Kopfschmerzen und mit Heiligenreliquien könne man Krankheiten heilen, sei zu einem Allgemeingut geworden. Der Autor vertritt die Ansicht, diese Praktiken seien neurotische Erscheinungen.

Im Sinne dieser Geisteswelt erfuhr die Medizin eine mystische und magische Ausrichtung. Nach Auffassung des Hippokrates ist die Krankheit nur eine Störung des normalen Lebensrhythmus. Dem steht die intuitive und primitive Vorstellung vom dämonischen Ursprung der Krankheit entgegen. Mit der Rückkehr zu dieser Anschauung lebten Behandlungsmethoden wie Handauflegen, Hersagen magischer Formeln usw. wieder auf. Man sagte den Reliquien magische Kräfte gegen alle möglichen Krankheiten nach. Der Bischof Gregor von Tours beschreibt in *Les Mémoires de Saint Martin* außergewöhnliche Heilungen. Ein Verfahren bestand darin, den Vorhang am Grab eines Heiligen zu berühren.

## DAS MITTELALTER
## ODER DIE SCHRECKENSHERRSCHAFT

In der zerrütteten Gesellschaftsordnung des Mittelalters waren die Menschen von Schuldgefühlen beherrscht, und sie versuchten mit allen Mitteln, das Heil zu erlangen oder das Unglück abzuwehren, das jeden einzelnen und die Gesellschaft bedrohte. Die mittelalterliche Welt war von ständigen Kämpfen zerrissen. Feudalherren unterdrückten Leibeigene, Kleinstaaten und Städte befehdeten einander, Gemeinden und Landesherren versuchten ihre Rechte durchzusetzen, und Papst und König stritten um die Vorherrschaft. Das Volk wurde von Hungersnöten, Kriegen, Epidemien und anderen schlimmen Ereignissen heimgesucht. Es versuchte, seinem Elend zu entrinnen, und nahm zu allen Mitteln, die sich ihm bo-

## MAGIE UND WUNDERGLAUBE

ten, Zuflucht. Wahrheit und Legende, der Glaube an Gott und an den Teufel bestanden nebeneinander. Kriege und Verteidigung forderten die gesamte Tat- und Schaffenskraft. Jene, die sich von ihrer Hände Arbeit ernährten, waren zum großen Teil unfrei. Außerdem war die Arbeit beschwerlich und zeitaufwendig. Was wir heute mit einigen Handgriffen erledigen, erforderte seinerzeit großen Kraftaufwand und Geduld. Die Arbeit war daher nicht nur ein Broterwerb, sondern man legte seinen Stolz und seine Würde in das zu vollbringende Werk. Daraus erklärt sich die allmähliche Entstehung von Interessengemeinschaften, wie Handwerksvereinigungen und Zünften. Geld und Reichtum waren bei den allgemein einfachen Lebensverhältnissen nicht von ausschlaggebender Bedeutung. Wer allerdings nicht arbeitete, hatte kaum ausreichend zum Leben.

In den allgemeinen Wirren war vom Staat oder von der Gesellschaft keine Hilfe zu erwarten. Das Christentum war die einzige Einrichtung, die ewiges Heil in Aussicht stellte. Der christliche Glaube und die christliche Lehre wurden zum Mittelpunkt des Lebens. Man brauchte nicht seinen Verstand einzusetzen, sondern nur zu glauben. Alle geistigen Probleme verdeutlichten sich in konkretem Geschehen. Worüber muß der Mensch Bescheid wissen, fragte Augustinus. Über Gott und die Seele, sonst nichts. Im Mittelalter hoffte man, durch den Glauben zum Heil zu gelangen. Der Glaube war Religionsgeschehen, d. h. in erster Linie eine äußerliche Handlung. Die ethische Lehre trat dabei in den Hintergrund. Doch dieser Glaube schloß magische und übersinnliche Praktiken mit ein, da sie den rettenden Weg zum Heil zu weisen schienen. Alle Dinge galten als möglich und alle Ideen als wirklich.

Die Angst hielt die Menschen in ihrem Denken und Fühlen umklammert. Das Volk fürchtete, der Antichrist könne die Weltherrschaft übernehmen und das Böse das Jüngste Gericht ankündigen. Die Kunst jener Epoche ist ein Spiegel der allesbeherrschenden Vorstellungen. In der Dichtung sowie in der bildenden Kunst spielte der sogenannte Totentanz eine außergewöhnliche Rolle. Das Handeln einzelner Menschen oder auch ganzer Gruppen wurde vom Glauben an Dämonen und magische Kräfte bestimmt. Die Menschheit stand im Bann des nahe gewähnten Weltuntergangs. Die politischen und gesellschaftlichen Umstände trugen zur allgemeinen Panikstimmung bei.

So bahnte sich eine neue und notwendige Geistesrichtung an, eine ungewöhnliche mystische Konzeption. Die religiöse, asketische Mystik war entstanden. Magische Anschauungen und Praktiken wurden in die Religion hineingetragen und bekamen eine andere Wertung. Prediger, Märtyrer und Propheten übten bei Massenzusammenkünften der Gläubigen, in Klöstern und im kleinen Kreis treuer

139

Anhänger einen unsagbaren geistig-seelischen Einfluß aus. Am stärksten wurden jene Gläubigen davon ergriffen, die sich zu einem gemeinsamen Leben in Askese, Gebet und Aufopferung zusammengefunden hatten. Man glaubte, das asketische Leben stelle die Einswerdung mit Gott und den Sieg des Geistes über das Fleisch dar. Fasten, Kasteiung und der Verzicht auf alle Freuden sollten den Gläubigen seinem Ziel näher bringen.

Daraus ergab sich unmittelbar die Notwendigkeit, das kritische Bewußtsein zurückzudrängen und das Einfühlen zur beherrschenden Kraft zu erklären, wollte man sich in das Überirdische versenken. Physische Instinkte galten als Hindernis für das geistige Leben und mußten überwunden werden. Das geistige Leben war durch eine große psychische Empfindsamkeit gekennzeichnet, dazu gehörten das Wahrnehmen ferner Stimmen oder unerklärlicher Gerüche sowie Visionen.

*Felsenkapelle in Kappadozien*
*Quelle: Foto Jean-Loup Charmet*

Gleichzeitig galt es, die körperliche Empfindlichkeit abzutöten oder zumindest abzustumpfen. Es handelte sich offensichtlich um einen ähnlichen Vorgang, wie bei der magischen Ekstase, in der das Empfindungsvermögen bis ins Extrem gesteigert und das Denkvermögen ausgeschaltet werden.

Das archaisch Unbewußte, das zur mythischen und mystischen Deutung alltäglicher Erscheinungen neigt, war ein weiterer wichtiger Faktor. Alle Erscheinungsformen der primitiven Zauberei lebten erneut in den Glaubensvorstellungen auf. Bei Visionen und Halluzinationen, Amnesie und Ekstase, dem Wahrnehmen von Gerüchen sowie Lichterscheinungen und schließlich der Levitation, dem Durchqueren von Feuer und anderen außergewöhnlichen Fähigkeiten ist das Übernatürliche nicht ohne Belang. In erster Linie sind sie jedoch als Äußerungen des erwachten Unterbewußten zu erklären und weisen entsprechende typische Merkmale auf.

Stoll beschreibt eine interessante Ausübung mystischer Frömmigkeit, die aus magischer Sicht der Autosuggestion gleicht. Es handelt sich um den Mönchsorden der *Hesychasti* (die Unbewegten), dessen Mitglieder um 1300 in den Klöstern des Athos-Bergs lebten. Durch das endlose monotone Hersagen von Gebeten und durch die Nabelschau versetzten sich die Mönche in einen von übernatürlichem Licht verklärten Zustand, in dem sie heilige Visionen hatten. Auf diese Weise erreichten die Hesychasti eine ekstatische Gottesschau.

# 11. KAPITEL

## DAS MITTELALTER

Das Wort »Druide« ist vom keltischen »druveid« hergeleitet und bedeutet »der Eichenkundige«. Hierin besteht eine enge Verwandtschaft zur vedischen Lehre, in der bestimmte Bäume – vor allem der Feigenbaum (*ficus religiosa*) – als kraft- und heilspendend gelten.

Unseres Erachtens gibt es in der Magie der alten semitischen Völker keine ähnlichen Glaubensvorstellungen. Die Verarbeitung von Zedern- und Akazienholz für die Bundeslade und den Tempelbau hatte andere Gründe. Hier spielen praktische Gesichtspunkte eine Rolle.

Vermutlich besaßen die Gallier zwei Religionen: einen ziemlich primitiven Pantheismus mit Zauberpraktiken sowie Menschenopfern und einen höherentwickelten Monotheismus, der unter anderem Vorstellungen von der Unsterblichkeit der Seele beinhaltete.

Die zweite Religion wurde in erster Linie mutmaßlich von den Druiden, die Priester, Heilkundige, Magier und Richter in einer Person waren, ausgeübt. Sie verehrten insbesondere die Eiche, da sie in ihr wahrscheinlich die Verkörperung der Stärke und der Lebenskraft sahen. Vielleicht galt sie ihnen sogar als Verkünderin von Orakeln, wie es auch die Priester in Dodona und die Sibyllen von diesem Baum annahmen.

Nach Auffassung der Druiden war die Mistel [keltisch *gwid* (?), lateinisch *viscum*] eine »alles heilende« Pflanze. Sie glaubten, sie werde von göttlicher Hand auf die Eiche gesät. Die enge Lebensverbindung der immergrünen Pflanze mit dem heiligen Baum war das lebende Symbol der Unsterblichkeit. Entdeckte man eine Eiche mit Mistelbüschen – was selten vorkommt –, galt dies als besonderes Zeichen Gottes, durch das er kundtat, das Leben werde weitergehen. Daher war die Mistel das Symbol des Jahresanfangs, und sie wurde am »sechsten Tag des letzten Wintermondes« vom Baum niedergeholt. Dieser Tag war angeblich der erste Tag des gallischen Kalenderjahres. Um dieses Datum auf den Gregorianischen Kalender zu übertragen, müßte man genau wissen, welchen Zeitraum die Kelten als »Winter« bezeichneten.

Da die Gallier keine schriftlichen Dokumente über ihre esoterische Lehre hinterließen – diese einfache Kultur besaß nämlich noch keine Schriftzeichen –, stammen unsere Kenntnisse von der gallischen Geheimlehre aus zweiter Hand.

*Druide mit Mistelzweigen*
*Quelle: Sammlung Editions Tchou*

*Etruskische Maske eines Fauns aus gebranntem Ton*
*Quelle: Galerie Mythologies, Paris*

*Sogar Bischofs- und Abtstäbe sind im Mittelalter mit okkulten Tierdarstellungen verziert. Quelle: Museum in Chartres*

*Deckblatt der* Fünf Bücher des Nicolas Valois, *18. Jh. Die Alchimie ist allegorisch dargestellt*
Quelle: Bibliothèque de l'Arsenal

*Plakat für spiristische Vorführungen, 19. Jh.*
*Quelle: Musée Carnavalet*

## FÜNFZEHN JAHRE INITIATION

Wir wissen aus glaubwürdiger Quelle, daß die Unterweisung eines Eingeweihten fünfzehn Jahre dauerte. In der Einsamkeit der Wälder mußte er vor allem Tausende von Sprüchen auswendig lernen, in denen der gesamte Wissensstoff der keltischen Lehre zusammengetragen war. Der Priesterstand der Druiden umfaßte drei Rangstufen, in denen die Befugnisse und Aufgaben genau festgelegt waren. Diese Ordnung entsprach der der vedischen Priester. Die drei Zuständigkeitsbereiche waren: die Liturgie (*Eubagen*), die Weissagung (*Ovaten*) und Gesang und Dichtung (*Barden*). Die entsprechenden Bezeichnungen der Priester in den alten arischen Kulten lauten: *hótri, advargu und udgátri*. Neben den Druiden gab es die Druidinnen, die als Wahrsagerinnen überwiegend auf der bretonischen Insel Sein oder Sayne lebten.

Der Überlieferung nach waren die Druiden der Überzeugung, diese Frauen seien mit besonderen Fähigkeiten ausgestattet, die nur dem weiblichen Geschlecht zuteil werden. Sie besaßen die Gabe und das Wissen, Naturerscheinungen zu deuten. Außerdem sagte man den Druidinnen nach, sie könnten aus dem Flug, den Schreien und dem Verhalten der Vögel Vorhersagen treffen. Sie lasen in den Sternen, stellten zauberkräftige Philtren und langsam wirkendes Gift her. Die Druidinnen sind in gewisser Weise als die Vorläuferinnen der mittelalterlichen Hexen anzusehen. Die Behauptung, sie herrschten im Matriarchat über das Volk oder stünden an der Spitze kleiner Gruppen, ist durch nichts zu belegen.

Zu Beginn des Mittelalters war die Geheimlehre der Druiden fast vollständig in Vergessenheit geraten. Sie war durch den Einfluß der Römer und des Christentums ganz und gar verdrängt worden. Falls Überreste bestanden haben sollten, so wurden sie sicher von den Bräuchen und Vorstellungen der im 5. Jahrhundert eindringenden Völkerschaften überlagert. Meistens findet eine gegenseitige Durchdringung statt, und ein bestehendes System wird nur in seltenen Fällen vollkommen von einem anderen zerstört. Vermutlich existierten zur Zeit der Eroberung Spaniens durch die Mauren (711) im fränkischen Gallien mehr oder weniger zahlreiche Überreste nordischer Überlieferungen sowie runische und sogar talmudische Elemente. Die Araber und die zurückkehrenden Kreuzfahrer pfropften arabisches und orientalisches Gedanken- und Wissensgut auf diesen Stamm auf. Wörter wie Schema, Tohuwabohu, Amen, Sabbat usw. stammen aus dem Hebräischen, während Ausdrücke wie Elixir, Alkohol, Alkali, Zenit, Nadir, Azimut, Horizont, Algebra, Algorithmus usw. arabischen Ursprungs oder aus dem Arabischen abgeleitet sind.

Die Verfasser vieler Zauberbücher beriefen sich mehrfach auf die Sachkenntnis des Philosophen aus Stagira, der noch im 16. Jahrhundert als Vorbild galt.

Roch de Baillif schrieb: »Nach Aristoteles verwirklicht sich das Wesen jedes Dinges aus dem mehrere Möglichkeiten bergenden Stoff durch eine formende Kraft . . .« Doch der Ursprung der mittelalterlichen Lehrmeinungen über das Wesen der Dinge und insbesondere über die Alchimie, mit der sich die gesamte wissenschaftliche Welt des Mittelalters befaßte, ist nicht nur in den Philosophenschulen der griechisch-römischen Antike zu suchen.

Olœus Borrichius vertritt in seinem Buch *Origine et progrès de la Chimie* die Auffassung, die Alchimie sei in der Werkstatt des Tubal-Kain, dem bereits im Alten Testament erwähnten Beherrscher der Metalle, entstanden. Doch die meisten Anhänger sahen den Ahnherrn der Alchimie in Hermes Trismegistos – dem »dreimal Größten«. Er stammte aus Ägypten, und die Ägypter bezeichneten ihn als den Gott der Weisheit Thot.

# DIE HERMETISCHE LEHRE

Alle Schriften über Alchimie, die spagyrische Kunst, reichen auf keinen Fall weiter als in das 4. Jahrhundert n. Chr. zurück. Daher sollte man ihren Ursprung nur mit größtem Vorbehalt zu einem früheren Zeitpunkt ansetzen. Doch muß angemerkt werden, daß der Begriff der Urmaterie, auf dem die gesamte Alchimie aufbaut, zu den ältesten Vorstellungen gehört, die der aus dem Paradies verbannte Mensch in sich trägt. Die ersten europäischen Gelehrten, die nach dem Stein der Weisen suchten, kamen aus Konstantinopel. Wahrscheinlich war das Ergebnis ihrer Forschungen das fürchterliche griechische Feuer, das nach der Eroberung Konstantinopels durch die Türken im Jahre 1453 vermutlich nicht wieder angewendet wurde. Das Geheimrezept zur Herstellung ging nämlich verloren und wurde erst im 18. Jahrhundert durch einen Franzosen wiederentdeckt.[4]

Die griechischen Gelehrten unterhielten enge Beziehungen zu den Wissenschaftlern der Alexandrinischen Schule. Die Alchimie wurde daher in Griechenland und in Ägypten fast zur gleichen Zeit betrieben.Im 7. Jahrhundert setzten die arabischen Eroberungszüge den wissenschaftlichen Arbeiten zunächst ein Ende. Doch als das eroberte Land wieder zur Ruhe gekommen war, griff man die Forschungsarbeiten wieder auf.

In der Folgezeit breitete sich die Alchimie auf alle Länder aus, in die die Araber mit Waffengewalt vordrangen, so z. B. im 8. Jahrhundert in Spanien. Angesehene Gelehrte gingen in die Schulen von Córdoba, Murcia, Sevilla und Toledo, um dort ihr Wissen zu vertiefen. Somit verbreitete sich die Alchimie im gesamten Abendland, vor allem in Frankreich, wo Arnaldus Villanovanus, Thomas von Aquin und Raimundus Lullus Schüler ausbildeten und zahlreiche Schriften verfaßten.

»Der Alchimist, Astrologe und Wahrsager scheut keine Mühe«, schrieb der anonyme Verfasser des *Grand-OEuvre dévoilé*. Es wäre zu ergänzen, daß man von dem erhofften Ergebnis annahm, es werde alle Mühen, die man auf sich nahm, reichlich belohnen.

Ein Anhänger der spagirischen Kunst begeisterte sich: »Das magnum opus ist das höchste aller schönen Dinge. Es verleiht Gesundheit und Reichtum. Es erhellt den Geist. Es ist außerdem das vollendete Symbol der höchsten Geheimnisse der Religion, seine Kraft ruht in den drei reinen Prinzipien, die zusammen das Ureine darstellen. Somit ist es ein erhabenes Symbol der Heiligen Dreieinigkeit.« Dann vergleicht der Verfasser das Symbol der Apostel mit den verschiedenen Zubereitungsphasen des Mercurius der Weisen. Wir erfahren in der Beschreibung wenig über die Hintergründe der alchimistischen Verfahren. Der Autor bemüht sich vielmehr, den Verdacht der Ungläubigkeit von sich zu weisen.

Infolge des durch den Dämonenglauben angerichteten Schadens und der harten Maßnahmen der Kirche waren die einfachen Leute gegen alle jene voreingenommen, die als gelehrt galten. Da man den Scheiterhaufen fürchtete, spickten sowohl die wahren Zauberer wie harmlose Nachäffer ihre Reden und Schriften mit frommen Worten. Sie bekundeten immer wieder ihren Glauben, um nur nicht der Zauberei bezichtigt zu werden.

Die physikalischen Eigenschaften des Quecksilbers erregten immer wieder die Neugier und Verwunderung der Alchimisten. Sie suchten in diesem Metall lange Zeit die sogenannte »materia prima«, wir würden sie heute als Katalysator bezeichnen. »Das Gold ist männlich«, sagten die Alchimisten, »das Silber ist weiblich. Das Quecksilber enthält beide Wesensarten, es ist androgyn.«

Doch die Ergebnisse waren nicht zufriedenstellend. Man versuchte es mit Arsen, Zinn und Antimon. Arnaldus Villanovanus empfahl die Verwendung von Salzen. Andere benutzten Pflanzen, insbesondere das Schwalbenkraut. Schließlich probierte man es mit allen Sekreten und Exkreten des menschlichen Körpers: Urin, Fäkalien, Speichel und Sperma.

Einige Adepten fühlten sich besonders vom Geheimnis der Lebenskraft angezogen, und sie bemühten sich, sie künstlich einzufangen. Sie waren der Auffassung, diese geheimnisvolle Kraft sei ein im Menschen ruhender Teil der Weltseele. Wenn es gelänge, eines winzigen, nicht mit einem Körper verhafteten Teilchens der kosmischen Seele habhaft zu werden, könnte man sie einer unbelebten

*Aristoteles und der Stein der Weisen, Miniatur aus dem 14. Jh.*
*Quelle: Bibliothèque de l'Arsenal*

Substanz einverleiben und Lebewesen schaffen, vor allem ein menschliches Wesen.

Die Verwirklichung des *Homunculus* und die Suche nach dem Stein der Weisen gehörten zu den mit Ausdauer und Ehrgeiz verfolgten Zielen all jener, die mit Retorte und Destillierapparat experimentierten. Man vermutete und suchte die kosmische Seele in der Luft, im Schnee, im Regenwasser und im Tau. Sie sollte auch im Meteorit enthalten sein. Da man außerdem beobachtet hatte, daß Reptilien lange Zeit ohne Nahrungsaufnahme leben können, fing man Kröten, Eidechsen sowie Schlangen und gab ihnen nichts zu fressen, um schließlich die Substanz der Weltseele daraus zu gewinnen, so daß sie ganz ohne Nahrung auskommen würden.

## AUF DER SUCHE NACH DEM GOLD

Wie war dieser »Stein«, der Blei in Gold umwandelte, beschaffen?

»Die reine Quintessenz aller Dinge, die aus unreiner Erde gewonnen und von ihr freigegeben wird.«

In dieser Definition des Nicolas Valois ist der Begriff »*Erde*« als »feste, dunkle und absorbierende Materie« aufzufassen. Alle Stoffe bestehen aus einer in der Quintessenz einheitlichen Substanz. Sie unterscheiden sich dagegen durch den Reinheitsgrad der in ihnen konzentrierten Materie. Erde, Wasser, Feuer und Luft sind keine unterschiedlichen Materien und können keine Verbindungen eingehen. Sie stellen lediglich unterschiedliche Kondensations-, Koagulations-, Kohäsions- oder Reinheitsgrade der Materie dar.

Das Gold galt als *das* Edelmetall und reich an Quintessenz. Daraus erklären sich seine Dichte, Dehnbarkeit, Unveränderlichkeit usw. »Das Gold besitzt eine vollkommenere Quintessenz als alle anderen Stoffe. Dies beruht auf seiner langen und vollendeten Digestion in der Erde sowie der Reinheit und Feinheit der Erde, in die es eingeschlossen ist.«[5]

Das erste Prinzip des Steins war das Gold, das zweite das Wasser und das dritte der Geist. »Die Regeneration des Goldes muß im ›Wasser‹ oder im ›Geist‹ erfolgen, um ihm Unsterblichkeit zu verleihen . . . Welches Wasser und welchen Geist verwenden wir? Das Wasser und den Geist, dem das Gold seine Wesenheit verdankt. Ist es nicht das dem Metall eigene Wasser? Verleiht die Luft ihm und allen Tieren nicht das Leben?«

Diese Ausdrucksweise bekommt erst dann Sinn, wenn man »Wasser« durch »Auflösung, Verflüssigung« und »Luft« durch »Mineralsalz« ersetzt. Die Wörter »Luft« und »Geist« sind in der Sprache der Alchimisten gleichbedeutend.

Entsprechend den Zeiterfordernissen verfaßten die Schreiber der Grimoires ihre Werke in rätselhafter Sprache, oder sie ergingen sich in frommer Ausdrucksweise. Der *Guide charitable,*[6] »der den Neugierigen die Hand reicht, um sie aus dem Labyrinth zu führen, in dem sie hilflos umherirren«, übertrug die Schriften in eine für jedermann verständliche Sprache. Dort ist zu lesen:

»Es gibt Philosophen, die verglichen ihren Stoff (den Stein der Weisen) mit einem Salat oder mit dem, was dem Salat Würze verleihen soll. Da man dazu Essig, Öl und Salz benötigt, nannten diese Philosophen ihr Mercurium ›ätzender Essig‹ (destilliertes Merkurialwasser oder *acetum distillatum*), weil es alle Metalle löst. Dem Schwefel gaben sie die Bezeichnung ›rotes Öl‹ (geheimes Feuer der Weisen und Salz – festes Prinzip – und Schwefel – flüchtiges Prinzip). Den Stoff, der die Verbindung von Schwefel und Quecksilber bewirkte, nannten sie ›Salz‹.«

Im 18. Jahrhundert glaubte man den Stein der Weisen herstellen zu können, indem man ein Gemisch aus goldhaltigem Quarz, Zinnober und Quecksilber einen Monat lang erhitzte. War die »Digestion« abgeschlossen, behandelte man das Gemisch mit Weingeist und Weinstein. Dann wurde das Ganze destilliert, der Weingeist verband sich mit dem Weinstein, aber der Geist-des-Quecksilbers wurde ausgefällt.

Der Verfasser von *L'Interruption du sommeil cabbalistique* beschreibt das magnum opus folgendermaßen:

»Es ist erforderlich, feuriges Wasser des Wassers und gefrorene Luft desselben zu verwenden, um das Gold aufzulösen und es in seine Grundsubstanzen, nämlich feuriges Wasser und gefrorene Luft, zu überführen. Vermischt man beide, lösen sie allmählich die Metalle auf, wie das Feuer das Eis zum Schmelzen bringt. Diese Auflösung ist die eigentliche Kunst, ohne sie würde das Gold ohne Bewegung und ohne Leben bleiben.«

*Alchimistenküche. Stich nach Breughel, 16. Jh.
Quelle: Musée des Arts Décoratifs*

Nach diesem Text zu urteilen, kannten die Alchimisten vermutlich das Gold-scheidewasser, und sie waren sich darüber im klaren, daß die Zersetzung des Gol-des durch Chlor bewirkt wird.

Aufrichtige und ehrliche Menschen versicherten, Philosophen hätten unedle Metalle mit Hilfe eines Pulvers in Gold verwandelt und mit dem Stein der Weisen erfolgreich alle Arten von Krankheiten behandelt. Ihre Heilkunst, so sagte man, beruhe auf der von Hermes Trismegistos in Ägypten hinterlassenen Lehre. Sie besagt im wesentlichen:

Im Menschen fließen vier Säfte, die dem Wesen der Luft, des Wassers, des Feu-ers und der Erde ähnlich sind. Die Harmonie zwischen Körper und Seele sowie der Gesundheitszustand hängen vom Gleichgewicht der vier Säfte ab. Ist das Gleichgewicht nicht gewahrt, treten Krankheiten und Störungen auf. Doch da diese Säfte der Luft, dem Feuer, dem Wasser und der Erde wesensverwandt sind, kann man durch ein sorgfältig ausgewähltes und auf die Wesensart abgestimmtes Heilmittel das Gleichgewicht wieder herstellen.

Als wirksamstes Heilmittel, das Einflüsse der Elemente überträgt, galt das »au-rum potabile« (Goldchlorid?). In reiner Form oder mit Zusätzen verabreicht, wirkte es in den meisten Fällen Wunder. Im *Trésor de l'Univers*, einer angeblich von Raimundus Lullus verfaßten Schrift, sind die Krankheiten genannt, gegen die diese Wunderflüssigkeit verwendet werden kann: Haarausfall, Melancholie, Taubheit, Stinknase, Bronchitis, Epilepsie, Wassersucht, Koliken, Geschwülste, Gicht, Zahnschmerzen usw. Die Liste enthält ungefähr dreißig akute Erkrankun-gen oder chronische Leiden.

Selbst im Mittelalter waren nicht alle von der Wirksamkeit des Steins der Wei-sen überzeugt. Viele Zeitgenossen schmähten die Alchimisten und bezeichneten sie als »Betrüger der natürlichen Vernunft, die sich hinterlistig unter die Philoso-phen mischen und ihrem Ansehen schaden«.

Der Leibarzt Ludwigs XIV., La Martinière,[7] hatte sich vergeblich in spagyri-schen Verfahren versucht. Den bei Albertus Magnus, Raimundus Lullus, Arnal-dus Villanovanus und anderen großen Gelehrten des Mittelalters gebrauchten Ausdruck »Magisterium der Weisen« hielt er für eine Bezeichnung Gottes.

# NICOLAS FLAMEL

Der Überlieferung nach verdankte Nicolas Flamel seinen unerhörten Reichtum dem Geheimnis des Steins, das ihm ein Jude anvertraut hatte. Aber er stellte nie Gold her.

*Imaginäres Porträt des Nicolas Flamel*
*Quelle: Musée Carnavalet*

Als 1394 der französische König Karl VI. die Massenvertreibung der Juden befahl, ordnete er gleichzeitig an, sie müßten all ihr Gut zurücklassen. Damit man ihren Besitz nicht konfisziere und in der Hoffnung, eines Tages zurückzukehren, vertrauten viele Juden ihre Habe Flamel an. Doch sie starben auf der Flucht. Ein Teil wurde in Rouen erschlagen, andere in Le Havre ertränkt, so daß ihr Nachlaß in Flamels Besitz überging. Um unbehelligt leben zu können, verbreiteten Flamel und seine Frau das Gerücht, den Stein der Weisen gefunden zu haben. Diese Ansicht vertrat zumindest La Martinière, doch eines Mannes Rede ist keines Mannes Rede.

Uns interessiert vielmehr, ob nach dem Wissensstand jener Zeit die Herstellung von Gold – zumindest im Prinzip – möglich war und ob die Alchimisten wirklich welches herstellten.

Alfons von Kastilien, der den Beinamen »der Weise« oder »der Astronom« bekam, schrieb: »Alle Mineralien enthalten den Urkeim des Goldes. Er entwickelt sich nur unter Einwirkung der Himmelskörper. Ist er in den Zustand reinen Goldes übergegangen, kann man ihn mit Hilfe eines besonderen Extraktors herauslösen.«

DAS MITTELALTER

Diese Anschauung ist nicht mehr reine Alchimie, sondern ähnelt bereits den modernen Methoden, die z. B. in Transvaal angewendet werden. Aus der Chemie wissen wir, daß Gold zu den 92 bekannten Elementen gehört (man sagte früher Grundstoff).

Es steht und stand also nie in der Macht des Menschen, Gold zu *machen*, d. h. dieses Metall aus dem Nichts zu gewinnen.[8]

Wir werden sehen, daß die Alchimisten das auch nie tun wollten. Sie gingen davon aus, daß die Materie eins ist und die physikalischen und chemischen Eigenschaften jedes Elements nur unterschiedliche Erscheinungsformen darstellen. Anders ausgedrückt, sie sind die Ergebnisse einer einzigen Ursache, oder jedes Element ist eine besondere Form der in ihm enthaltenen kosmischen Energie. Somit mußte die Transmutation durch Veränderung der Urmaterie möglich sein. War diese Urmaterie, diese besondere Energieballung, die Atomstruktur des jeweiligen Elements?

Man könnte es vermuten.

Heute glauben die Physiker, es gäbe ein Element mit der Ordnungszahl 93. Dieser Stoff, der kurzfristig bestand, soll sich »aus allen vertikalen Wellen, die in der Natur existieren, zusammensetzen«. Ihres Erachtens kann des Element 93 aus dem Element 92 nur durch Beschießen mit Röntgenstrahlen hergestellt werden. Die größte Schwierigkeit besteht allerdings darin, ihm bleibende Konsistenz zu verleihen. 1934 gelang es einem italienischen Wissenschaftler, für wenige Augenblicke den Stoff 93 durch Beschießen mit Uran herzustellen.

Dieser neue Stoff ist durch echte Transmutation des Urans (Ordnungszahl 92) entstanden, indem man die Anzahl der Elektronen in der Atomhülle um ein Elektron erhöhte.[8a]

Ist es möglich, auf ähnliche Weise aus Quecksilber (Ordnungszahl 80) bzw. durch entsprechende Veränderung des Atoms auch aus Blei und Zinn Gold (Ordnungszahl 79) herzustellen?

Wir müssen an dieser Stelle anmerken, daß das Gold zu der Gruppe des Wasserstoffs (Gruppe I im periodischen System der Elemente) gehört, ebenso wie die Elemente Silber (47), Kupfer (29), Kalium (19), Natrium (11) und Lithium (3). Das »männliche« Gold, das »weibliche« Silber und das »androgyne« Quecksilber haben jeweils sechs Wasserstoffatome. Kalium und Natrium haben dagegen nur ein Wasserstoffatom, zersetzen aber kaltes Wasser und entziehen ihm den Sauerstoff. Die Elemente mit den Ordnungszahlen 85 und 87 sind noch nicht entdeckt. Kannten die Alchimisten diese Elemente? Hatten sie in Versuchen, deren geheime Ergebnisse in Vergessenheit gerieten, gemeinsame Eigenschaften des

153

Goldes, Silbers und Quecksilbers herausgefunden? Hatten sie Kalium und Natrium abgesondert und ihre starke Affinität zum Sauerstoff beobachtet? Wir können es nicht nachweisen. Es ist aber sicher, daß sie viele Dinge erahnten, die heute der Öffentlichkeit als vollkommen neu dargestellt werden, z. B. die Kernspaltung.

Doch wie konnte man die Kernspaltung, die sich im Weltall in mächtigen Ausbrüchen vollzieht, beherrschen und wozu? Die Schwierigkeit ist ähnlich, als wollte man von einer Pulverladung nur ein Körnchen zünden, ohne eine Explosion des Ganzen hervorzurufen. Bisher konnten wir die Atomenergie nur zu blindwütiger Zerstörung einsetzen.

Im »finsteren« Mittelalter suchten die Gelehrten im Stein der Weisen in erster Linie das »Magisterium« zur Verlängerung und Bereicherung des Lebens, mit einem Wort das Lebenselixier. Die Transmutation des Quecksilbers in Gold galt als bloßes Nebenwerk.

## AUTHENTISCHE ZEUGENBERICHTE

Das »magnum opus« gelang nur wenigen. Zu den Alchimisten soll auch Papst Johannes XXII. (1316–1334) gehört haben. Pagi behauptet, er habe sogar eine Schrift über die spagirische Kunst verfaßt. In Avignon soll der Papst durch Transmutation von Metallen zweiundzwanzigtausend Pfund Gold hergestellt haben.

Raimundus Lullus galt als einer der angesehensten Alchimisten im Mittelalter. Er wurde 1235 auf Palma de Mallorca geboren, war Mystiker und Alchimist. Außer seinem Hauptwerk *Ars magna* werden ihm vierhundertsechsundachtzig weitere Werke zugeschrieben. Raimundus Lullus stellte in London durch Transmutation mit Mercurium angeblich Gold im Werte von sechs Millionen für einen Kriegsschatz her. Nach seinem Wunsch sollte der König von England dieses Gold für die Durchführung eines Kreuzzugs verwenden. In einem Brief an den König schreibt er: »Sire, Sie haben bei meiner Vorführung in London gesehen, wie ich Mercurialwasser auf Kristall schüttete. Daraus entstand ein sehr feiner Diamant, den Sie in ein Tabernakel einarbeiten ließen . . .«

Aus dem Gold des Raimundus Lullus prägte man Münzen, die die Bezeichnung »Nobles de la Rose« und später »Nobles de Raymond« bekamen.

Nicolas Flamel war im Besitz des *Grimoires* des Juden Abraham, einem »Fürsten, levitischen Priester, Astrologen und Philosophen aus dem Volk der Juden, den der Zorn Gottes nach Gallien verschlagen hatte«. Flamel fand in diesem

*Raimundus Lullus, der berühmte Goldmacher*
*Quelle: Bibliothèque Nationale (Estampes)*

Buch die hermetische Formel und machte sich ans Werk. Wie er selbst berichtete, hatte er Erfolg:

»Das erste Mal nahm ich Quecksilber und verwandelte ungefähr ein halbes Pfund in reines Gold. Das geschah am 17. Januar, an einem Montag, gegen 12 Uhr Mittag, in meinem Haus, im Jahre 1382 unserer Zeitrechnung. Außer Pernella war niemand zugegen...« Im selben Jahre experimentierte Flamel im Beisein seiner getreuen Gefährtin Pernella an einem Aprilabend, als der Pöbel sich in Paris erhoben hatte und die Macht an sich riß, in seinem Labor. Lassen wir ihn noch einmal zu Wort kommen: »In Pernellas Gegenwart unternahm ich das Werk mit dem roten Stein und einer bestimmten Menge Quecksilbers... Es wurde daraus etwa ebensoviel reines Gold. Es war sicher besser als das übliche Gold und zeichnete sich durch größere Weichheit und Biegsamkeit aus. Das kann ich aufrichtig bezeugen.«[9]

# EINE AHNUNGSLOSE FRAU

Nach Flamels Tod nahm man an, er habe die Formel des »Elixirs« eingravieren lassen und die Behältnisse mit dem »Pulver der Weisen« oder dem Katalysator in irgendeiner Mauer des Hauses oder im Keller verborgen. Man durchsuchte mehrere Jahrhunderte alles, doch fand man nichts, was von Interesse zu sein schien. Eine Frau nahm ein herumstehendes Tongefäß mit, dem bisher niemand Beachtung geschenkt hatte. Der Topf war vollkommen verstaubt und mit Spinnweben bedeckt. Doch die ordentliche Hausfrau meinte, sie könne ihn noch verwenden, und säuberte ihn sorgfältig, nachdem sie den Inhalt, ein rotes, sicherlich ungenießbares Pulver, in die Seine gestreut hatte. Dieses Pulver war das berühmte alchimistische Lösungsmittel – der Mercurius, die Schlange, das pontische Wasser oder die Milch der Jungfrau –, das alle Experimentatoren Frankreichs und Navarras vergeblich herzustellen versucht hatten. »So ging das Geheimnis, das die Menschheit seit Anbeginn zu ergründen versuchte, für immer verloren.«

# WAS IST AN ALLEM WAHR?

Die Frage ist nicht leicht zu beantworten . . ., zumal kein Geringerer als Papst Johannes XXII., der selbst Alchimist war und in der angeblich von ihm verfaßten Schrift erwähnt, ihm sei die Transmutation gelungen, die Schwarzkünstler verdammt und sie Betrügern sowie Schwindlern gleichsetzt: »Jene, die falsches Gold und Silber herstellen, sind nichtswürdig . . . Sie geben mit vielen nichtssagenden Worten ein ähnliches Metall als echtes Gold und echtes Silber aus . . . Sie prägen damit Falschgeld und betrügen die Menschen auf diese Weise . . . Die Alchimisten führen uns in die Irre und versprechen etwas, worüber sie gar nicht verfügen.«

Meint der Papst hier nur die *falschen* Alchimisten? Er sagt nicht »Gold und Silber herstellen«, sondern »*falsches* Gold und Silber«. Das bedeutet doch, er schließt die Möglichkeit der Transmutation, d. h. der Verwandlung von Quecksilber in echtes Gold und Silber von hohem Reinheitsgehalt, nicht aus.

Sind die eindeutigen und klaren Aussagen des Nicolas Flamel und Raimundus Lullus nicht glaubwürdig? Es gab ein Berufsgeheimnis, und jedes Geheimnis

*Papst Johannes XXII. mit Stigmata*
*Quelle: Bibliothèque Nationale (Estampes)*

kann in Vergessenheit geraten. Raimundus Lullus ermahnte einen Schüler mit folgenden Worten: »Ich schwöre bei meiner Seele, wenn du dies preisgibst, wirst du für die Verletzung der göttlichen Majestät ohne Erbarmen bis zum Jüngsten Gericht verdammt sein.«

Basilius Valentinus befürchtete, in seinem Werk *Currus triumphalis Antimonii* zu deutlich gesprochen zu haben. »Ich habe nun genug gesagt. Ich habe so gründlich über unser Geheimnis berichtet, daß mich jedes weitere Wort in den Abgrund der Hölle stürzen würde.«

Unseres Erachtens verurteilt Papst Johannes XXII. in der Bulle nur jene, die sich als Alchimisten ausgeben. Sie verkauften irgendeine Legierung, die dem kostbaren Metall lediglich ähnlich sah, als echtes Gold. Er brandmarkte die Wucherer. Die Wucherer nahmen Gold ein, horteten es und behielten es zurück. Die unter der drückenden Steuerlast leidenden Untertanen mußten sich notgedrungen an sie wenden. Auf der einen Seite strömte dem Wucherer das Gold zu, und auf der anderen Seite gab er es mit häßlicher Grimasse an den König weiter. Dabei blieb immer etwas für ihn hängen.

Wenn die Ärmsten dem Wucherer, der häufig Jude oder Lombarde war, nichts mehr als Pfand zu geben hatten, wandten sie sich an den Teufel, d. h. an die Hexe oder den Hexenmeister. Sie (oder er) war ihre letzte Zuflucht. Doch das ist ein anderes Kapitel und hat nichts mehr mit dem Wissensdrang der mittelalterlichen Gelehrten zu tun.

Sie waren sehr darauf bedacht, ihre Wissenschaft nicht durch weite Verbreitung zu entwürdigen. Der Gedanke, sie könnte für unreine Zwecke verwendet werden, erfüllte sie mit Abscheu. Die Zahl ihrer Schüler beschränkte sich stets auf einen kleinen Kreis zuverlässiger und aufrichtiger Anhänger, die einen feierlichen Eid ablegen mußten, nichts von dem, was ihnen vermittelt wurde, an Uneingeweihte weiterzugeben.

*Die Wucherer. Stich, 17. Jh.*
*Quelle: Musée des Arts Décoratifs*

*Ein Gelehrter dringt in das Jenseits vor. Stich, Anfang 16. Jh.*
*Quelle: Musée des Arts Décoratifs*

# 12. KAPITEL

# DIE RENAISSANCE
# DER GEHEIMWISSENSCHAFTEN

In ganz Europa, vor allem im Italien des 15. Jahrhunderts, beabsichtigten einige große Gelehrte, bei der Neubelebung der Philosophie zum erstenmal alle Probleme des Universums zu klären und die Geheimnisse verstandesmäßig zu lösen. Der Humanist, *homo doctus*, wird zum typischen Vertreter der neuen Zeit und übernimmt den Platz des *homo sanctus*.

Der große Gelehrte Giovanni Pico della Mirandola (1463–1494) bekämpfte mit Intelligenz und Vehemenz die Astrologie. Er faßte seine Forschungsergebnisse über die hebräische Philosophie und die Kabbala in seinen *Conclusiones cabalisticae* (1482) zusammen. Johannes Reuchlin (1455–1552) wurde zwar in Deutschland geboren, lebte aber viele Jahre in Italien, wo er zahlreiche gebildete Juden zu seinen Freunden zählte und das Hebräische perfekt erlernte. Sein *De verbo mirifico* (1494) war der Versuch einer mystischen Versöhnung zwischen den alten hebräischen Lehren und christlichem Gedankengut, wobei er im okkulten Sinn der Worte die gemeinsame Wurzel sah. Sein *De arte cabalistica* (1517) wurde in ganz Europa gelesen. Als dritter Gelehrter muß Johannes Tritheim (1462–1516) genannt werden. Er trat als sehr junger Mann dem Benediktinerorden bei und wurde später Abt des Klosters Sponheim. Er widmete sich dem Studium der Geheimschriften und dem okkulten Sinn der Worte und wurde früh der Häresie verdächtigt. 1505 wurde er Abt des Klosters Würzburg und schrieb ein wichtiges Werk über die Kryptographie. Tritheim war Freund und Lehrer zweier Männer, die in der Entwicklung der Magie eine wichtige Rolle spielten: Agrippa und Paracelsus.

Der Gedanke des magischen Wirkens des Wortes, der Perfektion der Buchstaben und der Bedeutung des Symbols, das, wie wir gesehen haben, Grundlage der alten Magie war, erstand in neuer, besserer, weitgefaßterer und umfassenderer Form. Die Bedeutung der Buchstaben, Wörter und Symbole ergab sich aus dem

161

gemeinsamen Geheimnis der Intellektuellen, die sie verstanden. Auf der Grundlage dieses Gedankens entstand allmählich ein System, das sich als Kultur verbreitete. Die Rückkehr zum Geist wurde im Humanismus sichtbar, und die griechische Philosophie erstand neu. Das Symbol und der Buchstabe wie das *opus magnum* der Alchimisten und die Berechnungen der Astrologen haben philosophische Bedeutung. Man versucht, eine natürliche Erklärung zu liefern. Die alte Magie ändert sich mit den neuen Gedanken, mit neuen sozialen und geistigen Elementen, die die Umwelt verändern. Die Beobachtung der Natur, die die Gelehrten als Grundelement der Forschung besonders anzog, wurde vorherrschend. Agrippa von Nettesheim, Theophrastus Paracelsus und G.B. della Porta sind Begründer oder eher Koordinatoren dieser Gedanken eines Systems natürlicher Magie. Sie sind unruhige und unabhängige Geister, die von den Kämpfen der erbitterten Bürger- und Religionskriege verstört sind. Sie sind gleichzeitig rebellische und doch mystische Denker und leidenschaftliche Beobachter, die noch an den alten magischen Glaubensvorstellungen festhalten. Sie sind dominierend und typisch für diese Übergangszeit, in der eine Naturmagie entsteht und weltweite Verbreitung findet.

Die Naturmagie ist ein weiterer Schritt in der Entwicklung von der primitiven Magie zur experimentellen Wissenschaft. Sie löst sich von der magischen Grundkonzeption und dem Religionsgedanken, sie findet in der Philosophie ihre Art der Beweisführung, bleibt aber in der Realität, wenn es um ihre Beobachtungen geht. Die Naturmagie löst sich in dem Maße von der primitiven Magie, wie die Beobachtungsmethoden verfeinert werden und die Kritikfähigkeit die Gefühlswelt besiegt, so daß der menschliche Geist das Bild übernatürlicher Wesen und ihrer Herrschaft aufgibt und eine Erklärung der Phänomene in den Kräften der Natur selbst sucht. Auf dem Weg zur Wissenschaft trägt die Naturmagie noch lange einen Großteil ihres primitiven Erbes mit sich und befreit sich nur unter Schwierigkeiten von einigen Anschauungen, insbesondere jenen, die tief im Geist verwurzelt sind. Man erkennt, wie die ersten Schriftsteller als Verfechter der magischen Idee und Verbreiter okkulter Wissenschaften mehrfach die Notwendigkeit sahen, Kritik zu üben und Erfahrungen zu sammeln. Zu Beginn beschäftigten sich nur einzelne Menschen mit diesem Problem. Später bauten immer mehr Gelehrte und Forscher an dieser neuen Gedankenrichtung, wenn sie auch zu magischen und mystischen Problemen in unterschiedlicher Weise Stellung nahmen. Maxwell sagt zu Recht, daß diese neue Richtung schon früher bei physikalischen und natürlichen Problemen Anwendung fand, da sie besser zur Beobachtung und Kritig geeignet war.

Die Erforschung psychischer Phänomene bei der Hexerei ist mühsamer, da die Probleme komplexer, die Ursachen schwerer festzustellen und die Ergebnisse weniger kontrollierbar sind. Alle den Geist betreffenden Fragestellungen unterliegen wesentlich länger der Magie und dem Mystizismus, da viele nicht klar gefaßt werden konnten. Erst heute hat die wissenschaftliche Forschung die Funktionsweise des Gehirns und des Unbewußten ergründen können, wobei typische Merkmale und Ursprünge bestimmter psychischer Zustände bestimmt werden konnten (z. B. Hypnotismus, Suggestion, Persönlichkeitsspaltung, Träume), um den Schleier der Geheimnisse zu lüften und eine Reihe früher okkulter Phänomene im Licht der Beobachtung und der Kritik zu erhellen.

*Agrippa von Nettesheim*
*Quelle: Bibliothèque Nationale (Estampes)*

# AGRIPPA VON NETTESHEIM

Die natürliche Magie beginnt mit der Untersuchung atmosphärischer und astraler Phänomene und stellt eine Verbindung zwischen dem Individuum und den Elementen her. Sie behauptet, daß alle Phänomene sympathisch geordnet sind. Diese Sympathielehre befähigt den Praktiker der Naturmagie, sich die Existenz geheimer Beziehungen und Anrufungsmöglichkeiten vorzustellen. Das Geheime im ruhenden Band wird durch Phänomene und Namen bestätigt, die die Macht der Dinge in der Form ihres Ausdrucks binden. Die magische Kraft des Wortes entsteht durch seine Verwandtschaft mit der bezeichneten Sache, und die magischen Eigenschaften entstehen aus ihrer Form.

Cornelius Agrippa von Nettesheim (1456–1535) ist der bekannteste Vorläufer der neuen Ära. Seine Lebensgeschichte liefert ein ausgezeichnetes Bild seiner Arbeit und seiner Mentalität. Als Sohn einer alten adeligen Kölner Familie beschäftigte er sich schon in jungen Jahren eifrig mit dem Sprachenstudium und sammelte mit Begeisterung alle verfügbaren Bücher über okkulte Wissenschaften. Er versuchte sich in der Alchimie und gründete mit zwanzig Jahren in Paris eine Gesellschaft zum Studium der Geheimwissenschaften. Er lebte in Frankreich, besuchte England und Deutschland und predigte unermüdlich seine Ideen. Trotz der Verfolgung durch die Kirchenbehörden schrieb er sein *De occulta philosophia*, das ihn berühmt machte. 1510 nahm er am Kampf der kaiserlichen Truppen gegen die Venetianer teil und wurde ausgezeichnet. Später war er gezwungen, sich gegen die Anschuldigungen der Inquisitoren zu verteidigen. In Metz, wo er für einige der Hexerei angeklagte Leute plädierte und es ihm gelang, sie vor der Todesstrafe zu bewahren, wurde ihm selbst vorgeworfen, ein Komplice der Angeklagten zu sein. Daher war er gezwungen, nach Lyon zu fliehen, wo er zum Leibarzt des französischen Königs ernannt wurde. Später wurde er Geschichtsschreiber Karls V., lebte am Hof Margaretes von Österreich und wurde Arzt in Köln. Schließlich kehrte er nach Lyon zurück, wo ihn seine Feinde einholten. 1535 starb er als Hexer verfemt im Elend.

# DIE BEOBACHTUNG DER NATUR

Mit den sich entwickelnden Ideen und trotz des Konfliktes zwischen der alten magischen Auffassung und der neuen Denkungsart versuchte Agrippa mit sicherem Gespür für die Wahrheit, die Magie im großen Rahmen der Naturbeobachtung zu sehen, um so die Phänomene zu erklären, die man bisher als teuflisch und übernatürlich angesehen hatte, die aber in Wirklichkeit durch Naturkräfte hervorgerufen wurden. Magische Aussagen waren für ihn ebenso gültig wie der Beweis und die Anwendung wissenschaftlicher Methoden; die Lehre von der »Sympathie und Antipathie der Dinge«, die ein wesentlicher Bestandteil der alten griechischen Philosophie war, erstand erneut. Mit dem Bedeutungsverlust der Anatomie Galens, der Physik Aristoteles' und des astronomischen Gebäudes Ptolemäus' verlor die alte Magie allmählich ihre Anhänger. Agrippa von Nettesheim, der der letzte Hexer genannt wurde, den man aber auch den ersten Naturalisten nennen könnte, stellte den Gedanken der Magie auf eine neue Grundlage und bemerkte, daß man all das, was man einst der Magie zugeschrieben hatte, der Natur zuschreiben müßte.

Die Naturmagie ist nach Agrippa eine Wissenschaft. Er erklärt, daß es eine direkte Verwandtschaft zwischen den höchsten und niedrigsten Dingen gibt. Er behauptet ferner, daß jedes Ding von anderen Dingen angezogen wird, die ihrerseits wieder alle Kräfte auf sich ziehen. Geistige Kräfte bilden einen Teil der geistigen Welt, in der die Gedanken leben. Nach Agrippa können die Gedanken jedoch nicht direkt auf die Dinge wirken, keine Materie kann sich von allein in Bewegung setzen. Ein Mittler ist notwendig, eine vitale Kraft, die die Aktivität des Geistes auf den Körper überträgt. Dieser Mittler ist die Quintessenz, die *quinta essentia*, die nicht mehr aus den vier Elementen besteht, sondern jenseits und über diesen anzuordnen ist. Sie erfüllt in der Welt die gleiche Funktion wie die Seele im menschlichen Körper, folglich ist sie die Weltseele. Sie stammt aus den Planeten, und die okkulten Eigenschaften der lebenden Substanzen und Mineralien und Metalle ergeben sich aus ihr. Man kann sie aus einer Substanz extrahieren und auf eine andere übertragen. Daher erhebt sich das Feuer zum himmlischen Feuer, und das Wasser fließt zu den Wassern; die lebenden Wesen setzen ihre Nahrung in Substanz ihres Organismus um; die Sterne, Edelsteine, Pflanzen und Tiere üben einen Einfluß auf den Menschen aus. Ihre Zeichen sind auf der Erde ebenso vorbestimmt wie die Pflanzen oder die Organe des Menschen (Gesetz der Signaturen).

## NICHTS ÜBERNATÜRLICHES

Die Naturmagie darf nach Agrippa keinen Einfluß der Magie und verbotener Handlungen im Namen des Übernatürlichen annehmen, sondern muß die geheimen Gesetze der Natur und den Einsatz der Naturkräfte erforschen. Die Hexer müssen nach dieser Auffassung Priester der Wissenschaft werden.

In diesem wissenschaftlichen System ist die magische Kraft der Worte von großer Bedeutung. Diese Lehre, die sich auf die neuplatonische Philosophie beruft, deren Anfänge man aber auf eine frühere Ära zurückführen kann, erklärt, daß Worte und Namen nur das Spiegelbild der schöpferischen Kraft der »Formen« im

Geist Gottes seien. Gleiches kann man von den Schriften behaupten. Eine Rede mit zahlreichen Wörtern hat eine größere Wirkung als ein einzelnes Wort. Die Bedeutung der magischen Bezauberung beruht auf dem Aussprechen, auf dem Rhythmus und der Begeisterung, mit der man sie ausspricht, sowie auf der Emotion und Überzeugung des Hexers. Agrippa nennt das Beispiel des Orpheus und erklärt, daß die mit Vehemenz und Leidenschaft vorgebrachten Anrufungen unter sorgfältiger Beobachtung des Maßes und der Zahl der Wörter dem Zauber eine schreckliche Kraft durch den unbezwingbaren Elan seiner Phantasie geben, die auf das Objekt der Verzauberung übergeht. Dabei wird sie gebunden und im Einklang mit den Wünschen und Worten des Magiers angeleitet. Das echte Instrument der Verzauberung ist eine Art reinen, harmonischen und lebendigen Atems, der Bewegung und Willen vereint. Er ist wohl abgestimmt, entspricht einem tiefen Gefühl und wird durch die Vernunft geleitet.

Maxwell sagt zu Recht, daß Agrippa so eine moderne psychologische Idee aufgreift: den Gedanken, daß die Kraft des Zaubers von der Intensität der Gefühlsregung des Zauberers abhängt und daß die magische Kraft in der Sphäre der Leidenschaften ruht, während die Vernunft das Ziel erkennen und die Methoden vorbereiten muß, um es zu erreichen. Nach Agrippa besteht die Aufgabe der Vernunft in der Berechnung der Position der Sterne oder in der numerischen Anordnung zwischen Wörtern und Dingen oder den gegenseitigen Bezügen der Dinge; die Aufgabe des Gefühls besteht in einer Verknüpfung der Kraftrichtung und ihrer magischen Wirkung. Damit sind Naturmagie und moderne Psychologie in der Einschätzung der Suggestionskraft eng miteinander verbunden.

# PARACELSUS

Das Sympathiegesetz und die Lehre der »Signaturen«, die Agrippa darlegte, wurden von einem besonders reformatorischen Arztgenie angewendet, das eine tatsächliche Revolution im wissenschaftlichen Bereich herbeiführte. Es handelte sich um Philipp Theophrastus Aureolus Bombastus von Hohenheim, berühmt geworden unter dem Namen Paracelsus. Er wurde 1493 in Einsiedeln in der Schweiz geboren. Als Arztsohn beschäftigte er sich sehr früh mit der Alchimie, Philosophie und Medizin. In Basel absolvierte er seine Studien und begeisterte sich für die okkulten Wissenschaften. Später ging er nach Würzburg, wo er den berühmten Abt Tritheim kennenlernte, der ihn in die Geheimnisse der Magie einführte. Auf dessen Empfehlung gelangte er in das Labor des reichen Alchimisten Fueger, der ihn in die Geheimnisse der Chemie einweihte. Nach Reisen durch Deutschland begab er sich nach Italien und belegte Vorlesungen der Medizinischen Fakultät der Universität Ferrara, wo er wahrscheinlich Schüler von Leonicenus war. Dieser war ein glühender Verfechter des Neuplatonismus des Marsilius Ficinus und einer der ersten, der es wagte, sich Celsus und Galen entgegenzusetzen. Während seiner Reisen pflog Paracelsus merkwürdigen Umgang und sammelte überall Überlieferungen und geheime Riten, Maximen und abergläubische Sprüche, Urteile und Zeugnisse der Volksheilkunde. Mit großem Scharfblick sah und heilte er überall Kranke, war gleichzeitig Arzt und erfolgreicher Heilkünstler. Er rebellierte schon früh gegen herkömmliche Schulen. Dabei sprach er sich insbesondere gegen die Sklaverei des Dogmatismus aus, der bisher schweigend ertragen wurde; sogar von berühmten und talentierten Männern. Er war ein romantischer Geist, der durch seine provozierende Behendigkeit alle erregte, da er alle Traditionen umstieß und seiner zerstörerischen Kritiklust freien Lauf gab. 1524 verließ er Salzburg und ging nach Straßburg, später nach Basel, wo er einen Lehrstuhl an der Universität erhielt. Bald mußte er die Stadt jedoch wieder verlassen, und seine Reisen durch Deutschland begannen erneut. Er wurde von seinen Feinden verfolgt und konnte keinen Drucker für seine Manuskripte oder einen Herrscher finden, der ihm die Veröffentlichung erlaubt hätte. 1541 starb er in Salzburg.

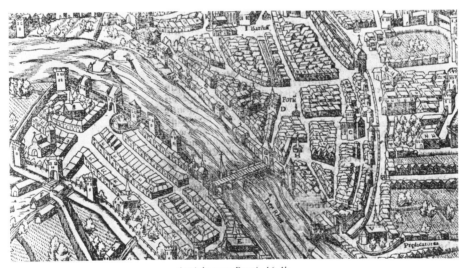

*Ansicht von Basel. 16 Jh.*
*Quelle: Musée des Arts Décoratifs*

Nach Meinung seiner zahlreichen Anhänger war Paracelsus einer der größten Wissenschaftler und der bedeutendste Okkultist seiner Zeit. Nach Meinung der Professoren der Universität Basel, seiner Kollegen, war er ein Scharlatan und Saufbold. Ständig hatte er Händel und wurde verfolgt. Zweifellos war ihm aber eine Inspiration eigen, eine neue und klare Vorstellung von der Notwendigkeit, die Traditionen abzulegen, die das akademische Lehrgebäude erstickten. Er wollte sich nur der Erfahrung und dem unparteiischen Urteil beugen. Im Bereich der Medizin war Paracelsus ein wirklicher Neuerer; in der Naturmagie war er Schüler und Anhänger von Tritheim und Agrippa. Ein interessanter Aspekt ist, daß er die Lehren seiner Meister in die Medizin einfließen ließ. Nach Meinung Paracelsus' verschmolzen die Grundprinzipien. Seine Medizin entstand aus der Sympathie- und Antipathielehre aller Substanzen. Die Substanzen, die auf einen bestimmten Körperteil wirken, nennt er *arcana*, und die Aufgabe der Alchimie besteht darin, das *arcanum* zu suchen, d. h. die in Metallen und Pflanzen wirksame Substanz. Folglich führte dieser Weg der komplexen Lehre Paracelsus' nach phantastischen Prämissen zur chemischen Forschung.

Durch das Eingreifen dieses außergewöhnlichen Mannes, in dem sich Aufruhr und Unsicherheit seiner Zeit widerspiegeln, wurde den Geheimnissen der alten Magie die unendliche und geheimnisvolle Kraft der Natur gegeben.

# G. B. DELLA PORTA

Der dritte dieser letzten Magier war der Italiener G.B. della Porta, Abkomme einer berühmten Familie aus Neapel. Er wurde 1545 geboren. Sein Leben entwickelte sich unter günstigeren Bedingungen als das des Agrippa und des Paracelsus. Die beiden lebten in Deutschland, als dieses Land durch Bürger- und Religionskriege zerrissen war. Sie verbrachten Zeiten größten Unglücks. Ein Gefühl, das sie drängte, die Welt zu durcheilen, stand über ihrem Leben. Della Porta wurde dagegen unter einem guten Stern geboren. Als Mitglied einer reichen Familie konnte er sich in aller Ruhe seinen Studien widmen. Er reiste durch Italien, Frankreich und Spanien und kam mit den berühmtesten Männern seiner Zeit in Berührung.

Seit seiner Kindheit interessierte er sich lebhaft für die okkulten Wissenschaften, und seine Biographen behaupten, er habe im zarten Alter von fünfzehn Jahren sein erstes Buch, die *Magia naturalis*, geschrieben. Der junge della Porta lebte zusammen mit seinem Bruder Vincenzo, einem begeisterten Archäologen, in einem schönen Landhaus in der Nähe von Neapel. Dieses Haus wurde sehr bald

*G. B. della Porta spielte für die europäische Kultur eine große Rolle.*
*Quelle: Bibliothèque Nationale (Estampes)*

zum Treffpunkt einiger junger Wissenschaftler, und della Porta gründete einen Kreis, den er »Kreis der Geheimnisse« nannte.

Sein wichtigstes Werk ist zweifellos die *Magia naturalis*. Die erste Ausgabe wurde am meisten gelesen und ist wohl die berühmteste. Sie erschien in Latein, Italienisch, Französisch, Deutsch, Holländisch und Arabisch. Die zweite in zwanzig Bänden wurde 1589 veröffentlicht. Der erste Teil enthält einen Auszug der Philosophie Agrippas, während der Rest zahlreiche praktische Hinweise gibt und verschiedene Bemerkungen zu den Gesetzen der Anziehung und Sympathie, zu verschiedenen Arten geheimer Schriften, über Kosmetik, Parfums, Rezepte, Pyrotechnik, Chemie sowie eine Beschreibung des Teleskops und der Camera obscura enthält. Ein ganzes Buch ist der Alchimie gewidmet, aber der Autor erklärt gleich zu Beginn, daß er nicht an die Herstellung von Gold und den Stein der Weisen glaubt. Er glaubt statt dessen, es sei für den Leser wichtig, die Formeln zu kennen, um Metalle zu mischen und Medikamente bereiten zu können.

Einige Seiten des achten Buches verdienen besondere Beachtung. Darin behandelt della Porta Hypnose und hypnotische Suggestion. Es hat den Anschein, daß die Mitglieder des Neapolitanischen Kreises, den er gründete, einige praktische Versuche auf dem Gebiet der Hypnose machten. Es gibt Beschreibungen einer Methode, die man befolgen muß, wenn man einen Menschen zwingen will, zu schlafen oder Befehle auszuführen, die man ihm geben wird. Es soll so weit gekommen sein, daß er Schwimmbewegungen machte, wenn man ihm sagte, er sei ein Fisch. Befiehlt man ihm, Gras zu essen, er würde es auch tun. In der gesamten *Magia naturalis*, die nach Goethe den großen Fortschritt der Wissenschaft zur Zeit des Autors widerspiegelt, ist della Porta der absoluten Überzeugung, daß alle magischen Phänomene auf natürlichen Ursachen beruhen.

## DELLA PORTAS DEVISE:
## KLARHEIT UND EINFACHHEIT

Die Bedeutung dieses Werkes beruht auf einer enormen Suggestionskraft. Das Werk des jungen Mannes wurde umfangreicher, als della Porta größeres Gewicht als Wissenschaftler erlangte. Er war der erste Schriftsteller, der versuchte, einem breiten Publikum bestimmte Dinge zu erklären, die bisher als äußerst geheim gegolten hatten. Dabei benutzte er keine mystischen Formeln, kabbalistische Kryptogramme oder unerklärbare Begriffe, an die sich die Leser bei seinen Vorläufern gewöhnt hatten. Der neapolitanische Wissenschaftler erklärte Dinge und Gedanken mit großer Einfachheit und trachtete ständig, durch Versuche einen Schritt weiter zu kommen. Er zeigte tiefes Verständnis für die Geschehnisse der Vergangenheit und die richtige Erfassung differenzierter Wahrheiten.

Nach den beiden rebellischen und unruhigen Meistern trug G. B. della Porta durch seine große Intelligenz und seine tiefe Kenntnis und noch mehr durch seine vorsichtige Unterscheidungskraft zum Wandel der Magie bei. Er arbeitete methodisch und dachte unbefangen und war weit von den ikonoklastischen Übertreibungen Paracelsus' und den metaphysischen Spekulationen Agrippas entfernt. In der Geschichte der Wissenschaft markierte sein Werk einen wichtigen Zeitabschnitt, denn er bestimmte – in einer Übergangszeit – neue Konzeptionen, neue Richtungen nicht nur für eine Minderheit von Wissenschaftlern, sondern für jene gebildete Klasse, die sich allmählich im Europa des 16. Jahrhunderts herausbildete, sowie für Forscher mit hartnäckigem und neugierigem Charakter, die die Akademien füllten und eine beträchtliche Rolle im Erscheinungsbild der europäischen Kultur der damaligen Zeit spielten.

# DAS GESETZ DER SYMPATHIE

In der beginnenden Renaissance machte die Wissenschaft Fortschritte. Die Kritik, die sich von der Scholastik und vom Aberglauben freimachte, versuchte, Systeme aufzubauen, in denen übernatürliche Erklärungen keinen Platz hatten. Die Ideen kristallisierten sich langsam heraus, die Naturmagie verwandelte sich in Physik und Chemie. Phänomene, die man in der Vergangenheit dem magischen Bereich zugesprochen hatte, zum Beispiel der Rhabdomantie (Form der Wahrsagerei), wurden wissenschaftlich untersucht. In den allgemein anerkannten Legenden, zum Beispiel des Faust, wurden Überlieferungen großer Hexenmeister bewahrt, während alle Formen der Magie im Volksglauben weiterlebten. Talismane und Amulette, »sympathische« und okkulte Heilungen, Totenbeschwörungen und Reliquienkult blieben im Volksglauben verhaftet.

Die Naturmagie versuchte, in den Gesetzen der Sympathie und Affinität die Ursachen magischer Phänomene zu entdecken. Wir haben schon darauf hingewiesen, daß die Magie in eine sehr weitzurückliegende Zeit zurückgeht. Dank einer besonderen Gedankenkette, die in moderner Zeit zu besonderen Therapiemethoden wie der Homöopathie führte, bediente sich die Naturmagie als erstem Mittel der Anrufung der sympathischen Zauberei: der Liebestränke. Das *poculum amatorium*, das weit verbreitet war und dessen berühmtestes Beispiel Tristan und Isolde sind, bestand aus einem Trank aus Pflanzen, die zu bestimmten Zeiten an geheimen Orten gepflückt werden mußten. Außerdem wurden noch einige Haarlocken oder eine geringe Menge physiologischen Sekrets der Person beigegeben, deren Liebe man gewinnen wollte.

Die Naturmagie und die Medizin, die damit verbunden war, versuchen also, im Rahmen einer einzigen Vorstellung von Ursachen und Wirkungen die Phänomene der Alchimie und der Astrologie sowie die primitiven Instinkte zu kombinieren. Sie gruppieren die Phänomene in künstliche Systeme, verwerfen übernatürliche Dinge und verneinen das übernatürliche Eingreifen von Dämonen, Hexen, Hexenmeistern, Feen usw. Alle geheimnisvollen Phänomene bekommen geheime und unbekannte, aber natürliche Ursachen. Ihr Konzept ist nur ein Anfang kritischen Denkens. Ein Konzept, das nicht immer durchgehalten wird, aber die Notwendigkeit von Versuchen betont und Verständnis für die Bedeutung psychologischer Faktoren sucht.

Weise, gebildete und erfahrene Männer, die versuchten, der Magie diese Ausrichtung zur Wissenschaft zu geben, lebten in einer Umgebung und in einer Zeit, in der der Mystizismus vorherrschte und die Forschung vollständig durch dogmatische Prämissen, die unangreifbar schienen, eingeschränkt war. Sie versuchten, die neuen Gedanken, die man durch eine klarere und tiefere Sicht der Welt und des Lebens gewonnen hatte, mit Dingen zu vereinen, die unangreifbar schienen und die Bestandteil des Glaubens ihrer Zeit waren. Mit einem neuen, wenn auch noch merkwürdig vagen Glauben an das Wirken der Naturgesetze wollten sie nicht nachprüfbare übernatürliche Dinge ersetzen, die mit Hilfe von Dämonen und ihren Mittlern verändert werden konnten. Dies war sicher eine wesentliche Entwicklung im Bereich der Magie. Der Vorgang, durch den die Bindungen gelockert wurden, die den Denker mit den Traditionen der Ahnen und den herrschenden Gesetzen seiner Umgebung verbinden, ist natürlich sehr langwierig.

*Tristan und Isolde. Nach James Gilbert*
*Quelle: Musée des Arts Décoratifs*

Häufig fallen diese Bindungen nur, um neuen und noch komplizierteren Zwängen Platz zu machen. Die alten Konzeptionen, die endgültig beseitigt schienen, kommen in neuer Form zu neuem Leben. Aber die Anstrengungen, alte Erklärungen durch neue zu ersetzen, sind ein wichtiger Aspekt im ewigen Kampf zwischen Kritik und Autorität, zwischen Vernunft und Gefühl, zwischen Individuum und einer anonymen Masse. Diese ersten Versuche einer Erklärung der Naturmagie (die eng mit modernen Versuchen verbunden sind) bestimmen die endgültige Abkehr von der primitiven Auffassung von der Magie.

# 13. KAPITEL

## MAGIE ZUR ZEIT DER ILLUMINATEN UND DES SPIRITISMUS

Zu Beginn des 18. Jahrhunderts dominierte die Philosophie. Allgemein glaubte man, alle Fragen rational lösen zu können. Philosophen konzipierten eine neue Gesellschaftsordnung und übten großen Einfluß auf die Entwicklung der Wissenschaften aus. Das System eines Leibniz (1646–1716), das durch seinen Schüler Christian von Wolff bekannt wurde, beruht auf der Existenz winziger, unteilbarer Wesen, den beseelten und denkenden »Monaden«. Sie sind wesentlicher Teil aller Körper und Lebewesen, das heißt ihre Seele, und sie stammen von einer Zentralmonade, Gott, ab. Zu ihm stellen sie einen harmonischen Kontakt her. Diese Auffassung knüpft einige interessante Verbindungen zu älteren philosophischen Lehren.

Der Ausgang des Jahrhunderts ist vor allem in Deutschland durch eine Hinwendung zu mystischen und romantischen Phantasien gekennzeichnet. Das führt zu neuen Systemen, aus denen die Magie einige charakteristische Merkmale schöpft. Der animalische Magnetismus oder Mesmerismus ist ein Produkt des 18. Jahrhunderts. Franz Mesmer (1733–1815) gilt als Begründer und Verfechter dieser Lehre. Ihm ist es hauptsächlich zu verdanken, daß sich die Medizin dem Mystizismus zuwandte.

Nach Mesmers Theorie besitzt jeder lebende Körper ein magnetisches Fluidum. Dieses enthält eine besondere Kraft, die gleichzeitig die organische und anorganische Welt beseelt. Seine Auffassung gipfelt in der »magnetischen Therapie« mit Handauflegen und anderen »magnetischen« Praktiken. Die Lehre sollte man im Licht der modernen Wissenschaften betrachten. Die Kriterien der Beurteilung müssen sich von jenen unterscheiden, die den übersteigerten Enthusiasmus hervorriefen, mit dem die Lehre aufgenommen wurde. Die anscheinend endgültige Zurückweisung gehört zur Geschichte der Suggestivtherapie und zum Hypnotismus und nicht zum Mystizismus. Unter diesem Aspekt soll später von

*Karikatur Mesmers. Zeichnung, 1784*
*Quelle: Musée Carnavalet*

Mesmers Lehre die Rede sein. Der Begriff des *animalischen Magnetismus* und dessen Lehre waren im 18. Jahrhundert außerordentlich weit verbreitet und führten zu einer bedeutenden mystischen Richtung.

Das Versetzen in besondere emotionale Zustände, die die direkte Suggestion erleichtern, ist Grundlage und typisches Merkmal des Magnetismus und anderer romantischer Systeme, die die Medizin des 18. Jahrhunderts beherrschten. Die magnetische Medizin benutzte evokatorische Praktiken, z. B. die von Schrepfer. Durch Räucherungen versetzte er seine Patienten in ekstaseähnliche Träume, in denen sie Geister in körperlicher Gestalt sahen. Die Beschreibungen der Pariser Séancen unter Vorsitz von Cagliostro, der magischen Praktiken eines Casanova oder der Magnetismussitzungen Mesmers bringen Klarheit in die Dinge. Die Magie verdankt ihren Erfolg immer jener direkten und wechselseitigen Beziehung zwischen Handelndem und Medium. Dabei ist es unerheblich, ob sich die Magie in wahrsagerischen Kunststücken zeigt, denen Menschen gerne Glauben schenken, die zum Mystizismus neigen, oder ob die Beziehung therapeutisch eingesetzt wird. Durch Suggestion kommt es manchmal zu wohltuenden Einflüssen, die dann zu erstaunlichen Heilungen führen.

## EMANUEL SWEDENBORG

Emanuel Swedenborg ist die beherrschende Figur des Mystizismus des 18. Jahrhunderts. Er wurde 1688 in Stockholm als Sohn eines hochgelehrten Bischofs geboren und war zweifellos eine der schillerndsten Persönlichkeiten seiner Zeit. Schon früh widmete er sich dem Studium der Theologie. Außerdem belegte er an der Universität Uppsala naturwissenschaftliche Vorlesungen, machte Reisen nach England, wurde Schüler Newtons und spielte später eine große Rolle in der Verwaltung seines Heimatlandes. Man hielt ihn für einen ausgezeichneten Organisator. Er war Leiter der Verwaltung des Bergbau-, Kanal- und Hafenwesens.

Nachdem er sich einen Namen gemacht hatte, gab er 1745 alle Ämter auf und widmete sich ausschließlich dem Mystizismus und Okkultismus. Es fällt schwer, das auslösende Moment der psychologischen Entwicklung Swedenborgs nachzuvollziehen. Seine Veranlagungen waren ohne jeden Zweifel überdurchschnittlich. Man darf wohl davon ausgehen, daß einige sexuelle Erlebnisse einen entscheidenden Einfluß auf den veränderten Lebenswandel und seine Studien hatten. In der Nacht des 7. April 1744 hatte er seine erste Vision. Er erzählt selbst, die Arbeit fresse ihn auf und er habe Angstträume. In diesem Zustand äußerster Unruhe hörte er häufig Stimmen in seinem Innern und sah Lichterscheinungen.

*Affen-Fetisch mit Zauberbeutel (Zaire)*
*Quelle: Sammlung Hélène Kamer*

*Eine ungewöhnliche und unheimliche Landschaft (Aline und Cyril Vassiljew)*
*Quelle: Sammlung Paule Evangelista*

*Tungusischer Schamane. Sibirien, Anfang 20. Jh.
Quelle: Bibliothek Forney*

*Fetische hüten auch den Eingang zu afrikanischen Hütten.*
*Quelle: Privatsammlung*

MAGIE ZUR ZEIT DER ILLUMINATEN UND DES SPIRITISMUS

Bei seiner ersten Vision, die einer Halluzination glich, hatte Swedenborg das Empfinden, von Gott berührt zu werden. In London hatte er ein Jahr später seine zweite Vision. Eine mit Purpur umhüllte Gestalt erschien und verkündete ihm, er sei der Auserwählte, der den Menschen den Sinn der Heiligen Schrift erklären sollte. Nach Swedenborgs eigenen Worten wurden ihm in dieser Nacht die Augen geöffnet, und er sah den Himmel, die Hölle und die dort weilenden Menschen. Unter ihnen erkannte er viele seiner Zeitgenossen. Swedenborg erzählt außerdem, er habe im Verlauf seines weiteren Lebens ständig mit Geistern in Verbindung gestanden. (Er starb 1772.) Vergil, Luther und Melanchthon waren häufig seine Gesprächspartner. Er behauptete, die Gabe der Fernsicht zu besitzen. Immanuel Kant gibt einen interessanten Bericht über Swedenborgs Erzählungen. Ein bekannter und besonders häufig angeführter Fall ereignete sich im September 1759. Swedenborg beschrieb damals in Göteborg minuziös ein Feuer, das zur gleichen Zeit in Stockholm ausgebrochen war und drei Häuser vor seinem eigenen zum Stillstand kam. Einige Tage später erreichten ihn Briefe aus Stockholm, die das Feuer so beschrieben, wie er es gesehen hatte. Obwohl viele Biographen Swedenborgs prophetische Kräfte als bewiesen ansehen, gibt es keinen schlüssigen Hinweis. Daher kann man ihren Aussagen auch nur schwerlich große Bedeutung beimessen.

Swedenborgs Lehre geht aus seinem *De caelo et eius mirabilibus et de inferno ex auditis et visis* (Über den Himmel und seine Wunder und über die Hölle, nach gesehenen und gehörten Dingen) hervor. Dieses Werk erschien 1758 in London. Es behandelt die Existenz einer Welt von Geistern und ein Übergangsstadium, das die Seele nach dem Tod durchschreitet. Entsprechend ihrer Verdienste und Sünden auf Erden bereitet sie sich in diesem Stadium auf den Himmel oder die Hölle vor. Einige Seelen bleiben nur sehr kurz in diesem Stadium, andere verharren hier viele Jahre, allerdings nie länger als dreißig Jahre. Engel und Teufel – sie waren ursprünglich Menschen – besitzen eine menschliche Gestalt. Die Geister behalten ihr menschliches Aussehen und die Aufgaben, die sie auf Erden wahrgenommen haben. Um Kontakt mit den Geistern aufnehmen zu können, muß sich der Mensch in einem Zwischenstadium zwischen Schlafen und Wachen befinden.

## DIE ZAHL DER SEKTEN WIRD GRÖSSER

Ende des 18. Jahrhunderts nimmt der Glaube an Okkultismus und Mystizismus schnell zu. Es werden viele Sekten gegründet und eine Organisation der Freimaurerei aufgebaut, die bisher ein Schattendasein führte. Nach der Gründung des *Chapitre de Clermont* durch Ritter de Bonneville (1748) nahm die Institution symbolischen Charakter an. Es entstand eine komplexe Hierarchie mit zahllosen Symbolen und Namen. Sie überlagerte das ursprüngliche Gerüst der Freimaurerei, die sich zu Beginn des Jahrhunderts als Initiationsritus in England durchgesetzt hatte. Dabei bediente man sich der alten Ausdrücke, Ordnungen und Praktiken der Bünde der Maurer und Architekten. 1756 wurde das *Chapitre des Chevaliers de L'Est*, 1758 das *Chapitre des Souverains de L'Est et de L'Ouest* gegründet. Es umfaßte fünfundzwanzig Grade und kannte zahllose pompöse Riten. In ganz Europa traten nach und nach neue Riten und esoterische und mysteriöse Praktiken auf. Die Debatten in den Freimaurerlogen konzentrierten sich fast ausschließlich auf Probleme des Okkultismus, des Mystizismus und manchmal der Philosophie.

Der Okkultismus erreichte in Schweden mit der Gründung eines gnostisch-kabbalistischen Systems seinen Höhepunkt. Es bestand aus neun Graden. Der erste Würdenträger, der »Vikar Salomons« genannt wurde, hatte als einziger das Recht, alle Mysterien und Riten zu kennen. 1776 gründete Adam Weishaupt, Professor für Kirchenrecht in Ingolstadt, die Sekte der späteren *Illuminaten*. Sie breitete sich schnell in Deutschland aus. Die berühmtesten Männer jener Zeit waren Mitglieder. In ganz Europa bestand ein geradezu morbides Interesse an merkwürdigen und okkulten Dingen. Brennende Neugier an dunklen und symbolischen magischen Praktiken und eine weitverbreitete kollektive Suggestion beherrschte die gebildeten, reichen und mächtigen Kreise. Man wartete ständig auf umwälzende Enthüllungen, neue und große Ereignisse und beherrschende Persönlichkeiten. Außerdem war die Zeit durch eine große Aufnahmebereitschaft für die merkwürdigsten Dinge, ganz unwahrscheinliche Erzählungen und den Kult all dessen gekennzeichnet, was außergewöhnlich schien.

Der Zeitgeschmack und die Neigung zu Okkultismus, Mysterien, geheimen und komplizierten Riten nahm in den verschiedenen Ländern und verschiedenen Kreisen eigenartige und schillernde Formen an. Allen, die diese Situation geschickt auszunutzen wußten, stand ein weites Feld offen, um daraus Profit zu schlagen. Sie gaben sich phantasievolle Titel, maßten sich abenteuerliche Kräfte an und übten in einem wohlvorbereiteten Klima persönliche Suggestion aus.

Diese Lage in der europäischen Gesellschaft des 18. Jahrhunderts liefert die Erklärung für die außergewöhnliche Popularität, die jene Männer, deren Abenteuer die rein biographischen Grenzen sprengen, bei der Masse wie am Königshof, bei der Aristokratie und in den gebildeten Kreisen besaßen. Sie sind ein bemerkenswertes Phänomen des gesellschaftlichen Lebens jener Tage.

## CAGLIOSTRO

Einer der großen Abenteurer des 18. Jahrhunderts war Giuseppe Balsamo, der sich selbst zum Grafen Cagliostro machte. Er war zweifelsohne der bemerkenswerteste Mann jener Zeit, allerdings nicht wegen seiner Eigenschaften (er war weder ein Genie, ein eigenwilliger Großer noch ein gewitzter Scharlatan), sondern weil sein Leben die Ereignisse im hellsten Licht erscheinen läßt. Cagliostro war ein Magier im alten Sinn des Wortes. Man könnte auch sagen, er war der letzte Magier. Ihm fehlte jede Kritikfähigkeit. Selbst die einfache Beobachtung

*Drei Damen bei Cagliostro*
*Quelle: Musée Carnavalet*

der Tatsachen ließ ihn die drohende Gefahr nicht erkennen. Seine Begierden kannten keine Grenzen. Auf seinem Weg, der eher durch das blinde Schicksal als durch den Willen vorgezeichnet schien, gab es zu keinem Zeitpunkt moralische Barrieren. Er erfand Dokumente und Titel und nutzte seine Frau aus, die ihn ihrerseits betrog. Ständig trieb ihn der Wunsch nach Größe und Macht (mehr als die Gier nach Reichtum, aus dem er sich wenig machte), die Sucht nach Glanz und spektakulärem Erfolg.

Der Historiker sieht vor allen Dingen das praktische Ziel seiner Anstrengungen. Er hätte sicher sehr viel Geld verdienen können, wenn er seine pharmazeutischen Kenntnisse geschickt ausgenutzt hätte, die er als Kind im Kloster von Caltagirone erworben hatte. Er praktizierte die Medizin aber auf seine Weise. Obwohl er Kranke mit der größten Leichtfertigkeit behandelte, weigerte er sich bekanntlich häufig, sehr Reiche als Patienten anzunehmen. Daher waren seine Einnahmen auch recht begrenzt. Obwohl er ein enger Freund der mächtigsten und reichsten Männer seiner Zeit war (unter ihnen Kardinal de Rohan), nutzte er diese Freundschaft nie zur eigenen Bereicherung aus. Obwohl er mit Menschen in Verbindung stand, die unmittelbar an der Halsbandaffäre beteiligt waren, hielt er sich abseits von ihnen, versagte sich jeden persönlichen Einsatz und vermied hierdurch jeden Anschein von Komplicenschaft. Er bat seine mächtigen Beschützer lediglich, Mitglied in seiner Loge zu werden, seinen Versuchen beizuwohnen oder manchmal seine Medikamente zu kaufen. Zu einer Zeit, als man auf tausenderlei Art Reichtum anhäufen konnte, wenn man in der Nähe von hohen Herren lebte, blieb Cagliostro immer ein abenteuernder Sucher.

Man kann auch nicht behaupten, er sei Mystiker oder ein gläubiger Mensch gewesen. Zusammenhanglosigkeit, Unsicherheit und Unklarheit kennzeichnen seine Gedanken sogar in den grundlegenden Werken, die seine Aktivität beweisen. Wir vertreten die Ansicht, daß seine Reden und Schriften samt und sonders eher durch die Suche nach wohltönenden Worten als durch die Notwendigkeit inspiriert waren, etwas Konkretes und Tiefempfundenes auszudrücken. Er war kein Epikureer wie Casanova. Seine heftigsten Kritiker konnten ihm auch nur leichte Fehler vorwerfen. Fest steht, daß man ihn nie für Taten angeklagt hat, die uns zu der Meinung veranlassen könnten, der Wunsch nach einem Leben in Reichtum oder nach Sinnesfreuden habe sein Verhalten geleitet.

Cagliostro war ein Hexenmeister erster Ordnung, denn er wurde nur durch den Glauben an sich selbst, seine Überzeugungskraft und seinen Führungsanspruch, durch seinen Gefallen an Luxus und Glanz, an geheimen und wunderbaren Dingen getrieben. Vor allem war er ein Hexenmeister, weil er großen Einfluß auf

MAGIE ZUR ZEIT DER ILLUMINATEN UND DES SPIRITISMUS

seine Umgebung ausüben konnte. Ungezählte Menschen traten zunächst mit Mißtrauen an ihn heran. Obwohl sie um seine zweifelhafte Vergangenheit und seine lückenhafte Ausbildung wußten, überzeugte er sie mit dem Charme seiner Persönlichkeit. Würde man eine Liste der Menschen erstellen, die dieser Ausstrahlungskraft erlagen, fände man die bedeutendsten Vertreter der europäischen Geschichte am Ende des 18. Jahrhunderts. Als Cagliostro auf päpstliche Anordnung verhaftet wurde, schien Europa für einen Augenblick das Interesse an der Französischen Revolution verloren zu haben und sich das Gehirn zu zermartern, um in Erfahrung zu bringen, ob Giuseppe Balsamo und Graf Cagliostro nicht ein und dieselbe Person seien. Seit seiner ersten Irrfahrt nach London bis zum triumphalen Höhepunkt seines Lebens – seine Freilassung aus der Bastille, als die vor Begeisterung taumelnde Masse seinen Wagen bis zu seinem Haus geleitete, während alle Fenster der Stadt ihm zu Ehren hell erleuchtet waren – verzauberte er viele.

In ihm fanden alle Formen der Magie einen leidenschaftlichen Vorkämpfer. Als außergewöhnlich begabter Alchimist beschäftigte er sich sehr lange mit dem Stein der Weisen. In Warschau konnte er Prinz Adam Poninsky überzeugen, seine Versuche zu finanzieren und ihnen beizuwohnen. Er arbeitete am alchimistischen Ei, während sich die Mitglieder seiner Loge im Labor vor dem *Athanor* vereinigten. Durch Destillieren von Regenwasser bereitete er die »materia secunda«. Mit Quecksilber und anderen geheimnisvollen Zutaten versuchte er, Silber herzustellen. Schließlich wollte er das in den »universellen Samen« getauchte Silber in Gold verwandeln. Die Beschreibungen seiner Schüler, die nur mit seinen Worten sprachen, geben uns die Möglichkeit zu erkennen, wie Cagliostro seine Handlungen ausführte. Sie beschreiben auch die Feierlichkeiten, mit denen er alle Handlungen umgab.

Als Deuter mit absolut zuverlässigem prophetischem Geist weissagte er nach zeitgenössischen Berichten das Schicksal von Marie-Antoinette und die Londoner Lotteriezahlen von 1776. Häufig erwiesen sich seine Vorhersagen als zutreffend. Als bekannter Heiler bewirkte er in Straßburg, Paris und Rovereto (um nur die Orte zu nennen, an denen er längere Zeit lebte) wunderbare Heilungen. Die Prinzessin von Nassau, die Prinzessin von Mon-Barey, Fürst de Soubise, Fürst de Rohan, der Duc de Caylus, Fürst-Erzbischof von Trente und viele andere berühmte Persönlichkeiten zählten zu seinen Kunden und rühmten seine Diagnosesicherheit. Er behauptete, die wahren Ursachen der Krankheiten zu erkennen, und verschrieb Gegenmittel. Er wollte die Schatten der Toten rufen können und sie zwingen, auf seine Fragen zu antworten. Schließlich antworteten jene, die sich

181

Schüler oder seine »Tauben« nannten – junge Mädchen, die er hinter einem Wandschirm verbarg und die er wahrscheinlich hypnotisierte –, auf Fragen zu unbekannten und entfernten Dingen. Sie waren sicher sorgfältig ausgewählte Medien. Philtren der Jugend und der Stein der Weisen, Geheiminitiationen und Praktiken auf der Basis von kabbalistischen Formeln und Namenswiederholungen, magische Heilungen und Alchimieversuche, Weissagungen, die Betrachtung von Spiegeln und Einzel- oder Kollektivsuggestion gehörten zum Arsenal der umfassenden und weitläufigen Arbeiten Cagliostros, den die Masse frenetisch feierte.

## RUHM UND UNTERGANG CAGLIOSTROS

Eine berühmte Büste Cagliostros, in der der große Bildhauer Houdon die Gesichtszüge des Propheten verewigt hatte, stand mitten im Rundsaal der Mutterloge in Lyon. Bei den Versammlungen des Ägyptischen Ordens, den Cagliostro gegründet hatte, wurde der Großkophta, den die höchsten Würdenträger umgaben, als Einziger Meister verehrt, während die sehr schöne Frau Cagliostros Lorenza Feliciani in den Adoptionslogen die Treppen des kleinen Throns emporstieg, um den sich Damen der höchsten Gesellschaft Frankreichs in frommer Ekstase versammelten.

Der Verrat Lorenzas und ihre Anschuldigungen führten zu seinem Ruin, seiner Gefangennahme, zum Prozeß und zur Verurteilung. Diese Dinge sollen an dieser Stelle nicht weiter untersucht werden. Die Krämpfe, an denen Cagliostro im Gefängnis litt und die ihn das Bewußtsein verlieren ließen, könnten uns zum Beispiel sonst auf den Gedanken bringen, er sei Epileptiker gewesen. Fest steht auf der anderen Seite, daß der unvergleichliche Erfolg dieses Mannes von niederer Bildung und mittelmäßiger Intelligenz, mit besonders großer Sensibilität und allen Möglichkeiten der Beeinflussung der Massen ein höchst interessantes Phänomen in der Geschichte der Magie, vor allem der des 18. Jahrhunderts war.

Als philosophische und mystische Schulen den Boden vorbereiteten und seinem Geist entsprechende Dinge entwickelten, siegte Cagliostro der Magier. Dann wurde er seinerseits von Ereignissen besiegt, die größer waren als er.

## DIE ROMANTISCHE MAGIE

Verglichen mit der Experimentiersucht der Renaissance stellt der mystische Okkultismus des 18. Jahrhunderts einen Rückschritt dar. Als fast notwendige Reaktion auf die ästhetische und ethische Revolution der Renaissance schien er nur zu

*Die romantische Muse. Schmid, 19. Jh.*
*Quelle: Bibliothèque Nationale (Estampes)*

logisch. Eine derartige Reaktion erfolgt nicht in allen Bereichen des Geistes gleichzeitig. Es handelt sich um das Ausschlagen des Pendels im Zyklus der geistigen Entwicklung. Es ist nicht weiter erstaunlich, daß die großen politischen Ereignisse des ausgehenden 18. Jahrhunderts zunächst nur eine begrenzte Zustandsänderung bewirkten. Die Französische Revolution mit der Erklärung der Menschenrechte, dem Abbau der Privilegien und mit ihrem unerbittlichen Kampf gegen religiöses Gedankengut schien anfänglich ein Sieg des Rationalismus zu sein. Der Gedanke der Magie schien allmählich zu verblassen und fast ganz zu verschwinden. Durch das heftige Unwetter, das Menschen und Geister taumeln ließ, dank der revolutionären Bewegungen und der Kriege, die zu Beginn des Jahrhunderts Tausende und aber Tausende von Menschen vernichteten und alle Werte umkehrten, dank des siegreich aufsteigenden Materialismus und des Gedankens der Demokratie in der ersten Hälfte des 19. Jahrhunderts konnte die Revolution die Magie nicht dauerhaft besiegen, da sie ihrem Wesen nach auf dem Selbsterhaltungtrieb beruht. Dieser Trieb, der durch Revolutionen und Kriege stark in Mitleidenschaft gezogen war, entfaltete sich erneut und mit noch größerer Kraft. Er weckte alle alten Überlieferungen des kollektiven Unbewußten und alle archaischen Erinnerungen an die Verteidigung des einzelnen Menschen, der Nation oder der Rasse. In dieser wie in allen anderen Zeiten ist die Rückkehr zum magischen Gedanken nach einer Zeit triumphalen Fortschritts des Rationalismus und des Forschens ein Indiz für historische Schwankungen (wie Goethe sie beschreibt) zwischen positiven und negativen Polen, zwischen der Neigung zur Freiheit der Forschung und Rückkehr zu alten Schemata. Die Magie ist eine leidenschaftliche Anstrengung, um zu entkommen und um die eigene Unabhängigkeit gegenüber den menschlichen Gesetzen zu wahren. Es handelt sich um eine Flucht in den Kosmos, die Rückkehr zum Wissen um das Bestehen einer Verbindung zwischen allen Lebewesen. Man versucht, sich gegen die gesellschaftlichen Gesetze aufzulehnen, die zu einem gegebenen Zeitpunkt zu beschränkt und ungerecht erscheinen. Hierdurch kommt es zu einer Rückkehr zum antisozialen Individualismus. Magie kann zwischen Vernichtung der Wahrheit und Wunschdenken, zwischen mystischer Ekstase und Auflehnung gegen die Religion schwanken. Diese Pendelbewegung beruht auf einer Reihe schwer bestimmbarer Ursachen, die nicht wahrnehmbar sind. Sie erfolgt unter dem Einfluß sozialer, politischer und wirtschaftlicher Ereignisse, die die aufeinanderfolgenden Phasen im Fortschritt der Menschheit kennzeichnen.

Gehen wir einmal davon aus, daß der Urgrund des magischen Glaubens im Selbsterhaltungtrieb zu suchen und somit der Wunsch ist, zu beweisen oder festzustellen, daß das Leben in anderer Form nach dem Tod des Körpers weitergeht. Dann muß man auch zugeben, daß die Phänomene, die unter dem Begriff Spiritismus zusammengefaßt sind, von diesen Elementen beherrscht werden. Daher steht fest, daß der Spiritismus, oder zumindest ein wesentlicher Teil, nicht neu ist und daß die Wissenschaftler der spiritistischen Lehre, die erklären, sie sei so alt wie die Menschheit, wenigstens in gewisser Weise recht behalten. Die spiritistischen Praktiken eröffnen in Wirklichkeit Tatsachen und Phänomene, die es schon in ältester Zeit gab. In der Theorie und den Erklärungen dieser Dinge findet man entscheidende Analogien mit Lehren aus weit zurückliegenden Zeiten.

Das Grundkonzept des modernen Spiritismus unterscheidet sich von allen ähnlichen älteren Systemen, da es sich als vollkommenes organisches System darstellt, in dem alle Phänomene erklärt werden. Viele genau bekannte und häufig beschriebene Fakten, teilweise belegte Phänomene und Hypothesen, die als Dogma behandelt werden, sind in einem geschlossenen System zusammengefaßt. Die mehr oder weniger vereinfachten Schlußfolgerungen zeigen, daß der Grundgedanke des modernen Spiritismus die unsterbliche Seele ist, die nach dem Tod des Körpers weiterlebt und eine Reihe von Umwandlungen oder Änderungen in der Welt, jenseits des von den Wahrnehmungen der Sinne liegenden Bereichs erfährt. Unter bestimmten Umständen kann die Seele einen Kontakt mit den Lebenden herstellen und physische oder psychische Phänomene bewirken, die nicht durch die experimentelle Wissenschaft erklärbar sind.

## DIE MEDIEN

Neben dieser grundsätzlichen Aussage gibt es den Glauben, daß Geister oder die Seelen von Verstorbenen, die mit Lebenden in Verbindung treten wollen, Medien benutzen müssen, d. h. Individuen mit speziellen Eigenschaften, die sie befähigen, mit den Geistern Kontakt aufzunehmen und ihre Botschaften zu übermitteln. Bei den alten Völkern ist der Magier das Medium. Er stellt die Beziehung zu den Seelen der Toten her. Der wesentliche Unterschied zwischen alter Anrufung und modernem Spiritismus ist der Umstand, daß man früher nicht davon ausging, daß die beziehungsfähigen Geister immer die Seelen von Toten seien. Dennoch gab man ihnen übernatürliche teuflische oder engelhafte Eigenschaften. Als dem Menschen überlegene Wesen besaßen sie Kenntnisse und Kräfte, die weit über die der Seelen der Verstorbenen hinausgingen. Setzen wir voraus, die wesentliche Bedingung zur Herstellung einer Verbindung zwischen Geistern und Menschen sei das Vorhandensein eines Mediums, d. h. eines Menschen, der sich in Ekstase oder Trance befindet, die durch verschiedene Faktoren hervorgerufen werden können. Setzen wir außerdem voraus, das Individuum könne nur innerhalb einer geschlossenen Gruppe oder eines Kreises von Gläubigen oder Initiierten, die sich um das Medium versammeln, Einfluß ausüben. Dann werden wir in der alten Literatur viele Beispiele für solche Phänomene antreffen. Außerdem werden wir auf die gleiche Vorbereitung des Mediums, die gleiche Anordnung in den Zirkeln und die gleichen Phänomene stoßen. Lehmann zitiert ein Buch von Abraham von Worms, der die Praxis der göttlichen Magie lehrt. Das Werk stammt von 1600 und beschreibt Riten und spiritistische Praktiken, Lichterscheinungen und die Materialisierung von Geistern.

Man lese nur Berichte über Hexenprozesse und die unzähligen Fälle teufelsbesessener Menschen. Sie bestätigen immer, daß diese Menschen Stimmen hörten, Visionen hatten oder einen Duft wahrnahmen. Daraus muß man schließen, daß es sich zumindest in einigen Fällen um spontane oder durch die Eigenschaften des Mediums hervorgerufene Eindrücke handelte.

Zweifelsohne wurde die Entwicklung des Spiritismus im modernen Sinn des Wortes weitgehend von einem genialen Mann beeinflußt, der unleugbar auf seine Zeitgenossen und folgende Generationen einwirkte. Es war schon von Emanuel Swedenborg (1688–1772) die Rede. Dieser Mystiker beschäftigte sich intensiv mit der Natur und der Physik. Nach eigenen Berichten beobachtete er, daß er in einen Zustand von Selbsthypnose fallen konnte, in dem er ein Licht in seinem Innern sah. Eine frühe Vision hatte er im Alter von vierzehn Jahren. Das führt uns zu der Annahme, er sei Neuropath gewesen. Ab 1745 beschäftigte er sich ausschließlich mit seinen Visionen. Er bestätigt, daß die Kenntnis nur teilweise von den Wahrnehmungen der Sinne abhängt und sich auch direkte Beziehungen mit dem Übernatürlichen ergeben können. Ein Mensch, der seine Sinne meistert, kann diese Verbindung herstellen. Swedenborg beschreibt einige seiner Visionen, die er als Zeichen der Gnade Gottes deutet. Sie weisen die typischen Merkmale von Halluzinationen auf, die auch Benvenuto Cellini und zahllose andere Autoren beschreiben. Swedenborg behauptet, er habe bis zu seinem Tod im ständigen Kontakt mit den Geistern gestanden und mit Vergil und Luther gesprochen. Er erklärte, er besitze auch die Gabe der Telepathie.

In seiner Interpretation der Bibel gibt er sich als erklärter Schüler des kabbalistischen Systems. Er sucht nach einer mystischen und symbolischen Erklärung der Worte und Briefe. Sein Hauptwerk *De caelo et eius mirabilibus et de inferno ex auditis et visis* (Über den Himmel und seine Wunder und über die Hölle, nach gesehenen und gehörten Dingen, London 1758) fand ein großes Publikum. Aus die-

*Spiritistische Sitzung in Leipzig, 1877*
*Quelle: Musée des Arts Décoratifs*

sem Buch gehen einige wesentliche Punkte der spiritistischen Lehre hervor, zum Beispiel die Möglichkeit der Kontaktaufnahme mit den Geistern, das Leben der Seele nach dem Tod usw.

Es sollen nun nicht alle Theorien angeführt werden, die auf Swedenborgs Lehre fußen. Einige seiner Schüler betrachteten seine Erklärungen als Dogma und gründeten die »Kirche des Neuen Jerusalems«. Andere begründeten die Pneumatologie (Lehre von den Geistern), deren Hauptverfechter Heinrich Jung-Stilling (1740–1817) wurde. Er schrieb auch eine *Theorie der Geisterkunde* (Nürnberg 1808). Darin versucht er, die Beziehungen des Menschen zur Welt der Geister durch animalischen Magnetismus zu erklären. Jung-Stilling vertritt die Ansicht, der Mensch bekomme eine besondere Sicht, wenn er im Zustand der Kommunikation sei. Er behauptet, wenn die Seele vom Körper befreit sei, könne sie Menschen an verschiedenen Orten erscheinen. Dabei zieht sie die Materie durch ihre nervöse Kraft an.

Zu Swedenborgs Zeit versuchte man häufig, alle Phänomene wissenschaftlich zu erklären. Georg Konrad Horst (1767–1838) bemühte sich in *Demonomagie* (Frankfurt 1818) und in *Deuteroscopie* (1830), kritisch magische Dinge und Phänomene der Telepathie und der Prophetie zu untersuchen. Es soll kurz auf ein Medium hingewiesen werden, das zu jener Zeit großen Einfluß ausübte: Friederike Hauffe, Prophetin von Prevorst (Württemberg). Sie bestätigte alle Erscheinungen, die später vom modernen Spiritismus beschrieben und 1829 vom deutschen Arzt und Dichter Justinus Kerner zusammengestellt wurden. Diese Phänomene fanden ausschließlich in Deutschland statt, wo die okkultistische Bewegung auch besonders eifrige Anhänger fand.

# DIE SPIRITISTISCHE LEHRE

Der Amerikaner Andrew Jackson Davis gilt als Gründer des modernen Spiritismus. Er beschrieb als erster sich drehende Tische und Bewegungen von Dingen oder Instrumenten, die lebende Menschen nicht berührt hatten (1848). Die Bewegungen fanden vor großem Publikum in spiritistischen Séancen statt. In *Relations with Spirits* legte Davis seine Lehre dar. Danach sind Geister menschliche Seelen, die noch nicht absolute Perfektion erreicht haben. Diese können sie nur durch einen allmählichen Übergang von einer Sphäre zur nächsten erzielen.

Der Spiritismus griff schnell von Amerika nach Europa über. Die mystische amerikanische Richtung gewann die Oberhand, und die sich drehenden Tische wurden allgemein als Kommunikationsmittel mit den Geistern angesehen. Die neue Lehre verbreitete sich hauptsächlich wegen ihrer religiösen Basis. Danach gibt es keine ewige Verdammnis, das Heil ist immer möglich. Die Lehre setzte sich bei jenen schnell durch, die nach Übernatürlichem suchten und die eine Erklärung begeisterte, die ihr angeborenes tiefes Sehnen nach einem Leben nach dem Tod befriedigte. Sie eröffnete ganz neue Horizonte.

Diese religiöse Ausrichtung wurde im französischen Spiritismus noch deutlicher. Der Begründer war Léon Hippolyte Denizart Rivail, bekannt als Allan Kardec. Diesen Namen gab er sich nach einem Kontakt mit Geistern. Während dieser Kommunikation wurde ihm eröffnet, Allan Kardec sei in einem früheren Leben sein Name gewesen. In seinem Buch *Livre des Esprits* (Paris 1857) weist er auf Kommunikationen des Mediums Céline Japhet und des Somnambulen Bodin mit Geistern hin und bestimmt die Grundsätze des französischen Spiritismus.

Der Spiritismus breitete sich über ganz Europa aus, die Zahl der Medien nahm zu, physische Erscheinungen wurden häufiger, und Kommunikationen mit Geistern traten in den verschiedensten Formen auf. Die Versuche des englischen

## MAGIE ZUR ZEIT DER ILLUMINATEN UND DES SPIRITISMUS

Chemikers William Crookes, der das Thallium entdeckte, weckten großes Interesse. Durch hochempfindliche Geräte registrierte er eine Reihe physischer Ereignisse. Das Ergebnis war, daß physische Phänomene durch Instrumente verifizierbar seien. Dabei müßten Gewicht und Schwingungen genau registriert werden. Ist dies der Fall, könnten sie zweifelsfrei durch eine psychische Handlung bewirkt worden sein. Den Ursprung dieser Phänomene schrieb Crookes einer unbekannten Ursache zu, die er psychische Kraft nannte und die er später der Kraft gleichsetzte, die Thury de Genève (1857) *extenische Kraft* oder *Restfaktor* nannte.

Erscheinungen belegte man durch Geisterphotos, die heftig kritisiert wurden. Später zog man Materialisationen heran, erstmals 1863 in New York.

Auch in England interessierte man sich sehr bald für den Spiritismus. Wissenschaftler von Rang begannen, das Thema zu untersuchen. Der Naturforscher Alfred Russel Wallace sprach nach mehreren Versuchen von der Existenz telekinetischer Zeichen und Kommunikationen mit dem Jenseits. Es bildete sich eine Gruppe von Okkultisten, die anhand verschiedener Hypothesen die Erscheinungen wissenschaftlich erklären wollten. Am Ende des vergangenen Jahrhunderts, während des Ersten Weltkriegs und unmittelbar danach vervielfältigte sich die Zahl der Erfahrungen und der Studien; es gab bald viele Anhänger des Spiritismus. Psychische und physische Erscheinungen traten immer häufiger auf, vor allem in angelsächsischen Ländern. Es gibt heute eine umfangreiche Literatur, eine vollständige Sammlung von Versuchsunterlagen jeder Art und eine Reihe Hypothesen, die die Erscheinungen erklären sollen. Sie reichen von den ältesten Schriften des deutschen Chemikers Reichenbach (1788–1869), der das Vorhandensein einer Kraft annahm, die er Od nannte und die alle Phänomene definierte, bis zu den Theorien des deutschen Philosophen Hans Driesch, die er in seiner Parapsychologie (1932) darlegt. Alle Unterlagen stellen ein umfangreiches Material für Forschungen, Kritik, Untersuchungen und Theorien dar.

Zunächst sollen die physischen Erscheinungen, insbesondere Zeichen von Telekinese in Erwägung gezogen werden. Sie wurden ausführlich diskutiert, untersucht und sind inzwischen allgemein anerkannt. Tische, die sich ohne menschliches Dazutun bewegen (Telekinese) und Levitation sind ein Zweig dieser Phänomene. Auch das Senken der Waagschalen, ein Versuch Crookes', Photos und Materialisation von Geistern müssen dazu gezählt werden. Seit den ersten Materialisationen durch die Medien Katie und Margaret Fox in New York (1848) hat man weitere beobachtet und häufig beschrieben.

Um 1850 breitete sich die Massensuggestion aus. Medien riefen überall leuchtende Gestalten und Hände, Geistermusik, Geisterbilder, Stimmen und andere Erscheinungen hervor. Für zwei oder drei Jahre schätzte man die Zahl der Spiritisten in den USA auf rund eine Million. Das berühmteste Medium war Daniel Douglas Home (1833–1886), dem alle zujubelten und der sich großer Popularität erfreute.

Zu diesen physischen Erscheinungen ist zunächst zu sagen, daß alle Zeichen schwer nachprüfbar sind, obwohl manche allgemein anerkannt sind. Sie haben sich zweifellos häufig bei absolut verläßlichen Kontrollen abgespielt. Trotz aller Vorsichtsmaßnahmen kam der Beweis in vielen Fällen erst später. Manchmal gestanden Medien auch ein, auf irgendeine Weise manipuliert zu haben.

*Gefangennahme des Geistes oder aufgedeckter Schwindel*
*Quelle: Musée des Arts Décoratifs*

MAGIE ZUR ZEIT DER ILLUMINATEN UND DES SPIRITISMUS

Das umstrittenste Phänomen ist die Materialisation, d. h. die Bildung von Substanzen, die vom Medium ausgehen und die das Aussehen von Personen oder Dingen annehmen. Die bekanntesten Materialisationen wurden von Martha Béraud bewirkt. Der spiritistischen Welt ist sie unter dem Namen Martha B. bekannt. Außerdem sei Eva C. genannt; ihre Materialisationen halten Richet und Schrenck-Notzing für absolut erwiesen. Die *Authentizität* wurde von vielen Autoren, unter anderem von Dr. Gulat-Vellenburg, heftig bestritten. Er erbrachte den Beweis, daß manipuliert worden war. Weiterhin muß man das ungarische Medium László erwähnen, das nach Versuchen, die seine Zuhörerschaft vollkommen überzeugten, eingestand, er habe eingefettete Baumwollstücke versteckt. Während der Séancen habe er sie in den Mund genommen und wieder ausgespuckt. Ein ähnlicher Fall waren die Brüder Willy und Rudy Schneider, die eine Reihe von teleplastischen Zeichen bewirkten, die von Professor Przibram von der Universität Wien sorgfältig untersucht wurden. Er entdeckte, daß es sich nur um einen Taschenspielertrick handelte, der die Beobachter täuschen sollte.

Nach spiritistischer Lehre strahlt die teleplastische Substanz des Mediums unter dem Einfluß des konzentrierten Gedankens. Sie kann verschiedene Formen annehmen und vom Medium wieder absorbiert werden. Die psychische Aktion bestimmt die Art der Substanz. Es handelt sich um eine gedankenplastische Umsetzung der Lebensenergie des Mediums.

## MANIFESTATIONEN, DIE SICH DEN SCHÄRFSTEN KONTROLLEN ENTZIEHEN

Die Erscheinungen spielen sich im allgemeinen in einem abgedunkelten Zimmer bei neuropathischen Menschen ab. Um sie herum sind Menschen versammelt, die fast immer unter dem Einfluß der Suggestion in einem besonders aufnahmefähigen Zustand sind. Daher sind die Phänomene auch nur schwer zu kontrollieren und zu beurteilen. Es steht jedoch fest, daß man bestimmte Dinge nicht leugnen kann, die mit unseren Kenntnissen nur schwer zu erklären sind.

Bei Geisterphotographien kann man davon ausgehen, daß ihr Wert nie wissenschaftlich verifiziert wurde. Sogar überzeugte Spiritisten wie Hyvlov behaupten, daß derartige Photos wertlos seien, da sie unter Bedingungen gemacht wurden, die keiner ernsthaften wissenschaftlichen Prüfung standhalten.

Beschränkt man das Urteil über die mögliche Existenz auf verifizierbare Materialisationen und Geisterphotos, kann man nicht umhin, von Phänomenen zu sprechen, die paraphysisch genannt werden müssen, wie es Driesch vorschlägt.

Sie sind der Beweis eines physischen Einflusses durch psychische Faktoren. Es gibt viele Beispiele, die man mit den Wirkungen der Suggestion vergleichen könnte. Entzündungen, Beendigung von Blutungen und sogar Schwangerschafts-symptome können durch Suggestion bewirkt werden. Die Levitation kann ein paranormales Phänomen sein, das durch einen psychischen Faktor bewirkt wird und nur unter ganz besonderen Bedingungen und durch Menschen mit speziellen Eigenschaften auftritt. Die Ähnlichkeit mit Zeichen der alten Magie ist nicht zu übersehen.

Die psychischen Phänomene kann man in zwei Gruppen unterteilen. Es gibt physikalisch-psychische Elemente, zum Beispiel das Buchstabieren von Namen und Wörtern durch Tischrücken, automatisches Schreiben usw. Außerdem gibt es rein psychische Phänomene. Die letztgenannten erfordern weder Geräte noch physische Eigenschaften. Sie sind Kommunikationen, die mündlich oder schrift-lich erfolgen können. Der Mensch muß sich hierbei immer in einem besonderen Zustand wie Trance oder Katalepsie befinden. Dieser Zustand kann in der Inten-sität variieren. Manchmal ist er so schwach, daß es auch für einen erfahrenen Arzt schwer ist, ihn zu erkennen. Dann ist er wiederum sehr stark, und der Mensch lei-det große Qualen.

Es gibt zahlreiche und in der Art unterschiedliche Kommunikationen des Me-diums im Namen eines abwesenden Geistes, der Kontrollgeist genannt wird. Er gibt seinerseits Informationen weiter, die er von einem anderen Wesen empfängt.

Bei den meisten Séancen, in denen Medien mit Durchschnittsbildung einge-setzt werden, sind die Kommunikationen sehr einfach und gehen nur selten über die Kenntnisse des Mediums hinaus. Lehmann führte viele Jahre Versuche mit Medien aus verschiedenen gesellschaftlichen Schichten durch. Dabei traf er die interessante Feststellung, daß die Antworten immer dem Bildungsstand des Me-diums entsprachen. Es gibt eine ganze Bibliothek mit Berichten und Diskussio-nen über Kommunikationen von Medien und die Möglichkeit, daß diese Kom-munikationen in bestimmten Fällen aus nachprüfbaren Kenntnissen des Me-diums oder anderer Anwesenden stammen. Es gibt andere, die eine solche Hypo-these völlig ausschließen. Folglich ist es auch unmöglich, sie zusammenfassend zu behandeln.

Die Kommunikationen des Mediums Piper in den Jahren 1884 bis 1922 weck-ten sogar bei den Wissenschaftlern ein ungeahntes Interesse. Das Medium erhielt besonders bemerkenswerte Informationen zu Fragen, die allen Anwesenden un-bekannt sein mußten. Der berühmte Psychologe William James erklärte jedoch völlig zu Recht, daß es in spiritistischen Séancen zu einem erregenden Gedanken-

und Suggestionsaustausch zwischen Medium und Teilnehmern komme. Verirrungen und Fehler des Mediums werden leicht vergessen, man erinnert sich und übertreibt häufig die besten und zutreffenden Antworten. In vielen Fällen hatte man den Eindruck, das Medium empfinge die bewußte oder unbewußte Suggestion von Gedanken und Wünschen eines Menschen, der an der Séance teilnahm.

Die mnemonischen Fähigkeiten des Mediums haben unterschiedliche wissenschaftliche Erklärungen erfahren. Sie beruhen zum Beispiel auf Kryptamnesie,

*Spiritismus. Nach A. Besnard, Ende 19. Jh.*
*Quelle: Privatsammlung*

d. h. einem versteckten Sicherinnern an anscheinend vergessene Dinge. Es gibt zahlreiche Beispiele für diese Phänomene, zum Beispiel bei der Hysterikerin Clementine, von der Krafft-Ebing spricht. Das Medium wiederholt zugegebenermaßen Dinge, die es in früheren Sitzungen oder anderswo gehört und die es selbst scheinbar vergessen hat. Diesbezüglich gleicht das Phänomen der Erinnerung an zurückliegende Dinge, die sogar unter normalen Bedingungen durch einen scheinbar unbedeutenden Reiz wie ein Geruch oder ein Wort zutage treten (wie der Kuchen bei Proust).

## KOLLEKTIVER PSYCHISMUS

Betrachtet man alle Hypothesen, muß man feststellen, daß keine die Erscheinungen ausreichend erklärt. Vielleicht weist die Hypothese Drieschs den Weg zu einer wahrscheinlichen Lösung. Nach seiner Ansicht muß nach einer nicht physischen Lösung gesucht werden, denn sogar die Hypothese der Strahlungen scheint absolut unhaltbar zu sein. Wir müssen nach einer biologischen oder vitalistischen Lösung suchen, sagt Driesch. Außerdem sollte man wie in der Biologie von einem überpersönlichen Faktor ausgehen, der einer Entelechie gleicht, d. h. einem wesentlichen Leitfaktor des psychischen Lebens. Läßt man alle Erklärungen beiseite, die bisher vorgebracht wurden, muß man insbesondere auf eine Tatsache hinweisen, die allgemein gültig und durch unzählige Überprüfungen nachgewiesen ist. Bei allen intellektuellen Zeichen stammen die Phänomene aus einer Beziehung zwischen besonderen Personen. Sie ereignen sich an speziellen Orten und unter fest umrissenen Umständen.

Auf einer wesentlichen Tatsache basieren alle möglichen Kategorien von Phänomenen, alle Hypothesen, angefangen bei den rein spiritistischen bis zu den negativistischen, sowie die ganz unwahrscheinliche Vermutung einer Übertragung geistiger Bilder von einem Geist auf einen anderen oder die Vermutung, daß diese Erscheinungen durch Hertz-ähnliche Wellen übertragen werden, die zwischen abgestimmten Radios schwingen oder den Wellen gleichen, die durch Atomspaltung hervorgerufen werden, wie die Radioaktivität der Alpha-, Beta- und Gammastrahlung. Die Tatsache ist das Vorhandensein von besonderen Bedingungen, die normalerweise den ekstatischen Zustand (Trance) herbeiführen.

Angesichts von Ereignissen, die nicht durch einen Menschen oder die Zuschauer suggeriert worden sind, kann man annehmen, daß das Medium psychisch nicht nur durch die Zuschauenden, sondern auch durch andere Menschen beeinflußt sein kann. Maxwell vertrat die Ansicht, der Geist sei nur eine psychische

Spaltung des Mediums, die sich mit Hilfe oder unter dem psychischen Einfluß der Zuschauer herausbildet (Polypsychismus von Aksakow und Mackenzie). Wenn mehrere Menschen eine Kette bilden, verzichtet nach Mackenzie jeder auf einen Teil seiner psychischen Kraft zugunsten des kollektiven Psychismus. Es besteht kein Zweifel, daß das Medium Menschen anzieht, die eine derartige Kette bilden, die man Kraft nennt. Es handelt sich um eine psychische Eigenschaft, die Einfluß auf das Medium ausübt. Die Tatsache, daß dieses psychische Handeln Arbeit und Anstrengung des Mediums erfordert, entspricht dem analogen Umstand, daß alle Hexer oder Sibyllen usw. den komplexen Vorgang der Gedankenbildung (Ideoplastie) mit deutlichen Zeichen physischer Anstrengung umgaben.

Nachdem Tatsachen, die man als allgemeingültig erkannt hat, klar sind, muß man anerkennen, daß unser heutiges Wissen nicht ausreicht, um alle Phänomene des Spiritismus zu erklären. Dieser Umstand sollte uns nicht erstaunen, wenn wir davon ausgehen, daß sogar einfache Geschehnisse noch nicht geklärt sind. Dies beinhaltet jedoch keineswegs das Akzeptieren einer spiritistischen Hypothese. Selbst wenn man von einer Reihe supranormaler oder paranormaler Phänomene ausgeht – auf die die Entdeckung neuer Lebenszeichen Licht werfen konnte, so wie die Entdeckung von Strahlen bisher ungeklärte grundlegende Tatsachen erhellt hat –, gibt es keinen Anhaltspunkt, um das Überleben nach dem Tod vor den Augen eines unparteiischen Kritikers zu beweisen, denn nur so hätte man die Geister von Toten und deren Zeichen bewiesen.

Der Gedanke des Überlebens beherrscht und beflügelt den gesamten Spiritismus. Wie alle magischen Ideen entsteht er in der uralten Überzeugung des primitiven Menschen von der Unsterblichkeit oder vielleicht auch in der unbewußten und tiefgehenden Intuition einer Unsterblichkeit, die in gewissem Sinn wirklich ist, d. h. Unsterblichkeit der Energie und in gewissem Maße auch der Materie. Das Konzept des Überlebens ist die Objektivierung einer der ältesten dem Menschen eigenen Grundideen, die zur Erhaltung der menschlichen Rasse unabdingbar sind. Von den ältesten Magiern bis zu den Hindus, die an eine Metamorphose glauben, von den Sibyllen der Frühgeschichte bis zu den Wahrsagerinnen unserer Tage handelt es sich immer um den gleichen Gedanken. In der spiritistischen Theorie findet er seinen komplexen, organischen und logisch systematisierten Ausdruck.

Der Gedanke des Überlebens trägt auch dazu bei, die Aussagen der Spiritisten unter dem Einfluß dieser Suggestion zu untermauern. Wer immer an einer spiritistischen Séance teilgenommen hat und dann die Beschreibungen gelesen oder die Berichte der Teilnehmer gehört hat, kann erkennen, daß Tatsachen und Worte leicht abgewandelt werden. Sie enthüllen die Wünsche und Auslegungen des Erzählenden. Wir tendieren alle dahin, das Gesehene auszuschmücken und zu erklären und einem objektiven Bericht eine subjektive Färbung zu geben. Nachdem das Geisterzeichen stattgefunden hat, bedeutet diese Subjektivierung, daß die Suggestion, die weiter auf die Menschen einwirkt, die die Geschehnisse beschreiben, ein entscheidender Faktor in der Grundstruktur des Spiritismus ist.

Untersucht man die als spiritistisch bekannten Phänomene näher und erkennt man die Analogien zwischen dem heutigen Spiritismus und der evokatorischen Magie, deren Existenz in ferne Zeiten zurückgeht, muß man auf bestimmte Dinge aufmerksam machen, die sich ganz klar abzeichnen.

Zunächst wird deutlich, daß die alte Magie und der Spiritismus aus Geschehnissen entstanden sind, die im Unbewußten liegen. Diese Geschehnisse bemerken normale Menschen unter normalen Bedingungen nicht, oder sie finden nicht in ihnen statt. Aber sie sind das Gegenstück der Phänomene, die in Träumen, Hypnosezuständen, Delirien und Halluzinationen vorkommen oder bei Menschen mit extremer und außergewöhnlicher Sensibilität entstehen.

*Auditive Halluzination*
*Quelle: Bibliothek der Ancienne Faculté de Médecine de Paris*

Eine zweite Analogie zwischen Magie und Spiritismus liegt in folgender Tatsache. Um magische Phänomene hervorzurufen, muß der Mensch in Ekstase sein. Ekstase, Trance, »Zustand der Verzauberung« sind Begriffe, die man auch auf Menschen anwenden kann, wenn sie an spiritistischen Sitzungen teilnehmen. Die Kritikfähigkeit ist vermindert. Es wird ein Klima erzeugt, das die Sensibilität stärker oder sogar überstark werden läßt. Dunkelheit, rotes oder gedämpftes Licht, Schweigen, Konzentration, Gebet, Suggestion von Menschen und Umgebung, ausreichend viele Zuschauer, die sich gegenseitig suggestiv beeinflussen, und schließlich eine Erwartungshaltung sind die Voraussetzungen für Trance. Einige besonders eifrige Verfechter des Spiritismus nennen Trance einen Zustand der Gnade. In ihm erwarten und akzeptieren die Menschen gläubig und kritiklos, zumindest ohne direkte und sofortige Kritik, Dinge, die die Sinne bewegen. Daß dieser Zustand notwendig ist, wird durch die Tatsache bewiesen, daß nach allgemeinem Glauben der Anhänger spiritistische Phänomene fehlschlagen, wenn Ungläubige oder Skeptiker an der Séance teilnehmen. Es sind Fälle bekannt, bei denen ursprünglich Ungläubige mit der festen Absicht zu Sitzungen gingen, sich eine objektive Meinung zu bilden. Anschließend waren sie überzeugt. Das hindert allerdings nicht an der Tatsache, daß in derartigen Fällen der Wunsch, überzeugt zu werden, und die Erwartung schnell die Ungläubigkeit besiegten. Ungläubigkeit wurde nämlich nur zur Schau getragen, um ein tiefliegendes verdrängtes Bedürfnis nach Glauben zu ummänteln. Umgebung und Zuschauer müssen unbedingt vorbereitet sein. Alle Beobachter vertreten ganz allgemein die Ansicht, daß spezielle Bedingungen gegeben sein müssen, damit spiritistische Erscheinungen eintreten. Es steht außer Zweifel, daß diese Vorbereitung der aller magischen Phänomene ähnlich ist.

## KONTAKT UND VERZAUBERUNG

Eine dritte wesentliche Ähnlichkeit zwischen Magie und Spiritismus ist die Vorbereitung einer entsprechenden Atmosphäre durch alte symbolische und magische Riten. Typisch ist, daß die Teilnehmer eine Kette bilden, indem sie sich die Hand reichen. Dies ist ein eindeutiger Hinweis auf Suggestion durch Kontakt. Wenn sich der Körper durch den Kontakt gebunden fühlt, nimmt bekanntlich die Kritikfähigkeit ab. Die Wiederholung von Rhythmen, Anrufungen, Formeln, das häufige Skandieren von Antworten beim Tischrücken oder von Geräuschen sind Merkmale, die in allen magischen und Initiationsfeiern bekannt sind.

Die Rolle von Geräuschen, Tönen und rhythmisch wiederholten Worten, die Hypnose, oneirische Zustände oder Halluzinationen bewirken sollen, hat immer wieder aufmerksame Beobachter und diejenigen in Erstaunen gesetzt, die die Geschichte der Magie und alle Manifestationsformen der Suggestion – im Wachzustand wie im Schlaf – untersuchen. Es sei nur auf die rhythmischen Tänze, die Musik mit monotonen Wiederholungen bei mystischen und religiösen Feiern hingewiesen, die es seit ältesten Zeiten gibt und die die wesentliche und unerläßliche Voraussetzung für die Vorbereitung des magischen Ritus sind.

Das echte Wort, das echte Konzept der Verzauberung (*enchantement*) ist eng

*Automatische Bleistiftzeichnungen*
*Quelle: Bibliothek der Ancienne Faculté de Médecine de Paris*

mit dem Wort Gesang (*chant*) verbunden, d. h. mit den rhythmischen und musikalischen Wiederholungen von Wörtern und Sätzen. Einige neuere französische Autoren haben gezeigt, daß es sehr wahrscheinlich ist, daß die Bibelverse wie die meisten Gebete ursprünglich in der Absicht gesprochen wurden, das gleiche Thema eindringlich in musikalischer Weise zu wiederholen. Später werden wir sehen, was wichtiger ist, die wiederholte Sache oder die Wiederholung als solche. Es ist wahrscheinlicher, daß die Wiederholung in der gleichen Stimmlage und mit dem gleichen Rhythmus wesentlich ist. Interessant ist in diesem Zusammenhang ein Hinweis auf die erfolgreiche Wiederholung optimistischer Formeln bei Coués Therapie. Der Rhythmus oder die abwechselnden Worte, Tänze und Lichter spielen eine wesentliche Rolle und üben in Magie und Spiritismus die gleichen Einflüsse aus. Dies ist vielleicht erklärlich, weil der Rhythmus das beherrschende Gesetz der Harmonie des Universums ist. Jede deutliche Betonung des Rhythmus übt folglich einen tiefgehenden Einfluß auf die menschliche Seele aus.

Eine vierte Analogie liegt in der Tatsache, daß es sowohl in der alten evokatorischen Magie wie im Spiritismus zu Aktionen kommt, die aus automatischen Bewegungen entstehen oder eng damit verbunden sind. Das automatische Schreiben, das man erreicht, wenn man einem Medium einen Bleistift in die Hand gibt

## MAGIE ZUR ZEIT DER ILLUMINATEN UND DES SPIRITISMUS

und Suggestion ausübt, damit es automatische Antworten auf den Tisch schreibt, und andere ähnliche Dinge erinnern deutlich an analoge Merkmale in der alten Magie.

Die wichtigste Analogie, übrigens auch die, die fast den Beweis liefert, daß die spiritistischen Phänomene auf Grund ihrer wesentlichen Merkmale eng mit der Magie verwandt sind, besteht darin, daß das Vorhandensein eines Mittlers, einer Person, die Kommunikationen mit weitentfernten oder übernatürlichen Wesen austauscht, notwendig ist. Das Medium hat eindeutig die gleichen Eigenschaften wie der Magier: In Ekstase oder Besessenheit wiederholt es, was ihm von einer äußeren oder inneren Stimme suggeriert wird, die das Medium anleitet. Damit kommt es zu Suggestion oder Kontakt. Der Wille, der das Handeln leitet, d. h. der Wille des Mediums oder der Reflex des Suggestionszustandes der Zuschauer oder die Gedankenübertragung einer Person außerhalb des Kreises, manifestiert sich immer indirekt und in verschiedenen Graden. Die alten Religionen und Initiationsfeiern der primitiven Völker haben die gleichen Manifestationen. Das ist meines Erachtens ein zwingender Beweis für die Ähnlichkeit oder sogar Gleichheit aller magischen und spiritistischen Vorgänge, von mehr oder weniger systematischem und komplexen Charakter, die die gleichen Ergebnisse erbringen. Ein extrem sensibler Mensch ist besonders empfänglich für magische Einflüsse. Mit seinen Anrufungen des Unbewußten durch Worte oder noch stärker durch den psychischen Zustand kommt es zu einer Unterdrückung oder Verminderung der Selbstbeherrschung und folglich der Kritikfähigkeit der ihn umgebenden Menschen. Diese speziellen Erfordernisse, die allgemein für das Medium als notwendig erachtet werden, hat man immer gekannt und bemerkt. Ein medialer Zustand ergibt sich eindeutig aus anormalen psychologischen Bedingungen, die durch eine besonders große Sensibilität gegenüber externen Phänomenen oder Empfindungen aus dem Unbewußten charakterisiert sind. Die Eigenschaften und Energien, die daraus entstehen, stellen noch ungelöste Probleme dar, aber die Ähnlichkeit zwischen medialer Trance und Ekstase oder teuflischer Besessenheit ist evident.

Eine weitere interessante Ähnlichkeit zwischen spiritistischen und magischen Phänomenen sollte man in Betracht ziehen. Es gibt im Spiritismus und in der Magie böse oder feindliche Geister. Zumindest sind sie denkbar. Sie können normales Handeln verhindern, Taten ausführen, die falsch ausgelegt werden, oder den regulären Ablauf der Praktiken auf verschiedene Weise stören. Die schlechten Geister, die häufig in den Berichten spiritistischer Versammlungen erwähnt werden, machen merkwürdige Geräusche, setzen die Betrachter in Erstaunen oder bereiten ihnen Unwohlsein, manchmal führen sie auch zu großer Verwirrung. Sie stehen in enger Verbindung mit den feindlichen Geistern der alten Magie. Ihre Anwesenheit wird immer befürchtet oder vermutet, sogar wenn sie physisch nicht wahrnehmbar sind.

Man kann davon ausgehen, daß es eine lebendige Kraft oder eine wenig bekannte nervöse Energie gibt, deren Sitz die Nervenzentren sind, wie das Fluidum der Theoretiker des animalischen Magnetismus, das *Od* Reichenbachs, oder die psychische Kraft Crookes'. Bisher wurden die Auswirkungen dieser Kräfte zu wenig untersucht, um eine zutreffende Aussage über ihre Beschaffenheit machen zu können. Jenseits allgemein bekannter und anerkannter psychischer Wirkungen, die man bis zu einem gewissen Grad sogar leicht erklären kann, gibt es physische und materielle Dinge wie Levitation, Bewegungen von Objekten usw., die fast unerklärlich sind, wenn man nicht von der Hypothese ausgeht, daß das zentrale Nervensystem unter bestimmten Bedingungen zum Beispiel Wellen aussenden kann, die mit den Hertzwellen vergleichbar sind und für physische Dinge ausschlaggebend werden. Die mögliche Lösung des Problems ist höchst interessant. Man muß keine übernatürlichen oder außernatürlichen Faktoren anführen, um Phänomene zu erklären, die uns im augenblicklichen Kenntnisstand nicht klar zu sein scheinen. Einige physische Phänomene können durch psychische Faktoren erklärt werden, wie es Stigmata, das abrupte Ende der Menstruation durch hypnotische Suggestion, das Verschwinden von Warzen durch Suggestion usw. beweisen.

Es ist nicht klar und vielleicht auch gar nicht notwendig, von der Annahme auszugehen, daß diese psychischen Kräfte einen direkten, materiellen und mechanischen Einfluß auf unbelebte Dinge ausüben. Man darf die Möglichkeit nicht ausschließen, daß einige Fälle automatischer Bewegungen von Personen mit Ausnahme des Mediums durch Suggestion auf den Willen erfolgten.

## SPIRITISMUS, EINE FORM DER MAGIE

Wer immer absolut unparteiisch prüft und sich, soweit dies überhaupt menschenmöglich ist, von der Suggestion durch eindeutig emotionale Phänomene auf das Unbewußte freimacht, das begeistert dem Mysterium zuneigt; wer immer es sich versagt, sich durch eine nicht weniger große Suggestion auf die Überlegungen durch Untersuchungen, Beobachtungen und Aussagen jener beeinflussen zu lassen, die jede positive Bedeutung spiritistischer Hypothesen leugnen, muß zu einer Schlußfolgerung kommen, deren Wert man historisch nennen könnte. Der Spiritismus ist zweifellos eine Form der Magie oder besitzt deren wesentliche

Merkmale. Zunächst einmal ist er in objektiver Form die Verkörperung eines Wunsches. Die Verkörperung kann eine völlige Verletzung der Kausalzusammenhänge sein. Alle spiritistischen Praktiken haben ausnahmslos ein Gegenstück in der alten Magie. Sie beruhen alle auf einer magischen Verzauberung und auf der Anwesenheit eines Mittlers. Das neue Element des modernen Spiritismus ist die Anpassung aller Fakten an ein System. Der Spiritismus hat sie alle in einer einzigen Erklärung vereint. Er ist eines der interessantesten historischen Phänomene. Er ist der Versuch einer logischen Neuordnung alter Gedanken, eine neue Stellungnahme jener, die weiter an die alten Lehren glauben. Dabei berücksichtigen sie die Kritik, die nicht wie einst vernachlässigt werden darf. Der Spiritismus ist also ein Versuch, eine annehmbare Lösung magischer Phänomene zu liefern. Man bemüht sich, das Unbewußte durch den Einfluß des Logos zu erklären. Wissenschaftler und Gläubige haben ihn sich nie ganz zu eigen gemacht, weil es schwerfällt, ihn mit der kritischen Vernunft und den Dogmen in Einklang zu bringen. Der Spiritismus ist ein geistiges Abenteuer, das an die Grenzen des Mystizismus stößt. Er versucht, die eigenen Schlußfolgerungen den Gesetzen der Vernunft anzupassen. Man darf ihn zu den konstruktiven Abenteuern zählen, bei denen der absolute Glaube an das Überleben dominiert.

*Spiritismussitzung in Deutschland. Ende 19. Jh.*
*Quelle: Musée des Arts Décoratifs*

*Der Fetisch ist ein Zaubermittel. Es kann irgendein Gegenstand sein, der mit der ausersehenen Person in Berührung war.*
*Quelle: Agence Hoa-Qui*

# 14. KAPITEL

## AFRIKANISCHE MAGIE

Die afrikanische Magie bietet ein schillerndes Bild. Für den einfachen Schwarzen ist der Fetisch ein magischer Gegenstand, der Unglück abwehrt und Glück bewirkt. Häufig ist es ein beliebiger Gegenstand, dem man Wunderkraft zuschreibt. Von R. P. Trilles[10] erfahren wir, daß die Pygmäen ein ausgehöhltes Antilopenhorn mit Teilen ihres Totemtiers füllen, z. B. mit Knochen, Haaren oder zu Pulver verbrannten Resten des dem Totem dargebrachten Opfers. Diesen Fetisch tragen sie um den Hals oder am Gürtel, um sich gegen Unglück zu schützen. Jeder Fetisch besitzt eine spezielle Kraft.

Der Brauch ist mit dem Glauben an böse Geister verbunden. Monsignore Le Roy beschreibt Fetische, die aus drei Holzstücken (eins davon ist spitz) zusammengesetzt sind. Sie werden um den Hals oder am Handgelenk getragen und sollen die bösen Geister vertreiben. Auch ausgehöhlte Früchte, Raubtierzähne, Haare wilder Tiere oder irgendwelche nichtssagenden Gegenstände können zu Fetischen werden und den Besitzer vor Unglück, Krankheit und dem Zorn der Götter bewahren. Andere Fetische versprechen Glück bei der Jagd. Sie sind vor allem bei Nomadenstämmen verbreitet. Auch für erhofften Kindersegen gibt es Fetische. Diese Kategorie von Fetischen bewirkt ausschließlich Gutes.

Doch R. P. Trilles erwähnt auch schadenbringende Fetische. Meistens handelt es sich um Gegenstände, die dem ausersehenen Opfer, das der Medizinmann bezaubern soll, gehörten. Zuweilen verwendet er dazu auch Haare, Fingernägelabschnitte oder Blut des zu bezaubernden Menschen. Der Missionar schreibt: »Ein Buschneger läßt abgeschnittene Haare nie achtlos auf dem Boden liegen«, denn Haare besitzen große Zauberkraft. Dieser Glaube ist nicht so ungewöhnlich, wie es zunächst scheint. Auch viele weiße Heiler verwenden bei ihren Behandlungsmethoden (Magnetismus oder Fernradiästhesie) Haare der Patienten.

Zauberer können mit »organischen Zaubermitteln«, wie Haaren, Nägelabschnitten, geronnenem Blut usw., unglückbringenden, ja sogar tödlichen Einfluß ausüben. In der Antike, im Mittelalter, in vielen Hexenprozessen des 16. und 17. Jahrhunderts und übrigens auch in heutiger Zeit gibt es zahlreiche Beispiele dafür.

Interessanterweise besitzt das Haar in allen Kulturen, auch in den sogenannten unterentwickelten, besondere magische oder telepsychische Kraft. Das Wort, d. h., ob wir den wissenschaftlichen Ausdruck oder den der Welt des Aberglaubens entlehnten Begriff wählen, ist in diesem Zusammenhang belanglos. Beide bezeichnen die gleichen geheimnisvollen Vorgänge.

## DER WUNSCH, SICH UNSICHTBAR ZU MACHEN

Dieser Wunsch des Menschen ist uns schon aus der Antike überliefert. Wir denken z. B. an den Ring des Gyges. Wie aus dem Buch *Der unsichtbare Mensch* von Wells zu erkennen ist, gibt es ihn auch noch in moderner Zeit, und er ist nicht typisch afrikanisch.

Manche Schwarze haben anscheinend praktische Erfolge erzielt, während der Wunsch nach Unsichtbarkeit in Europa eher ein literarisches Thema darstellt. Zur Begriffsklärung möchten wir hinzufügen, daß es sich weder um Mimikry, wie sie bei manchen Tieren zu beobachten ist, noch um Tarnung handelt.

Monsignore A. Le Roy behauptet in einem seiner Berichte, die Pygmäen könnten sich mit einem Pulver, das sie auf der Stirn verreiben, unsichtbar machen. Dieses Pulver soll angeblich ein Gemisch aus Bestandteilen folgender Tiere und Pflanzen sein: afrikanische Stechwinde, Ameisenlöwe, Palmkerne, Fledermaus, Wasserschlange, hanfähnliche Blätter, Fisch und Rinde des heiligen *Noduna*-Baumes. Die Ingredienzen werden in einem bestimmten Verhältnis gemischt, zu Pulver verbrannt und sollen Unsichtbarkeit verleihen.

R. P. Trilles erwähnt ein Rezept, das wesentlich einfacher und unseres Erachtens einleuchtender ist. Der Buschneger ritzt einen *Nkui*-Baum an und fängt den Saft auf. Außerdem verwendet er Rinde und Blätter dieses Baumes. Er achtet sorgfältig darauf, dabei von niemandem beobachtet zu werden. Unsichtbar sein bedeutet vor allem, nicht bemerkt zu werden. Die einzelnen Bestandteile werden getrocknet und in Kardamomblätter gewickelt. Der Pygmäe begibt sich mit dem Wundermittel in ein anderes Dorf und wirft sein Päckchen geschickt in das Feuer, an dem die Wächter sitzen. Kurze Zeit darauf fallen sie in tiefen Schlaf. Nun kann der Neger ungestört Hühner und Ziegen stehlen. Er macht sich unsichtbar, indem er die anderen in Schlaf versetzt. Manchmal betäubt er auch die Tiere auf diese Weise.

Der Missionar berichtet außerdem, daß andere nicht so friedliche Stämme wie die Pygmäen sogar nahe Verwandte töten, um einen Fetisch daraus herzustellen, der ihnen zu Reichtum verhelfen soll. Die Bekus opfern nicht Angehörige der eigenen, sondern einer feindlichen Familie, um in den Besitz eines mächtigen Fetischs zu gelangen. Sie wollen damit ein Teil der Kraft des Toten und vor allem Unsichtbarkeit erwerben.

R. P. Trilles schildert die Herstellung eines Fetischs wie folgt:

»... Wenn der Leichnam zu verwesen beginnt, trennt man den Kopf vom Rumpf, nimmt Gehirn, Herz und Augen heraus. Ferner schneidet man Körper- und Kopfhaar sowie Augenbrauen und Wimpern ab. Diese Bestandteile werden nach einem geheimen Rezept unter besonderen Beschwörungen gemischt. Man wartet, bis die Masse getrocknet ist, und reibt sich dann damit ein.«

*Fetischfiguren in Dahomey*
*Quelle: Agence Hoa-Qui*

Unseres Erachtens sind die übernatürlichen Kräfte der Medizinmänner mit Vorbehalt zu beurteilen. Es gibt allerdings sachlich überprüfte und bewiesene Tatsachen, die trotz aller Bedenken nicht zu leugnen sind. Wir zitieren ein Beispiel aus R. P. Trilles zahlreichen Schilderungen:

»... Ein Zwergneger befragte in meiner Anwesenheit seinen Jagd-Fetisch. Ich erinnere mich genau, er hielt den Gegenstand in der Hand. Plötzlich fiel sein Fetisch zu Boden. Der Mann bückte sich und wollte ihn aufheben, aber ... der Fetisch war verschwunden. Wir suchten gemeinsam gründlich, konnten ihn aber nicht finden, obwohl der Boden fest gestampft und kein Riß oder Spalt in der Erde zu bemerken war. ›Ich bin dem Tod geweiht‹, rief der Schwarze aus. ›Der Medizinmann hat es mir vorausgesagt. Wehe dir, wenn du deinen Fetisch nicht mehr siehst . . .‹ Der Neger ging dennoch auf die Jagd und wurde am Abend desselben Tages von einem Elefanten getötet. War es vielleicht nur Zufall?«

»Ein Zwergneger gab mir eines Tages seinen Fetisch, ein kleines Antilopenhorn, in die Hand. ›Hier‹, sagte er, ›und halt ihn fest.‹ Ich kam seiner Aufforderung nach. ›Ich verlasse jetzt die Hütte. Während meiner Abwesenheit wirst du dich nicht von der Stelle rühren oder den Fetisch aus der Hand legen können.‹ Er ging hinaus. Trotz größter Anstrengung war es mir nicht möglich, einen Schritt zu machen oder die Hand vom Fetisch zu lösen. Das war Suggestion, werden manche geltend machen. Nun ja, mag sein!«

Wir möchten hinzufügen, daß der Missionar bei klarem Verstand und vollem Bewußtsein war. Außerdem macht er auf uns nicht den Eindruck eines Menschen, der sich als Medium eignet. Ein unvoreingenommener Beobachter könnte sich vielleicht hinters Licht führen lassen, aber der Pater hatte schon viele Jahre im Busch verbracht und war von Natur aus vielen Dingen gegenüber mißtrauisch.

»Zufall« meinte der Missionar, und seine kurzen Zusatzbemerkungen stimmen nachdenklich. Ein katholischer Priester kann magische Verfahren nicht anerken-

*Links: von einem Schmied hergestellter Fetisch (Obervolta)*
*Rechts: Ibeji-Figur zum Schutz der Kinder*
*Quelle: (links) Sammlung Hélène Kamer; (rechts) Serv. Ed. – M.R.A.C. – Tervuren*

## AFRIKANISCHE MAGIE

nen. Für einen Missionar war es bereits ungewöhnlich, sich für solch einen »Versuch« zur Verfügung zu stellen. Der skeptische Leser wird alles für einen Zufall halten und einwenden, es handele sich um das Erlebnis eines einzigen Mannes. Wir möchten daher mit einer Begebenheit fortfahren, die bei Jean Perrigault in *L' Enfer des Noirs* nachzulesen ist. Perrigault hielt sich bei den Bobo in Koutiala auf. In dieser Gegend gibt es Zauber-Schmiede, die sehr angesehen, aber auch gefürchtet sind, da Heilung und Tod nach Belieben in ihrer Macht stehen. Im Dezember 1931 machte Jean Perrigaults Dolmetscher ihn mit einem solchen Magier bekannt.

»Ich trat zu dem Mann am Amboß und gab ihm die mitgebrachten Opfergaben (Paprika, eine rote Kolanuß und einen roten Hahn. Bei den Schwarzen hat der rote Hahn die gleiche Bedeutung wie bei uns das schwarze Huhn). ›Ich habe Feinde, und ich möchte mich nicht länger über sie ärgern müssen. Kannst du . . .?‹ Der Magier machte seinen Hammer glühend, rief seinen Gehilfen und eine alte Frau herbei. Sie legte ihm ein weißes Tuch um die Hüfte und stimmte einen Gesang an. ›Das macht zehn Francs‹, ließ mich der Magier durch den Dolmetscher wissen. Ich zahlte.

›Danke. Du hast dem Fetisch *zu essen gegeben*, er wird dir wohlgesonnen sein . . .‹

Der Gehilfe hielt den flatternden Hahn auf dem Amboß fest. Der Schmied nahm den rotglühenden Hammer und zermalmte den Kopf des Tieres mit einem heftigen Schlag. Er wandte sich mir zu:

›Wenn deine Feinde nicht innerhalb eines Monats sterben und du noch immer Schwierigkeiten durch sie haben solltest, dann komm wieder. Aber ich werde meinen Schlag nicht zu wiederholen brauchen, denn du wirst nicht wiederkommen!‹«

Jean Perrigault berichtet weiter über diesen Zauber zu zehn Francs:

»Als ich nach Frankreich zurückkehrte, erfuhr ich entsetzt, die beiden Menschen, an die ich in der Schmiede des Zauberers gedacht hatte, seien nicht mehr am Leben. Der Tod hatte sie so unerwartet und unter so ungewöhnlichen Umständen ereilt, daß merkwürdige Vermutungen aufkamen . . .

Ich rede mir ein, es sei ein unglückliches Zusammentreffen widriger Umstände gewesen. Ich möchte mein Gewissen damit nicht beschwichtigen. Zu so einem fatalen Erfolg hätte ich nie meine Zustimmung gegeben. Ich will einfach nicht an die Wirkung glauben. Mein Inneres lehnt sich gegen die Vorstellung auf, daß es diese Art der Vergeltung geben soll.«

## DIE SEELEN DER LEBENDEN UND TOTEN

Wie entstehen nach Meinung der Schwarzen Krankheiten?

R. P. Trilles schreibt dazu: »Krankheiten werden durch einen Geist, den verderblichen Einfluß eines bösen Dämons oder durch geheimnisvolle Ausstrahlung bestimmter Dinge verursacht. Die Aufgabe des Medizinmannes besteht darin, diese Geister durch mächtigere Geister zu vertreiben, die Kräfte durch andere zu neutralisieren und die schädlichen Einflüsse abzuwehren, ganz die Funktion eines Arztes, aber eines solchen mit magischen Vorstellungen.«

Henri Nicod, der auch als Missionar in Afrika lebte, aber einem anderen Glauben angehört, äußerte sich ähnlich über die Auffassung der Schwarzen von Krankheiten.

In der afrikanischen Magie haben wir es überwiegend mit dem Wirken böser Geister zu tun. Aufmerksame Reisende und gewissenhafte Beobachter sind bei allen afrikanischen Stämmen zu dieser Feststellung gelangt. In den Glaubensvorstellungen der Schwarzen spielen die Geister der Toten und die Seelenwanderung eine wichtige Rolle. (Wir möchten in einer kurzen Zwischenbemerkung auf eine erstaunliche Gemeinsamkeit der schwarzen und der gelben Rasse hinweisen, die nie miteinander in Verbindung standen. Bekanntlich kommt der Ahnenverehrung im Buddhismus große Bedeutung zu. Man ist sorgfältig darauf bedacht, die Geister der verstorbenen Familienmitglieder nicht zu verärgern. Ein Vergleich des afrikanischen Fetischglaubens mit allen anderen alten oder modernen Religionen würde sicher viele weitere Gemeinsamkeiten aufzeigen. Wir sehen darin den Beweis, daß sich alle Religionen aus einer einzigen Urreligion entwickelt haben.)

Die Schwarzen glauben sich ständig von bösen Geistern umgeben, die Krankheit und Unglück bringen. Jean Perrigault nennt diese geheimnisvolle Kraft *niama*. Er gibt eine Reihe Erläuterungen an und beruft sich auf Forscher, die sich lange Jahre mit dem Leben und Denken der Naturvölker beschäftigten. R. P. Henry erklärt das *niama* der Bambara wie folgt: »Es ist eine Kraft bzw. ein Fluidum, das jedem Menschen, jedem Tier und jedem Lebewesen eigen ist und nach dem Tod weiterbesteht.« Die Spiritisten würden es als Geist der Toten bezeichnen.

Pater Henry fährt fort: »Diese Kraft bzw. dieses Fluidum ist Träger und Übermittler von Haß, Rache und Gerechtigkeit. Sie kann von einem starken, lenkenden und leitenden Willen beliebig ausgesandt werden und zu Recht oder Unrecht Unglück, Krankheit und Tod bringen.«

Henry und Trilles vertreten also die gleiche Anschauung. Dies ist insofern bedeutsam, als die beiden Männer ihre Beobachtungen in vollkommen getrennten, mehrere tausend Kilometer voneinander entfernten Gebieten anstellten. Trotz lokaler Abweichungen des Fetischglaubens und unterschiedlicher Verfahren der Magier können wir somit annehmen, die afrikanischen Glaubensvorstellungen entstammen einer gemeinsamen Quelle. Daraus ließe sich vermutlich nachweisen, daß es in der fernen und legendären Zeit des Drachens in Afrika eine einzige *Religion* gab. Vermutlich war sie wiederum nur ein Zweig der ursprünglichen Religion der gesamten Menschheit, ohne Ansehen der Hautfarbe.

Die Furcht vor den umherirrenden Seelen ist nicht nur bei den Völkern Westafrikas, sondern auch bei den Kaffern, in Kenia und in Osttanganjika verbreitet. Der Fetischglaube wird bei den einzelnen afrikanischen Stämmen mit nur geringfügigen Abweichungen ausgeübt, obwohl andererseits heute nicht mehr viele Gemeinsamkeiten oder ständige Verbindungen bestehen. Er ist zweifellos auf eine alte, früher auf dem gesamten afrikanischen Kontinent verbreitete Religion zurückzuführen, die sich je nach Stamm und Gebiet unterschiedlich entwickelte.

Die sogenannten primitiven Völker kannten nicht den Unterschied zwischen Gut und Böse. Ihre Religion gab ihnen eine übernatürliche »Waffe« in die Hand:

*Mondkult bei den Kaffern. Stich, 18 Jh.*
*Quelle: Musée des Arts Décoratifs*

die Magie. Die Priester und Medizinmänner waren die höchsten Eingeweihten, da sie ihre übernatürlichen Kräfte ursprünglich vom Schöpfer erhielten. Sie weihten ihre Nachkommen in die Geheimnisse ein, so daß Riten und Anschauungen, die wir als heterodox bezeichnen, die aber eindeutig religiösen Ursprungs sind, nicht in Vergessenheit gerieten. Wenige Eingeweihte, die Zauberer und Medizinmänner zugleich sind, setzen das große Erbe jener mächtigen, mit außergewöhnlichen okkulten Kräften ausgestatteten Priester der primitiven Urreligion auch heute noch fort.

Unseres Erachtens besitzen nicht alle Medizinmänner übernatürliche Fähigkeiten. Ein Kenner der Verhältnisse meinte, es seien nur zwei von zehn. (Bei uns behaupten übrigens etwa ebenso viele Menschen, außergewöhnliche hellseherische Gaben zu besitzen.) Die Zahl erscheint uns immerhin so beträchtlich, um zum Nachdenken anzuregen, und wir sind sicher, diese Erscheinungen werden eines Tages mit wissenschaftlicher Exaktheit untersucht werden.

Jean Perrigault zitiert weitere Definitionen des *niama*, dieser in der afrikanischen Magie so bedeutenden Kraft. Nach M. Monteil »wacht das *niama* des Verstorbenen darüber, daß seine zu Lebzeiten getroffenen Entscheidungen befolgt werden, und bestraft jene, die sie mißachten.«

Lucien Lévy-Bruhl schreibt: »Der Verstorbene mag zu Lebzeiten ein noch so guter Mensch gewesen sein, nach dem Tod kann er nur noch Unheil bewirken. Er sehnt sich nach den Seinen und versucht, sie ins Jenseits zu holen.« M. Labouret nennt ein Mittel, wie man sich des *niama* erwehren kann: »Das *niama* kann durch Sühneopfer, Reinigung und entsprechende Praktiken ferngehalten werden.«

*Totenkult bei den Bamilekes, Kamerun*
*Quelle: Serv. Ed. – M.R.A.C. – Tervuren*

Schon diese wenigen Beispiele zeigen, welchen Rang die Seele in ihren okkulten Manifestationen in der Religionsphilosophie der Schwarzen einnimmt.

In seinem Buch *La Vie mystérieuse de l'Afrique noire* setzt sich Henri Nicod mit dem *nyama* der Schwarzen in Kamerun auseinander. »Nyama« wird als *der* Schöpfer dargestellt, der in den oberen Regionen lebt. Ein anderer Schöpfer, *Nyinyi*, lebt in den unteren Regionen. Nyama ist der Beherrscher des Himmels und Herr über den Regen. Vermutlich setzten die Schwarzen ihn der geheimen Kraft gleich, die sie der Seele zuschreiben. Daraus erklärt sich, warum die Bobo ihm den gleichen Namen gaben. Für uns ergibt sich daraus eine interessante Feststellung. Der Nyama in Kamerun stellt die höchste unergründliche Macht dar. Er ist mit dem niama vergleichbar, das in Guinea mit der geheimnisvollen Kraft der Seele in Verbindung gebracht wird. Die beiden Volksstämme leben mehr als tausendfünfhundert Kilometer voneinander entfernt, und dennoch gibt es bei ihnen nur geringfügig abweichende Vorstellungen, die mit dem gleichen Namen bezeichnet werden. Wir sehen darin eine weitere Bestätigung unserer Annahme, es habe früher in Afrika eine einzige Religion gegeben.

Die Schwarzen meinen, sie seien ständig von den *niamas* umgeben. Sie können sich dieser unsichtbaren Kräfte nur mit übernatürlichen Mitteln erwehren, die ebenso unergründlich und unfaßbar sind wie die niamas selbst. Hieraus ergibt sich die weite Verbreitung magischer Praktiken in Afrika.

## DIE BÖSEN GEISTER WERDEN BESIEGT

Der Gouverneur Albert Veistroffer, der lange Zeit im Kongo lebte, beschränkte sich in seinen Aufzeichnungen auf eine nüchterne Darstellung der Tatsachen und verzichtete auf phantasievolle Ausschmückungen. Er traf Feststellungen, ohne nach den Hintergründen zu fragen. Daher zeichnen sich seine Berichte durch ungewöhnliche Sachlichkeit aus. Veistroffer erhielt 1885 den Auftrag, die grausame Sitte der Menschenopfer im kongolesischen Busch auszurotten. Sie dezimierte die Stämme in erschreckendem Ausmaß. In Mayumbe stieß Veistroffer auf den Leichnam einer Negerin, die von den Häuptlingen der M'Buku bei lebendigem Leibe verbrannt worden war. Der Gouverneur begab sich mit zwei Soldaten seines Trupps in das Dorf, um den für dieses Verbrechen Verantwortlichen nach Loango bringen zu lassen. Es kam zur Auseinandersetzung mit den Eingeborenen. Dabei wurde der Häuptling getötet und Veistroffer verletzt. Jemand hatte einen Schuß aus einem alten Gewehr auf ihn abgefeuert. Die Kugel traf ins Knie. Beim Rückzug durch den Busch geriet der Trupp mehrmals in einen Hinterhalt.

Einige Soldaten wurden ermordet, Veistroffer konnte sich nur unter großen Schmerzen weiterschleppen. Die Überlebenden erreichten das Dorf Makola und warteten dort auf Verstärkung. Veistroffers Schußwunde entzündete sich. Ein schwarzer Medizinmann nahm die Verletzung in Augenschein und behauptete (sicherlich auf Grund hellseherischer Begabung), es steckten zwei Geschosse darin. Er bot sich an, sie zu entfernen ... Selbstverständlich verwendete er keine üblichen chirurgischen Instrumente. Doch überlassen wir dem Gouverneur das Wort (*Vingt ans de brousse africaine*):

»... Er verwahrte mehrere seltsame Gegenstände in seinem Beutel und wählte drei oder vier Kalebassen von unterschiedlicher Größe. Sie waren an beiden Enden durchbohrt. Dann erklärte er mir, er werde die Kalebasse mit dem Loch auf die Wunde legen und durch das andere Loch die Luft heraussaugen, so daß die Fremdkörper aus der Wunde gezogen werden. Der Medizinmann machte einen sehr gesunden Eindruck. Er war von kräftiger Statur, und seine Zähne leuchteten blendend weiß. Ich war mit der Behandlung einverstanden, bat ihn jedoch, zunächst seine ›Instrumente‹ mit heißem Wasser zu reinigen. Er sollte sofort beginnen, denn meine Schmerzen waren unerträglich ... Doch ich hatte nicht mit den langen Vorbereitungen gerechnet, die unerläßlich waren, um die Fetische günstig zu stimmen. Zunächst ließ der Magier etwa zwanzig Kinder und junge Frauen ru-

*Menschenopfer in Dahomey*
*Quelle: Musée des Arts Décoratifs*

fen. Sie verbrachten eine reichliche Stunde damit, ihre Körper anzumalen und sich gegenseitig schwarze und weiße Striche ins Gesicht zu zeichnen. Als sie damit fertig waren, hockten sie sich im Kreis zusammen. Der Medizinmann bereitete sich ebenfalls auf die ›Operation‹ vor. Er berührte mehrere Holzfiguren und Amulette und sprach mit ihnen. Dann stellte er zwei Kalebassen neben mich, setzte sich in den Kreis seiner ›Assistenten‹ und begann eine Kolanuß zu kauen. Die ›Assistenten‹ stimmten einen leisen Sprechgesang an und klatschten im Rhythmus in die Hände. Nach einer Weile spuckte der Magier die Kolanuß aus. Er wollte sogar auf meine Wunde speien, um angeblich die bösen Geister zu vertreiben. Es gelang mir, dies zu verhindern. Das Beschwörungszeremoniell wiederholte sich dreimal. Schließlich trat der Medizinmann aus dem Kreis, kam auf mich zu und nahm eine Kalebasse. Er legte sie mit der einen Öffnung auf meine Verletzung, und durch die andere saugte er kräftig die Luft heraus. Nach einstündiger anstrengender ›Behandlung‹ sah ich zu meiner großen Verwunderung und Freude, wie er Blutgerinnsel, Stoffreste und schließlich zwei Kugelhälften zutage förderte. Es war, als wenn man die Bleikugel in der Mitte durchgeteilt hätte. Ich verspürte während der gesamten Behandlung nicht den geringsten Schmerz.«

Wir unterhielten uns später mit einem Arzt über diese Behandlungsmethode. Er zweifelte die Glaubwürdigkeit des Berichts nicht an und meinte, man solle nicht versuchen, Unerklärliches zu erklären. Der Mann hatte schon mehrere Jahre in den Kolonien gelebt. Ich habe erlebt, daß Suggestion manchmal weiterhilft, wenn das Fachwissen versagt.

# UNERKLÄRLICHE HEILUNGEN

R. P. Trilles befaßte sich ebenfalls mit der Rolle des Medizinmanns. Er schilderte ähnliche Ereignisse, die die Ansicht des Arztes bestätigen, und gab dazu folgende Erläuterungen. Die Methode des Medizinmanns besteht in erster Linie darin, starke Geister zu beschwören. Sie sollen die bösen Geister, die die Krankheit oder Verletzung verursacht haben, vertreiben. Hilft dieses Verfahren nicht, dann ist ein Zauberer im Spiel, der den Kranken auf Verlangen eines Feindes verzaubert hat. Der Magier greift nun zu seinem Zauberspiegel, ähnlich wie Katharina von Medici oder Cagliostro, um den Schuldigen herauszufinden. Dieser muß sich dann vor dem Klan oder dem Dorf verantworten. Über die Schuld oder Unschuld des Angeklagten wird durch die Giftprobe oder andere Ordalien entschieden. Nachdem der Medizinmann die bösen Geister vertrieben oder die schadenbringende Kraft neutralisiert hat, kann er den Kranken mit natürlichen Mitteln behandeln.

Die Wirkung vieler tropischer Heilpflanzen ist übrigens westlichen Wissenschaftlern noch gänzlich unbekannt.

Dieses Heilverfahren eines seriösen Medizinmannes ist aufschlußreich und von vielen Afrikareisenden verbürgt. Nach Auffassung der Schwarzen ist die Krankheit nicht eine natürliche Erscheinung, sondern sie wird durch den Zauber eines mißgünstigen Menschen oder eine rachsüchtige umherirrende Seele verursacht. (Daher werden die übernatürlichen Einflüsse zuerst durch magische Verfahren neutralisiert. Man ermittelt erst die Ursache, bevor man die eigentliche Krankheit behandelt.) Ähnliche Vorstellungen sind in Europa auch noch verbreitet. Im Grunde ist es einsichtig, rätselhafte, nicht greifbare Kräfte mit ebenso geheimnisvollen und unerklärlichen Methoden zu bekämpfen.

*Die Kolanuß spielt in der Medizin der Magier eine große Rolle.*
*Quelle: Musée des Arts Décoratifs*

Um die Kraft der Geister zu beschwören, benötigt der Medizinmann einen aufwendigen äußeren Rahmen, der gleichzeitig eine besondere Atmosphäre schafft. Obwohl Veistroffer unter starken Schmerzen litt, mußte er die langen Vorbereitungen abwarten. Der Fetischeur hätte die »Operation« nicht durchgeführt, ohne zuvor den Beistand wohlwollender Kräfte zu erwirken. Es stellt sich die Frage, wäre die Entfernung der Kugel auch ohne Bemalung, Gesänge und Kauen der Kolanuß gelungen? Manche vertreten den Standpunkt, diese Vorbereitungen seien überflüssig. Jene, die lange im Busch gelebt haben, sind anderer Auffassung. Sie meinen, selbst wenn sich darin nur der Glaube an das Gelingen ausdrückt und gleichzeitig bestärkt wird, ist das bereits sehr wichtig. Bekanntlich sind Mißerfolge häufig auf mangelndes Selbstvertrauen zurückzuführen.

*Bobo-Maske, die ein Tierungeheuer darstellt*
*Quelle: Agence Hoa-Qui*

Gewänder, Fetische und »schauspielerische Darbietungen« sind für den Medizinmann unerläßlich und erfüllen einen bestimmten Zweck. Er will damit die bösen Geister vertreiben. Außerdem sollen die *niamas* durch eine geheimnisvolle Kraft, die ihnen überlegen ist, in die Flucht geschlagen werden oder *Angst bekommen* und den Kampf aufgeben. Die Medizinmänner erscheinen daher meistens in furchterregender Kostümierung. Häufig tragen sie große Gebilde auf den Schultern, um wie Riesen auszusehen, oder greuliche, weiß-rot gestreifte Masken, die Tierungeheuern ähneln. Zuweilen wählen sie weitere recht phantasievolle Requisiten wie Vogelfedern; Elefantenschwänze (sie sollen die niamas verscheuchen, da der Elefant das stärkste Tier ist); Pantherfelle und -krallen (er ist das gefürchtetste Raubtier); Menschenschädel (die wohlwollende Seele in ihm soll gegen die rachsüchtige Seele kämpfen). Außerdem sind sie mit zahllosen

GESCHICHTE DER MAGIE

Amuletten und Fetischen behängt, denen man spezielle Kräfte zuschreibt. Die Vielzahl der Utensilien ist beeindruckend. Schließlich ist noch die weiße Bemalung zu nennen. Bei den Schwarzen ist Weiß die Farbe des Todes. Sie flößt den Lebenden und den *niamas* Furcht ein. Neben der äußeren Aufmachung setzen viele Magier weitere Mittel ein, die eine bestimmte Atmosphäre entstehen lassen. Dazu gehören ungewöhnliche Tänze, Beschwörungen in einer archaischen, unverständlichen Sprache, Tieropfer – manchmal auch Menschenopfer –, Scheiterhaufen, mit geheimnisvollen Zeichen bemalte Gehilfen, nervenaufreibende Trommelmusik und rituelle Gesten.

Zu den Beschwörungsformeln möchten wir noch eine interessante Beobachtung anmerken. Meistens werden sie in einer Sprache gesprochen, die weder Europäer noch Schwarze, die mit den Dialekten einer Gegend vertraut sind, verstehen. Im Kongo hatte ein Beamter einige Worte einer Beschwörung behalten, ohne allerdings ihren Sinn zu verstehen. Einige Jahre später hörte er die gleichen Worte aus dem Munde eines Magiers der Elfenbeinküste. Die Dialekte der beiden Völker gleichen sich aber in keiner Weise, und es bestehen auch keine engen kulturellen Verbindungen. Können wir aus dieser Beobachtung schließen, daß es nur *eine* esoterische Sprache in Afrika gibt, und wäre das nicht ein weiterer Beweis für eine ursprünglich einheitliche Religion der Schwarzen?

Doch kehren wir zum Ritual der Medizinmänner zurück. Nachdem die bösen Einflüsse vom Kranken abgewehrt sind, findet eine weitere erstaunliche und unerklärliche Handlung statt. Die Krankheit des Menschen wird auf ein Tier übertragen. Bei R. P. Trilles ist darüber folgendes nachzulesen:

»Um Krankheiten zu heilen, singt der Medizinmann zunächst seine Beschwörungen, dann spricht er sie, und schließlich tanzt er bis zur körperlichen Erschöpfung. Zu diesem Zeitpunkt erfolgt häufig die Übertragung des Fiebers vom Kranken auf ein Tier oder einen Baum. (In Europa ist dieses Verfahren heute auch noch bekannt.) Durch Handauflegen wird der Kranke allmählich ganz ruhig, und nach heftigen Schweißausbrüchen fällt er in tiefen Schlaf. Das Tier beginnt dagegen zu zittern, stöhnt und legt sich auf den Boden. Es wird von Krämpfen geschüttelt, plötzlich erstarrt es und bricht tot zusammen. Gewöhnlich verwendet der Medizinmann für dieses Verfahren einen Ziegenbock. Oft wählt er allerdings auch den Lieblingshund des Kranken.«

Ein Missionar des Saint-Esprit-Ordens wohnte einer Krankheitsübertragung auf eine Pflanze bei und schilderte den Vorgang folgendermaßen:

»Paul Nsoh, einer unserer Schüler, litt unter starkem Fieber. Chinin hatte bisher nicht angeschlagen. Der Medizinmann ließ den Jungen unter einen großblättrigen *Mpala*-Baum tragen. Zunächst strich er mit der Hand über den Körper des Kindes und dann am Baumstamm entlang. Kurz darauf bewegten sich die Blätter, wurden schwarz und fielen ab. Der Junge bekam starke Schweißausbrüche, am nächsten Tag war er geheilt.«

Die Übertragung einer Krankheit auf ein Tier oder eine Pflanze ist in Afrika ein verbreitetes Verfahren. Es schlägt nicht immer an, doch meistens ist die Behandlung erfolgreich.

## DIE INITIATION DER MEDIZINMÄNNER

Nachdem wir uns mit den übernatürlichen Kräften der afrikanischen Medizinmänner beschäftigt haben, wollen wir nun auf den Werdegang und die Ausbildung dieser gefürchteten Leute eingehen.

Wir wissen sehr wenig über die Initiation der Medizinmänner, da die Eingeweihten die ihnen überlieferten Geheimnisse unter Androhung der Todesstrafe nicht preisgeben dürfen. Einige Fakten sind dennoch bekanntgeworden. Manche Dinge kamen bei Gerichtsprozessen ans Tageslicht. Zuweilen plauderten Eingeweihte unter Einwirkung des Palmweins einiges aus, und manches drang durch Vertraulichkeiten an die Öffentlichkeit. In einem Artikel der Zeitschrift *Togo-Cameroun* wurden in der April-Juli-Nummer 1935 interessante Einzelheiten über die Initiation der Zauberer bei den Bafia und Yambassa Südkameruns veröffentlicht.

Zunächst erbrachte der anonyme Verfasser den Beweis für die Semi-Bantu-Abstammung der Bafia und Yambassa und fuhr dann fort:

»Bei ihren Nachbarn gelten sie als Zauberer. Man sagt ihnen nach, sie besitzen gefährliche Geheimnisse, die sie unter strenger Geheimhaltung nur an die Mitglieder eines Geheimbundes weitergeben. Das größte Geheimnis soll angeblich das des Iroumé (oder Eloumé) sein.

Iroumé ist eine Vereinigung von Magiern, Heilern und Zauberern, die aus einflußreichen und wohlhabenden Familien der Gegend stammen. Ihre Riten ähneln denen anderer Geheimgesellschaften. Sie finden vor allem in der Trockenzeit statt. In dieser Jahreszeit werden im allgemeinen auch die neuen Mitglieder aufgenommen. Die Anhänger des Iroumé unterteilen die Menschen in drei Gruppen: Außenstehende, künftige Eingeweihte und Eingeweihte.

Die Kandidaten werden im Alter von zehn oder fünfzehn Jahren aufgenommen. Sie treten dem Bund mit der Erlaubnis ihres Vaters bei. Dieser gibt dem Oberhaupt der Vereinigung einen Hund, und der Junge erhält eine Ziege und

*Ein Fetischmann und sein Gehilfe in Madula (Zaire)*
*Quelle: Agence Hoa-Qui*

sechs Hähne als ersten Beitrag. Die Kandidaten oder *Nding* werden in eine Hütte, *Kélak iroumé*, geführt. Sie besteht aus einer Veranda und einem geschlossenen Raum. In ihm werden Heilmittel, Gift, Medikamente und Zauberpulver aufbewahrt, deren Wirkung und Gebrauch den Kandidaten und Initiierten nach und nach erklärt wird. Ferner befinden sich in diesem Raum verschiedene Gegenstände, die zu den Utensilien des Iroumé gehören: Flöten, *Kpédé aroumé*, die aus Antilopen-, Panther- oder Menschenknochen angefertigt sind; aus Kalebassen hergestellte Hörner, *Kpouédé*, und Holzromben, *Djé aroumé* (Mutter des Iroumé) sowie geschnitzte oder unbearbeitete Stöcke. An ihren Enden sind geflochtene Beutel mit kleinen Kieselsteinen, *bégon iroumé* (Tochter des Iroumé), befestigt. Außerdem findet man dort fünfzehn bis sechzehn Zentimeter große Menschenfiguren, *Kintchou*, einen ziemlich grob geschnitzten Holzhund, *Buiz iroumé*, und schließlich sonderbar anzusehende Tier-Mensch-Figuren. Sie sind aus rot und schwarz bemalter Rinde, auf dem spitzen Kopf ist ein Büschel Ziegenhaar und ein Bart befestigt.

Die Kandidaten werden nach und nach in die Bedeutung und Funktion dieser Gegenstände eingeweiht. Bevor die Unterweisung beginnt, wird für jeden Kan-

*Ein Zanguebar-Medizinmann. Nach Kauffmann, 19. Jh.*
*Quelle: Musée des Arts Décoratifs*

didaten ein Hahn geopfert. Der Kopf des Tieres wird abgeschnitten, und mit dem Hals reibt man die Augen des Neophyten ein, damit er die Geheimnisse des Iroumé erkenne. Um dem Gebot der Verschwiegenheit Nachdruck zu verleihen, droht jedem Kandidaten, der Außenstehenden sein Wissen preisgibt, der Tod. Der *Nding* schwört, er werde nichts verraten, und beißt auf einen heiligen Stein, *Gok iroumé*, den man ihm reicht. Die Unterweisung der Initiierten erstreckt sich über mehrere Jahre, da man sie nach und nach über die Eigenschaften der einzelnen Gegenstände unterrichtet. Es gibt angeblich mehrere Klassen, doch darüber sind keine Einzelheiten bekannt.«

Der Verfasser des Artikels fügt hinzu, durch das häufige Eingreifen der Justiz werde den grausamen Sitten des Iroumé mehr und mehr Einhalt geboten. Mehrere Mitglieder hatten sich bereits wegen Verbrechen vor Gericht zu verantworten. Disziplin und Geheimhaltungseid waren also keine leeren Begriffe.

## DIE BOMBO IN KAMERUN

Der alte, angesehene Medizinmann ist gestorben. Wer wird sein Nachfolger werden? Es entbrennt ein eifersüchtiger Konkurrenzkampf, denn das Amt ist begehrt. Der Medizinmann erhält Geschenke, und der Verkauf von Fetischen sichert ihm weitere Einnahmen. Außerdem steht ihm ein Teil der Jagdbeute zu, da er den Beistand der Geister erfleht. Das Amt bietet ihm ferner die Möglichkeit, persönlich auf das Stammesleben Einfluß zu nehmen. Oft ist er einflußreicher als der Häuptling, denn das Dorf oder der Stamm unternimmt nichts, ohne vorher den Rat des Medizinmanns eingeholt zu haben. Dieser befragt dann die Geister. Kein afrikanischer Häuptling hat es jemals gewagt, eine Entscheidung zu treffen, ohne den Magier hinzuzuziehen. Mit Ausnahme weniger Stämme braucht der Medizinmann nicht ehelos zu bleiben.

Die Geheimgesellschaft des Dorfes oder des Bombo-Stamms versammelt sich, um unter den Initiierten jenen zu bestimmen, der würdig ist, den Platz des Verstorbenen einzunehmen. Zunächst bespricht man ausführlich die Fähigkeiten jedes in Frage kommenden Kandidaten. Dann findet die geheime Abstimmung statt. Wer die meisten Stimmen bekommt, ist nicht sofort Medizinmann, sondern erst Anwärter auf das Amt. Seine »Brüder« führen ihn in eine dunkle, fensterlose Hütte und schließen ihn dort für die Dauer von fünf Monaten ein. Während dieser Zeit darf er keinen Besuch empfangen, die Hütte nicht verlassen und keinen Lichtstrahl erblicken. Nachts bringen ihm die Ältesten der Geheimgesellschaft ein bißchen zu essen, erteilen ihm weise Ratschläge und führen tiefsinnige Gespräche mit ihm. Sie unterhalten sich vor allem über Gespenster und das Jenseits. Sie denken sich verschiedene Mittel aus, um den Eingeschlossenen zu erschrek-ken. Der künftige Magier soll ein weiser und furchtloser Mann sein.

Doch das ist noch nicht alles. Die Familie des verstorbenen Medizinmannes büßt ihre Vorrangstellung ein. Sie ist enttäuscht und erbittert, wenn die Wahl des Nachfolgers nicht auf einen nahen Verwandten des Verstorbenen fällt. Die Wahlmänner bestimmen eine junge, unberührte Schwarze der Familie, die dem Eingeschlossenen nicht wohlgesonnen ist. Das Mädchen muß fünf Monate mit dem Kandidaten in der Hütte verbringen. Gibt er seinem sinnlichen Verlangen nach, ist er von der Nachfolge ausgeschlossen. Fünf Monate lang muß er Tag und Nacht den Herausforderungen und Verführungskünsten widerstehen. Die Bombo wollen einen Magier, der dem sinnlichen Begehren nicht erliegt. Ist das Mädchen nach Ablauf der Zeit unberührt, wird der Kandidat endlich zum Medizinmann ernannt. Er hat seine Stärke redlich unter Beweis gestellt. (Bei der Initiation ägyptischer Mysterien bestand ein ähnlicher Brauch.)[11]

An den Beispielen des Iroumé und der Bombo können wir erkennen, mit welcher Strenge die Medizinmänner gewählt werden, denn sie spielen im Stammesleben eine entscheidende Rolle. Beim Iroumé muß der Nachfolger einer angesehenen, reichen und einflußreichen Familie angehören. Bei den Bombo wird er zunächst in den Geheimbund aufgenommen, der sich bereits durch strenge Disziplin auszeichnet. Durch die zusätzlichen Prüfungen wird die Eignung des Kandidaten nochmals auf eine harte Probe gestellt. Diese Verfahren sind nicht unbegründet. Die Medizinmänner sind nicht nur Zauberer, Magier und Heiler, sondern auch Berater. Sie halten die Tradition des Stammes aufrecht, sind hervorragende Kenner der Heilkräuter und üben häufig auch das Amt des Richters aus. Echte Medizinmänner zeichnen sich durch große Überlegenheit auf allen Gebieten aus.

In Gabun und im Kongo lernte ich Magier kennen, in deren Familien sich das Amt seit »urdenklichen Zeiten« vom Vater auf den Sohn vererbt hat. Ich weiß nicht, ob die Tatsache, Sohn eines Magiers zu sein, bereits für eine angeborene magische Befähigung bürgt. Doch auch bei uns gibt es so etwas wie eine »Erbfolge« bei den Heilern. Bei einigen Stammesgruppen in Liberia bestimmt oder kauft der Medizinmann einen Jungen, der einen intelligenten Eindruck auf ihn macht, als Gehilfen. Er weiht ihn nach und nach in die Geheimnisse seiner Kunst ein, damit er bei seinem Tod das Amt übernehmen kann. Häufig bezahlen die Eltern des Jungen dem Medizinmann einen hohen Betrag, damit er das Kind zu seinem Nachfolger ausbildet. Einige skrupellose Magier schicken den Neophyten nach

221

einiger Zeit zurück und suchen sich gegen ein entsprechendes Entgelt einen neuen Kandidaten aus. Die Geschenke behalten sie als Lehrgeld für sich.

# EINE HARTE PRÜFUNG

Henri Nicod berichtet kaum über die Initiation von Fetischmännern. Emile Cailliet bezieht sich auf eine ausführliche Schilderung des R. P. Trilles:

»Als letzte Prüfung bindet man den Kandidaten Brust auf Brust und Mund auf Mund auf den *Leichnam* einer Frau, eines Gefangenen oder eines entführten Kindes. (Hier besteht eine Gemeinsamkeit mit westlichen Auferstehungsriten.) Dann legt man die Körper für drei Tage in eine mit Zweigen abgedeckte Grube. Es kommt vor, daß der Kandidat vor Ablauf der Frist verrückt wird. Hält er aus, wird er im Anschluß daran in seine Hütte gebracht. Er bleibt weitere drei Tage mit dem Leichnam zusammengebunden, an dem die ersten Verwesungserscheinungen auftreten. Speise und Trank kann er nur mit der rechten Hand des Toten zu sich nehmen. Die sechstägige Prüfung endet mit der Aufführung eines heiligen Tanzes. Nun reicht man dem Kandidaten das Initiationsmesser. Er trennt die Hand des Toten vom Arm und vollführt mit ihr einen Tanz. Die Hand wird getrocknet, und der neue Fetischeur verwendet sie künftig für bestimmte magische Handlungen. Sie ist ein wirksamer Fetisch.«

Jean Perrigault berichtet, ein Kolonialinfanterist sei blind aus einem heiligen Wald zurückgekehrt. Dort fand eine Initiationsfeier der Senufo statt. Dieser Vorfall mag verdeutlichen, warum wir so wenig über die Initiation von Magiern wissen, denn wer möchte sich auf ein Spiel mit dem Teufel einlassen.

Emile Cailliet, Professor an der Universität von Pennsylvania, vergleicht in *Prohibition de l'Occulte* die Ausbildung von Zauberern. Dabei stellt er erstaunliche Gemeinsamkeiten bei den Magiern der Neger und der Antike sowie bei allen Naturvölkern der Welt fest. Wie wir am Beispiel der Bafia, Yambassa und Bombo gesehen haben, wird ein *sorgfältig ausgewählter* Kandidat einer langen Lehrzeit und umfassenden Initiation unterzogen. E. Cailliet neigt jedoch eher zu der Auffassung, es würden nur entsprechend *veranlagte* Menschen diese geheime Ausbildung bekommen. Er schreibt:

»Plutarch zufolge wurde die Pythia des Orakels von Delphi unter ungebildeten Frauen des Ortes ausgesucht. Häufig war sie die Tochter eines armen Bauern. Anscheinend beeinträchtigt Bildung die hellseherischen Fähigkeiten.« Viele Autoren, wie C. de Vesme, E. Durkheim, L. Lévy-Bruhl, Raoul Allier und andere, haben sich auch mit der Frage beschäftigt und versucht, Erklärungen für das zu

## AFRIKANISCHE MAGIE

finden, was manche als Hirngespinste und Irrereden bezeichnen. Cailliet beruft sich auf mehrere Autoren, die die Ansicht vertreten, die meisten Menschen mit übernatürlichen Fähigkeiten besitzen diese von Geburt an. E. Bozzano erklärt: »Bei den Zulu (Südafrika), Eskimos und Samojeden werden die Medizinmänner und Zauberer unter jenen ausgesucht, die nach europäischer Vorstellung Veranlagung zum Medium haben. Meistens handelt es sich um junge Psychopathen, die nervös oder hysterisch sind und oft sogar unter epileptischen Anfällen leiden.« Durkheim scheint der gleichen Meinung zu sein. Er fügt jedoch hinzu, der künftige Magier »könne von vornherein durch seine Geburt und die Begleitumstände dazu bestimmt sein, denn in diesen primitiven Gesellschaften ist der Mensch das Abbild seiner Ahnen, manchmal sogar die Reinkarnation eines Ahnen«. Diese Auffassung stimmt mit der Tatsache überein, daß manche Magier ihren Nachfolger unter nahen Verwandten bestimmen. Emile Cailliet schließt daraus: »Die Magier gehören häufig ein und derselben Familie oder einem bestimmten Stamm an, ähnlich den Lobaska-Zauberern in Äthiopien. Sie besitzen eine besondere Gabe, die für diese Familie oder diesen Stamm charakteristisch zu sein scheint. Ihre Mitglieder herrschen über das ganze Land.« Dies wäre eine Erklärung für den außergewöhnlichen Einfluß der Magier auf die zweihundert bis dreihundert Millionen Schwarze, und zwar sowohl auf dem afrikanischen Kontinent wie bei den Nachkommen der Sklaven.

Jene Leser, die von den vorstehenden Beispielen nicht überzeugt sind, möchten wir anregen, ein wenig über folgende Begebenheit nachzudenken. Wir hielten uns in einem Dorf im Sudan auf. Drei Weiße, ein Dolmetscher und drei schwarze Amtsträger führten ein angeregtes Gespräch. Unsere Gastgeber, einer hatte als Soldat gedient, erzählten viele ungewöhnliche Geschichten über Medizinmänner. Da wir die Neigung der Schwarzen zum Wunderglauben kennen, nahmen wir nicht alles für bare Münze. Einer meiner Gefährten machte aus seinem Mißtrauen keinen Hehl. Der ehemalige Soldat fragte gereizt:

»Warum glaubst du nicht an Magier?« »Ich bin ein ungläubiger Thomas. Ich glaube nur, was ich sehe.« Der Häuptling lächelte bei dieser Antwort. Er erhob sich, nahm eine rußende Fackel und drückte sie auf dem Boden aus. Wir konnten nichts mehr um uns erkennen. Plötzlich hörten wir das Geräusch einer Ohrfeige. Der mißtrauische Weiße rief:

»Welcher Schweinehund . . .«

»Ich war es, mein Freund, reg dich nicht auf«, sagte der Häuptling und zündete eine neue Fackel an meinem Feuerzeug an. »Du glaubst nur, was du siehst. Du hast die Ohrfeige nicht gesehen, du hast sie gemerkt. Glaubst du, daß sie dir jemand gegeben hat?«

223

Wir wollten lachen, doch der Häuptling fuhr fort: »Mit dem Fetisch ist es wie mit der Ohrfeige im Dunkel. Du siehst nichts, aber du merkst etwas...«

Abschließend möchten wir noch auf die Trance zu sprechen kommen, die ebenfalls zu den Praktiken der Magier gehört. Meistens wird dieser Zustand herbeigeführt, um mit den Geistern in Verbindung zu treten und magische Kräfte wirksam werden zu lassen. Es ist häufig die Frage gestellt worden, ob Magier sich auf natürliche Weise in Trance versetzen können oder ob sie Drogen nehmen.

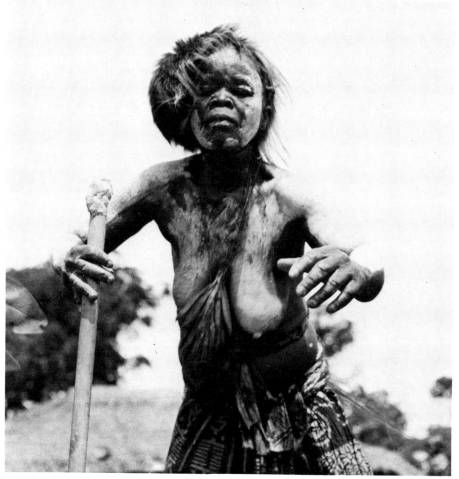

*Tanzende Frau im Drogenrausch*
*Quelle: Agence Hoa-Qui*

## AFRIKANISCHE MAGIE

Wahrscheinlich ist die Fähigkeit der Autosuggestion bei bestimmten nervösen oder hypernervösen Menschen so stark, daß sie sich sozusagen auf natürliche Weise in Trance versetzen können. Vor allem bei rituellen Tänzen sind im Zustand der Trance die Nerven bis zur körperlichen Erschöpfung angespannt und gereizt. Die Schwarzen nennen diese Selbstvergessenheit den »Weg in eine andere Welt«. Der Medizinmann kann sich nicht beliebig oft in diese Verfassung bringen, ohne gesundheitlichen Schaden zu nehmen. Bei Europäern äußert sich ein tranceähnlicher Zustand oft in ungewöhnlicher Ruhe, bei den Schwarzen dagegen artet er meistens in Raserei aus.

In neun von zehn Fällen nehmen die schwarzen Magier Drogen oder berauschende Pflanzen, die das körperliche Empfinden ausschalten und dem Übernatürlichen im Magier freien Lauf lassen. Sie streiten aber den Drogengenuß meistens ab. Vor einer großen Sitzung kann man jedoch oft beobachten, wie sie unablässig etwas kauen. Manche Beobachter gelangten sogar zu der Ansicht, nun gäbe es im Busch auch schon Kaugummi. Wir sahen, wie ein kongolesischer Medizinmann zwei Stunden vor der Opferzeremonie, die zur Heilung eines Häuptlings stattfinden sollte, heimlich eine *getrocknete* Kolanuß in den Mund nahm. Wir bezeichnen sie als »getrocknet«, da diese Nuß, die er aus einem Kästchen nahm, besonders präpariert zu sein schien. Normalerweise sind Kolanüsse schwarz-braun, doch diese hatte eine grünliche Färbung. Wir konnten nichts Näheres darüber erfahren, doch bekanntlich bedienen sich viele Magier bestimmter Pflanzen, die mit magischen Formeln präpariert werden und Hypnose oder Trance auslösen.

Der Medizinmann greift meistens zu magischen Mitteln, deren Anwendung ihm durch Überlieferung oder Initiation bekannt ist, zu seltenen Pflanzen und vielleicht auch zu Fetischen, um mit den mächtigen Geistern Verbindung aufzunehmen. Er spricht mit ihnen, stellt ihnen Fragen, erhält Antworten, und häufig verleihen sie ihm übernatürliche Kräfte, ohne die seine magischen Handlungen und Wunder nicht möglich wären. Während seiner »Selbstvergessenheit« wird er gottähnlich und besitzt die Kraft, die man dem Göttlichen allgemein zuschreibt. Er kann heilen, töten und prophezeien. Die Weissagungen schwarzer Fetischeure, die sich bewahrheitet haben, sind ein unerschöpfliches Thema. Selbst wenn wir unserer Phantasie freien Lauf ließen, bliebe sie weit hinter der afrikanischen Realität zurück. Aus den Erzählungen und Berichten Forschungsreisender, Missionare und Kolonialbeamten gelangt man zu der Überzeugung, die Nachkommen der biblischen Propheten seien noch nicht ausgestorben. Auch ein so nüchterner und sachlicher Forscher wie Livingstone ließ sich dazu hinreißen, über Weissagungen von Medizinmännern zu berichten, die sich bewahrheitet hatten.

# II

## DIE WELT DER MAGIER

*Hugh Peters, ein Besessener. Englischer Stich, 18. Jh.
Quelle: Musée d'Histoire de la Médecine, Paris*

# 1. KAPITEL

## DER MENSCH IM ANGESICHT DES ÜBERNATÜRLICHEN

Furcht vor zwar entfernter, aber drohender Gefahr beherrscht die Welt der Magie. Da sie unbekannt ist, ist sie besonders gefährlich. Hauptziel jeden menschlichen Handelns ist es, schädlichen Elementen Einhalt zu gebieten oder sie zurückzudrängen. Der Mensch widersetzt sich ihnen, indem er feste Bindungen zu guten Elementen knüpft. Die Methoden dieses von der Angst geleiteten Selbstschutzes kamen ursprünglich aus der Überlieferung. Plinius schrieb, Magie fuße auf der empirischen Kenntnis der Medizin. In vielen Fällen kann man die Ursache des Bösen leicht ausmachen. Dies gilt vor allem, wenn der primitive Mensch die Gefahrensymptome schnell und leicht erkennt. Bei Verletzungen weiß er, wie er die Ursache des Übels beseitigen und die Heilung herbeiführen kann. Er entfernt einen Dorn, zieht einen Pfeil heraus oder löst einen Strick. Ihm ist auch bekannt, daß viele Krankheiten durch Parasiten oder gefährliche Tiere hervorgerufen werden. Also muß man sich von ihnen fernhalten, sich vor Berührung mit ihnen hüten oder sie töten. Der primitive Mensch kennt die Gefahren, die sich aus atmosphärischen Bedingungen wie Regen, Unwetter oder Blitz ergeben können. Er hat gelernt, in Höhlen, unter Laubdächern oder in abgeschlossenen Räumen Schutz zu suchen. Es ist also nur logisch, wenn allen Lebewesen und Dingen, die Böses bewirken können wie Dornen, Steine, Parasiten, Schlangen, Regen oder Blitz bewußte eigenständige Lebenskräfte zugesprochen werden. Der Mensch schließt alles in das Böse ein, das durch den Willen belebt ist, ihm zu schaden. Dazu gehören auch höhere Kräfte, die ihn verletzen könnten. Dem Menschen günstig gesinnte Wesen und Substanzen hält er gleichfalls für belebt: Sonne, Sterne, Haustiere, Pflanzen, schützende Kleidungsstücke und Ahnen, die ihn verteidigen oder anleiten. Diese animistische Auffassung ist ein möglicher Weg zur Magie.

Durch eine Entwicklung, deren einzelne Schritte nicht mehr nachzuvollziehen sind, hat sich eine komplexe, manchmal systematische Hierarchie mächtiger Wesen herausgebildet. Ihre Stärke und die von ihnen ausgehende Gefahr liegt in der Schwierigkeit, sie anzusprechen. Sie sollen dem Menschen und seinen Bedürfnissen unterworfen werden. In dieser Hierarchie nehmen Himmelskörper, vor allem die Sonne, den wichtigsten Platz ein. Jedes belebte oder unbelebte Wesen (d. h. alles in der Umgebung des Menschen mit den Sinnen Erfaßbare oder durch Phantasie Zugängliche) hat seinen Platz. Die majestätischen Bäume mit ihrem herrlichen Blätterwerk oder die hohen Gipfel der unbezwingbaren Berge, die lange Schatten werfen und den Blick in die Ferne versperren, erscheinen dem Menschen wie wunderbare und unerklärliche Beispiele einer übermenschlichen Größe, die außerhalb seiner Reichweite liegt. Die wilden, tosenden Flüsse scheinen in ihren Fluten unendliche Versprechungen und unbekannte Gefahren mitzutragen. Den Menschen ängstigen auch die großen Blumen mit ihren lebhaften Farben und dem betäubenden Duft. Er fürchtet sich vor den tödlichen Giften in den Pflanzen, vor den Tieren, die ihm häufig physisch überlegen zu sein scheinen und es auch sind. Man denke nur an die wunderbaren Metamorphosen der Insekten, die perfekten Gemeinwesen bei Bienen und Ameisen, die Kraft der Vögel, sich in die Lüfte zu erheben, oder die Möglichkeit anderer Tiere, in der Tiefe des Erdreichs zu verschwinden. Auch unter Menschen gibt es große Unterschiede. Einer übertrifft den anderen, weil er besondere Fähigkeiten besitzt. Menschen mit besonders kräftigem Körperbau oder Verkrüppelungen, mit seltener Haar- oder Augenfarbe, kurz Menschen mit physischen Eigenschaften, die sich von der Allgemeinheit abheben, sollen vom Guten oder Bösen gezeichnet sein. Sie besitzen die Fähigkeit, einen außergewöhnlich guten oder bösen Einfluß auszuüben.

## DIE ALLIANZ MIT UNSICHTBAREN MÄCHTEN

Aus diesen Überlegungen kann ein Stammesmystizismus entstehen, der zu Aberglauben oder Rassenhaß führt. Menschen anderer Rassen sollen gefährlich und schädlich sein, da sie sich durch die Farbe ihrer Augen, ihrer Haut oder andere äußere Merkmale zu unterscheiden scheinen. Sie weichen von der Allgemeinheit ab. Daraus erklärt sich die Feindseligkeit gegenüber Menschen anderer Rassen. In dieser primitiven Auffassung ist der Ursprung des Rassenhasses zu suchen, der sich unter bestimmten Bedingungen und zu bestimmten Zeiten deutlich und zu allem entschlossen äußert.

Ist der Mensch vom günstigen oder schädlichen, auf jeden Fall aber ausschlaggebenden Einfluß zahlloser äußerer Kräfte auf sein Leben überzeugt und kann keine Handlung dem Einfluß dieser Kräfte entzogen werden, versucht der Mensch mit allen Mitteln, stärker als sie zu werden, um sie zu lenken. Der Mensch hat Tiere gezähmt, weil er Waffen herstellen konnte. Er hat schwächere Menschen und Feinde besiegt, die eine Gefahr darstellten, und sie sich untertan gemacht. Er hat die Widrigkeiten der Natur bezwungen, indem er sich einen Schutz schuf. Die Möglichkeit oder die Notwendigkeit, ein Mittel zu finden, unsichtbare Feinde zu bezwingen, die man weder physisch beherrschen noch durch Waffen unterwerfen kann, tritt deutlich zutage. Außerdem muß das Leben des einzelnen oder einer Gruppe vor schädlichen Elementen geschützt werden. Diese Elemente bringen in mancherlei Hinsicht die gleichen Übel hervor wie jene, die von Kräften bewirkt werden, die dem primitiven Menschen schon bekannt sind, da er sie bezwungen hat. Sie begünstigen oder schützen die schädlichen Elemente. Defensive und Offensive bauen auf dieser Denkweise auf und werden damit begründet.

Es war also notwendig, Befruchtung, Schwangerschaft, Geburt und alle wesentlichen Dinge zu schützen, auf die das Leben und die Kraft der Gruppe zurückgehen. Die phallischen Riten und die frühgeschichtlichen Monumente, die gigantische Fortpflanzungsorgane darstellen, beweisen, daß der Gedanke des Weiterlebens schon in ältester Zeit ein Eckstein der Gesellschaftsordnung war. Den Geschlechtssymbolen gab man schützende vorbeugende Kräfte. Die Magie setzt diese Waffen ein, um sichtbare und unsichtbare Kräfte zu identifizieren und zu zwingen, sich zum Nutzen des einzelnen oder der Gruppe zu verwenden.

# DER ZWECK HEILIGT DIE MITTEL

Auf der Suche nach Schutz oder Ausflucht suchte der Mensch in den Geheimnissen des Lebens und Sterbens der Natur Beispiel und Warnung. Er schützte sein Leben durch laute und mißtönende Geräusche, Feuer und grelle Farben. Dadurch wollte er sich Feinde fernhalten. Sie sollten bis ins Mark erschrecken. So wie man Tiere beruhigt oder selbst beruhigt werden will, versuchte der primitive Mensch, feindliche Kräfte günstig zu stimmen. Daher brachte er ihnen Speisen und tatsächliche oder fiktive Opfer dar. Diese Auffassung führte zweifelsohne zu zahlreichen Blutriten, vom Tieropfer bis zum Menschenopfer. Durch Musik oder die Nachahmung des Vogelgezwitschers wollte er die wohlwollenden Kräfte herbeirufen. Im Paläolithikum gab es die ersten Musikinstrumente aus Rentierknochen. Die magischen Praktiken wurden durch Händeklatschen oder das Rütteln von Holzstücken begleitet. Der Klang der Trommel, in der sich der Kriegsdämon versteckte, begleitete die Kämpfe. Kein Kampf konnte ohne magische Gesänge

*Maori-Kriegstanz. E. Bayard*
*Quelle: Musée des Arts Décoratifs*

beginnen. Bei einigen polynesischen Stämmen beginnt der Hexer noch heute mit einem gesungenen Bericht über die ruhmvollen Taten. Es ist eine Reminiszenz an die Gesänge der primitiven Dichter.

Betäubungsmittel, die einen Zustand der Verzauberung herbeiführen sollen, sind vielleicht eine willentliche oder auch unbewußte Nachahmung der Natur. Gleiches könnte man von dem häufigen und wunderwirkenden Gebrauch von Duftstoffen, Farben und allem sagen, was Zauber ausübt.

Die Erfahrung lehrt die Mittel, wie man feindliche Kräfte vertreibt. Sie lehrt auch, wie man Tiere erschreckt und schädliche Wesen oder übermenschliche Geister verjagt. Ein Kranker wird geschlagen, verletzt, geschüttelt, gebeutelt und mit drastischen Mitteln jeder Art behandelt, da man überzeugt ist, so den schlechten Dämon vertreiben zu können. G. Zilboorg hat die Aggression gegenüber Kranken und Irren in seiner *Histoire de la psychologie* erschöpfend behandelt. Diese Art der Behandlung des Irrsinns war noch vor zwei Jahrhunderten in den Anstalten für Geisteskranke an der Tagesordnung.

Ein früheren Hexern gemeinsames Verfahren war die Zerstörung des feindlichen Besitzes. Man versuchte, den Schatten zu treffen, verbrannte seine Haare und Nägel, schrieb seinen Namen und übergab ihn den Flammen. Außerdem zerstörte man sein Bild.

Man glaubte, feindliche Kräfte aufhalten zu können, wenn man ihre Aufmerksamkeit durch Taten oder Dinge plötzlich auf andere Objekte lenkte. Dies erklärt die Schutzwirkung, die Phallusabbildungen zugeschrieben wurde. Schon bei den Römern erfreuten sie sich großer Beliebtheit. Man trug sie in verschieden geformten Amuletten. Eng mit dieser primitiven Idee verbunden ist das Verbrennen von Bildern oder Schriften, die gefährliche feindliche Kräfte darstellen. Diese Beobachtung konnte man auch bei Geschehnissen in jüngster Zeit machen. Bücher sind Feinde jeder irrationalen Richtung, denn sie stellen ein geschriebenes und unerschütterliches Gesetz dar, das nur schwer zu bekämpfen ist.

Kopfbedeckungen mit langen Federn, Kleidungsstücke in grellen und eigenartigen Farben – die Uniformen der primitiven Armeen – oder lärmende Begleitmusik sind andere Mittel, um die Identität zu ändern, den Feind zu erschrecken und einen aktiven und direkten Zauber auszuüben.

Eine andere, gleichfalls wichtige Methode der Selbstverteidigung ist das Verstecken oder Ändern der persönlichen Unterscheidungsmerkmale, wie es in der Natur geschieht. Dabei benutzt man eine Schutzfarbe und ahmt die Färbung der Umgebung nach oder man verkleidet sich. Vergangenheit und Gegenwart liefern zahlreiche Beispiele. Die Masken zur Veränderung der äußeren Persönlichkeit sind aus dem gleichen Gedanken entstanden. Auf diesen Ursprung gehen die häufigen Namensänderungen zurück, die in allen magischen und später aus ihnen abgeleiteten religiösen Praktiken von großer Bedeutung sind.

Da der Name den Platz des Individuums innerhalb einer Gruppe definiert und festlegt und da er es von den anderen abhebt, ist er von außerordentlicher Bedeu-

*Römisches Fruchtbarkeitsamulett*
*Quelle: Sammlung Jacqueline Bellanger*

tung. Der Name ist Wesen und wichtigstes Merkmal der Persönlichkeit. Eine Namensänderung ist folglich die tatsächliche und effektive Änderung der Persönlichkeit. Der primitive Mensch glaubt, durch die Namensänderung seien die Gefahren gebannt, die seine frühere Persönlichkeit bedrohten. Es gibt häufige und interessante Analogien zum Glauben der Kinder, die durch Namensänderung oder Verkleiden ein anderer werden oder sich unkenntlich machen wollen. Namen haben einen Zauber und mystische Kraft, sie sind gleichzeitig Wort und Symbol. Dinge und Menschen haben Namen: Häuser, Waffen, Flüsse und Berge. Die primitiven Völker geben dem Kind in einer feierlichen Zeremonie die Gaben des Vaternamens. Nach ihrem Glauben geht seine Seele oder ein Teil seiner Seele auf den Sohn über. Daraus ist der Brauch entstanden, dem Kind den Namen des Vaters oder Großvaters zu geben. Nach primitivem Brauch muß der Vater in das Gesicht seines Kindes hauchen. Die primitiven Stämme glauben an eine grundsätzliche Verwandtschaft von Namen und Jahr, Tag und Jahreszeit, zu denen der Name gegeben wird. Es gibt zahlreiche Beispiele für Geheimnamen, die nur dem Hexer oder Vater bekannt sind. Niemand soll den Namen kennen, damit das Kind nicht verhext werden kann. Diese Auffassung führte zu dem Verbot, den Namen der Götter auszusprechen. Ein Beispiel ist das Verbot der Bibel, den Tetragrammnamen Gottes auszusprechen. Verändert man den Namen oder läßt man ihn aus, kann man Gefahren bannen und das Schicksal zwingen.

# DAS BILD BEEINFLUSST DIE SACHE

Magie ist in der Anlage und in ihren Praktiken dem Wesen nach analog und ahmt nach. Sie stammt aus dem Grundgedanken, es sei möglich, im Kampf gegen sichtbare und unbekannte Kräfte Ergebnisse zu erzielen. Zunächst muß man diese Ergebnisse wünschen und daran denken. Dann benutzt man die gleichen Mittel, mit denen man in ähnlichen Situationen, die durch bekannte Ursachen gegeben waren, bestimmte Ergebnisse erzielt hat.

Das kindliche Denken, das von diesem Prinzip beherrscht ist, liefert Analogien zur imitativen Magie. An dieser Stelle könnte ein noch heute praktizierter Brauch wilder Stämme angeführt werden. Um Regen zu erzeugen, schlägt man mit einem Stock in eine Pfütze und läßt das Wasser aufspritzen. Es gibt noch zahlreiche andere Beispiele. Hier sei vor allem auf Praktiken hingewiesen, die Schwangerschaft und Geburt erleichtern sollen (Bearbeitung des Bauchs einer schreienden Frau während der Geburt; Simulierung der Geburt; man versteckt eine Holzpuppe in der Nähe der werdenden Mutter; Simulierung des Säugens usw.). Alle

*Geburt bei den Apachen*
*Quelle: Bibliothèque Nationale (Estampes)*

direkten oder indirekten Beeinflussungen von Attributen (Schatten, Bilder, Namen usw.) sind Teil der imitativen Magie. Sie spiegelt sich in den Gedanken und Gesten von Kindern. Man findet sie auch in einigen Formen dissoziativer Psychopathie, bei denen jeder Akt gegen den eigenen Namen, den Schatten oder das Bild als schlecht und folglich als fatal angesehen wird. Diese Auffassung hat zu den strengen Verboten geführt, Bilder zu benutzen, Namen auszusprechen, Buchstaben zu schreiben usw.

Die analoge oder imitative Magie, die Frazer homöopathisch nennt, da seines Erachtens der Begriff *imitativ* einen bewußten Nachahmungsfaktor enthält, beruht auf folgendem Prinzip. Gleiche Dinge müssen gleiche Wirkungen hervorrufen. Die Praktiken des Primitiven und der Bewohner des alten Ägyptens und Babylons findet man heute noch bei den Polynesiern und Afrikanern. Wenn die nordamerikanischen Indianer das Bild eines Menschen in Sand, Asche oder Ton zeichnen oder annehmen, ein Ding sei eine Person, und wenn sie dann das Bild oder die Sache mit einem Stock schlagen, glauben sie, die Person zu verletzen oder zu töten.

Frazer weist auf eine andere Form der Verzauberung hin. Hierbei baut man eine dreißig Zentimeter hohe Figur aus Bienenwachs. Die Malaien glauben, wenn sie das Auge im Bild des Feindes durchbohren, werde dieser erblinden. Durchbohren sie den Kopf, wird er Kopfschmerzen bekommen. Durchstößt man das Bild vom Kopf bis zu den Füßen und hüllt es in ein Stück Leinen, als sei es ein Leichnam, und spricht man Gebete für die Toten darüber, muß der Feind sterben. Bei den Bataks auf Sumatra schnitzt die sterile Frau, die sich Kinder wünscht, die Holzfigur eines Kleinkindes. Wenn sie diese Figur gegen ihre Brust drückt, ist sie

## DIE WELT DER MAGIER

sicher, daß ihr Wunsch erhört wird. Wünscht sich eine Frau auf dem Barbar-Archipel ein Kind, hält sie eine rote Stoffpuppe gegen ihre Brust, als wenn sie sie stillen wollte. Das gleiche Prinzip des Simulierens, das auch Kinder gerne verwenden, führt zu einem Adoptionsritus in Form einer vorgetäuschten Geburt. Auch ein Leichnam kann so zum Leben erweckt werden. Diodorus erzählt, Juno habe bei der Adoption des Herkules folgende Zeremonie eingehalten. Sie nahm ihn mit in ihr Bett, holte ihn plötzlich aus ihren Kleidern und ließ ihn zu Boden fallen. Damit wurde eine echte Geburt simuliert. Der Historiker fügt noch hinzu, daß die Barbaren noch zu seiner Zeit den gleichen Ritus befolgten, wenn sie Kleinkinder adoptierten. Dieser Brauch wird offensichtlich noch in Bulgarien und bei den bosnischen Türken eingehalten. Viele andere Beispiele könnten herangezogen werden.

Im Zusammenhang mit der magischen Vorstellung der Kraft der Bilder haben Akte der Liebe, des Mitleids oder der Feindschaft die gleiche Bedeutung und das gleiche Ergebnis, als wenn man auf die Person oder das Tier selbst einwirkte. Die Anbetung oder Verurteilung »im Bild« entsprechen dieser Anschauung. Dazu gehört auch das biblische Verbot der Bilderverehrung.

In der Vorstellungswelt des primitiven Menschen bedeutet Tod nicht Ende, sondern ist einfach ein Übergang von einem Seinszustand in einen anderen. Der gestorbene Mensch braucht auch weiterhin Speisen und Getränke und muß die Aufgaben des materiellen Lebens erfüllen. Er kann fühlen und sehen, was sich bei den Lebenden abspielt. Er kann einen schädlichen oder guten Einfluß ausüben. Er ist häufiger schädlich als gut, da der Tote leben will und es ihn heftig drängt, Rache zu üben oder zu strafen.

Entsprechend diesem Glauben kann der Tote wie der Lebende an mehreren Orten zugleich gegenwärtig sein. Er kann als Phantom, Tier oder Pflanze erscheinen. Ist er unter der Erde, fühlt er Kälte und Feuchtigkeit und leidet darunter. Das Leben geht vor allem in den Knochen weiter, da sie langsamer verwesen. Man glaubt, der Schädel sei der eigentliche Tod. Man bittet ihn um Rat oder schickt flehende Bitten und Gebete zu ihm. In der Steinzeit war Trepanation an Verwundeten ein häufiger chirurgischer Eingriff zur Behandlung von Schädelverletzungen. Wenn die Operation an Totenschädeln vorgenommen wurde (es gibt zahllose derartige Beispiele in Europa, Afrika und Mittelamerika), wollte man die Schädelstücke zweifelsohne als Amulett tragen, nachdem sie in runde Scheiben geschnitten waren. Man glaubte, der Besitz von Knochen, insbesondere Schädelknochen, der Ahnen verleihe dem Besitzer außergewöhnliche Kraft. Es wird ihm die Macht gegeben, die der Tote einst besessen hatte.

Dies erklärt die Bedeutung der Kopfjagd bei allen primitiven Stämmen. Bei einigen Völkern in Äquatorgebieten, die von Karsten beschrieben wurden, nimmt diese Jagd eine besonders interessante Form an. Der Besitz der »tsantsas«, d. h. getrockneter und speziell bearbeiteter Köpfe, bedeutete Macht über die Toten.

Das Lebensprinzip kann auch in Teilen des Körpers und allem anderen liegen, das dem Toten gehörte. Die von Bruce beschriebenen Eingeborenen der Torresstraße glauben, das Wesen des Toten, das durch das Wort *keber* umschrieben wird, sei nicht nur im Leichnam zu finden, sondern auch in allem, was bei den Begräbnisfeierlichkeiten benutzt oder was mit ihm begraben wird. Besitzt man einen Teil des Leichnams oder eine Beigabe, erhält man die Kontrolle über den Tod und kann seinen Einfluß bezwingen. Hieraus erklärt sich der Brauch, wonach alle dem Toten gehörenden Dinge, vor allem sein Haus, vernichtet werden müssen.

Die primitiven Völker sind daher wenig geneigt, das Erbe des Toten anzutreten. Eine Auswirkung dieses Glaubens ist der Brauch, alle Dinge, die dem Toten besonders lieb und kostbar waren, mit ihm zu begraben. Dadurch soll verhindert werden, daß er zurückkommt und aus Unzufriedenheit oder Neid nach ihnen verlangt.

Der Glauben vieler primitiver Gesellschaften, der Tote könne an zwei oder mehreren Orten erscheinen, hängt mit der weitverbreiteten Auffassung zusammen, das Lebensprinzip des Individuums könne ein vom Körper getrenntes Leben führen. Nach Meinung der alten Ägypter existierte »ka« oder die Lebenskraft weiter in der Nähe des Grabes und bewachte den Toten, bis ihm die entsprechenden Ehren erwiesen waren und er die nötige Nahrung erhalten hatte. Erst wenn der Körper vernichtet, verbrannt und die Asche in alle vier Winde verstreut war, konnte man den endgültigen Tod annehmen. Dann war der Tote nicht mehr in der Lage, dem Menschen zu schaden. Alles, was dem Toten gehört hat, behält dennoch seine Macht oder seine Eigenschaften. Aus dieser Überzeugung stammen unzählige Geschichten, z. B. die Sage des Schilds des Achilles, des Helms des Mambrin und viele mehr. Wird der Körper nicht vernichtet – ja sogar wenn er vernichtet wird –, kann der Tote zurückkommen, um am Leben seiner Gruppe teilzunehmen. Wie zu seinen Lebzeiten wird er gut oder böse handeln. Er kann den Lebenden in verschiedener Gestalt und sogar an unterschiedlichen Orten gleichzeitig erscheinen. Manchmal nimmt er zugleich die Gestalt eines Tieres oder sein eigenes Aussehen an. Häufig erscheint er als Schlange. Der Schlangentote kann den Lebenden seiner guten Absichten versichern. Man hält sein Erscheinen für einen Beweis seiner freundschaftlichen Absichten.

In primitiven Gesellschaften findet man eine komplexe Sicht der besonderen

Lebensbedingungen der Toten. Sie leben in Gruppen, die nach den gleichen Prinzipien wie im Leben aufgebaut sind. Sie haben Ahnen und werden durch gleiche Gesetze beherrscht. Menschen, die ohne Nachkommen sterben, sind besonders bedauernswert, da niemand Gebete – Anrufungen oder Beschwörungen – für sie sprechen kann.

Solange es sich um primitive Mentalität handelt, darf man nicht von Unsterblichkeit, sondern muß von Überleben reden, also von einem zweiten Leben, das dem ersten in vielerlei Hinsicht gleicht. Fast alle Stämme Polynesiens und Afrikas glauben, auch Tote sterben, könnten getötet werden und begännen in neuer Gestalt ein neues Leben. Die Reinkarnation, ein von vielen primitiven Gruppen vertretener Glauben, schließt den Lebenszyklus. Das Leben geht weiter. Eine Existenz geht in eine andere über.

# DIE MACHT DER TOTEN UND DAS ÜBER-ICH

Tote spielen eine große Rolle. Sie üben Einfluß auf das Leben aus, sind durch das Alter erfahren, haben Verdienste und Siege erworben. Auch besitzen sie die Macht und Geschicklichkeit, überall gegenwärtig und unsichtbar zu sein. Damit sind sie von ausschlaggebender und unkontrollierbarer Bedeutung. Den Primitiven drängt es entsprechend den Lebensumständen, ihr Eingreifen zu erflehen oder zu beschwören, zu wünschen oder zu fürchten. Er fühlt das Bedürfnis, seine Ahnen oder engsten Freunde zu Hilfe zu rufen, die (im Leben) gute Ratgeber oder treue Freunde waren. Er will sich ihrer in Augenblicken der Gefahr bedienen. Das Motiv ist gleichermaßen klar, das den primitiven Menschen veranlaßt, die Totenerscheinungen zu beschwören oder zu versuchen, sie zu Fall zu bringen. Dabei fürchtet der Mensch immer, die feindlichen Geister verstorbener Feinde könnten erneut erscheinen.

Die Auffassung führt zum Wunsch – besser zum Bedürfnis –, in direkte Verbindung mit den übernatürlichen höheren Mächten zu treten. Sie können in Träumen, Visionen und durch Krankheit oder Gift hervorgerufenen Halluzinationen oder unter dem Einfluß bestimmter Worte, Gesten oder Anrufungen in verschiedener Form erscheinen. Das wesentliche, grundlegende Ziel der Magie ist ihre Rückführung zu den Lebenden. Sie werden zu ständigen und gewohnten Partnern im täglichen Leben. Man will sie als Freunde im Glück und Unglück. Sind sie feindlich gesinnt, muß man sie vertreiben.

Der Mensch stellt sich vor, er höre die Stimme der Ahnen. Er widersetzt sich ihren Wünschen und Bedürfnissen oder bringt sie mit seinem Willen in Einklang.

*Verwandte fragen den Verstorbenen nach der Todesursache.*
Quelle: Musée des Arts Décoratifs

Vielleicht versucht er auch, ihnen seinen eigenen Willen aufzuzwingen. Auf jeden Fall ist er psychologisch nur das Werkzeug eines ständigen Kampfes zwischen dem bewußten Ich und dem archaischen Unbewußten. Hier hört er ständig die Stimmen der Vergangenheit. Sie ermahnen oder trösten ihn. Sie unterrichten oder drohen. Wie bei Träumen projiziert der Mensch Ereignisse, die sich in seinem Geist entwickeln, in die äußere Welt.

Hauptziel magischer Praxis, insbesondere der Beschwörung, ist demnach die Erinnerung und Identifizierung der Stimmen sowie die Erkenntnis des Aussehens der Toten. Bekanntlich haben Anrufungen, Beschwörungen und Exorzismen das gleiche Ziel. Man will die sogenannten geheimen Stimmen projizieren oder deutlicher machen, die jeder Mensch hört oder bei bestimmter geistiger Verfassung zu hören glaubt. Diese Stimmen sind Ausdruck der Ahnentraditionen, von vergessenen Bildern und Gesetzen, die in der Erinnerung verblaßt sind. Der Mensch, der sie anrufen will, macht sich selbst aufnahmebereit, konzentriert sich auf seine innerste Persönlichkeit. Er hört in sich hinein. Es ist die Haltung eines Menschen, der in großer Stille einen geliebten Menschen ruft. Er weiß nicht, ob dieser fern oder nah ist, ob er dem Ruf der Stimme folgen wird oder nicht. Den Menschen erfüllt gleichzeitig Hoffnung und Furcht.

## DIE BESCHWÖRUNG

Geister vertrauter Verstorbener, Freunde oder Feinde, Schützer der Gruppe, der Familie, des einzelnen, aller Lebenden und Toten soll man angeblich beschwören können. Die Beschwörung erreicht die geheimen und unbekannten Lebenskräfte, die in Himmelskörpern, Quellen, Flüssen, Bäumen, Bergen, in den Eigenschaften des Menschen und der Dinge liegen. Das Primitive und Unbewußte jedes Menschen glaubt an eine lebendige Kraft, die in jedem Lebewesen und in der Substanz des Kosmos ruht. Das Vorhandensein dieser Kräfte macht es folglich möglich, sie zu beschwören und zu erreichen, um sie günstig zu stimmen oder um sie zu bekämpfen.

In den magischen Praktiken aller Völker ist die Kraft des Namens so groß, daß man ihn nur aussprechen muß, damit die Person erscheint, der er gehörte. Daher ist es im allgemeinen untersagt, den Namen von Toten oder bösen Geistern auszusprechen. Hierauf beruht ein Brauch, der auch heute noch praktiziert wird. Er verbietet es, Personen zu nennen, die für ihr böses Geschick bekannt sind. Der Brauch schreibt Gesten vor, wie das Böse zu exorzieren ist, wenn der Name ausgesprochen wurde. Eine Folge dieser magischen Auffassung ist die Angst, die die orientalischen Völker: Araber, Türken, Juden und Inder gefangenhält, wenn ihre Kinder gelobt werden oder wenn der Name von Fremden ausgesprochen wird. Man fürchtet, die Namensnennung rufe den Neid und das Wirken feindlicher Geister hervor.

Die eigentliche Beschwörung wurde immer als Grundlage magischer Praktiken angesehen. An zahllosen Beispielen, die in neueren Werken angeführt werden und die Beschwörungen der Eingeborenen Haitis, des Zentrums des magischen Wodu-Kultes, beschreiben, wird schlagend bewiesen, daß die Beschwörung wie alle magischen Riten einen besonderen Geisteszustand der Teilnehmer erfordert. In diesem Geisteszustand überwiegen die Gemütseigenschaften über die Vernunft. Es ist eine Erwartungshaltung gegenüber dem magischen Ereignis, dem Wunder. Hexerei durch ein beschwörendes oder erinnerndes Wort, der Zauber, der den Tod zwingt und der den Verstorbenen zur Rückkehr oder Annäherung an die Lebenden veranlaßt, sind die Basis aller Methoden, die man jahrhundertelang zur Beschwörung eingesetzt hat. Man erzwingt eine direkte Berührung zwischen dem Bewußten und Unbewußten, zwischen der persönlichen Wahrnehmung des Über-Ichs des Individuums und dem kollektiven Unterbewußten. Daraus entsteht das Bewußtsein des Stamms. Die Beschwörung ist also nur die Objektivierung des brennenden Wunsches nach einem direkten Bezug zwischen dem Individuum und seiner Vergangenheit.

# DER BESCHWÖRER

Die Magie aller Zeiten befaßte sich neben der Totenbeschwörung mit der Beschwörung von bekannten und unbekannten Kräften aller Art. Die Beschwörung ist, wie der Name sagt, ein Schrei oder ein Ruf, bei dem die Stimme und der Name von wesentlicher Bedeutung sind. Folglich kann man alle lebenden Kräfte von Tieren, Pflanzen, Himmelserscheinungen (wie Licht, Dunkelheit, Feuer, Blitz usw.), Flüsse, Quellen, Berge und Sterne beschwören. Der primitive Mensch erkannte in seiner gesamten Umgebung eine höhere Macht, die er zu seinem Vorteil nutzen oder daran hindern konnte, sich gegen ihn zu stellen.

Aus dem Gesagten wird verständlich, daß sich für den Primitiven schon früh die Notwendigkeit ergeben haben muß, eine Hierarchie dieser Mächte festzulegen. Das Gesetz der Ordnung, des Systems, der Abstufung verschiedener Mächte ist zweifelsohne eine Voraussetzung, die sich aus den Bedürfnissen des Lebens ergab. Der Mensch wollte schon früh die Wesen unterscheiden, deren Einfluß eng begrenzt war. Er wollte auch jene kennen, deren Stellung im Kosmos ein Zeichen der Größe ihrer Macht war. Während sich die Kraft eines Tieres oder eines Feindes auf nahestehende Menschen oder eine Gruppe beschränkte, scheint die Macht der Sonne, des Blitzes oder der Sterne wesentlich größer gewesen zu sein. Daher nahmen sie auch die ersten Plätze in der Rangfolge ein und behielten diesen Platz in den ältesten religiösen Lehrgebäuden. Obwohl diese Strukturen auf einer komplexen Gedankenassoziation aufbauen und sich auf eine entwickelte Vernunft stützen, behalten sie in den wesentlichen Prinzipien die hierarchische Anordnung. Die fortschrittlichen Kulturen und sogar die monotheistischen Religionen weisen dieses Merkmal auf. Es erscheint in der Hierarchie der Heiligen, Engel und Teufel, in ihren Einteilungen und Unterteilungen.

Der Einsatz eines Mittlers, der diese Kräfte beschwört und ihre geplante Aktion nützlich machen soll, ist die Folge dieser Einteilung. Ein solches Wirken erfordert die Kenntnis zahlreicher Fakten, die Anerkennung mächtiger Kräfte, die genaue Einschätzung jener, die ausgewählt werden müssen, und schließlich die richtige Anwendung der notwendigen Mittel. Im weiten Feld der evokatorischen Magie ereignet sich die gleiche soziale Evolution wie in der Industrie und den bildenden Künsten. Zunächst war der Mensch Köhler und Schmied, Jäger und Erbauer von Palisaden, Bauer und Hirte. Mit der Erweiterung der Kenntnisse und der Verfeinerung der Techniken und mit der ständigen Ausweitung der Bedürfnisse bekam jedes Gruppenmitglied auch spezielle Aufgaben. Die Aufspaltung könnte man mit den Aufgaben der Zellgruppen bei der allmählichen Entwicklung eines Organismus gleichsetzen.

*Die sechste Plage. Moses und Aaron verstreuen Asche. 18. Jh.
Quelle: Bibliothèque Nationale (Estampes)*

## DER MENSCH IM ANGESICHT DES ÜBERNATÜRLICHEN

Der Beschwörer ist also ein Mensch mit dem nötigen Wissen, um die sichtbaren und unsichtbaren Mächte durch Taten und Gesten zu beschwören. Diese waren zunächst sehr einfach. Man rief einfach jene Mächte an, deren Wirken man wünschte. Zeichnungen primitiver Völker zeigen, wie die von Gesang begleiteten Gesten und Tänze diesem Ziel dienten. Diese und andere noch zu erläuternde Fakten beweisen, daß man Wörtern und rhythmischen Gesten in den evokatorischen Praktiken eine wesentliche Funktion gab. Der Rhythmus der Wörter oder der Bewegungen, manchmal langsam und monoton, dann wieder unharmonisch und grell, wurde immer als wesentliches Element der Beschwörung angesehen. Darin muß man vielleicht den Ursprung aller Beschwörungsformeln suchen. Sie bestehen aus rhythmischen und nicht endenden Wiederholungen der gleichen Worte oder von Worten in der gleichen Tonlage. Poesie und Musik stammen wahrscheinlich aus dieser Quelle, aus der Macht des Rhythmus, wenn man okkulte und ferne Mächte ruft.

Das Wirken eines Mittlers scheint also ein notwendiger Beginn zu sein. Entsprechend der Hierarchie der übernatürlichen Wesen hat sich logischerweise eine Hierarchie der Beschwörer herausgebildet. Sie haben entweder niedere Wesen unter ihrer Kontrolle, oder sie wenden sich an höhere Mächte. Ein klassisches Beispiel ist der biblische Bericht über die Magier des Pharaos. Sie wetteiferten mit Moses. Dabei stellte sich die Überlegenheit des Moses und der von ihm angerufenen Mächte heraus. Sie waren weitaus mächtiger als die der ägyptischen Magier, denen es nur gelang, ganz elementare Wunder zu wirken.

Die Beschwörung ist hauptsächlich die Erinnerung an die Vergangenheit, die Objektivierung eines Wunsches, die Projektion von Phänomenen, die sich im Individuum abspielen, sowie das Bedürfnis des Menschen, an seine Zukunft und an die Erinnerung von vergangenen Ereignissen anzuknüpfen. Die Erinnerung an die Vergangenheit nimmt die Zukunft vorweg. Die Beschwörung reicht von der magischen und rituellen Anrufung der Dämonen und Toten bis zu den modernen Erinnerungen an Gestalten und Ereignisse der Geschichte der Menschen oder Rassen. Der Geisteszustand während oder vor der Beschwörung, der zeitweise gegenwärtige Auffassungen und Personen mit dem lebendigen Bild der Vergangenheit überlagern kann, ist in den Abstufungen sehr unterschiedlich. Die Beschwörung bildet eine Brücke, schafft sogar ein gewisses Gleichgewicht in der ewigen Antithese von Bewußtem und Unbewußtem. Worte und Musik, magische Beschwörer und selbstsichere Zauberer dienen somit einem genau umrissenen Ziel.

## DIE WELT DER MAGIER

Der Hexer oder Zauberer beschwört die Vergangenheit, um die Zukunft vorherzusagen oder zu versprechen. Er beschwört die Erinnerung an Böses und erlittene Schmerzen, an Bedrohungen des Individuums oder der Gruppe. Er betont, übertreibt sie, um das Bedürfnis nach Schutz oder Angriff zu beweisen. Die antisoziale magische Beschwörung, die durch Frustration geleitet ist und zu Aggression mit Rachegedanken oder Repressalien führt, um eine politische oder wirtschaftliche Herrschaft zu begründen, entspricht der totalitären Propaganda. Man denkt unwillkürlich an die Aufrufe während des Tausendjährigen Reichs: die Eroberung Roms, die jüdische Bedrohung, die imperialistische oder bolschewistische Gewaltherrschaft und dergleichen. Die Beschwörung der Vergangenheit ist eine Anrufung falscher Erinnerungen und übertriebener Ängste des primitiven Unbewußten im Gegensatz zum kritischen Denken.

# 2. KAPITEL

# MAGISCHE RITEN UND OPFER

Mit der Bildung sozial organisierter Gruppen nahm die Bedeutung der Magie zu. Ihr Anwendungsgebiet erweiterte sich im gleichen Umfang wie Bedürfnisse, Wünsche und Umstände, bei denen sie eingesetzt werden mußte. Die immer größer werdenden Einsatzmöglichkeiten, die sich aus der Entwicklung der Gruppen und der Entwicklung ihrer gegenseitigen Beziehungen ergaben, machten eine generelle Regelung der Praktiken notwendig. Man mußte eine Hierarchie ungünstiger und guter Mächte aufstellen und komplizierte Verfahren schriftlich fixieren, um sie in der Gruppe zu erhalten.

Magier oder besonders mächtige Zauberer hoben sich klar von den anderen Gruppenmitgliedern ab, obwohl zunächst jeder sein eigener Heiler sein und seine individuellen Verfahren der magischen Medizin durchführen konnte. Mit zunehmenden Kenntnissen, der klaren Unterscheidung der Krankheiten und durch die Tatsache, daß einige bessere Eigenschaften und größere Kenntnisse als die anderen hatten, nahm die Zahl anerkannter Heiler ab. Ganz allmählich fand man Auslesekriterien. Die besten Heiler wurden Stammeshäuptling. Die fähigsten Jäger leiteten die Jagd. Der Mensch, der Sterne, Pflanzeneigenschaften und Tiergifte am besten kannte und fähig war, Kranken zu helfen, Krankheiten zu heilen und den Tod abzuwenden, erhielt eine Sonderstellung innerhalb der Gruppe. Diese Stellung verdankte er wahrscheinlich seinen besonderen oder den anderen überlegenen Fähigkeiten. Vielleicht bezog er sie auch auf Grund leicht erkennbarer physischer Eigenschaften, z. B. einer in der Gruppe selten anzutreffenden Haarfarbe, einer außergewöhnlich kräftigen Statur oder einer Verkrüppelung. Derartige Eigenschaften konnten mit Kräften psychischer Art kombiniert oder durch sie ersetzt werden, denn man glaubte, er habe Verbindung zu unsichtbaren Mächten, die er beherrschte. Ein Gruppenmitglied mit Halluzinationen, Träumen und Visionen, das sich durch die Hauptmerkmale des *homo divinans* auszeichnete, konzentrierte den Glauben seiner Kameraden auf seine Person. Diese Merkmale des *homo divinans* waren zum Beispiel die Kenntnis von weit zurückliegenden und künftigen Dingen; die Fähigkeit, die Bedeutung von Vorhersagen zu deuten; die Fähigkeit zur Suggestion bei anderen Gruppenmitgliedern, die sich in besonderer Gemütsverfassung befanden; die Fähigkeit, solche Verfassung zu beruhigen, wenn sie durch andere Faktoren hervorgerufen wurde; feste Willenskraft und Überzeugung.

Der Magier wird von seiner Umgebung geschaffen, d. h. durch eine kollektive Suggestion, die großes Vertrauen in ihn und die Notwendigkeit der Führung durch einen energischen und kenntnisreichen Mann voraussetzt. Gleichzeitig muß er als Vater handeln, der die Gedanken und den Willen der Ahnen übermittelt, die Tradition der Gruppe zum Ausdruck bringt und die Verbindung zu den übernatürlichen Kräften herstellt. Zahlreiche Beispiele aus Polynesien und einigen afrikanischen Gebieten zeigen ganz deutlich, daß manche primitive Stämme einen Magier aussuchten und unter Drohungen zwangen, sein Amt zu übernehmen und seine Aufgaben zu erfüllen. Aus alter Zeit kennt man Fälle allgemeiner Suggestion. Sie beruhte auf atmosphärischen Änderungen, wirtschaftlichen Bedingungen oder anderen äußeren Faktoren. Damals gab es keinen Mittler, der für die Gruppe handelte. Hier war die Suggestion uneins, bruchstückhaft, zufällig und vergänglich. Mit der Schaffung des Amts des Magiers objektivierte die Suggestion das Wesentliche, entdeckte den Meister. Gleichzeitig entwickelte sich die Gruppe mit dem Häuptling und der Häuptling mit der Gruppe; so wie sich die Umweltbedingungen änderten, richteten sich die Persönlichkeit des Häuptlings, die von ihm suggerierten Dinge, das kollektive Handeln, das er anregte, auf mystische, heldische oder zerstörerische Taten. Daraus entstanden Mysterien, große Heldentaten und wirtschaftliche Unternehmungen, wie Kreuzzüge oder ähnliche tragische Abenteuer. Die Stimme des Magiers ist in Wirklichkeit nichts anderes als das Echo der Stimme der Hoffnung und Wünsche der Masse. Diese Aussage entspricht dem wohlbekannten biologischen Phänomen, wonach die Ergebnisse physiologischer Arbeit eines Organs ihrerseits neue Aktivitäten anregen. Sie können geordnet oder ungeordnet, normal oder pathologisch sein.

# EIN ALLEN MENSCHEN AUFERLEGTES DOGMA

Der Zauber kann einzeln wirken oder, wie es besonders häufig der Fall ist, kollektiv. Wird er auf einen einzelnen Menschen ausgeübt, schlägt er zunächst auf den Magier zurück. Bei kollektiver Verzauberung zeigte diese sich in einer Rückwir-

*Der Duce. Italienische Postkarte, 1927*
*Quelle: Privatsammlung*

kung, fast einer Ansteckung bei allen Teilnehmern. Dies erfolgt durch gegenseitige oder kollektive Suggestion, die ihrerseits auf den Magier zurückfällt. Damit wird nicht ausgeschlossen, wie es bei Magiern aller Länder und zu allen Zeiten geschieht, daß sie ihre List benutzen, um ihre Macht und ihre Erfolge zu vergrößern. (List ist häufig zweckdienlich und wird manchmal sogar bei moderner ärztlicher Suggestion angewendet.)

Glauben ist unbedingt erforderlich. Nur die Sicherheit, das gewünschte Ergebnis zu erzielen, die Sicherheit, die aus fehlender Kritikfähigkeit entsteht, kann zum großen Erfolg führen. Menschen mit ausgeprägtem kritischen Verstand sind nie echte Magier. Ein Magier, der sich seiner nicht sicher ist, kann seinen Willen nur vorübergehend oder mit Gewalt durchsetzen. Nur das Vertrauen in den Erfolg, der sich aus persönlichem Einsatz oder übernatürlichen Faktoren ergibt, aus denen er seine Macht ableitet, kann Zauber ausüben, der die Massen in seinen Bann zwingt. In der Gruppe, die der Suggestionskraft des Magiers unterliegt, ergibt sich eine gegenseitige Suggestion durch Ansteckung. Damit ist der Boden für das gemeinsame und vertrauensvolle Warten auf das Wunder bereitet. Dieser Faktor ist bei der Vorbereitung des Geistes eines einzelnen oder der Masse wesentlich. Gleich zu Beginn nimmt der Magier dem einzelnen oder der Gemeinschaft, die ihm Glauben schenkt, sich seinem Willen unterwirft und nur von dem Wunsch geleitet ist, der magische Akt möge Erfolg haben, jede Kritikfähigkeit. Er untersagt ihnen jede verstandesmäßige Aktivität, die die Suggestion beeinträchtigen oder zumindest erschweren könnte. Jedes noch so einfache und unbedeutende Ereignis wird entsprechend der Versprechung und der Erwartung interpretiert. Der entstehende Eindruck entspricht der Organisation, der Vorbereitung und der Größe der Gruppe. Diese Dinge wurden untersucht und sind allgemein bekannt, da es sich um bestimmte regelmäßig wiederkehrende Massenerscheinungen und Suggestionen jeder Art handelt.

Einige Maximen moderner totalitärer Staaten waren eng mit diesem Gedanken verbunden. Die absolute Macht und die Unfehlbarkeit des Staatschefs beruhten auf Schlagworten wie »Gehorchen, ohne zu diskutieren«, »Der Duce hat immer recht«. Dieses höchste Gesetz wurde in tausenderlei Abwandlungen in Büchern, an Häusern, auf Straßen und Plätzen gedruckt, angeschlagen und gepinselt. Man zwang allen ein Dogma auf. Der blinde Glauben ist die notwendige Voraussetzung für blinden Gehorsam.

Ein Zustand kollektiver Suggestion übt einen Einfluß auf den Magier aus und verstärkt seine Kraft in dem gleichen Maße, wie der Applaus der Masse oder andere Zeichen der Billigung den Schauspieler, den Schriftsteller und den Künstler beflügeln.

Zahlreiche geschichtlich bekannte Wunder können durch diese ständige Wechselwirkung zwischen Subjekt und Objekt erklärt werden. Alle kollektiven Heilungen, die anderenfalls nur schwer erklärbar wären, z. B. die Heilungen während des Schlafs in den Tempeln Äskulaps, Heilung von Skrofeln durch Handauflegen eines Königs oder Heilung neuropsychischer Epidemien vor allem im Mittelalter (Veitstanz, Tarentismus usw.) beruhen wie jedes magische Handeln auf einer Reihe einzelner oder aufeinander folgender Phänomene. Sie haben einen echten Hintergrund und können durch Versuche bewiesen werden. Bei Massenheilungen wurden einfache Fälle zunächst durch echte Medizin geheilt. Viele Anzeichen von Nervenkrankheiten konnten durch Suggestion besiegt werden. Diese Beispiele weckten den Glauben an den erstaunlichen Heiler und das Vertrauen in seine Geschicklichkeit und seine wunderbare therapeutische Kraft. Man könnte in der alten und modernen Geschichte zahllose Beispiele kollektiver Suggestion nennen. Besondere Vorkommnisse nach Halluzinationen oder das Auftreten bestimmter Symptome bei Menschen mit einer ansteckenden Krankheit oder einer Vergiftung erweckten Furcht, Unruhe und die Tendenz, kleinere und unbedeutendere Dinge zu übertreiben.

Sobald es der Magie-Gläubige durch Analogieschlüsse für möglich hält oder sogar sicher ist, daß Suggestion bei Kranken, bei denen man bisher noch keine günstigen Ergebnisse erzielt hat, wirken kann, ist für ihn nichts mehr unmöglich. *Carmina vel caelo possunt deducere lunam* (Magische Verse können sogar den Mond vom Himmel holen), singt Vergil. In Wirklichkeit ist der magische Kreis wie ein Stromkreis. Zwischen den beiden Spannungspolen gibt es zahllose mögliche oder wahrscheinliche Wege, die der Strom nehmen kann.

# DIE AUTORITÄT DES MAGIERS MUSS UNANFECHTBAR SEIN

Der Magier ist die Stütze und nicht nur Handelnder der Magie. Der Glaube an seinen Erfolg ist unbedingt erforderlich. Mißerfolge schreibt man nie ihm selbst oder seiner Kunst zu, sondern der List eines gegnerischen Magiers, Interpretationsfehlern seiner Anordnungen und Sündern in der Menge. Seine Kunst, die Vielzahl und Vielfältigkeit der Wünsche und Willensäußerungen setzen den Magier Gefahren aus. Sie ergeben sich aus der Konkurrenz anderer Menschen mit größerer oder zumindest gleicher Macht, die ebenfalls Einfluß auf Individuen ausüben können und Kenntnisse zu ihrem eigenen Vorteil ausbeuten. Die Notwendigkeit, die Macht des Magiers zu erhalten, führt zwingend zu einer echten Trennung zwischen ihm und der Gruppe. Damit seine Autorität ungebrochen ist, unterscheidet man ihn materiell und äußerlich von den anderen Gruppenmitgliedern. Beweis der Autorität und Macht des Meisters und wirksamer Ausdruck seiner Bedeutung sind sein feierliches Gebaren, Duftstoffe, Kleidung, Masken, auffälliges Beiwerk wie bunte Steine oder Riesenfedern, Musik, Hausschmuck usw., Menschenknochen oder Knochen geweihter Tiere. Man gibt ihm mit einem Wort alles, was selten und schwer zu beschaffen ist. Alle Arten des Rhythmus, Musik, Tanz, Gesang, Wiederholungen monotoner Formeln, deren Sinn dem gewöhnlichen Sterblichen unverständlich sind, vervollständigen oder sind eine Vorbereitung für die Konzentration, die Aufmerksamkeit, Ekstase oder Frenesie.

Undenkbar ist ein armer, schwacher, bescheidener, in seinen Worten einfacher und im Einsatz von Musik und Farben ungeschickter Magier. Damit wäre ihm jede Kraft genommen. Er würde seine Unterlegenheit unter Beweis stellen, so-

## DIE WELT DER MAGIER

*Absage der Yogis an die weltlichen Freuden*
Quelle: Musée des Arts Décoratifs

fern dieses Verhalten nicht in sich so außergewöhnlich ist, daß es wie ein willentlicher Verzicht, ein Ausdruck der Kraft und des Willens erscheint. Er müßte große Suggestionskraft besitzen, sofern seine sparsamen Worte nicht zu Schweigen, seine bescheidenen Speisen nicht Fasten werden. Solche Elemente können zeitweise auf einzelne und auf die Massen eine gleiche, wenn nicht größere Suggestion ausüben. Dies geschieht immer dann, wenn einzelne und die Masse das Bedürfnis haben, gegen zu deutliche Zeichen der Macht oder aus anderen Gründen zu reagieren, und wenn sie bereit sind, diese Quelle der Suggestion zu akzeptieren. Ein solches Verhalten ist besonders häufig bei orientalischen Völkern zu beobachten. Ihre Phantasie wird durch mit alten Gedanken und Lebensbedingungen eng verbundene Motive sehr schnell angeregt. Gandhis Beispiel verdeutlicht die Behauptung.

Das Streben nach Vernichtung oder der Verzicht auf materielle Güter ist ein Ausdruck dessen, was man Todeszauber nennen könnte. Die Aufgabe der Freuden dieser Welt, die Gelübde der Keuschheit, des Fastens und der Abstinenz sind Mittel der Reinigung. Die Aufgabe aller irdischen Bindungen und die Absage an die Wünsche der Gruppe spielen in der Erziehung des Magiers eine wesentliche Rolle. Eine solche Einstellung erscheint logisch, denn die Verbindung mit den Toten, auf der ein großer Teil seiner Macht fußt, erfordert die Loslösung von den Lebenden. Er muß soweit wie möglich alle Formen des Verzichts akzeptieren, die den Toten eigen sind. Bei vielen primitiven Völkern darf der Magier kein Fleisch essen, da jede Berührung mit Tieren als unrein gilt. Die materielle Reinigung hat in vielerlei Hinsicht einen engen und interessanten Bezug zur idealen Reinigung des Geistes, die in kultivierteren Zeiten über religiöse Gedanken zur Ekstase führt. Wenn die Magie in einigen primitiven Religionen langsam durch eine erstehende gläubige Auffassung ersetzt wurde, umschloß die Reinigung beide Formen, forderte und vereinigte sie beide manchmal. Die interessante Untersuchung Goldbergs über die magischen Ansätze in der Bibel bringt Licht in die Angelegenheit. Er beweist die Übereinstimmung von magischer und religiöser Sünde.

Die Unterweisung der Teilnehmer, die Gestaltung des Ortes, die Wahl der als Opfer ausersehenen Menschen und ein kompliziertes Ritual tragen zur tatsächlichen und symbolischen Reinigung bei, die von großer Bedeutung ist.

## JENSEITS VON GUT UND BÖSE

Alle genannten Elemente bestimmen die Loslösung und die Autorität des Magiers gegenüber allen Gruppenmitgliedern. Damit wird auch die Notwendigkeit deutlich, das Geheimnis sorgfältig zu wahren. Denn das Wirken des Magiers, der häufig eigene, antisoziale Ziele verfolgt, muß im Dunkel erfolgen. (Der Magier ist nämlich nicht nur Heiler und Lebensretter, sondern er teilt auch Krankheit und Tod aus.) Er setzt magische Ziele, um die Wünsche der Individuen zu befriedigen, die zu ihm kommen. Moralische Gesetze schränken ihn nicht ein, denn diese gibt es in primitiven Gesellschaften nicht. Keine Tat in den Grenzen des Tabus erscheint unmöglich oder verboten. Daher muß eine Kaste geschaffen werden, die sich langsam durch die Weitergabe von Geheimnissen, Formeln und Riten herausbildet und über eine Reihe von Initiationsverfahren, die Glauben und Furcht wecken, verfügt. Durch diese Initiationsverfahren wird der Mensch, der Mitglied der Kaste werden soll, aufgenommen. Durch oft blutige Riten, durch Bräuche, in denen Blut, sexuelle Praktiken, Feuer und Zerstörung eine große Rolle spielen, wird diese Kaste zum Besitzer einer geheimnisvollen, unüberwindbaren Macht, weil diese Riten die tatsächlichen Elemente und die symbolische Basis der Wünsche darstellen: Leben und Weiterleben, Tod und Zerstörung.

Schon in der Frühgeschichte stand Blut im Mittelpunkt lebendiger magischer Anschauungen. Das Blutopfer von Tieren, das aus primitiven Menschenopfern stammte, wurde später wie die Beschneidung zu einem Opfergang. (Der Kannibalismus stand am Ursprung eines magischen Verfahrens, dessen wesentliches Ziel es war, sich die Kräfte des Feindes zu eigen zu machen. Man verzehrte sein Fleisch. Es gab die weitverbreitete Sitte, das Herz des Feindes zu essen.) Die Opfer hatten einen speziellen Initiationswert, später wurden aus ihnen rein symbolische Handlungen. Sexuelle Dinge, Mittelpunkt des unbewußten Lebens, werden als Zeichen in verschiedener Form ausgedrückt. Es gibt Feiern während der Pubertät und die Beschneidung. Durch die Praktiken des ägyptischen Klerus wurde dieser Ritus als Teil einer kollektiven Initiation bekannt. Man findet ihn auch bei primitiven afrikanischen Stämmen.

# DIE PRAKTIKEN

Die Geschichte magischer Praktiken, d. h. der Verfahren, durch die der magische Akt vollzogen und herbeigeführt wurde, verdeutlicht die Geschichte der Abenteuer des menschlichen Geistes. Nach der notwendigen Unterscheidung von guten und schädlichen Mächten, nach dem Aufbau der Organisation der Hexer und der Festlegung der Hexenpraktiken schien es notwendig zu werden, eine Reihe von Ritualen, die aus einer identischen oder ähnlichen Anschauung stammten, in einfache Gruppen mit festen Regeln einzuteilen. Die rhythmische Musik, die jede Handlung des Magiers begleitet, übt einen erregenden oder niederschmetternden Einfluß auf das Gemüt aus. Der Rhythmus, der ein bestimmtes Klima zu einem bestimmten Zeitpunkt beherrscht und der von der Musik ausgedrückt wird, kann als ausschlaggebender Faktor der magischen Handlung angesehen werden, da er von großer Bedeutung bei der Schaffung der notwendigen Atmosphäre ist. Die Wirkung von Farben, die manchmal harmonieren und sich dann wieder heftig abstoßen, der Gebrauch von betäubenden Duftstoffen, die dazu beitragen, eine besondere Situation herzustellen, in Blitzen aufleuchtendes Licht, das Horrorbilder oder eigenartige Szenen beleuchtet, sind weitere Faktoren. Man bedient sich ihrer bei den magischen Vorgängen, denn sie sind häufig wirkungsvoll. Sie tragen entscheidend dazu bei, das entsprechende Klima vorzubereiten, die Aufmerksamkeit auf einen bestimmten Punkt zu lenken, die Kritikfähigkeit zu vermin-

MAGISCHE RITEN UND OPFER

dern, emotionale Fähigkeiten der Zuschauer anzuregen und sie mit Glauben an das Wunder zu durchdringen. Das sind die aktiven Elemente der Magie. Musik, Lärm und Licht sind magische Faktoren, die auf Entfernung wirken, um Feinde abzuhalten, feindliche Kräfte zu erschrecken oder um jene zu rufen, die günstig gestimmt sind. Sie sind der mächtige Ruf der Macht, der die magische Welt erfüllt. Die Tänze bezeichnen die Vereinigung der Initiierten im magischen Kreis.

Unverständliche, oft lange monoton wiederholte Formeln inmitten tiefsten Schweigens konzentrieren die Aufmerksamkeit der Zuschauer auf den Vorgang. Rhythmische Tänze haben ursprünglich magischen und imitativen Charakter, da sie teilweise Bewegungen und Gesten von Tieren und Menschen in bestimmten Erregungszuständen widerspiegeln. (An dieser Stelle sei insbesondere an die Popularität des Paradeschritts in Deutschland erinnert.) René Spitz hat in seinem Werk *Wiederholung, Rhythmus, Langeweile* (Imago 1937) überzeugend nachgewiesen, welche Rolle die Wiederholung des Rhythmus als Quelle der Freude und der Suggestion beim Kind und beim primitiven Menschen spielt. Er behauptet, die Wiederholung einer Handlung oder einer Erzählung oder eines Rhythmus verleihe dem Kind das Gefühl, vor Unbekanntem geschützt zu sein. Unbekanntes bedeutet immer Gefahr. Sicher ist nur das Bekannte. Verfügt der Erwachsene über kritische Vernunft, hält er die Wiederholung für langweilig. Wenn das Unbewußte allerdings überwiegt, nimmt er es in bestimmten Fällen an. Dann wird die Wiederholung zu einem Suggestionsmittel. Ernest Lach erklärt, die Wiederholung sei ein physiologisches und biologisches Gesetz, das mit dem Kreislauf in Verbindung stehe.

Die von monotoner, sich dauernd wiederholender Musik begleiteten rhythmischen Bewegungen und die traurige, langsame und melancholische Melodie erwecken im Zuhörer eine Stimmung, die sogar zu Halluzinationen führen kann. Bei dem Menschen, der die Bewegungen selbst ausführt, kommt es zu der gleichen geistigen Verfassung. Nun wird auch die Bedeutung der jahrtausendealten rhythmischen Bewegungen klar. Es gibt sie in den unterschiedlichsten Formen. Sie sind häufig mit anderen Faktoren wie Gesang, Masken, Farben, Duftstoffen, Tänzen usw. verbunden. Als moderneres Beispiel könnte man die Rolle des suggestiven rhythmischen Klatschens beim faschistischen Gruß der Nazis anführen. Die Suggestivkraft der Tänze, die ursprünglich aus einer Reihe von Gesten mit großer emotionaler Kraft entstanden sind, stammt wahrscheinlich aus der Suggestionsfähigkeit scheinbarer oder simulierter Änderungen des Aussehens und folglich der Persönlichkeit des Tänzers. Einige alte magische Tänze stellten die zyklische Bewegung von Leben und Sterben dar. Sie wurden oft bei Begräbnisfei-

*Rhythmischer Indianertanz nach einem Kampf*
*Quelle: Musée des Arts Décoratifs*

erlichkeiten verwendet. Der Ursprung sogenannter Mysterienspiele, aus denen sich das Drama entwickelte, ist eng mit magischen Tänzen verbunden.

Jeder wesentlichen Handlung primitiver Völker geht Musik voraus oder wird von ihr begleitet. Man spielt sie beim Bau einer Hütte oder einer Straße und bei allen Feldarbeiten, vor allem beim Schneiden und Einbringen der Ernte. Tänze sind das Vorspiel von symbolischen Festen und Kriegen. Sie sind wesentlicher Bestandteil eines jeden Lebens- und Todeszaubers.

Es gibt derartig viele Tänze aus unterschiedlichen Anlässen bei den primitiven Völkern, daß es schwerfällt, ihren Ursprung allgemeingültig zu erklären. Bei einigen Völkern wie den Eskimos sind die Tänze die Nachahmung der Bewegungen von Vögeln und anderen Tieren. Eyre beschreibt einen Känguruhtanz am Victoria-See, der das Vorbild herrlich nachahmt. Andere Völker imitieren die Bewegung von Fröschen, um Regen zu erflehen. Catlin schreibt, die Mandan-Indianer am Missouri tanzten vor der Büffeljagd den Büffeltanz, der mehrere Tage dauerte und eine Nachahmung der Bewegung dieser Tiere war.

Die Dämonentänze, die ich selbst in Ceylon und Nordindien beobachten konnte und bei denen alle Teilnehmer Masken tragen, sind magischen Ursprungs und besitzen immer eine rituelle Bedeutung.

## DIE KRAFT DER SYMBOLE

Das Gesagte beweist, wie mit der Organisation der Magie, der Einteilung magischer Praktiken und ihrer Festlegung Formeln und Riten allmählich zu Symbolen wurden.

Der Ursprung zahlreicher Symbole ist die Natur. Das älteste und bekannteste Symbol ist das Kreuz. Es ist auch das älteste Fruchtbarkeitssymbol. Es stellt am Baum hängendes Obst dar. Andererseits ist es aber auch aus der Kreuzung von zwei sich widersprechenden Linien entstanden. Die Waagerechte weist auf Stabilität, Frieden und Wasser hin. Die Senkrechte bedeutet Bewegung, Geburt und Feuer. Hier stehen wir vor Dualismus und Bipolarität, einer Union aus zwei grundlegenden Gegensätzen, dem alten Symbol der Ägypter, Kreter und anderer alter Völker. Die Bedeutung des Kreises als Symbol der Ewigkeit und des Unendlichen stammt wahrscheinlich von den großen Gestirnen, die das Universum regieren: von Sonne und Mond. Der Kreis ist das Sinnbild jenes zyklischen Lebensgesetzes zwischen Tod und Wiedergeburt. Die alten Völker hielten die Schlange für das Zeichen dieses Kreislaufs. Das Hexagon, Symbol der Perfektion, ist in Blumen und Schneeflocken zu finden. Das Pentagon ist eine Form der lebenden Natur und wird zum Symbol der Menschheit.

Das bedeutungsvollste Beispiel ist das weltweit bekannte Symbol des Altars, den man schon in der Vorgeschichte als ausgesprochen suggestiv ansah. Er ist das Symbol des Steins oder geweihten Tisches, auf dem man den Göttern Opfer darbringt und auf dem das ewige Licht brennt.

Die römischen Rutenbündel, Symbol der Macht, da sie im antiken Rom in den Händen des Liktors eine Zusammenfassung der verschiedenen Stämme darstellten, wurden im faschistischen totalitären Staat zum Tabu des Absolutismus. Der Wille der Menschen wurde an die unteilbare Macht gebunden. Das Hakenkreuz, das bei den alten Hindus Symbol der Sonnenbewegung war, steht in enger Beziehung zu allen alten Sonnenmythen. Es erwachte durch einen Personenkult zu neuem Leben, der zur eigenen Stärkung die Legende des arischen Blutes und der Rasse erfand.

Schrift ist ursprünglich magisch. Die ersten in Felsen gehauenen Zeichen, magische Figuren und gefürchtete oder angeflehte Gottheiten, waren symbolische Ideogramme. Sie stellten Körperbewegungen, sexuelle Handlungen und Erscheinungen des Lebens dar. Jedes Zeichen war Begriff und Konzept. In einem Wort war der erste Buchstabe und manchmal jeder einzelne Buchstabe ein Symbol. Die Schrift in der Urzeit war Emblem und Geheimnis, nur für Initiierte lesbar.

Es gibt eine Reihe anderer Symbole gleichen Ursprungs, die auf dem Gedanken der Verbindungen zwischen sichtbaren und okkulten Eigenschaften der Dinge fußen. Die tatsächliche und materielle Kraft der Kette, die ein oder mehrere Individuen an einen Ort oder an ein bestimmtes Ziel bindet, wird als Zeichen durch Ringe, Gürtel und Ketten ausgedrückt. Der Kreis, der das Eindringen feindlicher Mächte verhindert und der sich aus dem Brauch entwickelte, Schutzzäune zu errichten – vielleicht ist er auch die ursprüngliche Idee –, ist in bestimmten Gebieten der Welt in dem Brauch erhalten, daß die Bauern täglich einen Kreis um die Füße ihrer Tiere zeichnen. Damit wollen sie böse Mächte daran hindern, ihnen zu nahe zu kommen. Formeln und ähnliche Worte sind verkürzte Symbole langer Anrufungen. In den ersten Buchstaben des Alphabets faßte die Form jedes Buchstabens kurz die vielen und unterschiedlichen Auffassungen zusammen.

Darstellungen von Sternen, Pflanzen und magischen Tieren werden eingesetzt, um Kräfte, Wünsche, Anreiz und Antipathie, Sympathie und Haß zu symbolisieren. Spuren symbolisieren ein Tier und stellen es dar. Der Name, ja sogar der Schatten eines Menschen, ist sein Symbol und seine Darstellung. Die Beschreibung der Sterne stellt die Kraft dar, die ihnen verliehen ist und die die gleichen Eigenschaften besitzt. Freud erklärt, der Wert eines Symbols liege in seiner beständigen Substanz im Unbewußten. Jedes Symbol suggeriert, erinnert oder schützt einen Instinkt, ein Gelöbnis oder einen Wunsch.

Im Laufe der Zeit wurden die magischen Verfahren schriftlich festgehalten und

*Auf einen Kimono gemalter Teufel
Quelle:
Galerie
Janette Ostier*

*Menschenfressender Riese fällt beim Fällen einer riesigen Bohnenranke aus seiner Behausung.
Quelle: Bibliothek Forney*

*Alle Völker der Welt glaubten und glauben an Gespenster.*
*Quelle: Galerie Janette Ostier*

*Der Biß des Vampirs. Biégas, 1916*
*Quelle: Bibliothèque Polonaise de Paris*

*Der magische Kreis verhindert das Eindringen feindlicher Mächte*
*Quelle: Sammlung Editions Tchou*

immer weiter vereinheitlicht. Die Gesetze der Geste, der Sprache, der Schrift, der Musik und der mitmenschlichen Beziehungen verfestigen sich in dem Maße, wie die intellektuellen Fähigkeiten zunehmen. Wünsche, Bedürfnisse und vom Menschen zu ihrer Befriedigung eingesetzte Mittel nehmen ständig zu. Wie die Gefahren durch den Kampf, der den Menschen und die Gruppe bedroht, deutlicher werden, bekommen die Symbole eine immer größere Bedeutung. Einer der Hauptgründe ist der Glaube, der zahllose magische Praktiken bewahrt und sammelt. Ein weiterer ist die Furcht, daß die Schaffung neuer Verfahren eine Gefahr sein könnte. In der Sprache muß eine relativ begrenzte Anzahl von Wörtern viele Gedanken unterschiedlicher Tragweite ausdrücken (ständiges Anwachsen erfordert ständige Unterteilungen). Eine bestimmte Anzahl von Symbolen muß folglich auch die Basis des magischen Fundus bilden. Daher wird das Eingreifen eines

Spezialisten in gewisser Weise unerläßlich. Er allein weiß, wie man Symbole interpretieren und anwenden muß. Der Primitive ist fähig, oder glaubt, fähig zu sein, durch einfaches Nachahmen die notwendigen Verfahren zu beherrschen.

## MAGISCHE RITEN UND OPFER

*Der Teufelstanz bei den Djerma (Austreibungszeremonie)*
*Quelle: Agence Hoa-Qui*

# 3. KAPITEL

## MAGIE UND GESELLSCHAFT

In den primitiven Gesellschaften ist die Magie in allen Formen individuellen und sozialen Lebens von großer Bedeutung. Die Gesellschaften werden durch Gesetze regiert, die nach Ort, Zeit und ethnischer Gruppe in Form und Anwendung differieren. In der grundsätzlichen Anlage ähneln sie sich jedoch sehr, manchmal sind sie sogar gleich. Die Identität dieser Gesetze mit den Regeln für das Leben sozialer Gruppen und vor allem der ersten Stammesgesellschaften ist leicht zu beweisen. Noch heute können Spuren festgestellt werden.

In einigen Gebieten mit primitiver Kultur haben sich zusammen mit der Systematisierung der Magie Hexerkasten oder magische Bruderschaften mit unterschiedlichen Attributen und komplizierten Riten herausgebildet. Diese Kasten glichen echten Geheimgesellschaften aus Initiierten, denen verschiedene Aufgaben anvertraut waren. Meistens bezogen sich diese Ämter auf Politik und Rechtsprechung. In seinem Buch über primitive Geheimgesellschaften beschäftigt sich Webster ausführlich mit diesen magischen Bruderschaften, die es noch heute bei allen primitiven Gruppen gibt. Die Erkenntnisse der anthropologischen Expedition von Cambridge bei den Stämmen Neuguineas und auf den Inseln der Torresstraße sind besonders eindrucksvoll. In Pulu ist der *Kwod* oder das Männerhaus der Rahmen für eine große Begräbnisfeier oder den Totentanz. Dieser Ritus wird jährlich zu Ehren kürzlich verstorbener Stammesmitglieder abgehalten. Die Nichtinitiierten dürfen nicht daran teilnehmen. Das Oberhaupt der Feier, ein Held, der nach der Legende aus Neuguinea kam, wird während der Feier durch eine Holzfigur ohne Augen und Ohren dargestellt, die nur von den Initiierten betrachtet werden darf. Die Handelnden stellen mit ihren in Blättermasken versteckten Köpfen die Geister der vor kurzem verstorbenen Stammesmitglieder dar. Sie ahmen die charakteristischen Gesten und das Gebaren jedes Verstorbenen nach. Damit wollen sie den Teilnehmern die Sicherheit geben, daß die Geister der Toten gekommen sind, um ihre Freunde zu besuchen.

Bei den Areoi, einer Gesellschaft, die sich in einem Teil Polynesiens ausgebreitet haben soll, erlebte Webster eine magische Bruderschaft von großer Bedeutung. Sie stammt wahrscheinlich von einem alten Geheimbund melanesischen Ursprungs ab. Die ersten christlichen Missionare sahen in ihr eine teuflische Sekte mit infamen Riten. Männer und Frauen lebten in vollständiger Promiskuität miteinander. Die Eingeborenen bezeugten den Mitgliedern der Gesellschaft geheimnisvollen Respekt. Mitglieder in höheren Ämtern genossen die größten Privilegien. Nach ihrem Tod erhielten sie die höchsten Plätze im Paradies. Der in die Gruppe aufgenommene Initiierte bekam einen neuen Namen, der nur von seinen Mitbrüdern ausgesprochen werden durfte. Feste zu Ehren von *Oro*, dem Gründer und göttlichen Beschützer der Gesellschaft, hatten den Charakter dramatischer Mysterien mit Gesängen und Tänzen. In den Tempeln, die den wichtigsten Mitgliedern der Gesellschaft auch als Grab dienten, brachte man auf den Altären Menschenopfer dar. Diese Opferfeiern, die man bis zur Einführung des Christentums beibehielt, waren Gelegenheiten für Versammlungen der einflußreichen Männer. Eine der besten Untersuchungen dieser Riten stammt von Montgomery.

Auf anderen Inseln des Pazifik gibt es ähnliche Gesellschaften, z. B. die Uritoi auf den Marianen und die Maori-Bruderschaft auf Neuseeland. Sie sind im wesentlichen esoterisch angelegt. Auch in Westafrika gibt es dem Wesen nach magische Gesellschaften wie den *Kufong*, eine Mende-Gesellschaft, die sich mit Hexerei und ihren Verfahren, vor allem aber mit der Herstellung von Philtren beschäftigt.

## KAMPF DER ANGST

Die Initiationsfeiern in einigen Gebieten Afrikas, vor allem im Kongo, sind unterschiedlich. Sie werden den Medizinmännern anvertraut, die ihrerseits Gruppen eigener Wahl bilden. Unter ihrer Obhut werden Jungen im Pubertätsalter einzeln in den Wald geführt. Dort beschneidet man sie und gibt ihnen eine spezielle Ausbildung. Bei einigen Stämmen, z. B. den Zulu, existiert eine Schule zur Vorbereitung von Magiern und Medizinmännern. Sofort nach ihrem Eintritt müssen die Schüler beweisen, daß sie Visionen und Halluzinationen haben. Die Aufnahme in eine Bruderschaft erfolgt nach langem Noviziat. Außerdem müssen Riten absolviert werden, die denen der alten Initiationen des Stamms gleichen. Bei einem südamerikanischen Stamm gibt es bestimmte magische Initiationsfeiern, die bis heute noch lebendig sind. Vor der Ankunft der Missionare war der

262

*Nayogui-Initiierte bei den Senufo (Elfenbeinküste)*
*Quelle: Agence Hoa-Qui*

*Tanz des Medizinmanns. Indianische Zeichnung*
*Quelle: Bibliothek Forney*

*Knina*, ein Ort, an dem sich die Jungen während der Pubertät aufhielten, die Bühne für mysteriöse Szenen alten Ursprungs. In diesen Szenen spielten ausschließlich unterschiedlich verkleidete Männer eine Rolle. Sie waren blutbefleckt, hatten das Gesicht verhüllt, sprangen und tanzten, stießen wilde Schreie aus und versuchten, sich so furchterregend wie möglich zu gebärden.

Die Praktiken magischer Bruderschaften nordamerikanischer Indianer sind hochinteressant. Am Jahresbeginn feiern einige Gesellschaften vier Tage und vier Nächte. Während der Feiern werden magische Medikamente bereitet. Alle Kranken versammeln sich am Treffpunkt und lassen sich behandeln. Die »Gesellschaft der Falschgesichter« der *Akonwarah*, die es bei den Irokesen in Nordamerika gab, war nach Aussagen Boyles eine Gesellschaft maskierter Männer. Die Gemeinschaft berief sich auf vermutete Beziehungen zwischen den Mitgliedern und bestimmten Geistern, deren Macht vollständig auf ihr furchtbares Aussehen konzentriert war. Sie konnten verschiedene Krankheiten bewirken. Nach Aussagen Dorseys besitzt und bereitet eine Gesellschaft der Omaha-Indianer eine besondere Medizin, mit der man Gewehre und Kugeln einreibt, damit sie den Feind im Kampf töten. Auch die Pferde werden eingerieben, um ihre Kraft zu vergrößern.

Viele Bruderschaften vollführen neben ihren ärztlichen Aufgaben Riten, die eng mit der Reife der Feldfrüchte, dem Regen und der Fruchtbarkeit der Haustiere verbunden sind. Zu ihnen gehören die »Büffelgesellschaft« bei den Omaha

und die »Schlangengesellschaft« der Sioux. Sie kennen äußerst kompliziert ange-
legte Feiern, um Regen zu erflehen. In vielen Feiern stehen die Vorgänge in enger
Beziehung zur alten Hexerei, z. B. Tänze, bei denen sich die Tänzer mit der Haut
verschiedener Tiere bedecken. Diese symbolisieren die Totemtiere ihres Clans,
deren Gesten und Stellungen sie nachahmen. Tänze, rhythmische Gesänge und
Blutopfer sind Mittel, um mit den großen Geistern in Verbindung zu treten.

Die Riten wilder und primitiver Völker haben, wie es die ständige Anspielung
auf Tiergewohnheiten, Nachahmung und bei vielen Verfahren die Symbolisie-
rung von Pflanzen und Tieren zeigen, einen direkten Bezug zum ersten und ältesten magischen System, das bei einigen Stämmen immer noch als Religion dient.
Es handelt sich um den Totemismus, der zunächst 1869 von dem Schotten
McLennan untersucht und später von Psychologen, Soziologen und Medizinern
wie Wundt, Frazer, Reinach und Freud diskutiert und analysiert wurde. Reinach
faßt den Kodex des Totemismus in folgenden Vorschriften zusammen. Sie werden von vielen Stämmen befolgt:

Bestimmte verehrte und von den Gruppenmitgliedern respektierte Tiere dürfen nicht getötet werden. Das gestorbene Totemtier muß verehrt werden. Es soll
wie ein Gruppenmitglied begraben werden. Das Fleisch von Totemtieren ist außer in Sonderfällen, wenn das Tier getötet werden mußte, nicht zum Verzehr bestimmt. Ein Teil der Gruppe oder einzelne nehmen den Namen des Totemtieres
an. Das Gruppenbanner, Waffen und menschliche Körper sollen mit Totemsym-
bolen verziert werden. Das Totem kann den Stammesmitgliedern nichts Böses
zufügen. Das Totem schützt die Gruppe vor Gefahr und sieht die Zukunft vorher.
Schließlich ist man überzeugt, daß alle Stammesmitglieder durch die Verpflich-
tung zu einer gemeinsamen und gleichen Aufgabe mit dem Totem verbunden
sind.

Zur Vervollständigung des Bildes des Totemismus müssen noch einige zusätzliche Erläuterungen angeführt werden. In *Totemism and Exogamy* erklärt Frazer,
das Totem sei ein materielles Wesen, normalerweise eine Pflanze oder ein Tier.
Die Primitiven glauben, es gebe zwischen dem Totem, den Menschen seiner
Gruppe und jedem Wesen der gleichen Art eine besondere gegenseitige Schutz-
verwandtschaft und Zuneigung. Daher verehren sie das Totem abergläubisch. Es
unterscheidet sich vom Fetisch, der nie eine Pflanze oder ein einziges Tier sein
kann, sondern immer nur eine ganze Gattung. Der Fetisch ist nie ein Stier, sondern *der* Stier, nie eine Eiche, sondern *die* Eiche. Der Totemismus ist zugleich ein
magisches und gesellschaftliches System. Es gibt Stammestotems, die einem ganzen Clan gehören. Sie werden von Generation zu Generation weitergegeben. Es

*Totempfähle in Wrangell. A. Slom*
*Quelle: Musée des Arts Décoratifs*

gibt sexuelle Totems, die allen Männern oder Frauen eines Stamms gehören. Dabei schließen sich die beiden Geschlechter aus.

In diesem Gesellschaftskodex gibt es zwei grundlegende wichtige Gesetze. Das erste ist das Verbot sexueller Vereinigung von Mitgliedern der gleichen Gruppe. Diese Exogamie wurde von vielen Autoren unterschiedlich interpretiert. Freud behauptet, sie sei aus der Notwendigkeit entstanden, den Inzest der Primitiven einzugrenzen. Andere Autoren haben diesen Aspekt für zweitrangig gehalten. Aus alten und modernen Untersuchungen geht hervor, daß diese Vorschrift ein Grundgesetz des Totemismus ist.

Das zweite bemerkenswerte Gesetz wurde von Robertson Smith in *The Religion of the Semites* (London 1907) dargelegt. Er ging davon aus, daß das sogenannte totemistische Festmahl eine wichtige und charakteristische Feier war. Bei diesem Festmahl wurde ein Opfer in Form der Kommunion zwischen Gläubigen und Totem dargebracht. Die Feier war von dem Gedanken geleitet, daß der geistige Führer der Gruppe und die Gläubigen beim totemistischen Festmahl materiell ihre Vereinigung zeigten, indem sie gemeinsam das Blut des Totem tranken und das Fleisch aßen. Damit stellten sie ihre enge Bindung unter Beweis. Robertson Smith behauptet, dem Menschen sei es untersagt, ein Opfertier zu töten. Der Mord war nur gerechtfertigt, wenn die gesamte Gruppe beim Festmahl die Verantwortung übernahm. Der Autor vertritt die Ansicht, das Opfer sei identisch mit dem geweihten Tier, das man ursprünglich für ein höheres Wesen hielt. Es wurde geopfert, um die Verwandtschaft zwischen Gruppe und Totem noch enger zu gestalten. Der gemeinsame Verzehr des Fleisches des geweihten Opfers war der Beweis für die ursprüngliche Bedeutung des Opfers. Er erklärt den Sinn des Mysteriums, der den Tod des Opfers umgibt. Dabei werden die Blutbande verstärkt, die die Gläubigen an das höhere Wesen binden. Im Todeszauber bildet und löst sich der Lebenszauber.

Dieser Ritus, der anfänglich aus der magischen Bedeutung der Zugehörigkeit und dem Glauben der Übertragung charakteristischer Merkmale eines Menschen oder eines Tiers auf die Fleischessenden entstand, ist ein wesentlicher Teil des *Intichiuma* der Stämme Zentralaustraliens, die Spencer und Gillen z. B. bei den Aruntas beobachteten. Frazer entdeckte typische Beispiele für die gemeinsame Mahlzeit, wenn bei Stämmen in Westafrika das Fleisch eines geweihten Tieres verzehrt wird.

Die Erklärungen nominalistischer, soziologischer und psychologischer Ursprünge des Totemismus sind so zahlreich und unterschiedlich, daß der Leser auf Bücher der genannten Autoren zurückgreifen sollte. Sie haben das Problem umfassend und verständnisvoll behandelt.

Die psychoanalytische Theorie Freuds (*Totem und Tabu*, 1912–1913) basiert auf ähnlichen Gedanken bei Kindern und Neuropathen und vor allem auf der Analyse von Tierphobien, die in der Kindheit besonders häufig auftreten und als Projektion verstanden werden müssen, mit anderen Worten als Übertragung, wie sie sich im kindlichen Geist vollzieht. Das Kind ersetzt den Vater durch ein Tier, um ein Objekt für seine Angst zu finden. Die sicher bestehende Ähnlichkeit zwischen Vorstellungen von Kindern, Neuropathen und primitiven Völkern über psychologische Dinge läßt vermuten, daß die Hypothese Freuds die plausibelste Erklärung dieser Phänomene ist.

Es sei darauf hingewiesen, daß das gesamte soziale Gefüge, das für die Geschichte der Gedanken und Religionen von großer Bedeutung ist, magisch ausgerichtet ist. Es fußt auf dem Wunsch, Dinge und Menschen unterschiedlichen Ursprungs und Charakters miteinander zu verbinden. In einer mystischen Kette gibt es keine rationale Bindung, um eine gegenseitige Verwandtschaft aufzubauen, die Schutz und Schirm vor unerreichbaren oder unsichtbaren Mächten bietet. Die Tatsache, daß Heiliges und Verbotenes (das sich auch im Tabu zeigt) gleichzeitig im Gedanken des Totem verbunden ist, beweist, daß die Magie auf einer Gedankenassoziation beruhte, die wir noch heute verstehen können. Magie wird bestimmt durch das Nebeneinander von unterschiedlichen und widersprüchlichen Gefühlen wie Liebe und Haß, Achtung und Feindschaft gegenüber der gleichen Sache. Dieser psychologische Aspekt, der Ambivalenz (Bleuler) genannt wird, wurde besonders von Freud und seiner Schule untersucht und verdeutlicht. Man könnte vielleicht behaupten, daß diese Anschauung, die in allen Merkmalen antithetische Tendenzen vereint, die sich aus gegensätzlichen Gründen ergeben, aus dem Zauber des Lebens und Sterbens ambivalent entsteht. Im Kind und im Primitiven stehen sich gleichzeitig gegensätzliche Gefühle gegenüber. Sie werden an Worten mit doppeltem Sinn deutlich. Eines ist das Gegenteil des anderen. Außerdem gibt es zwei sich widersprechende Gefühle, von denen immer nur eines vorherrschen kann. Das Ziel des Gefühls ändert sich häufig, so daß das feindliche Gefühl unterdrückt wird, das sich dann seinerseits auf eine andere Sache richtet.

# DAS GESETZ DES TABU UND SEINE URSPRÜNGE

Das Gesetz, das alle Aspekte des Lebens der primitiven Völker regelt und sie teilweise bestimmt, ist die Basis der gesamten Rechtsprechung. Es ist ein wichtiges Schutz- und Verteidigungsgebäude. Man nennt es Tabuismus.

Das ursprünglich polynesische Wort *tabu* ist eine primitiven Völkern vertraute Anschauung, die uns schwer zugänglich ist. Es bedeutet gleichzeitig eine heilige, verehrte und eine unreine, verbotene und gefährliche Sache. »Heiliger Schrekken« wäre eine teilweise zutreffende Interpretation. Eine Sache, der sich ein

Mensch nur unter großen Risiken nähern kann, die er nicht berühren oder nennen darf, ist tabu. Das Verbot ergibt sich nicht aus einem göttlichen oder moralischen Gesetz, sondern aus der Sache selbst. Das Verbot ist mit anderen Worten eine Haupteigenschaft, das wichtigste, beständige und unwandelbare Merkmal, das keinem menschlichen oder übernatürlichen Willen oder Einwirken unterliegt. Es ist das Gesetz an sich.

Wundt behauptet, das Tabu sei die älteste Rechtsprechung der Menschheit. Sie ergibt sich aus dem geheiligten Charakter (in diesem Fall hat das Wort die Bedeutung des lateinischen *sacer*, des hebräischen *kadosch* und des griechischen *hagios*, d. h. zugleich heilig und furchteinflößend). Dies führt zu Verboten und Strafen, die jene bedrohen, die diese Vorschriften nicht beachten. Es besteht ein wesentlicher Unterschied zwischen dem natürlichen Tabu einer geheimnisvollen Macht (*Mana*), die in der Person oder Sache liegt, und dem indirekten Tabu, das erworben oder vom Häuptling, Priester oder jeder anderen Person oder Sache, die es besitzt, auf andere übertragen werden kann. Die Möglichkeit der Übertragung

*Geheiligte Statuen (Tikis) von den Marquesas-Inseln*
*Quelle: (links) Sammlung Hélène Kamer, (rechts) Privatsammlung*

## DIE WELT DER MAGIER

erscheint Menschen ganz natürlich, denen der primitive Glaube vertraut ist. Dieser Glaube besagt, jede einer Person innewohnende Eigenschaft könne wirklich und vollständig auf eine andere Person oder Sache übertragen werden. Dies geschieht willentlich oder zufällig durch Praktiken, Riten oder Worte, wie Segen, Exorzismus, Übertragung einer Krankheit oder des Todes auf ein Tier (*Kapara'* der Hebräer), durch Berührung, einen Zauberstab usw.

Das Gesetz des Tabu verteidigt und schützt die wichtigsten Gruppenmitglieder, Tiere, die diesen Ursprung symbolisieren oder darstellen, Sachen, denen man eine besondere Bedeutung gibt. Tabu hält jeden Kontakt fern, der eine Verletzung bringen könnte. Das Tabu-Gesetz schützt die Schwachen vor der magischen Kraft der Priester, Personen, Tiere und Sachen, die tabu sind und die ihr Leben durch den Kontakt in Gefahr bringen könnten. Das Tabu-Gesetz schützt den Menschen vor Gefahren, die sich aus der Berührung gefährlicher Dinge ergeben, z. B. Leichen oder giftige Speisen, und vor Drohungen, die über wichtigen Handlungen im Leben schweben, hauptsächlich über dem Geschlechtsakt. Außerdem bewahrt es den Menschen vor Dämonen oder übernatürlichen Wesen, die ihm feindlich gesinnt sind. (Dieser Faktor ist wichtig und beweist die magische Bedeutung dieser Anschauung.) Die Bestrafung der Rechtsbrecher erfolgte ursprünglich automatisch, d. h. sie ergibt sich direkt aus dem Umstand, daß der Rechtsbruch ein Angriff auf das Gesetz ist. Erst später wurde die Bestrafung der Tabu-Verletzung durch die Gesellschaft gefordert.

Personen oder Sachen, die tabu sind, besitzen nach dieser Anschauung also eine furchtbare Macht, die durch Kontakt vermittelt wird und die schreckliche Folgen für den Menschen oder die Sache hat, die unfähig sind, diese Berührung auszuhalten. Man könnte die Macht mit einer starken elektrischen Entladung vergleichen. Die Intensität dieser magischen Kraft hängt von der Person oder Sache ab, von der sie ausgeht. Die Wirkungen variieren entsprechend der der Person oder Sache eigenen Kraft, mit der die magische Macht in Kontakt kommt. Das Tabu des Königs oder der Hohenpriester tötete zum Beispiel ein Gruppenmitglied, das mit ihnen in Berührung kam. Ein Priester oder Gruppenchef konnte sie in bestimmten Abstufungen ertragen. Andere Individuen, denen sie ohne Schaden einen Teil ihrer magischen Kraft übermitteln, dürfen ihnen jedoch nur unter ganz bestimmten Bedingungen nahe kommen.

## VERSCHIEDENE FORMEN DES TABU UND IHRE BEDEUTUNGEN IN DER PSYCHOANALYSE

Das Tabu kann von Dauer sein wie für die Hohenpriester Kultgegenstände, für Häuptlinge heilige Tiere, Tote und alles, was ihnen gehört oder gehört hat. Auf der anderen Seite ist das Tabu vergänglich, wenn es an besondere Bedingungen wie Menstruation, Geburt oder die Vorbereitung eines Kampfs geknüpft ist . . .

Das Tabu besteht aus einer ungenannten Zahl von Einschränkungen und Verboten, die ohne Erklärung oder Rechtfertigung ins Unendliche erweitert werden können. Menschen, die unwillentlich die Gesetze brechen, sind schuldig. Man belegt sie mit den härtesten Strafen. Wundt erklärt den Ursprung des Tabus damit, daß diese Anschauung alle Bräuche umfasse, die die Angst vor der Berührung mit Personen oder Sachen beweisen, die mit rituellen Praktiken verbunden sind oder diesen Charakter haben. Er behauptet weiterhin, das Tabu stamme aus der Furcht und der Objektivierung der Furcht vor der dämonischen oder magischen Macht in der Tabu-Person oder -Sache. Er nimmt an, später sei das Tabu eine eigenständige Macht geworden, die unabhängig von einem Teufelsbegriff war.

Freud hat eine ausgezeichnete Untersuchung des Tabus für die Psychoanalyse angefertigt. Er vergleicht es mit den fixen Ideen der Neurotiker. Diese Gedanken können in gewisser Hinsicht den Tabu-Verboten gleichgesetzt werden. Im sogenannten Berührungswahn ist der Patient Opfer eines imaginären Zwangs, der es ihm untersagt, eine bestimmte Sache oder eine bestimmte Person zu berühren. Er darf noch nicht einmal daran denken oder den Namen aussprechen. Der Patient glaubt, er werde den Tod erleiden, wenn er diese Sache oder Person berühre. Freud selbst stellt fest, daß die Analogie zwischen den Verboten und dem Tabu eher formal als essentiell ist. Es gibt jedoch diese Ähnlichkeit. Dies wird an dem Vergleich deutlich, den Freud zwischen dem Tabu eines Maori-Häuptlings und dem Fall einer kranken Frau zog. Der Maori-Häuptling hatte Angst, ein Feuer zu entfachen, da er fürchtete, sein Atem übertrage seine magische Macht auf das Feuer. Dieses übertrage sie wiederum auf den Topf auf dem Feuer, auf die darin kochende Speise und damit auf den Menschen, der diese Speise zu sich nähme. Er könnte daran sterben. Die Frau hatte nur eine einzige Begründung für ihren Wunsch, eine bestimmte Sache aus dem Haus zu entfernen. Sie war in einer Straße gekauft worden, die den Namen eines Freundes trug, der in einer weitentfernten Stadt lebte. Darauf richtete sich ihre fixe Idee und hinderte sie daran, mit diesem Freund in Verbindung zu treten. Besonders interessant ist Freuds Theorie, daß es sich in beiden Fällen um eine Frage der Ambivalenz handelt. Der

## DIE WELT DER MAGIER

brennende Wunsch, eine Person oder Sache zu berühren oder zu besitzen, wird mit einem Verbot belegt, das stärker als der Wunsch wird. Dieser ständige Konflikt zwischen Wunsch und Verbot ist nach Freud der Ursprung des Tabus. Die Verbote des Tabus sind die grundlegenden Gesetze des Totemismus. Er untersagt gerade die Dinge, die der Mensch am meisten begehrt, d. h. die Ermordung des Totemtieres oder sexuelle Beziehungen zu Mitgliedern der gleichen Gruppe.

Die magische Kraft des Tabus liegt also in der Verzauberung, der Faszination, der Suggestion, die daraus hervorgeht und die heiße Begierden des Unbewußten anstachelt. Da Suggestion und Beispiel ansteckend sind, breiten sie sich aus.

Auf der Grundlage dieser Prinzipien entstand in der Rechtsprechung ein Tabu, das Frazer ausführlich untersucht hat, ein umfassendes Gebäude aus Verboten und Riten, die dazu bestimmt waren, Vergebung für Menschen zu erreichen, die die Verbote durchbrachen. Wenn zum Beispiel ein Mensch einen Feind tötet, nimmt er bei fast allen primitiven Völkern eine rituelle Feier vor, um Vergebung für den Mord zu erhalten. Der Kopf eines erdrosselten Feindes wird von den Wilden Borneos und den nordamerikanischen Indianern mit größtem Respekt behandelt. Sie umgeben ihn mit einer Reihe von Sühnefeiern. Der Sieger über einen Feind darf mehrere Monate nicht nach Hause zurückkehren und keine Beziehungen zu seiner Frau pflegen. Man hält ihn für unrein, bis die Feiern zur Besänftigung des Geistes des Toten stattgefunden haben.

Das Tabu, das Könige umgibt und das sich in der von ihnen ausgehenden magischen Macht zeigt, ist ein bedeutsamer Schutz vor Gefahren. Der Häuptling muß Bräuche und Vorschriften beachten, Verbote ein- und Feiern abhalten, die ihn nicht nur schützen, sondern auch daran hindern sollen, anders als nach den Wünschen seiner Untergebenen zu handeln. Der japanische Mikado durfte den Boden nicht mit Füßen berühren, sich nicht im Freien aufhalten oder sich Haare und Nägel schneiden lassen. Außerdem mußte er stundenlang unbeweglich wie eine Statue auf seinem Thron sitzen. Dieses Tabu-Zeremoniell vermittelt uns eine Vorstellung von der Härte dieses Gesetzes, das ursprünglich dazu bestimmt war, den Herrscher zu schützen. Durch die strikte Systematisierung wurde es später zu einer echten Folter.

Einige Beispiele zeigen, daß sich die Eingrenzungen nicht nur auf Bewegungen und Verbindungen beziehen, sondern auch auf das System und die Ausführung elementarster Akte des organischen Lebens, die von höheren Kulturen in Regeln festgelegt wurden. Den Hohenpriester des Jupiter im alten Rom, den *flamen Dialis*, umgaben zahlreiche Tabu-Verbote. Es war ihm untersagt, zu reiten, bewaffnete Krieger zu sehen, Mehl und aufgehenden Teig zu berühren, Fleisch, Bohnen und bestimmte andere Nahrungsmittel zu essen. Er durfte noch nicht einmal ihren Namen aussprechen. Es war ihm auch nicht erlaubt, einen Leichnam zu berühren oder den Tempel barhäuptig zu verlassen. Die Verbote für die alten irischen Könige waren nicht minder kompliziert. Es war ihnen zum Beispiel untersagt, an bestimmten Tagen bestimmte Städte zu besuchen oder bestimmte Flüsse zu überqueren. Die äußerst strengen Regeln, die heute noch die Beziehungen zwischen den indischen Kasten bestimmen, beruhten ursprünglich auf dieser Tabu-Vorstellung. Der Kontakt mit Unberührbaren ist streng verboten, denn man geht davon aus, daß ihre Präsenz oder schon ihr Schatten Dinge unrein machen.

# NUR MAGIE KANN GEWISSE ZWÄNGE MILDERN

Das strenge Tabu, das bei einigen Primitiven auch noch die Toten umgibt, beruht teilweise auf dem Glauben an die außergewöhnlichen Kräfte der Verstorbenen. Die Berührung eines Leichnams zieht die sofortige Entfernung der Menschen nach sich, die ihm nahe gekommen sind. Diesen Menschen ist es untersagt, Häuser zu betreten, andere Menschen zu berühren oder mit ihnen zu sprechen. Erst nach Riten mit eindeutig magischem Charakter ist es Verwandten und Freunden des Verstorbenen erlaubt, wieder am Leben der Gemeinschaft teilzunehmen. Es ist außerdem untersagt, den Namen eines Toten auszusprechen. Der Verstoß gegen dieses Verbot wird als ebenso schweres Delikt wie Totschlag angesehen. Den gleichen Grund hatte im allgemeinen die Namensänderung eines Toten sowie aller Menschen, Tiere und Sachen gleichen Namens. Bei den Primitiven ist der Name der größte, wesentlichste und wichtigste Besitz. Die Namensnennung ist eine direkte Anrufung. Sie ist vergleichbar oder noch wichtiger als die Berührung des Menschen. Nach dem Tod eines Königs wurden auf Hawaii alle Worte, die seinen Namen enthielten, aus der Sprache ausgemerzt.

Totem und Tabu mit ihren komplexen Systemen, die jedes Ereignis, ja fast jeden Augenblick des Lebens regeln, sind suggestive Faktoren erster Ordnung. Sie üben einen ständigen Einfluß aus und schaffen einen ganz besonderen Geisteszustand. Ein Gruppenmitglied, das die Totemreligion in ihrer ursprünglichen oder abgewandelten Form praktiziert und das einem von zahlreichen Tabu-Verboten regierten Clan angehört, wird von unauflöslichen Bindungen gehalten. Sein physisches, soziales und moralisches Leben wird durch feste Grenzen bestimmt, die es nicht einmal in Gedanken überschreiten darf. Diese Bedingung entsteht natürlich durch einen psychologischen Zustand, in dem der Mensch gezwungen ist,

*Den Mikado umgab ein strenges Tabus.
Hier Kaiser Hiro-Hito, der letzte Mikado (Tenno), im Priestergewand, 1927
Quelle: Musée des Arts Décoratifs*

diese tatsächlichen und unwandelbaren Einschränkungen anzuerkennen. Die Objektivierung des verdrängten Wunsches nach Befreiung wird in diesem Zustand noch heftiger. Die Frustration führt zu einem Bedürfnis nach Aggression. Damit wird erklärlich, daß die Magie einerseits die wesentliche Kraft herrschender, feindlicher Mächte ist und auf der anderen Seite zur einzigen Befreiungsmöglichkeit wird. Magie ist das Instrument, mit dem der primitive Mensch versucht, sich die übernatürlichen Kräfte zu unterwerfen, das Handeln der Geister oder Dämonen, von Häuptlingen oder Toten zu ändern und jene Wünsche zu erfüllen, deren bloße Formulierung durch das Gesetz verboten ist.

Das *Es* (durch dieses Neutrum bezeichnet die Psychoanalyse elementare Wünsche) oder nach Jung das *archaische Unbewußte* rebelliert gegen Einschränkungen und Hürden, die dem *Über-Ich* auferlegt werden. Es verteidigt sich gegen Anschläge. In der Frühzeit war die mächtigste Waffe in diesem Kampf die Magie, die zunächst die Religion und anschließend in neuerer Zeit die Wissenschaft bekämpften.

# DER MAGISCHE KREIS

In frühester Zeit fühlte der Mensch, daß er nur eine Einheit mit der Natur bildete, die eng mit dem Boden verbunden war, auf dem er selbst und andere lebende Wesen hausten, die ihn umgaben und von denen er sich vor Jahrtausenden abgelöst hatte. Die allmähliche Entwicklung der Persönlichkeit des Individuums war eine notwendige Folge dieses biologischen Prozesses. Zu einer weitzurückliegenden Zeit entfernte sich der Mensch von seinen tierischen Gewohnheiten und schuf sich ein neues Leben. Später unterschied sich das Individuum von anderen Mitgliedern seiner Gruppe und wünschte, stärker als sie zu werden oder sie zu beherrschen. Dieser allmähliche Aufstieg des Menschen als Individuum wird durch das wachsende Selbstbewußtsein, die größere Würde und den Wunsch nach Überlegenheit unterstützt. Dieser wird deutlicher, wenn er die Möglichkeit wahrnimmt, sich über seine Umgebung zu erheben. In neuerer Zeit formte sich der ethische Sinn, der Sinn für Gerechtigkeit. Er entstand aus dem Wunsch und dem Bedürfnis des Menschen, eine stabile Ornung zu schaffen. So konnte er seine Familie und seinen Besitz schützen und verteidigen. Diese Entwicklung implizierte eine Reihe von Überstrukturen, die sich aus den wirtschaftlichen und sozialen Lebensumständen ergaben und deren Entstehung natürlich von zahlreichen Zufällen abhängig war. Physische und psychische Kräfte mußten sich erst angleichen, Intelligenz und kritische Vernunft sich verfeinern. Gleichzeitig ergab sich die Notwendigkeit, Fähigkeiten einzuschränken, die in den veränderten Lebens- und Umweltbedingungen nicht mehr gebraucht wurden. Sie verkrüppelten wie nicht mehr gebrauchte Organe.

Den Mangel an Adaptation, an Anpassung, wenn sich das gesellschaftliche oder Einzelleben auf Grund des Fortschritts der Technik oder durch veränderte klimatische oder kulturelle Umstände zu schnell ändert, hat Ogburn den »cultural lag« genannt. Die menschliche Natur kann sich zweifelsohne langsam, d. h. über Jahrhunderte oder Jahrtausende anpassen. Sicher und erwiesen ist aber auch, daß sich die Veränderungen durch ein extrem schnelles Anwachsen technischer Mittel und die sich daraus ergebenden wirtschaftlichen und sozialen Konsequenzen enorm auf den Menschen auswirken. Selbst wenn man nicht von der Annahme ausgeht, daß dies die einzige Ursache für den heutigen Mangel an Anpassung sei, muß man feststellen, daß es das Überleben geistiger Gewohnheiten der Vergangenheit verständlich macht, die die historischen Ereignisse weder auslöschen noch ändern konnten.

Die Suggestionsbereitschaft, ein Wesensmerkmal einer überemotionalen Natur, fehlende Kritikfähigkeit und infolgedessen fehlende Kenntnis der Grenzen zwischen real und irreal, natürlich und übernatürlich, möglich und unmöglich sind gleichfalls Elemente, die bestimmte scheinbar geheimnisvolle und merkwürdige Handlungen von Menschen erklären, die die primitiven Empfindungen der menschlichen Rasse beibehalten oder vergrößert haben. Die besondere Sensibilität bei erhöhter Temperatur und Gewitter, das Erahnen von Erdbeben, die Gabe, Wasser im Erdreich zu entdecken, und andere rhabdomantische Phänomene, die überscharfe Wahrnehmung meteorologischer Bedingungen usw. geben einen Hinweis auf die Eigenschaften, die dem *homo divinans* zugesprochen wurden. Sie nahmen ab, als der Mensch den engen Kontakt mit der Natur verlor.

## GRUPPENGEIST UND SUGGESTION

Wenn sich der Hexer über die Gruppe erhebt und seine Überlegenheit zeigt, weil er nicht nur über große Sensibilität, sondern auch über größere Geschicklichkeit verfügt, sie auszunutzen, bilden die Umstehenden einen magischen Kreis. Sie erwarten das magische Wirken, das ebenso sicher und notwendig scheint wie Sonnenaufgang, Regen oder Nahrung. Es ist die Objektivierung eines Wunsches. Inständig und absolut gläubig fordert die Gruppe das magische Handeln von Lebenden und Toten. Sie ist entschlossen, sich an jenen zu rächen, die sich ihrem festen Willen entgegensetzen. Folglich beeinflußt die Umgebung ständig den Magier. Sie beherrscht ihn, und er beherrscht sie. Es ist eine Wechselwirkung zwischen zwei Kräften, die sich soweit wie möglich durch gegenseitige Beeinflussung stärken, um etwas zu schaffen, das man für das Bestehen jedes einzelnen als unbedingt erforderlich hält. Die Mitglieder der Gruppe, der der Hexer angehört, versuchen, sich gegenseitig zu überzeugen, daß das Ereignis so stattfand, wie sie es wünschten und wollten. Jeder Mißerfolg wird mit dem Eingreifen neuer feindlicher Kräfte oder durch die falsche Erfüllung von Riten erklärt. Sie sind sich einig, Tatsachen zu schaffen, die zwar nur in ihrer Phantasie bestehen, die aber dennoch die gewünschten Folgen haben können. Nach den Worten Buddhas ist alles im Menschen Wunsch; Wünsche schaffen Willen, und der Wille bestimmt die Ereignisse des Lebens. Dies ist die Definition der gegenseitigen Beeinflussung von Magier und Umwelt, die innerhalb des »Zauberkreises« stattfindet.

In den ersten Gesellschaften wurde zunächst die Horde (Urhorde), die Herde gebildet, die (nach Le Bon und Sighele) instinktiv das Bedürfnis hat, sich einem Anführer zu unterwerfen. Besitzt der Anführer die notwendigen persönlichen Eigenschaften, um die Masse zu beherrschen, und geht vor allem Faszination

*Inder aus der Paria-Kaste an der Koromandelküste*
*Quelle: Musée des Arts Décoratifs*

durch seinen absoluten Anspruch auf Erfolg von ihm aus sowie ein sicherer und starker Wille, der fähig ist, den Willen der Masse zu brechen, sind die wesentlichen Bedingungen für die Beziehungen zwischen dem Anführer und der Gruppe gegeben.

Nach W. McDougall hat das Aggregat, das als Ergebnis einer gemeinsamen Vergangenheit eine Gemeinschaft bildet, primitive Tendenzen, die nicht aus den einzelnen Einheiten entstehen, die sie zu den verschiedenen Zeiten bilden. Die Masse reagiert ganz anders als das Individuum, wenn es allein handelt. Jede Gesellschaft besitzt ein geistiges Leben, das nicht der Summe der einzelnen Einheiten entspricht. Die Massen handeln anders als Einzelpersonen. Folglich spricht man von einem Kollektiv- oder Gruppengeist, der immer vom Geist des einzelnen abweicht.

Der Totemismus ist ein grundlegendes Beispiel des Gruppencharakters, der sich durch das Leben, Traditionen, unbewußte Instinkte und die Suggestionskraft des höhergestellten Individuums entwickelt. Ein anderes typisches Beispiel des Gruppengeistes, wie er sich in geschlossenen oder stagnierenden Gesellschaften entwickelt, ist das Kastenwesen der Hindus.

Das Individuum verliert in der Masse seine bewußte Persönlichkeit. Der Wunsch nach sofortiger Verwirklichung der suggerierten Gedanken gewinnt die Oberhand. Ein Individuum, das einer Masse angehört, hat ein Gefühl von Macht und Unverantwortlichkeit, das seine Kraft erhöht. Die Ansteckung, ein leicht feststellbares Phänomen menschlichen Lebens, läßt die Menschen nicht nur ihre Kritikfähigkeit verlieren, sondern auch jedes Verständnis für ihre besonderen Interessen. Das Individuum wird, wie Le Bon es ausdrückt, ein willenloser Automat. Menschen, die als einzelne gebildet und instinktvoll sind, identifizieren sich mit der Herde. Sind sie einmal Teil der Masse, verringern sich Kritikfähigkeit und Intelligenz erheblich. Die Masse ist, wie Freud geschickt feststellt, leicht in die Irre zu führen. Dann erscheint nichts mehr unmöglich. Sie kennt weder Zweifel noch Unsicherheit. Sie denkt in konkreten Bildern und nicht in abstrakten Begriffen. Diese Bilder folgen in einer unkontrollierten Assoziation wie Träume und Halluzinationen aufeinander. Der Masse fehlt das Gefühl von Grenzen, das aus Überlegung und dem Sinn für die Realität entsteht. Jede Hypothese wird zu Sicherheit, jeder Verdacht zu Haß. Die Masse fordert die Macht und Brutalität ihrer Helden und fühlt die Notwendigkeit, beherrscht zu werden. Gleichzeitig fürchtet sie den Anführer und verehrt ihn. Das Irreale, sagt Le Bon, gewinnt immer die Oberhand über das Reale. Phantasie und Illusionen herrschen über alles.

# III

## GEISTER UND DÄMONEN

*Die Versuchung des hl. Antonius. C. Gillot, 17. Jh.*
*Quelle: Musée des Arts Décoratifs*

# 1. KAPITEL

## DIE WELT DER GEISTER

»In der heutigen Zeit«, sagt Loys Gyon,[12] »gibt es zahlreiche Ungläubige, die nicht wahrhaben wollen, daß es Dämonen oder böse Geister gibt, die in bestimmten Häusern wohnen (daher wurden sie gemieden) oder in öden Gegenden, in die sich Reisende verirren. Es gibt sie auch an anderen Orten . . . Dies hat mich veranlaßt, über die Dämonen zu schreiben. Der Venezianer Marco Polo schreibt in seinem Buch über die Reisen nach Ostindien von einer Wüste Lop, die an der Grenze der großen Türkei zwischen den Städten Lop und Sanchion liegt. Man kann sie in fünfundzwanzig bis dreißig Tagen durchqueren. Bei den Verhandlungen mit den Bewohnern von Lop und Sanchion oder der Provinz Tanguth über die Durchquerung dieser Wüste ist es notwendig zu wissen, was sich dort abspielen kann, wenn man dort lauernde Gefahren und mögliche Schwierigkeiten umgehen will . . . In dieser Wüste ereignen sich tagsüber, meistens aber des Nachts, wundersame Dinge. Es treten verschiedene Erscheinungen und Phantome oder böse Geister auf. Die Durchreisenden dürfen sich nicht von ihrer Reisegesellschaft entfernen. Denn durch Berge und Täler verlören sie ständig den Kontakt mit den Reisegefährten. Die bösen Geister rufen sie mit ihren Eigennamen, täuschen Stimmen eines Begleiters vor, bringen die Reisenden vom Wege ab und leiten sie in die Irre, so daß man nicht weiß, was aus ihnen geworden ist. In der Luft ertönen manchmal auch Geräusche oder Akkorde von Musikinstrumenten, besonders häufig von Trommeln und Tamburinen. Daher ist diese Wüste sehr gefährlich und unwegsam.

Ähnliche Dinge wurden auch an anderen Orten festgestellt. So haben mehrere große und berühmte Menschen, die sich in die Wüsten Ägyptens zurückgezogen hatten, sie mit eigenen Augen gesehen. Wir denken an den hl. Makarius, den hl. Antonius oder den hl. Paulus von Theben. Sie hatten einsame Plätze gefunden, die voller Dämonen waren. Der hl. Antonius, der aus seiner Zelle ging, um Luft

## GEISTER UND DÄMONEN

zu schöpfen, und der hl. Paulus von Theben trafen unterwegs auf die monströse Gestalt eines Mannes zu Pferde, der Ähnlichkeit mit der Gestalt hatte, die die alten Dichter Hippocentaurus nannten. Er fragte den hl. Paulus nach dem Weg. Dieser konnte sich nicht verständlich machen und wies daher mit der Hand in die Richtung. Daraufhin hob sich der Mann hinweg und floh mit großer Geschwindigkeit. Ob dieser Mann eine Illusion des Teufels war, der den heiligen Mann erschrecken sollte, oder ob (da die Einsamkeit häufig monströse Tiergestalten hervorbringt) die Wüste diesen unförmigen Mann erzeugte, wissen wir nicht genau.

In Irland sieht und hört man böse Geister in den Bergen. Wer wollte behaupten, es seien Irrlichter, die die Menschen bewegen, ihnen Fleisch und Getränke anzubieten sowie Fladen aus dem Fleisch von getrockneten Fischen. Außerdem trinken sie starkes Bier. Von Engländern, die einige Jahre dort gelebt haben, erfuhr ich, daß es böse Geister in den Bergen gebe. Sie belästigen die Reisenden und jagen ihnen Tag und Nacht Angst und Schrecken ein. Andere Dämonen hätten sie sehr geärgert, als diese Gold- und Silbergeschirr auf den Weg warfen, das plötzlich wieder verschwand.

Araber, die häufig in die großen Wüstengebiete ihres Landes reisen, sehen dort schreckliche Visionen und manchmal Menschen, die wieder verschwinden. Teuet behauptet, von einem arabischen Dolmetscher, der ihn durch Arabien geleitete, gehört zu haben, wie dieser und andere in seinem Gefolge während des Zugs einer Karawane durch die Wüste des Königreichs Saphavien am 6. Juli um 5 Uhr morgens eine laute und klare Stimme hörten, die in der Landessprache sagte: ›Wir sind lange mit euch gereist. Es ist schönes Wetter, folgen wir dem rechten Weg.‹ Ein Übermütiger namens Berstuth, der einige Kamelherden führte, antwortete in Richtung der Stimme: ›Mein Freund, ich weiß nicht, wer du bist, aber gehe deines Weges.‹ Damit verschwand der Geist ebenso wie eine Horde von Barbaren, die alle erschreckt hatte und der niemand entgegenzutreten wagte.

Jesus Christus wurde in der Wüste vom Teufel versucht. Hier die Beweise: Es gibt böse Geister in der Wüste. Es hat den Anschein, daß Gott ihnen erlaubt, eher an öden Orten als dort zu leben, wo Menschen wohnen. Denn sie sollen nicht allzu sehr verwirrt werden. Der Erzengel Raphael verbannt im Buch Tobias den Teufel (weil er die sieben Ehemänner der Tochter Rahels sterben ließ) in die Wüste Oberägyptens.

Andere Dämonen leben im Meer und in Binnengewässern. Sie bewirken Schiffbrüche und anderes Übel. Erscheinen sie mit ihren Musikinstrumenten mehrere Tage hintereinander am Schwarzen Fluß in Norwegen, sagt Torquemada, ist das ein Zeichen, daß ein Großer des Landes bald sterben wird. Ich habe ei-

*Teufelserscheinung in Deutschland. 16. oder 17. Jh.*
*Quelle: Musée des Arts Décoratifs*

nen Spanier kennengelernt, den ein Unwetter bis an die Küste Tartariens trug. Er hatte oft Auseinandersetzungen mit Phantomen. Er hatte häufig so außergewöhnliche Erscheinungen, daß ich sie nicht wiederholen mag, da ich befürchte, daß man mir nicht glaubt.

Man könnte einwenden, es sei unwahrscheinlich, daß die Dämonen in der Wüste Lop und anderenorts Reisende bei ihrem Namen anreden, da sie keinen Mund haben (Jesus Christus sagt, die Geister hätten weder Fleisch noch Knochen). Ich möchte nur wie der hl. Augustinus, der hl. Basilius, Caelius Rodigin und Apulejus antworten, daß Engel luftige Körper aus der irdischen Natur bilden und so sprechen können wie die drei Engel, die Abraham erschienen. Der Erzengel Gabriel kündigte der Jungfrau Maria die Empfängnis Jesu Christi an. Auch die Teufel können so handeln.«

## SIE SIND ZU ALLEN ZEITEN VORHANDEN

»Ich habe von einem Ungeheuer mit Ziegenfüßen gesprochen, das dem hl. Antonius erschien. Ich glaube, es wurde vom Satan geschaffen, aber anders als die anderen Dämonen. Er bat diesen Heiligen, bei Gott für ihn und andere Ungeheuer der Wüste zu beten. Sein Körper war nicht luftig, sondern aus Fleisch wie ein richtiger Ziegenbock. Zwanzig Jahre später wurde er gefangen und zum Erstaunen aller, die ihn sahen, lebend nach Alexandria gebracht. Obwohl man ihn füttern wollte, starb er eigentümlicherweise einige Tage nach seiner Ergreifung. Der Körper wurde gesalzen und einbalsamiert, nach Antiochia gebracht und Konstantin, dem Sohn Konstantin des Großen, vorgeführt.

Lykosthenes behauptet, man habe im Jahre des Herrn 1545 in Rottweil in Deutschland erlebt, wie der Teufel am hellichten Tag über den Marktplatz spazierte. Die Bürger erschraken heftig und fürchteten, er werde, wie anderenorts schon geschehen, die Stadt anzünden. Als alle demütig zu Gott beteten und sich Fasten und Almosen auferlegten, floh der böse Geist. Wenn der Teufel zu uns kommt, geschieht dies mit Erlaubnis Gottes. Er kommt nie ohne gewichtigen Grund. Er führt die göttliche Rache aus.

Um sichtbar zu werden, können die bösen Geister ein Aussehen annehmen, das der Situation entspricht. Häufig legen sie derartige Phantasmen in die Seele,

*Der Teufel kann jede Gestalt annehmen, um den Menschen zu narren.*
*Quelle: Musée des Arts Décoratifs*

daß die Menschen wirklich glauben, sie zu sehen. Gleiches gilt, sagt der hl. Augustinus, für Menschen, die glauben, in eine Hexe mit Hörnern verwandelt zu sein. Die Phantasie verfälscht den gesunden Menschenverstand. Ebenso wahr ist es, daß Dämonen und Teufel immer, wenn sie eine Möglichkeit dazu sehen, dem Menschen Schaden zufügen. Es ist unerheblich, ob der Geist in der öden und unwegsamen Wüste oder in den bevölkerten Städten lebt. Er versucht auf jeden Fall, den Menschen zu Fall zu bringen.«

## WENN SICH DIE DÄMONEN DEN MENSCHEN ZEIGEN

Le Loyer[13] behauptet, daß sich die Dämonen besonders gerne an Straßenecken, in Wäldern, heidnischen Tempeln und an von Götzenbildern entweihten Orten, in Goldminen und an allen Plätzen aufhalten, wo sich Bodenschätze befinden. Wir entnehmen ihm folgende Geschichte:

»Ein Polizist namens Hugues hatte sein Leben lang freizügig gelebt, und man verdächtigte ihn der Häresie. Als er todkrank war, kamen Männer zu ihm. Der größte von ihnen sprach: ›Erkennst du mich, Hugues?‹ – ›Wer bist du?‹ antwortete Hugues. – ›Ich bin‹, sagte dieser, ›der Mächtigste der Mächtigen, der Reichste der Reichen. Wenn du glaubst, ich könnte dich vor dem Tod bewahren, werde ich dich retten. Du wirst noch lange leben. Damit du weißt, daß ich wahr spreche, wisse, daß Kaiser Konrad zu dieser friedvollen Stunde Herrscher über sein Reich ist und Deutschland und Italien binnen kurzem unterworfen haben wird.‹ Er teilte ihm noch weitere Dinge mit, die sich in der Welt abspielten. Als Hugues alles gehört hatte, hob er die rechte Hand, um das Kreuzzeichen zu machen, und sagte: ›Ich schwöre bei meinem Gott und dem Herrn Jesus Christus, daß du nur ein lügnerischer Teufel bist.‹ Da sagte der Teufel: ›Erhebe nicht deinen Arm gegen mich!‹ Daraufhin verschwand der Teufelsspuk, als habe er sich in Rauch aufgelöst. Hugues starb noch am gleichen Abend.«

Crespet,[14] Prior der Zölestiner von Paris, nennt weitere Teufelserscheinungen. »Der gute Cesarius spricht in seinen Beispielen von der Geliebten eines Priesters. Als sie sah, daß ihr verzweifelter Liebhaber Selbstmord beging, wurde sie Nonne. Da sie nicht alle Sünden gebeichtet hatte, suchte sie ein böser Teufel heim, der sie jede Nacht quälte. Um ihre Lage zu verbessern, beschloß sie, eine Generalbeichte abzulegen. Danach kam der Teufel nie zu ihr zurück.

An dieser Stelle möchte ich auch nicht die Geschichte unterschlagen, die ich in den Archiven meines Klosters gefunden habe. Ein gläubiger Mönch erlebte, wie der Teufel mit Blitzen und Donner die Kirche betrat, in der sich die Mönche zum

## GEISTER UND DÄMONEN

Gebet versammelt hatten. Der Teufel wollte alles umstoßen und die Gott geweihten Dinge entweihen. Der fromme Mönch stellte sich dem Satan mit dem Kreuz entgegen und befahl ihm im Namen des Kruzifixes, das Gotteshaus zu verlassen. Daraufhin mußte der Teufel gehorchen und sich ohne Gegenwehr zurückziehen.«

»Von allen Erzählungen, die ich je gehört habe«, sagt Jean des Caurres,[15] »verdient diese eine besondere Beachtung. Ein junger Mann aus Gabie, der von armen Eltern abstammte und in einem armseligen Haus lebte, beschimpfte seinen Vater (er war der böseste Junge, den man sich vorstellen kann). Er rief den Teufel an, dem er sich verschrieben hatte. Um seinem Vater endgültig das Herz zu brechen, brach er kurze Zeit später nach Rom auf. Unterwegs traf er den Teufel, der das Aussehen eines grausamen Mannes mit Bart, ungepflegten Haaren und abgetragenem Gewand hatte. Der Böse fragte ihn nach der Ursache seines Ärgers und seiner Traurigkeit. Er antwortete ihm, er habe sich mit seinem Vater gestritten und sich entschlossen, ihm einen bösen Streich zu spielen. Daraufhin antwortete der Teufel, ihm gehe es ähnlich. Daher bat er ihn, mit ihm gehen zu dürfen, damit sie sich gemeinsam für das erlittene Unrecht rächten. In der Nacht kehrten sie in ein Gasthaus ein und schliefen dort in einem Zimmer. Der böse Geist packte die Kehle des tiefschlafenden armen Jünglings und hätte ihn erdrosselt, wenn dieser nicht beim Erwachen Gott angerufen hätte. Der andere verschwand unter derartigem Lärm und Getöse, daß Deckenbalken, Dach und Ziegel des Hauses brachen. Der von diesem Lärm erschreckte Mann bereute zu Tode erschrocken sein böses Leben und seine Missetaten. Er wurde bekehrt, lebte fernab vom lauten Leben und war allen ein gutes Beispiel.«

»Im Jahre 1534«, schreibt Job Fincel im ersten Buch *Des Miracles*, »setzte sich Laurent Touer, Pastor in einer sächsischen Stadt, einige Tage vor Ostern, wie es Sitte war, mit den Leuten des Ortes zusammen, um verschiedene Angelegenheiten und Gewissenszweifel zu klären. Satan erschien ihm in Menschengestalt und bat ihn um Erlaubnis, mit ihm zu sprechen. Daraufhin stieß er ungeheuerliche Gotteslästerungen gegen den Erlöser der Menschen aus. Touer widerstand ihm und stieß ihn mit den harten Worten der Heiligen Schrift zurück. Der Böse verschwand verwirrt und hinterließ einen unerträglichen Gestank.«

»Ein Mönch namens Thomas«, schreibt Alexander aus Alexandria[16] im IV. Buch, Kap. XIX von *Jours géniaux*, »ein glaubwürdiger Mann, dessen Ehrlichkeit bei mehreren Anlässen unter Beweis gestellt wurde, hat mir unter Eid eine wahre Geschichte erzählt. Nachdem er hier und dort gegen seine Brüder in Christo Verwünschungen ausgestoßen hatte, trennte er sich wutschnaubend von ihnen.

Als er allein in einem großen Wald spazierenging, traf er einen häßlichen Mann mit furchtbarem Blick, schwarzem Bart und langem Gewand. Thomas fragte ihn, wohin er gehe. ›Ich habe mein Pferd verloren, ich will es in den Wiesen suchen.‹ Daraufhin machten sich beide auf die Suche nach dem Pferd und gelangten an einen tiefen Bach. Der Mönch begann, die Schuhe auszuziehen, um den Bach zu durchqueren. Der andere drängte ihn, auf seine Schultern zu steigen, und versprach, ihn leicht hinüber zu geleiten. Thomas glaubte ihm und setzte sich auf seinen Rücken. Als er die Augen senkte, um die Furt zu erkennen, entdeckte er, daß sein Träger monströse und sehr merkwürdige Füße hatte. Sehr erstaunt begann er, Gott zu seiner Hilfe anzuflehen. Als der verwirrte Feind seine Stimme hörte, warf er seine Last ab, knurrte furchterregend und verschwand so laut und schnell, daß er eine in der Nähe stehende Eiche entwurzelte und alle Äste knickte. Thomas lag einige Zeit halbtot darnieder; dann erhob er sich und erkannte, daß nicht viel gefehlt hätte, daß der grausame Feind Leib und Seele zerstört hätte.«

# METAMORPHOSEN DES TEUFELS

Der Teufel erscheint in allen möglichen Gestalten. »Soll ich noch mehr sagen?« kann man im Buch von Le Loyer[17] nachlesen. »Es gibt kein vierbeiniges Tier, dessen Gestalt der Teufel nicht annehmen könnte. Die Einsiedler in der Wüste haben dies oft genug erlebt. Dem hl. Antonius, der in der Thebis wohnte, erschienen laufend Wölfe, Löwen und Stiere. Dem hl. Hilarion zeigten sich, während er betete, ein heulender Wolf, ein kläffender Fuchs oder eine bellende Dogge. Der Teufel, dem es nicht gelang, die Einsiedler auf diese Weise zu gewinnen, wäre aber niemals so unklug gewesen, sich nur in einer Tiergestalt zu zeigen. Dem hl. Antonius erschien er in der Form, wie Job ihn beschrieb, als er von Leviathan sprach. Diese Gestalt ist ganz natürlich, denn sie erscheint durch die Sünde. Sie bleibt ihm sicher auch in der Hölle bei den Verdammten. Der Teufel nimmt nicht nur die Gestalt von Vierbeinern an, sondern auch von Vögeln (Eulen, Käuzen, Fliegen, Pfauen . . .). Manchmal verstecken sich die Teufel auch in leblosen und bewegungslosen Dingen wie Feuer, Gräsern, Büschen, Holz, Gold, Silber und ähnlichen Dingen . . . Wenn sich die bösen Geister zeigen, halten sie sich an kein Maß; entweder sind sie riesig groß oder klein, kräftig oder äußerst schmächtig.«

»Ich habe gehört«, erzählt Joh. Wierus, der berühmte Dämonologe, »daß der Teufel die Nonnen von Hessimont bei Nijmegen jahrelang plagte. Eines Tages drang er wie ein Wirbelwind in den Schlafsaal ein. Er spielte so schön Laute und Harfe, daß die Füße der Nonnen zuckten, als wollten sie tanzen. Dann wurde er

*Der Teufel hat häufig Bocksfüße.*
*Quelle: Musée des Arts Décoratifs*

zum Hund und warf sich auf das Bett einer Nonne, die der sogenannten stummen Sünde verdächtigt wurde. Es sind andere ebenso eigenartige Fälle bekannt. Der Teufel ging zum Beispiel in Gestalt von Hunden in einem Kloster in der Nähe von Köln spazieren. Er versteckte sich unter den Kleidern der Nonnen und trieb dort seine beschämenden und zotigen Späße.«

»Die bösen Geister«, sagt Dom Calmet,[18] »erscheinen manchmal als Löwe oder Hund, als Katze oder anderes Tier, z. B. als Stier, Pferd oder Rabe. Die angeblichen Hexer und Hexen erzählen, am Sabbat sehe man ihn in den verschiedensten Gestalten als Mensch, Tier oder Vogel.«

Scaliger[19] behauptet: »Der Teufel erscheint den Hexern in der Synagoge nur als Bock. Wenn den Juden in der Schrift vorgeworfen wird, den Teufeln zu opfern, bezieht sich der Vorwurf immer auf Böcke. Es ist ein Wunder, daß der Teufel immer in dieser Gestalt erscheint.«

Im Artikel »Diable« des gleichen Buches heißt es, »die Teufel wenden sich nur an die Schwachen. Sie hüten sich, mich anzusprechen. Ich würde sie töten.«

Manchmal erscheint der Teufel auch in der Gestalt eines Verstorbenen. Le Loyer[20] sagt: »Ich bin nicht sicher, ob die Teufel manchmal nicht auch in die Körper von Verstorbenen schlüpfen, um sie als Lebende umhergehen zu lassen. Wer die Geschichte der Besessenen von Laon gehört hat, weiß, daß einer ihrer Teufel namens Baltazo den Körper eines in der Ebene von Arlon Gehenkten ergriff, um als Ehemann anzutreten. Der Betrug des Teufels wurde folgendermaßen aufgedeckt. Der Mann hatte sich stark verschuldet, um die Behandlung bezahlen zu können, die die Krankheit seiner Frau kostete. Er wandte sich folglich an einen Hexer, der ihm versicherte, er könne die Frau von den Teufeln befreien. Der Teufel Baltazo wurde vom Hexer eingestellt und zum Ehemann gebracht. Er gab beiden zu essen. Da bemerkte er, daß Baltazo nichts trank. Nach dem Essen ging der Mann zum Schulleiter von Vervin in der Dorfkirche, wo er Exorzismen an der Frau vornahm. Er verheimlichte nicht das Versprechen, das der Hexer und Baltazo während des Essens gegeben hatten. Seine Frau werde gesund, wenn er sie mit ihm allein lasse. Der Schulleiter warnte ihn. Eine halbe Stunde später brachte der Mann Baltazo in die Kirche. Der Geist Belzebub, der die Frau heimsuchte, rief ständig den Namen Baltazo und sagte ihm einige Sätze. Daraufhin verließ Baltazo die Kirche, verschwand, und niemand weiß, was aus ihm wurde. Der Schulleiter, der alles miterlebte, beschwor Belzebub und zwang ihn zu gestehen, daß Baltazo ein Teufel war und daß er in den Körper eines Verstorbenen geschlüpft war. Wenn man die Besessene mit ihm allein gelassen hätte, hätte er Leib und Seele mit sich genommen.«

# DER TEUFEL ERSCHEINT MANCHMAL SOGAR IN GESTALT EINES LEBENDEN

Loys Lavater[21] berichtet folgendes Beispiel: »Ich habe von einem klugen Mann und ehrenwerten Schultheiß eines Gutes bei Zürich gehört, der an einem Sommertag frühmorgens in den Wiesen in Begleitung seines Dieners spazierenging. Er sah einen ihm gut bekannten Mann. Er überraschte ihn, wie er mit einer Stute Unzucht trieb. Aufs höchste erstaunt, kehrte er um und hämmerte an die Tür des Mannes, den er meinte, gesehen zu haben. Dieser aber lag noch im Bett. Hätte der Schultheiß nicht die Wahrheit erkannt, wäre ein guter und ehrenwerter Mann eingesperrt und gefoltert worden. Ich erzähle diese Geschichte, damit die Richter in ähnlichen Fällen Vorsicht walten lassen. Kunigunde, die Frau Heinrichs II., wurde des Ehebruchs bezichtigt. Das Gerücht besagte, sie habe ein zu enges Verhältnis mit einem Edelmann des Hofes. Man hatte seine Gestalt (der Teufel hatte sein Aussehen angenommen) häufig aus dem Schlafzimmer kommen sehen. Kurze Zeit später konnte die Frau auf dem glühenden Rost (wie es damals Sitte war) ihre Unschuld beweisen, indem sie unverletzt blieb.«

»Auf Sardinien«, schreibt P. de Lancre,[22] »und in Cagliari sah ein ehrenwertes Mädchen aus reichem und angesehenem Haus einen Edelmann von großer Schönheit und allen anderen Attributen der Vollkommenheit. Sie verliebte sich heftig, und ihre Freundschaft zu ihm war von großer Glut. (Sie konnte sich verstellen, und der Edelmann bemerkte nichts.) Ein schlechter Dämon, der mehr über diese Liebe wußte und der kecker als der junge Mann war, erkannte die günstige Gelegenheit und sah, daß das junge verliebte Mädchen bald nachgeben würde. Um leichter an sein Ziel zu gelangen, nahm er das Aussehen des Edelmanns an und betrug sich so, daß niemand hätte sagen können, ob es nun der Jüngling oder ein anderer war. Der Teufel sah sie heimlich, sprach zu ihr, täuschte Liebe vor und schuf Möglichkeiten für weitere Treffen. Der böse Geist, der die besten dunklen Schliche findet, mißbrauchte nicht nur die Gutgläubigkeit des Mädchens, sondern auch das Sakrament der Ehe, durch das es seinen Fehler wiedergutmachen und die Ehre wiederherstellen wollte. Nachdem der Teufel das Mädchen heimlich geheiratet und damit neues Übel erzeugt hatte, wie sich manche zusammentun, um noch Niederträchtigeres zu tun, erfreuten sich beide einige Monate ihrer Liebe. In dieser Zeit verbarg das sich in Sicherheit wiegende Mädchen ihre Liebe, so gut es ging . . . Ihre Mutter gab ihr zufällig eine geweihte Sache, die es aus Demut trug. Sie diente ihr als Schutz gegen den Dämon und die Liebe, die ihre Eingeweide zerriß und die Freude vergällte. Der Teufel hatte ihr geraten, keinen Botschafter zu schicken. Da sie die Eifersucht übermannte, schickte sie dem Edelmann eine Botschaft und bat ihn, zu ihr zu kommen. Dabei warf sie ihm auch sein schändliches Verlassen etc. vor. Der Edelmann erklärte ihr mit großer Verwunderung, sie sei betrogen worden. Außerdem sei er zur Zeit der vermeintlichen Eheschließung abwesend gewesen. Da erkannte das Fräulein das Werk des Teufels und zog sich für den Rest ihres Lebens in ein Kloster zurück.«

# 2. KAPITEL

## HAUS- UND SCHUTZGEISTER

»Die Elfen«, schreibt A. Maury,[23] »dienen häufig einem Menschen oder einer Familie. Sie bekommen in jedem Land einen anderen Namen. In Deutschland nennt man sie *Nixen* oder *Kobolde*, in Schottland *brownie*, in Irland *cluricaun*, in Schweden ist es der Greis *Tom Gubbe* oder *Tonttu*, in Dänemark und Norwegen *niss-God-drange*, in Spanien *duende* und *trasgo*, in Frankreich *lutin*, *goblin* oder *follet*, in England *hobgoblin*, *puck*, *robin goodfellow* oder *robinhood* und in Wales schließlich *pwacca*.«

In der Schweiz bewachen die Hausgeister die Herden; man nennt sie *servants* (Diener). Der Schweizer Hirte bringt ihnen noch immer ein Milchopfer dar.

### DER CLURICAUN

Der cluricaun unterscheidet sich von den Elfen, da er immer allein anzutreffen ist. Er zeigt sich in der Gestalt eines kleinen Greises mit gefurchter Stirn und altem Gewand. Das dunkelgrüne Kostüm hat große Knöpfe, auf dem Kopf trägt er einen Hut mit zurückgeschlagener Krempe. Er wird wegen seiner Bösartigkeit verachtet, sein Name gilt als Ausdruck der Verachtung. Durch Drohungen oder Verführung gelingt es manchmal, sich ihn zu Diensten zu machen. Er fürchtet den Menschen. Wenn er überrascht wird, kann er ihm nicht entkommen. Der cluricaun kennt wie die Zwerge im allgemeinen die Orte, an denen Schätze vergraben sind. Man stellt ihn wie die bretonischen Zwerge mit einer Lederbörse am Gürtel dar. Darin trägt er immer einen Shilling. Manchmal hat er auch zwei Börsen, dann enthält die andere ein Kupferstück. Der cluricaun raucht und tanzt gerne. Im allgemeinen bleibt er bei einer Familie, solange noch ein Mitglied lebt. Große Achtung hat er vor dem Hausherrn, gerät aber in heftigem Zorn, wenn man vergißt, ihm seine Nahrung zu geben.

*Kobolde (Gavarni)*
*Quelle: Musée des Arts Décoratifs*

In manchen Gegenden Frankreichs heißen die Geister *drôle*. Dieses Wort ist eine Verballhornung von *Troll*. Die Trolle sind in einigen Legenden echte Hausgeister. Sie kümmern sich um das Vieh und streichen manchmal mit *unsichtbarer* Hand die Pferdekruppe, schreibt Fret in *Chroniques percheronnes*. Der Autor des *Petit Albert* erzählt die Geschichte eines dieser unsichtbaren Stallknechte, der die Pferde sechs Jahre lang in einem Schloß striegelte. A. de la Villegille schreibt in *Notice sur Chavagne en Paillers*, daß sich die weniger dienstbaren Geister in der Vendée einen Spaß daraus machen, den Pferden Haare aus der Mähne zu reißen. Im allgemeinen dienen diese eigenartigen Wesen aber nur selten selbstlos. Sie sind mit wenig zufrieden, aber sie wollen für ihre Mühe bezahlt werden. Nach Shakespeare (Sommernachtstraum) hat Robin Good Fellow die Aufgabe, das Haus um Mitternacht zu fegen und Senf zu mahlen. Hinterläßt man ihm aber nicht eine Tasse Sahne oder gestockte Milch, ist die Suppe am nächsten Tag verbrannt, das Feuer will sich nicht entzünden.

## DIE IRRWISCHE

Dom Calmet[24] berichtet einige merkwürdige Begebenheiten, die er den Irrwischen zuschreibt:

»Plinius der Jüngere hatte einen Freigelassenen namens Marcus, einen gebildeten Mann, der im gleichen Bett wie sein jüngerer Bruder schlief. Er glaubte, eine Person auf dem Bett sitzen zu sehen, die ihm die Haare abschnitt. Bei seinem Erwachen war sein Kopf kahl, die Haare lagen im Zimmer. Kurze Zeit später hatte sein jüngerer Bruder das gleiche Erlebnis, als er mit anderen in einem Gasthaus schlief. Er sah zwei weiß gekleidete Männer durch das Fenster in das Zimmer steigen. Während er schlief, schnitten sie ihm die Haare ab und gingen durch das Fenster wieder fort. Beim Erwachen lagen die Haare auf dem Boden. Wie sollte man dies alles erklären, wenn nicht durch einen Irrwisch?

Man hat mehr als einmal von einem jungen Geistlichen in einem Priesterseminar in Paris erzählt, der einen Geist zu seinen Diensten hatte. Dieser sprach mit ihm, räumte sein Zimmer auf und brachte seine Kleider in Ordnung. Als der Superior eines Tages am Zimmer des Seminaristen vorbeiging, hörte er diesen mit jemandem sprechen. Er trat ein und fragte, mit wem sich der junge Mann unterhalte. Dieser behauptete, es sei niemand im Zimmer. Der Superior sah und entdeckte auch niemanden. Da er jedoch die Unterhaltung gehört hatte, gestand der junge Mann ihm, er besitze seit einigen Jahren einen Familiar, der alle Dienste eines Hausdieners erledige. Der Geist habe ihm auch große Vorteile im Priesterstand versprochen. Der Superior drängte ihn, Beweise für seine Behauptungen zu liefern. Der Seminarist befahl daraufhin dem Geist, dem Superior einen Stuhl zu bringen. Der Geist gehorchte.«

## DIE ERDGEISTER

»Georg Agricola, der Bergwerke, Metalle und die Art, sie zu fördern, wissenschaftlich untersucht hat, erkennt«, sagt Dom Calmet,[25] »zwei oder drei Arten von Geistern an, die in den Bergwerken erscheinen. Die einen sind sehr klein und gleichen Zwergen oder Pygmäen; die anderen gleichen Greisen mit krummen Rücken und sind wie Bergarbeiter gekleidet. Ihr Hemd ist hochgerollt, und sie tragen eine Lederschürze um die Nieren. Noch andere tun oder scheinen das zu tun, was sie bei anderen sehen. Sie sind lustig und schaden niemandem. Aber ihre Arbeit führt zu nichts.«

## DIE MINENGEISTER

Dom Calmet fährt fort:[26] »Lavater, der von Taillepied zitiert wird, behauptet, ein Mann habe ihm geschrieben, in Davoise im Pays des Grisons gebe es eine Silbermine, in der der Notable und Konsul Pierre Buol in den vergangenen Jahren arbeiten ließ und aus der er große Reichtümer gewann. In der Mine gab es einen Berggeist, der sich im allgemeinen am Freitag, wenn die Arbeiter ihre Kübel ausleerten, stark machte, um sie an ihrem Tun zu hindern. Dabei wechselte er nach Belieben den Inhalt der Kübel aus. Der Konsul kümmerte sich nicht weiter darum. Wenn er in die Mine einfuhr oder wieder aufstieg, vertraute er sich Jesus Christus an und schlug das Kreuz. Es passierte nie etwas. Eines Tages machte der Geist mehr Lärm als gewöhnlich. Ein ungeduldiger Arbeiter begann ihn zu beschimpfen und ihn unter Flüchen und Verwünschungen zum Henker zu schicken. Da nahm der Geist den Arbeiter beim Kopf und drehte ihn soweit herum, daß das Gesicht nach hinten wies. Er starb zwar nicht an dieser Mißhandlung, aber er lebte lange mit verstauchtem Kopf. Manche, die noch leben, können davon berichten.

Im Bergwerk von Saint-Grégoire in Schueberg wurde angeblich auch ein Geist mit einem in Schwarz gehüllten Kopf gesehen. Er ergriff einen Bergmann und hob ihn hoch. Dadurch verletzte er ihn schwer.«

»Olaus Magnus«, heißt es bei Dom Calmet[27] weiter, »berichtet, man könne vor allem in vielversprechenden Silberminen sechs Arten von Dämonen sehen, die

*Siegfried und Fafnir. Englische Darstellung, 1900*
*Quelle: Musée des Arts Décoratifs*

auf die verschiedenste Art damit beschäftigt sind, das Felsgestein herauszubrechen, Stempel zu ziehen oder Räder zu drehen. Manchmal brechen sie in schallendes Gelächter aus und machen Dummheiten. Das alles geschieht nur, um die Bergarbeiter zu täuschen, die sie unter den Felsen zermalmen oder in die größten Gefahren locken, damit sie Gotteslästerungen ausstoßen. Es gibt einige sehr reiche Minen, die aufgegeben werden mußten, weil man diese gefährlichen Geister fürchtete.«

## SCHMIEDE UND GOLDSCHMIEDE

A. Maury[28] berichtet: »Die Zwerge in der Bretagne und die Bergmännchen in Deutschland sind bei der Bearbeitung von Metallen äußerst geschickt. Die falschen Vorstellungen über sie lassen sie bei den Bretonen, Wallisern und Iren sogar zu Falschmünzern werden. Tief in den Grotten und an glatten Felswänden verstecken sie ihre geheimnisvollen Werkräume. Dort schmieden sie mit Unterstützung der Elfen und ähnlicher Geister. Sie härten und damaszieren jene furchtbaren Waffen, die ihnen die Götter und manchmal auch die Menschen gegeben haben. Einer dieser Schmiede namens Wieland oder Völund wurde von den Zwergen des Kallowa geschult. Er hatte sich einen großen Namen gemacht. Sein skandinavischer Name kam nach Frankreich und wurde zu Galant. Der gleiche Galant stellte Durandarte, das Schwert Karls des Großen, und die *Merveilleuse* des Dolen von Mainz her. Die Vikinga-Saga erzählt, die Mutter des berühmten Wieland sei eine Elfe, sein Vater ein Riese gewesen. Nach anderen Überlieferungen war er selbst ein *Lichtelf*. Die Geschichte der Elfen wird je nach den Umständen mit der der Zwerge verknüpft. Die *Edda* spricht auch von der großen Geschicklichkeit der Elfen, Metalle zu bearbeiten. Sie schmieden Gungner, das Schwert Odins, sie geben Sifa das goldene Haar und Freia die Goldkette. Der irische cluricaun ist auch Schmied, und die Bauern behaupten, die Schläge seines Hammers oft in den Bergen zu hören.«

## DIE HÜTER UNTERIRDISCHER SCHÄTZE

Ein Bericht aus Bodins *Démonomanie*, zitiert von Goulart in *Thrésor des histoires admirables*: »Oger Ferrier, ein gebildeter Arzt, mietete in Toulouse ein Haus in der Nähe der Börse, das schön gebaut und wunderbar gelegen war. Man bot es ihm praktisch für nichts an, da dort ein böser Geist hauste, der die Mieter quälte. Er kümmerte sich ebensowenig darum wie der Philosoph Athenodorus, der allein in einem Haus in Athen zu bleiben wagte, das wegen eines Geistes aufgegeben und unbewohnt war. Allgemein war man der Ansicht, man könne nicht sicher in den Keller gehen. Daher sagte man ihm auch, es gebe einen portugiesischen Studenten in Toulouse, der aus dem Nagel eines kleinen Kindes verborgene Dinge lesen könne. Der Student machte sich ans Werk. Ein kleines Mädchen behauptete, es sehe eine Frau mit vielen Ketten und anderem Schmuck, die in der Nähe eines Pfeilers eine Fackel in der Hand halte. Der Portugiese riet dem Arzt, den Keller in der Nähe des Pfeilers aufgraben zu lassen. Außerdem behauptete er, der Mann werde einen Schatz finden. Das gefiel dem Arzt, und er ließ graben. Als er den Schatz zu finden hoffte, erhob sich jedoch ein Wirbelwind, der das Licht verlöschte. Der Wind fuhr duch ein Kellerfenster und brach zwei Zinnen des Nachbarhauses ab. Eine fiel auf den Windfang, die andere durch das Kellerfenster auf die Wasserkanne einer Frau. Seither hörte man nichts mehr von dem Geist. Am folgenden Tag sagte der Portugiese, den man benachrichtigt hatte, der Geist habe den Schatz mitgenommen. Es sei ein Wunder, daß er den Arzt nicht angegegriffen habe, der mir diese Geschichte zwei Tage später am 15. Dezember 1558 erzählte.«

De Villamont erzählt in *Voyages* folgendes:

»Wir standen in der Nähe von Neapel am Strand gegenüber einem Berg, von dem man in die sogenannte König-Salar-Grotte absteigen kann. Wir betraten sie mit einer brennenden Fackel und gingen bis zum Eingang einer Grube. Dort blieb unser Führer stehen und weigerte sich, weiterzugehen. Als wir ihn nach dem Grund fragten, antwortete er, dieser Eingang sei sehr gefährlich. Alle, die bisher weitergegangen seien, wären nicht zurückgekommen. Man hatte nie wieder etwas von ihnen gehört. Vor rund sechs Jahren (er erzählte die Geschichte Anfang 1589) geschah dies auch mit dem Abt der Abtei von Margouline, einem Franzosen und einem Deutschen, die man vorher gewarnt hatte. Sie machten sich über meine Warnungen lustig, erzählte der Führer. Jeder von ihnen nahm eine Fackel und wollte hinuntersteigen. Als ich das sah, ließ ich sie eintreten. Da ich sie allerdings nicht begleiten wollte, wartete ich einige Zeit am Eingang. Bald war ich sicher, daß sie tot waren. Nach meiner Rückkehr habe ich einigen Bekannten von meinem Abenteuer erzählt. Schließlich erhielten auch die Eltern des Priors Kenntnis von den Geschehnissen. Sie ließen mich gefangennehmen und beschuldigten mich, ich hätte ihren Sohn eintreten lassen. Oder ich hätte ihn nicht ausreichend gewarnt. Ich konnte das Gegenteil beweisen und wurde freigesprochen. Einige Tage später entdeckte man, daß die drei Magier waren und in den Graben gestiegen waren, um einen Schatz zu heben.«

## DIE HAUSGEISTER

»In seinem Buch über Sokrates' Dämon«, sagt Bodin in *Démonomanie*, »spricht Plutarch überzeugt von einer sicheren Beziehung der Geister zu den Menschen. Er behauptet, Sokrates, der der geschätzteste Mann Griechenlands war, habe seinen Freunden oft gesagt, er fühle die Präsenz eines Geistes, der ihn immer von Irrtümern und Gefahren fernhielt. Die Rede Plutarchs ist lang. Jeder kann aus ihr herauslesen, was er will. Ich möchte aber darauf hinweisen, daß ich 1580 eine noch lebende Person kennengelernt habe, die behauptete, es gebe einen Geist, der sie fleißig unterstütze. Sie habe ihn im Alter von ungefähr siebenunddreißig Jahren kennengelernt. Dieser Mensch sagte mir auch, er habe den Eindruck, der Geist habe ihn sein ganzes Leben begleitet. Er habe Träume und Visionen gehabt, so daß er sich vor Sünden und Missetaten hüten konnte. Er habe ihn bis zu seinem siebenunddreißigsten Lebensjahr allerdings nie bewußt bemerkt. Das geschah erst, nachdem er ein Jahr vorher inbrünstig zu Gott gebetet habe. An jenem Morgen habe es Gott gefallen, ihm einen guten Engel zu schicken, um ihn bei seinen Taten anzuleiten. Vor und nach dem Gebet betrachtete er einige Zeit Gottes Werke. Manchmal blieb er zwei oder drei Stunden allein sitzen, um zu meditieren, in seinem Geist zu suchen und die Bibel zu lesen, um herauszufinden, welche Religion die richtige sei. Oft sprach er den Psalm 143.

> Lehre mich deinen Willen tun,
>
> denn du bist mein Gott,
>
> dein guter Geist führe mich auf ebener Bahn.
>
> Um deines Namens willen, o Herr, erhalte mich!
>
> In deiner Treue führe meine Seele aus der Not.

Er beklagte jene, die Gott anrufen, damit er sie in ihrer Haltung unterstütze. Bei der Lektüre der Schrift stößt er im Buch der Opfer auf die Aussage, das größte und beste Opfer des wohlmeinenden und ganzen Menschen sei es, von Gott ausgezeichnet zu werden. Er folgt diesem Rat und bietet Gott seine Seele an. Von diesem Tag an hatte er Träume und Visionen mit vielen Anweisungen. Er sollte ein Laster ausmerzen, sich vor einer Gefahr hüten, ein Problem lösen. Es handelte sich nicht immer um göttliche, sondern auch um ganz menschliche Dinge. Er glaubte unter anderem, im Schlaf Gottes Stimme gehört zu haben, die ihm sagte: ›Ich werde deine Seele retten. Ich bin es, der hier vor dir erschienen ist.‹ Seither klopfte jeden Morgen um drei oder vier Uhr der Geist an seine Tür. Manchmal stand er auf, um die Tür zu öffnen. Er sah aber niemanden. Jeden Morgen wiederholte sich das gleiche Spiel. Stand er nicht auf, klopfte der Geist

*Der Geist hat sich unter dem Bett versteckt. Deutscher Stich, Ende 19. Jh.
Quelle: Musée des Arts Décoratifs*

immer weiter, bis er aufgestanden war. Daraufhin bekam er Angst, es könne ein böser Geist sein. Daher betete er unablässig jeden Tag zu Gott, er möge ihm einen guten Engel schicken. Er sang auch häufig Psalmen, die er fast alle auswendig kannte. Da gab sich der Engel durch schwächeres Klopfen zu erkennen. Am ersten Tag vernahm er mehrere Schläge an einen Weinpokal. Zwei Tage später, als er mit Freunden speiste, hörte er, wie der Geist an ein ihm nahe stehendes Möbelstück klopfte. Er errötete und fürchtete sich. Aber der Geist sagte: ›Hab keine Angst, es ist nichts.‹ Um ihn nicht im Ungewissen zu lassen, erzählte er ihm die Wahrheit. Er erzählte weiter, der Geist habe ihn seither begleitet und mache ihm deutliche Zeichen. Er berühre zum Beispiel sein rechtes Ohr, wenn er etwas Schlechtes beabsichtige, und das linke Ohr, wenn sein Ansinnen gut war. Wollte ihn jemand täuschen oder überraschen, hörte er plötzlich ein Signal im rechten Ohr. Handelte es sich um einen guten Mann mit guten Absichten, vernahm er das Signal im linken Ohr. Auch wenn er etwas Verdorbenes essen oder trinken wollte, fühlte er das Signal. Bei Zweifeln ereignete sich das gleiche. Dachte er etwas Schlechtes und hielt sich dabei auf, lenkte ihn das Signal von den schlechten Gedanken ab. Wenn er Gott manchmal durch einen Psalm lobte und seine Wundertaten pries, fühlte er, wie ihm eine unbekannte geistige Kraft Mut machte. Damit er den Traum mit Inspiration von anderen Träumen unterscheiden konnte, die sich ergeben, wenn man in körperlich schlechter Verfassung oder wenn man verwirrt ist, weckte der Geist ihn um zwei oder drei Uhr morgens auf. Kurze Zeit später schlief er wieder ein. Dann hatte er echte Träume, was er tun, was er von seinen Zweifeln zu halten hatte oder was mit ihm geschehen sollte. Seit jener Zeit ist ihm fast nichts geschehen, von dem er nicht vorher Kenntnis hatte. Es kamen ihm keine Zweifel an Dingen, die er glauben sollte und für die er keine Lösung fand. Jeden Tag bat er Gott, ihm seinen Willen, das Gesetz und die Wahrheit kundzutun . . . Er war immer fröhlich und heiter. Geschah es einmal, daß er böse Worte sprach oder einige Tage nicht zu Gott betete, wurde er im Schlaf sofort gewarnt. Las er ein schlechtes Buch, schlug der Geist darauf, um ihn davon abzuhalten. Tat er etwas gegen seine Gesundheit, erhielt er eine Warnung. Bei einer Krankheit wurde er liebevoll gepflegt . . .

Ich fragte ihn, warum er nicht mit dem Geist spreche. Er antwortete, er habe ihn einmal um ein Gespräch gebeten. Daraufhin klopfte der Geist heftig an seine Tür, als habe er einen Hammer in der Hand, und teilte ihm mit, das Ansinnen mißfalle ihm. Häufig unterbrach der Geist auch seine Lektüre oder sein Schreiben, damit er sich ausruhen und allein meditieren konnte.

Ich fragte ihn noch, ob er den Geist je gesehen habe. Er antwortete, er habe ihn nie gesehen, wenn er wach war. Manchmal sah er nur eine runde, sehr helle Lichtscheibe. Als er allerdings eines Tages in großer Gefahr schwebte und Gott von ganzem Herzen anflehte, ihn zu erretten, sah er auf dem Bett, in dem er schlief, ein weiß gekleidetes Kind, dessen Gewand purpurfarben wurde. Das Gesicht war von ausgesuchter Schönheit. Ein anderes Mal, als er sich auch in großer Gefahr befand, hinderte ihn der Geist daran, sich schlafen zu legen. Da betete er die ganze Nacht zu Gott. Am folgenden Tag wurde er ganz eigenartig und unglaublich aus Mörderhänden gerettet. Nachdem er der Gefahr entronnen war, hörte er im Schlaf eine Stimme, die sagte: ›Wer von oben geschützt wird, den verläßt Gott niemals.‹«

# DAS REICH DER FEEN

Leroux de Lincy[29] sagt, »alle Feen gehören zu zwei ganz unterschiedlichen Familien. Die Nymphen der Sein-Insel, die vor allem in Frankreich und England bekannt sind, gehören zu der ersten und ältesten Familie, denn bei ihnen findet man die Erinnerung an die antiken Mythologien, die mit den Bräuchen der Kelten und Gallier vermischt sind. Anschließend kommen die skandinavischen Gottheiten, die die Traditionen vervollständigen und noch reicher gestalten.«

Pomponius Mela[30] lehrt, »die Sein-Insel befindet sich an der osismischen Küste. Sie zeichnet sich vor allem durch das Orakel einer gallischen Gottheit aus. Die Priesterinnen dieses Gottes bewahren ihre ewige Jungfräulichkeit. Es sind neun

## HAUS- UND SCHUTZGEISTER

an der Zahl. Die Gallier nennen sie Cenes. Sie glauben, sie könnten, belebt durch einen besonderen Geist, mit ihren Versen Gewitter bewirken und in der Luft oder im Meer jede Tiergestalt annehmen, die langwierigsten Krankheiten heilen und die Zukunft vorhersagen. Sie üben ihre Kunst nur bei Seeleuten aus, die mit dem einzigen Ziel, sie zu befragen, auf das Meer hinausfahren.«

Nach Leroux de Lincy sind dies die ersten alten Feen, die man in Frankreich findet. Die Erinnerung, die in den ältesten Volksbräuchen erhalten ist, findet sich noch in den nordfranzösischen Minnegesängen und Ritterromanen. Sie vermischt sich mit den Anschauungen, die das Heidentum noch hinterlassen hat. Die beiden Elemente zusammen schaffen eine unendliche Vielfalt phantastischer Geschöpfe. Die Sein-Insel war für sie bald schon nicht mehr groß genug. Sie breiteten sich in den Wäldern aus, bewohnten Felsen und Schlösser und zogen weiter nach Norden über Großbritannien hinaus ins Reich der Feen. Es hieß Avalon.

In Avalon heilen diese kostbaren Geister die schweren Verwundungen der Ritter. Dorthin trug man König Artus nach seinem schrecklichen Kampf. »Wir haben ihn dort auf ein goldenes Bett gelegt«, sagte der Barde Taliessin in *La Vie de Merlin* von Galfred von Monmouth. »Nachdem Morgan die Wunden lange betrachtet hatte, versprach sie uns, sie zu heilen. Glücklich über dieses Versprechen, haben wir unseren König in ihren Händen gelassen.«

Morgan brachte auch ihren geliebten Ogier den Dänen auf diese Insel, um über seine Erziehung zu wachen. Renoart, einer der Helden des Liedes von Wilhelm Kurznase, fand hier Zuflucht:

Avec Artur, avecques Roland
Avec Gauvain, avecques Yvant.

Dort waren Auberon und Mallabron »ung luyton de mer«, berichtet das Ogier-Lied. Maury vertritt die Ansicht, daß Lanval von seiner geliebten Fee auf diese geheimnisvolle Insel gebracht wurde.

Giraud de Cambrie legt die verwunschene Insel, jene Art Feenparadies, nach Glastonbury in Somersetshire. »Jene wunderbare Insel Avalon«, sagt die Sage Ogiers des Dänen, »deren Bewohner ein sehr glückliches Leben führen, ohne an Böses zu denken, um sich nur am Schönen zu erfreuen.«

Der Name Avalon stammt von *Inis Afalon,* in bretonischer Sprache Insel der Äpfel. Diesen Namen hat man mit den vielen Apfelbäumen des Gebiets um Glastonbury in Verbindung gebracht. Nach M. de Fréminville in *Antiquité de la Bretagne, Côtes-du-Nord* soll Avalon die kleine Insel Agalon nicht weit vom berühmten Schloß Kerduel sein, das die Chronisten zum Lieblingsort König Artus' machten.

## GEISTER UND DÄMONEN

Der tiefe Wald und der Rand der Quellen waren die Lieblingsplätze der Feen. A. Maury sagt in *Les Fées du Moyen-Age*: »Die Feen zeigten sich in der Nähe der Druidenquelle von Baranton im Wald von Brocéliande. Robert Wace schrieb 1096, ›là soule l'en les fées veoir.‹ Nach J. d'Arras in *Histoire de Mélusine* erschien Melusine Raimondin im Wald von Colombiers im Poitou in der Nähe der Quelle, die man heute *font de scié* nennt. Auch Graelent sah in der Nähe einer Quelle die Fee, in die er sich verliebte und mit der er auf Nimmerwiedersehen verschwand.[31] Lanval traf in der Nähe einer Quelle auf zwei Feen, von denen ihn eine, die seine Geliebte wurde, auf die Insel Avalon brachte, nachdem sie ihn aus der Gefahr errettet hatte, die er von der schrecklichen Rache Genièvres fürchtete. Die berühmte Fee Viviane, deren Name eine Verfälschung von *Vivlian*, Geist des Waldes, ist, der in den keltischen Sagen besungen wird, wohnte nach Th. de la Villemarqué in *Contes populaires des anciens Bretons* tief im Wald unter einem Weißdornbusch. Dort verzauberte sie Merlin.

Das Mineralwasser, dessen Heilwirkung verborgenen Gottheiten wie Sirona oder Venus Anadyomene zu verdanken ist, denen man Votivbilder und Altäre weihte, wurde im Mittelalter wegen seiner Heilkraft Feen zugeschrieben. Nach den Volksmärchen soll in der Nähe von Domrémy durch den Zauberstab einer Fee eine Thermalquelle am Fuß des Feenbaumes entsprungen sein. Dort blieb auch die hl. Johanna von Orleans oft stehen und hatte ihre erstaunlichen Visionen. Die Bergbewohner in der Auvergne stellten das Mineralwasser von Murat-le-Quaire auch unter ihren Schutz. Die Bewohner von Gloucester, dem alten Kerloiou, behaupten, Thermalwasser ihrer Stadt werde von neun Feen, neun Zauberinnen bewacht. Außerdem sagen sie, man müsse sie besiegen, wenn man es benutzen wolle.«

Eine der Hauptbeschäftigungen der Feen ist die Vergabe von mehr oder weniger außergewöhnlichen und übernatürlichen Eigenschaften an Kinder.

»In der Nacht, in der ein Kind geboren wurde«, erzählt die Sage von Ogier dem Dänen, »trugen es die Damen des Schlosses in ein separates Zimmer. Dorthin kamen sechs schöne Damen, die Feen waren. Nachdem sie an das Kind herangetreten waren, ergriff eine von ihnen namens Gloriande die Arme. Als sie die Schönheit und Gestalt des Kindes erkannte, umarmte sie es und sagte: ›Mein Kind, durch die Gnade Gottes gebe ich dir ein Talent. Zeit deines Lebens wirst du der tapferste aller Ritter sein.‹ ›Das ist ein schönes Geschenk‹, sagte eine andere Fee namens Palestrine, ›und ich sage, Ogier wird nie Turniere und Kämpfe verlieren.‹ Die dritte Fee namens Pharamonde sagte, ›diese Talente sind nicht gefahrlos. Auch ich wünsche, daß er immer Sieger bleibt.‹ ›Ich möchte‹, sagte darauf

302

*Viviane und Merlin. Nach G. Doré*
*Quelle: Bibliothèque Nationale (Estampes)*

Melior, ›daß er der schönste und edelste aller Ritter wird.‹ ›Ich‹, sagte Pressine, ›verspreche ihm glückliche und stetige Liebe aller Damen.‹ Die sechste, Mourgue, fügte schließlich hinzu: ›Ich habe alle Talente vernommen, die man diesem Kind gegeben hat. Nun, es wird sich nur daran erfreuen, wenn es meine Liebe erfahren und auf meinem Schloß in Avalon gewohnt hat.‹ Danach umarmte Mourgue das Kind, und alle Feen verschwanden.«

# DIE FREUNDSCHAFT DER FEEN

Leroux de Lincy erzählt, »man ging vor allem in der Bretagne oft an den Ort, wo die Feen wohnten, und wartete auf sie. Man brachte ein Kind an die bekannten Orte, die den Gottheiten als Wohnstatt dienten. Diese Orte waren, wie man sich denken kann, sehr berühmt. Viele Provinzen bewahren die Erinnerung an diesen Glauben durch Namen wie *Feengrotte* für abgelegene und unterirdische Plätze.«

Die Feen verführten gerne junge Edelleute, wie es einer alten Ballade aus der Bretagne zu entnehmen ist, die von de la Villemarqué beschrieben wird. »Die Korrigan sitzt am Rand der Quelle und kämmt sich das blonde Haar. Sie kämmt sich mit einem Goldkamm, denn die Damen sind keineswegs arm. Ihr seid sehr mutig, mein Wasser zu stören, sagt Korrigan. Ihr werdet mich auf der Stelle heiraten, oder ihr werdet in sieben Jahren austrocknen oder in drei Tagen sterben.«

Melusine verführte Raimondin, um dem grausamen Schicksal zu entfliehen, das ihr ihre Mutter Pressine vorhergesagt hatte.

»Die Schönheit«, schreibt A. Maury, »ist einer der Vorteile, den sie bewahrt haben. Diese Schönheit ist in der Dichtung des Mittelalters fast sprichwörtlich. Mit diesem Zauber ist aber eine verborgene Unförmigkeit oder ein schrecklicher Fehler verbunden. Sie haben mit einem Wort irgend etwas Merkwürdiges an sich. Die zauberhafte Melusine wurde samstags immer zu einer Schlange. Die Fee, die nach der Legende den Stamm des Hauses Haro begründete, hatte den Fuß einer Hirschkuh. Daher bekam sie auch den entsprechenden Namen. In Wirklichkeit war sie nur ein Buhlteufel.«

»Der Name Nixen«, schreibt der gleiche Autor, »den man mehreren Feen verlieh, z. B. Sibylle im Roman von Perceforest oder Viviane, die den berühmten Lancelot entführte, entstammt Überlieferungen nordischer Länder. Diese Nixen sind Töchter der Wasserweiber, die am Ufer der Donau in den Nibelungen die Zukunft des Ritters Hagen vorhersagen. Sie stammen von jener Sirene des Rheins ab, die am Eingang des Abgrunds, in den der Schatz der Nibelungen gestürzt war, wartete und durch ihren wohlklingenden Gesang, den fünfzehnfaches Echo wiederholte, die Schiffe in den Abgrund zog.

*Die Nixe. Darstellung von Eicher*
*Quelle: Musée des Arts Décoratifs*

Die Undinen oder Nixen in Deutschland ziehen die Sterblichen auf den Grund des Wassers. Diese Menschen wurden verführt oder wagten sich wie Hylas unvorsichtig an die Ufer, wo die Nixen wohnten. In Frankreich erzählt eine provenzalische Geschichte, wie eine Fee Brincan unter die wäßrige Fläche zog und in ihren Kristallpalast brachte.[32] Diese Fee hatte meergrünes Haar und erinnert nach Bechstein an die Haare der Nixe des Salzungsees in Thüringen oder an die Roussalkas der Slawen, wie sie Makaroff in *Tradition russes* beschreibt. Die Roussalkas wie die Undinen von Magdeburg (Grimm: *Deutsche Sagen*) oder die bretonischen Korrigans kommen oft an die Wasseroberfläche, um ihr schimmerndes Haar zu kämmen. Auch Melusine wird dargestellt, wie sie ihre langen Haare kämmt, während sich ihr Fischschwanz im Wasser bewegt.«

»Mehrere Feen«, sagt A. Maury außerdem, »werden als echte Hausgötter dargestellt. Wilhelm von Paris spricht in *De universo* von der Dame Abonde, die die gleiche wie Mab zu sein scheint, von der Shakespeare in seiner Tragödie *Romeo und Julia* spricht, und die nach G. Zimmermann in *De Mutata saxonum veterum religione* mit der deutschen Holda zusammenhängt. Diese Dame bringt Reichtum in die Häuser, die sie aufsucht. Die berühmte Fee Melusine seufzt und stöhnt jedes Mal, wenn der Tod einen Lusignan[33] fortträgt. In Irland tritt die *banshee* an die Fenster eines Kranken der Familie, die sie schützt. Sie reibt, wie Crofton[34] schreibt, die Hände aneinander und stößt verzweifelte Schreie aus. In Deutschland zeigt sich die Dame Bertha, auch die *weiße Dame* genannt, wie alle Feen bei der Geburt von Kindern mehrerer Königshäuser, über die sie wachte. In der Lüneburger Heide kündigt das *Klageweib* den Bewohnern ihr nahes Ende an. Bricht ein Unwetter aus und öffnet sich der Himmel, wird die Natur von zerstörerischen Kräften geschüttelt, steht das Klageweib plötzlich wie ein Adamastor auf, stützt den riesigen Arm auf die brüchige Kate des Bauern und kündigt ihm das Zusammenbrechen seiner Behausung an, die vom Tod gezeichnet ist«, wie man in Spiels Archiven nachlesen kann.

## DIE WEISSEN DAMEN

Die Historiker nennen noch andere weiße Damen, z. B. die weiße Dame von Avenel, die *dona bianca* der Colalto, die weiße Dame der Herren von Neuhaus und Rosenberg usw.

Den bretonischen Feen oder *Korrigan* gibt man ebenfalls den Namen weiße Damen. Sie kennen die Zukunft, befehlen der Natur und können sich in jede beliebige Gestalt verwandeln. In einem Augenblick gelangen die Korrigan von einem Ende der Welt zum anderen. Bei Frühjahrsbeginn feiern sie jährlich ihr großes Nachtfest. Sie nehmen im Mondschein an einer geheimnisvollen Mahlzeit teil und verschwinden beim ersten Schein der Morgenröte. Normalerweise tragen sie weiße Gewänder, wodurch sie auch ihren Namen bekamen. Die bretonischen Bauern behaupten, sie seien große gallische Prinzessinnen, die sich bei der Ankunft der Apostel nicht dem Christentum beugen wollten. Th. de la Villemarqué weist in der Einleitung zu *Contes populaires des anciens Bretons* und A. Maury in *Les Fées du Moyen Age* ausdrücklich darauf hin.

Reiffenberg schreibt im *Konversationslexikon* unter dem Stichwort *Weiße Damen*, »man hat auch andere bösartige Wesen weiße Damen genannt, die nicht einer speziellen Rasse zugeordnet waren. Man denke nur an die *witte wijen* in Friesland, von denen Corneil Van Kempen, Schott, T. Van Brussel und des Roches sprechen. Zur Zeit König Lothars im Jahre 830 erzählt der erste seiner Schreiber, viele Gespenster suchten Friesland heim. Es waren vor allem *weiße Damen* oder Nymphen der Ahnen. Sie wohnten in unterirdischen Höhlen und überraschten Reisende, die sich nachts verlaufen hatten, Hirten, die bei ihren Herden wachten, Frauen, die gerade niedergekommen waren, oder Kinder, die sie in ihren Unterschlupf mitnahmen. Von dort hörte man viele eigenartige Geräusche, Wimmern, unvollständige Worte und alle Arten von Musik.«

# AJA, AMBRIANE ODER CAJETA

Aja, Ambriane oder Cajeta ist eine Fee aus der Kategorie der *weißen Damen*, die im Gebiet von Gaeta im Königreich Neapel wohnt und die sowohl den Geist von Erwachsenen als auch von Kindern beschäftigt. Die Absichten Ajas sind wie bei den meisten weißen Damen immer gut. Sie interessiert sich für Geburt, glückliche und unglückliche Ereignisse und den Tod der Familienmiglieder, die sie beschützt. Sie bewegt die Wiege der Neugeborenen. Während der Stunden des Schlafs durcheilt sie die Zimmer des Hauses, kommt manchmal aber auch tagsüber zurück. Knackt eine Tür, ein Fensterladen oder ein Möbelstück und pfeift es leicht in der Luft, ist man überzeugt, daß Aja ihren Besuch ankündigt. Dann verstummen alle und horchen; die Herzen schlagen höher. Man fühlt gleichzeitig Furcht und religiösen Respekt. Die Arbeit wird unterbrochen, und man wartet, bis sich die schöne Ambriane die Zeit genommen hat, alles, was sie sehen möchte, zu untersuchen. Einige besonders Begünstigte oder Lügner behaupten, die Fee gesehen zu haben. Sie soll groß sein, ein ernstes Gesicht haben und ein weißes Gewand mit einem wehenden Schleier tragen. Die meisten erklären jedoch, nicht so glücklich gewesen zu sein, sie zu erkennen. Dieser Aberglauben geht in ganz frühe Zeit zurück, denn Vergil fand sie schon am gleichen Ort.

# ELFEN

In den Ländern des Nordens waren die Alben oder Elfen die Geister der Lüfte und der Erde. Sie ähneln in gewisser Weise den Feen. Ihr König Oberon, der von Wieland verewigt wurde, ist der König der Erlen, der von Goethe besungene Erlkönig.

»Ich bin überzeugt«, sagt Einard Gusmond, »daß es die Elfen tatsächlich gibt und daß sie Geschöpfe Gottes sind. Sie heiraten wie wir und bekommen Kinder beiderlei Geschlechts. Beweis sind die Liebschaften ihrer Frauen mit Sterblichen. Sie bilden ein mit anderen Völkern vergleichbares Volk. Sie wohnen in Schlössern, Häusern und Katen. Sie sind arm oder reich, lustig oder traurig, schlafen und wachen und spüren alle Gefühle, wie sie auch die Menschen haben.«

A. Maury[35] führt aus, »die Elfen waren bei den Völkern des Nordens je nach dem Ort, an dem sie wohnten und dem sie vorstanden, in verschiedene Klassen unterteilt. Man unterscheidet die *Dunalfenne*, die den Nymphen *monticolae*, den *castalides* der Antike entsprechen, die *Feldalfenne,* sie sind Najaden oder Hamadryaden, die *Muntalfenne* oder Orkaden, die *Scalfenne* oder Najaden und die *Undalfenne* oder Dryaden.«

Leroux de Lincy[36] schreibt: »Die Elfen sollen einen großen Kopf, kurze Beine und lange Arme haben. Wenn sie stehen, sind sie nicht größer als die Frucht auf dem Feld. Sie sind geschickt, feinsinnig, mutig und immer gewitzt. Sie haben wertvolle und übermenschliche Eigenschaften. Den Elfen in der Erde, die über die Metalle wachen, sagt man nach, sie seien in der Waffenschmiedekunst sehr bewandert. Die Elfen im Wasser lieben Musik und haben auf diesem Gebiet große Fähigkeiten. Der Tanz ist den Elfen zwischen Himmel und Erde oder auf den Felsen gegeben. Elfen, die in kleinen Steinen wohnen, heißen *Elf-mills*, *Elf guarnor* und besitzen eine süße und melodiöse Stimme.

Bei den skandinavischen Völkern sollen die Elfen besonders den Tanz geliebt haben. Man sagte, sie bildeten glänzende grüne Kreise, die sogenannten *Elf-dans*, die man auf dem Rasen sieht. Wenn ein dänischer Bauer am frühen Morgen auf einen solchen Kreis stößt, sagt er noch heute, die Elfen hätten des Nachts getanzt. Nicht alle können den *Elf-dans* sehen. Diese Gabe haben vor allem die am Sonntag geborenen Kinder. Die Elfen haben jedoch die Macht, ihre Schützlinge in diese Kunst einzuweihen. Dann geben sie ihnen ein Buch, aus dem sie die Zukunft lesen können.

*Der Luprechaun, kleiner englischer Kobold*
*Quelle: Musée des Arts Décoratifs*

Elfen wohnen in Sümpfen und an Flußufern, sagen die dänischen Bauern noch heute. Sie nehmen die Gestalt eines kleinen alten Mannes mit einem großen Hut auf dem Kopf an. Ihre Frauen sind jung, schön und anziehend. Aber hinter der Maske sind sie hohl und leer. Vor allem junge Männer sollten ihnen aus dem Wege gehen. Sie können ein Musikinstrument so bezaubernd spielen, daß die

Melodie den Geist verwirrt. Häufig trifft man Elfen an, die im Wasser baden, in dem sie wohnen. Wenn sich ein Sterblicher zu nahe heranwagt, öffnen sie den Mund. Durch den ausströmenden Atem wird der Leichtsinnige vergiftet und muß sterben.

Bei Vollmond sieht man oft die Frauen der Elfen auf den grünen Wiesen einen Reigen tanzen. Ein unwiderstehlicher Zauber zieht jene an, die sie treffen, um mit ihnen zu tanzen. Wehe dem, der diesem Wunsch nachgibt! Sie nehmen den Unglücklichen in einen so wilden, lebhaften und aufregenden Reigen auf, daß er bald leblos zu Boden fällt. Mehrere Balladen erinnern an den schrecklichen Tod dieser armen Menschen.«

## DIE NOKKEN

»Bei den Dänen heißen die Elfen des Wassers Nokken. Mit ihnen verbinden sich viele Erinnerungen. Manchmal glaubt man sie in einer Sommernacht am Rand der Wellen zu sehen. Sie gleichen kleinen Kindern mit Goldhaar und tragen eine rote Mütze. Dann laufen sie wie Zentaur oder in Gestalt eines Greises mit langem Bart am Ufer entlang. Aus dem Bart rinnt das Wasser. Sie können auch mitten auf den Felsen sitzen.

Die Nokken bestrafen junge untreue Mädchen schwer. Wenn sie eine Sterbliche lieben, sind sie milde gestimmt und leicht zu täuschen. Da sie große Musiker sind, sieht man sie mitten im Wasser mit einer Harfe aus Gold, die die ganze Natur beleben kann. Wenn man Musik von solchen Meistern lernen will, muß man mit einem schwarzen Schaf zu ihnen gehen und versprechen, sie würden wie die Menschen gerettet und am Jüngsten Tag auferstehen« (de Lincy).

# 3. KAPITEL

## DAS REICH DER TOTEN

Goulart[37] erinnert an folgende Geschichte, die Job Fincel im 2. Buch der *Merveilles de notre temps* berichtet. »Ein reicher Mann aus Halberstadt, einer bekannten deutschen Stadt, fand große Freude daran, gut und reichlich zu essen. Er gönnte sich alle Freuden, die er sich vorstellen konnte, und kümmerte sich wenig um sein Seelenheil. Eines Tages wagte er es, vor seinen Tischgenossen die Gotteslästerung auszustoßen, wenn er täglich so köstlich leben könne, wünsche er kein anderes Leben. Nach einigen Tagen, als er gar nicht daran dachte, mußte er sterben. Nach seinem Tod sah man täglich in seinem herrlichen Haus abends Phantome, so daß die Diener gezwungen waren, sich eine neue Stelle zu suchen. Der reiche Mann erschien zum Beispiel mit einer Gruppe Gäste in einem Saal, der zu seinen Lebzeiten nur dem Festschmaus gedient hatte. Er war von Dienern umgeben, die Fackeln in den Händen hielten. Andere servierten an dem mit Tellern und Bechern aus vergoldetem Silber und großen Schüsseln überladenen Tisch. Dann räumten sie wieder ab. Außerdem hörte man Flötenspiel, Lautenklänge, Spinette und andere Musikinstrumente, kurz, man sah den mondänen Glanz, mit dem sich der Reiche zu seinen Lebzeiten umgeben hatte. Gott gefiel es, daß sich der Satan in solchen Trugbildern zeigte, um die Ungläubigkeit aus dem Herzen der Epikureer zu vertreiben.«

### EIN SEHR SCHLECHTER SCHLAFKAMERAD . . .

»Ein Italiener«, berichtet Alexander aus Alexandria im 2. Buch seiner *Jours géniaux*, die von Goulart[38] zitiert werden, »hatte einen verstorbenen lieben Freund in allen Ehren begraben. Auf seinem Rückweg nach Rom überraschte ihn die Nacht. Er mußte unterwegs in einem Gasthaus Station machen. Müde und betrübt legte er sich ins Bett. Da er allein und vor Übermüdung hellwach war, erschien ihm der Tote blaß und entkräftet, wie er während seiner letzten Tage gewesen war. Der Italiener hob furchtvoll den Kopf, um ihn nach seinem Begehren zu fragen. Der Tote antwortete nichts, zog sich aus, legte sich zu ihm ins Bett und begann, sich dem Lebenden zu nähern. Da der andere nicht mehr aus noch ein wußte, legte er sich schließlich ganz auf den Bettrand. Als sich der Tote immer weiter näherte, stieß er ihn zurück. Der Zurückgestoßene sah daraufhin durch den Lebenden hindurch, kleidete sich wieder an, erhob sich, zog seine Schuhe an und verließ das Zimmer. Der Lebende hätte ob einer liebevollen Berührung fast den Verstand verloren. Er erzählte, als sich der Tote im Bett näherte, habe er einen Fuß berührt. Eis hätte nicht kälter sein können.«

## TOTE STEHEN AUF

Goulart faßt die von Camerarius in *Méditations historiques* gesammelten Geschichten über Totenerscheinungen auf Friedhöfen zusammen: »Eine glaubwürdige Person, die durch verschiedene Orte Asiens und Ägyptens gekommen war, bezeugte, mehrere Male an einem bestimmten Ort in der Nähe von Kairo (wo sich an einem bestimmten Märztag viele Leute treffen, um an der, wie sie sagen, Auferstehung des Fleisches teilzunehmen) Körper von Verstorbenen gesehen zu haben. Sie schoben sich langsam aus der Erde. Die Körper konnte man nicht ganz sehen. Manchmal wurden nur die Hände, manchmal nur die Füße, dann wieder der halbe Körper sichtbar. Anschließend sanken sie allmählich wieder in die Erde zurück. Da einige Leute derartige Wunder nicht glauben wollten, und da ich selbst Genaueres wissen wollte, was sich abspielte, habe ich einen Verbündeten und guten Freund gefragt. Er war ein Edelmann mit den besten Eigenschaften, der bestens erzogen war und der fast alles wußte. Er selbst hatte die von mir genannten Länder mit einem anderen Edelmann und mir bekannten Freund, Alexander von Schulenburg, bereist. Er sagte mir, auch er habe von derlei Erscheinungen gehört. In Kairo und an anderen Orten Ägyptens zog sie niemand in Zweifel. Um mich noch weiter zu vergewissern, zeigte er mir ein in Venedig gedrucktes Buch, das verschiedene Reisebeschreibungen des Botschafters von Venedig über mehrere Orte Asiens und Afrikas enthielt, unter anderem *Viaggio di Messer Aluigi di Giovanni, di Alessandria nelle Indie.*

»Im Jahre 1534«, erzählt Taillepied,[39] »war die Frau eines Vogts der Stadt Orleans schon durch die Lehren Luthers angesteckt und bat ihren Mann, man möge sie nach ihrem Tod ohne Pomp, Lärm und Glockengeläut, nicht einmal mit einem Gebet begraben. Der Mann, der seine Frau über alles liebte, tat, wie ihm geheißen war, und ließ sie in Les Cordeliers in der Kirche neben seinem Vater und Großvater begraben. In der folgenden Nacht zur Zeit der Frühmesse erschien der Geist der Verstorbenen im Kirchenschiff und machte ungeheuerlichen Lärm. Die Mönche benachrichtigten Verwandte und Freunde der Verstorbenen, da sie den Verdacht hegten, das ungewohnte Geräusch stamme von ihr, die man ohne Feier begraben hatte. Wie das Volk damals war und da man dem Geist abgeschworen hatte, sagte es, der Geist sei verdammt, weil er sich der Häresie Luthers angeschlossen habe. Der Körper wurde wieder ausgegraben und in geweihte Erde gebracht.«

*Luther im Gespräch mit dem Teufel*
*Quelle: Bibliothèque Nationale (Estampes)*

## VERSPRECHEN MUSS MAN HALTEN

1695 lernte ein gewisser Bézuel (später Pfarrer von Valogne) als fünfzehnjähriger Schüler die Söhne eines Klosterverwalters namens Abaquène kennen, die gleichfalls zur Schule gingen. Der ältere war in seinem Alter. Der jüngere hieß Desfontaines. Diesen liebte Bézuel besonders. Bei einem Spaziergang im Jahre 1696 unterhielten sich die beiden über die Geschichte von zwei Freunden, die sich versprochen hatten, wer zuerst sterbe, werde dem Überlebenden seinen neuen Zustand schildern. Der Tote kam zurück, hieß es, und erzählte dem Freund erstaunliche Dinge.

Der junge Desfontaines schlug Bézuel vor, sich ein gleiches Versprechen zu geben. Zunächst wollte Bézuel nicht einwilligen. Einige Monate später stimmte er jedoch zu, als sein Freund nach Caen fuhr. Desfontaines zog zwei Stück Papier aus der Tasche, die er schon vorbereitet hatte. Ein Stück hatte er mit seinem Blut unterschrieben. Er versprach, falls er sterben sollte, käme er Bézuel besuchen. Auf dem anderen Stück stand das gleiche Versprechen und wurde von Bézuel unterschrieben. Desfontaines fuhr mit seinem Bruder fort, und die beiden Freunde schrieben sich häufig.

Sechs Monate hatte Bézuel nun keinen Brief erhalten. Am 31. Juli 1697, als er um zwei Uhr mittags auf einer Wiese spazierenging, wurde ihm schwindlig und schwach. Diese Empfindung ging vorüber. Am folgenden Tag spürte er zur gleichen Stunde die gleichen Symptome. Am übernächsten Tag sah er in seinem Schwächeanfall seinen Freund Desfontaines, der Zeichen machte, zu ihm zu kommen . . . Da Bézuel saß, wich er auf seinem Sitz zurück. Die Umstehenden bemerkten diese Bewegung. Als Desfontaines keinen Schritt nach vorn machte, erhob sich Bézuel, um auf ihn zuzugehen. Da näherte sich das Gespenst, nahm ihn am Arm und führte ihn dreißig Meter weiter an einen abgelegenen Ort.

»Ich habe versprochen, wenn ich vor Euch sterben sollte, wollte ich es Euch mitteilen. Ich bin vorgestern um diese Zeit in einem Fluß in Caen ertrunken. Ich machte einen Spaziergang. Da es sehr warm war, bekam ich Lust auf ein Bad. Im Wasser überkam mich Schwäche, und ich ging unter. Mein Freund, der Pfarrer Ménil-Jean, sprang hinterher. Ich ergriff seinen Fuß. Ob er nun glaubte, ich sei ein Aal, oder ob er schnell wieder an die Oberfläche kommen wollte – auf jeden Fall schüttelte er sein Fußgelenk so heftig, daß ich einen heftigen Stoß vor die Brust erhielt. Dadurch sank ich auf den Grund des Flusses, der sehr tief ist.«

Desfontaines erzählte seinem Freund anschließend noch viele andere Dinge. Bézuel wollte ihn umarmen, da traf er nur auf einen Schatten. Sein Arm war aber festgehalten worden, so daß er heftige Schmerzen spürte.

314

Er sah das Phantom weiter. Es war etwas größer als sein Freund zu Lebzeiten. Es war halb nackt, und in seinen blonden Haaren hing eine Schrift, von der er nur das Wort *in* . . . entziffern konnte. Er hatte die gleiche Stimme, schien weder heiter noch traurig, sondern vollkommen ausgeglichen. Er bat den überlebenden Freund, wenn sein Bruder zurückkomme, möge er ihm bestimmte Botschaften für seine Eltern auftragen. Er bat ihn ferner, für ihn die sieben Psalmen aufzusagen, die er am vergangenen Sonntag als Buße sagen sollte und wozu er nicht mehr gekommen war. Dann entfernte er sich mit den Worten »Auf Wiedersehen«, wie er es gewöhnlich getan hatte, wenn er seine Freunde verließ.

Diese Erscheinung wiederholte sich noch mehrere Male. Abbé Bézuel erzählte 1718 Abbé de Saint-Pierre weitere Einzelheiten. Dieser erwähnt sie ausführlich in Band IV seiner *OEuvres politiques*.[40]

# DIE VAMPIRE

»Die Gespenster Ungarns, oder Vampire«, berichtet Dom Calmet,[41] »sind Menschen, die vor langer Zeit gestorben sind. Sie kommen aus ihren Gräbern und wollen die Lebenden erschrecken. Sie saugen das Blut aus, erscheinen ihnen, lärmen an den Türen oder in den Häusern und bringen häufig den Tod. Man nennt sie Vampire oder Upire. Das bedeutet Blutsauger. Man kann sich nur von ihren Feindseligkeiten befreien, wenn man sie wieder ausgräbt, ihnen den Kopf abschneidet, sie aufspießt, verbrennt und ihnen das Herz durchbohrt.

Der verstorbene Herr de Vassimont, Berater des Rechnungshofes von Bar, wurde von Seiner verstorbenen Hoheit Leopold I., Graf von Lothringen, in Angelegenheiten von Prinz Karl, seinem Bruder und Bischof von Olmütz und Osnabrück, nach Mähren entsandt. Von ihm habe ich erfahren«, schreibt Dom Calmet, »man habe ihn über das Gerücht informiert, in diesem Land sei es ganz normal, Menschen zu sehen, die vor einiger Zeit gestorben seien. Sie setzten sich wortlos an den Tisch von Bekannten. Wenn sie einem Tischgenossen ein Zeichen mit dem Kopf machten, starb dieser jedes Mal wenige Tage später. Diese Begebenheiten wurden ihm mehrfach bestätigt, unter anderem von einem alten Pfarrer, der sie mehr als einmal gesehen haben will.«

Auch die *Magia posthuma* (1706) von Karl-Ferdinand von Schertz, die von Calmet[42] zitiert wird, berichtet: »Eine Bäuerin war nach dem Empfang der Sakramente gestorben. Man begrub sie wie alle anderen auf dem Friedhof. Vier Tage nach ihrem Ableben hörten die Dorfbewohner großen Lärm und außergewöhnlichen Aufruhr. Sie sahen ein Gespenst, dessen Aussehen zwischen Hund

*Szene auf einem römischen Friedhof*
Quelle: Musée des Arts Décoratifs

und Mensch wechselte. Es erschien aber nicht nur einer, sondern mehreren Personen und verursachte ihnen große Schmerzen, drückte ihnen die Kehle zu und hieb auf den Magen, daß sie dem Erstickungstod nahe waren. Es zerbrach fast den ganzen Körper und schwächte die Menschen so sehr, daß sie blaß, mager und ausgelaugt erschienen. Das Gespenst griff sogar Tiere an. Man fand halbtote zerschundene Kühe. Manchmal band es sie auch mit den Schwänzen zusammen. Die Tiere brüllten vor Schmerz. Man fand auch schwitzende und todmüde Pferde. Vor allem auf dem Rücken waren sie schweißbedeckt, sie rangen nach Luft und schäumten wie nach einem langen und mühsamen Ritt. Das Unglück dauerte mehrere Monate.«

Der gleiche Autor berichtet von einem toten Dorfhirten von Blow in der Nähe der Stadt Kadam in Böhmen. Dieser erschien einige Zeit und rief bestimmte Menschen, die innerhalb von acht Tagen starben. Die Bauern von Blow gruben den Körper des Hirten wieder aus und rammten ihm einen Pfahl durch den ganzen Körper. Der Mann machte sich über die Leute lustig, die ihn leiden ließen, und sagte, sie täten ihm einen Gefallen, ihm einen Stock zu geben, mit dem er sich gegen die Hunde verteidigen konnte. In der gleichen Nacht befreite er sich und erschreckte mehrere Menschen. Er erstickte mehr, als er es jemals getan hatte. Dann lieferte man ihn dem Henker aus. Dieser legte ihn auf einen Karren, um ihn aus dem Dorf zu bringen und zu verbrennen. Der Leichnam brüllte wie ein Wilder und bewegte Füße und Hände wie ein Lebender. Als man ihn erneut pfählte, stieß er laute Schreie aus. Aus seinem Körper trat viel dunkles Blut. Schließlich verbrannte man ihn. Diese Exekution beendete den Spuk und die Untaten des Gespenstes.

»Vor rund 15 Jahren«, berichtet Dom Calmet, »ließ ein Soldat der Garnison einen Unbekannten bei einem Bauern an der Grenze Ungarns eintreten. Man saß gerade zu Tisch. Der Unbekannte setzte sich zu ihnen. Der Herbergsvater war ebenso entsetzt wie die übrige Tischgesellschaft. Der Soldat wußte nicht, was er davon halten sollte und worum es ging. Da jedoch der Herr des Hauses am nächsten Morgen starb, bat der Soldat um Auskunft. Man sagte ihm, der Vater seines Wirtes, der vor mehr als zehn Jahren gestorben und begraben war, hätte sich zu ihnen gesetzt und damit den Tod angekündigt und auch herbeigeführt.

Daher ließ man den Körper des Gespenstes wieder ausgraben. Er hatte das Aussehen eines gerade Verstorbenen und das Blut eines Lebenden. Der Graf von Cabreras ließ ihm den Kopf abschneiden und ihn wieder begraben. Es gibt ähnliche Beispiele für Gespenster, unter anderem den Hinweis auf einen vor mehr als dreißig Jahren gestorbenen Mann. Er war dreimal zur Essenszeit in sein Haus zurückgekehrt, hatte zunächst seinem Bruder, dann einem seiner Söhne und schließlich einem Hausdiener das Blut am Hals ausgesaugt. Alle drei starben. Als diese Geschichte bekannt wurde, ließ der Kommissar den Mann ausgraben. Er hatte, wie schon beschrieben, das flüssige Blut eines lebenden Menschen. Daraufhin wurde befohlen, ihm einen großen Nagel in die Schläfe zu schlagen und ihn wieder ins Grab zu legen. Außerdem ließ man einen dritten Mann verbrennen, der vor mehr als sechzehn Jahren gestorben war und das Blut zweier Söhne ausgesaugt hatte, die daran starben.«

GEISTER UND DÄMONEN

# EIN PFAHL INS HERZ

Bei Dom Calmet[43] kann man in den *Jüdischen Briefen* folgendes lesen:
»Anfang September starb ein zweiundsechzigjähriger Greis im Dorf Kisilowa, drei Meilen von Gradisch entfernt. Drei Tage nach seinem Begräbnis erschien er eines Nachts seinem Sohn und bat um Speise. Nachdem ihm aufgetragen war, aß er und verschwand. Am Morgen erzählte der Sohn den Nachbarn, was sich zugetragen hatte.

In der folgenden Nacht erschien der Vater nicht. Aber in der nächsten Nacht kam er wieder und bat um Essen. Es ist nicht bekannt, ob der Sohn es ihm gewährte oder verweigerte, denn am nächsten Tag lag er tot im Bett. Am gleichen Tag wurden fünf oder sechs Leute des Dorfes plötzlich krank und starben wenige Tage später.

Man öffnete die Gräber all jener, die in den vergangenen sechs Wochen gestorben waren. Als man an das Grab des Greises kam, fand man ihn mit offenen Augen, rosiger Hautfarbe, natürlicher Atmung, aber unbeweglich wie ein Toter. Auf Grund dieser Anzeichen schloß man auf einen Vampir. Der Henker stieß ihm einen Pfahl ins Herz. Dann wurde ein Scheiterhaufen errichtet und der Leichnam zu Asche verbrannt.

Der gleiche Chronist berichtet, in einem ungarischen Bezirk namens *Oppida Heidonum* glaube ein Volk mit dem Namen Heiduken, bestimmte Tote, die man Vampire nannte, saugten das Blut der Lebenden aus, so daß sie offensichtlich in dem Maße schwächer wurden, wie sich die Vampire oder Blutsauger mit Blut füllten. Es tritt aus allen Körperöffnungen und Poren. Diese Ansicht wurde durch mehrere Fakten bestätigt, die man nicht bezweifeln kann, da sie mehrere glaubwürdige Zeugen bestätigen.

Vor rund fünf Jahren wurde ein Heiduk aus Medreiga namens Arnold Paul von einem umstürzenden Heuwagen erschlagen. Dreißig Tage nach seinem Tod starben plötzlich vier Menschen in der Weise, wie nach Volksglauben jene sterben, die von Vampiren heimgesucht werden. Da erinnerte man sich, daß Arnold Paul häufig erzählt hatte, ein türkischer Vampir habe ihn in der Nähe von Cassova an der Grenze Türkisch-Serbiens gequält. Man glaubt, jene, die im Leben passive Vampire waren, würden nach ihrem Tod aktiv, d. h. wem das Blut ausgesaugt wurde, wird anderen das Blut aussaugen. Vielleicht hatte er ein Mittel gefunden, sich zu heilen, indem er die Erde des Vampirgrabes aß und sich mit seinem Blut einrieb. Das konnte nicht verhindern, daß er nach dem Tod doch zum Vampir wurde. Vierzig Tage nach dem Begräbnis grub man ihn wieder aus und fand an

318

dem Leichnam alle Merkmale eines Obervampirs. Der Körper war rosig, Haare, Nägel und Bart waren gewachsen. In den Adern floß Blut, das aus allen Körperteilen auf das Totenleinen tropfte. Der Haduagi oder Dorfschulze, von dem die Exhumierung vorgenommen wurde und der ein Spezialist auf dem Gebiet des Vampirismus war, ließ, wie es Sitte war, einen spitzen Pfahl in das Herz des toten Arnold Paul stoßen. Er durchdrang den ganzen Körper. Nach Hörensagen soll Paul einen furchtbaren Schrei ausgestoßen haben, als lebte er noch. Daraufhin schnitt man den Kopf ab und verbrannte alles. Gleiches tat man mit den Leichnamen von vier weiteren durch Vampire getöteten Bewohnern, da man fürchtete, sie könnten nicht zur Ruhe kommen.

Das alles verhinderte jedoch nicht, daß Ende letzten Jahres, d. h. fünf Jahre danach, die Schreckenstaten wieder begannen und daß einige Bewohner des gleichen Dorfes unglücklich zugrunde gingen. Innerhalb von drei Monaten starben siebzehn Menschen beiderlei Geschlechts und verschiedenen Alters durch Vampire. Einige starben sofort, andere siechten zwei oder drei Tage dahin. Alle In-

*Friedhof der Slowakei*
*Quelle: Privatsammlung*

formationen und die von uns beschriebenen Exekutionen wurden juristisch beglaubigt und von mehreren Offizieren aus der Garnison, von Stabschirurgen und Bewohnern des Dorfes bestätigt. Das Protokoll wurde dem kaiserlichen Kriegsrat in Wien Ende letzten Januars übermittelt. Dieser hat eine Kommission eingesetzt, um alle Ereignisse zu überprüfen.«

## DAS BESTE MITTEL GEGEN VAMPIRE

Dom Calmet schreibt: »Man wählt einen kleinen unschuldigen Jungen aus, von dem man annimmt, er sei noch unberührt. Man läßt ihn nackt auf ein ganz schwarzes Pferd steigen, das noch nie beschält wurde. Es muß auf dem Friedhof spazierengehen und über alle Gräber springen. Wenn sich das Tier trotz heftiger Peitschenhiebe weigert, über ein bestimmtes Grab zu springen, hält man dieses für das Grab eines Vampirs. Es wird geöffnet. Darin wird man einen fetten und schönen Leichnam finden, als sei er ein glücklich und ruhig eingeschlafener Mensch. Mit einem Spaten trennt man den Kopf vom Rumpf, aus dem reichlich rotes Blut fließt. Man möchte meinen, man habe einen gesunden, lebendigen Mann getötet. Danach wird das Grab wieder zugeschüttet. Anschließend darf man damit rechnen, daß die Krankheit aufhört und daß alle, die angegriffen wurden, allmählich wie Menschen wieder zu Kräften kommen, die nach einer langen Krankheit genesen und die lange Zeit geschwächt waren.«

## DER TOTENKULT AUF HAITI

Für alle primitiven Völker der Erde – unter »primitiv« muß man sowohl die zurückgebliebene ländliche Bevölkerung Europas und Amerikas als auch die Bewohner der Wüsten und Dschungel Afrikas, Asiens, Ozeaniens und Amazoniens verstehen –, für alle primitiven Völker der Erde ist der Tod eine ernste Sache. Dies gilt insbesondere für die Schwarzen, bei denen Magie nie vom täglichen Leben zu trennen ist. Er ist vor allem für die Lebenden eine ernste Sache. Für die Verstorbenen ist er kaum ein Problem. Sie werden zu Geistern, damit ist alles gesagt. Für die Lebenden beginnen die Schwierigkeiten erst. Oft werden die Toten bösartig. Sie gehen des Nachts umher und bereiten den Menschen nur Ungemach. Entweder muß man sie energisch bekämpfen oder besänftigen. Man muß nur die Bücher von Sir James Frazer lesen, um sich einen Überblick über die Mittel zu verschaffen, die die Völker der ganzen Welt im Kampf gegen die Geister der Toten einsetzen. Fast überall werden die Leichname verstümmelt und gefesselt, der

Besitz wird zerstört. Man begräbt sie in Flüssen. Ihnen wird der Kopf abgeschnitten, oder man stößt ihnen einen Pfahl ins Herz, um sie daran zu hindern, Vampire zu werden, die das Blut der Lebenden aussaugen. Manchmal wird der Leichnam verbrannt. Die Motilones-Indianer an der Grenze zwischen Kolumbien und Venezuela schaben die Knochen nach dem Einsetzen der Verwesung ab und verscharren sie in einer geheimen Grotte.

Auf Haiti benutzt man anscheinend nur selten derart drastische Mittel. Statt die Toten zu bekämpfen, verehrt man sie lieber, um sie zu besänftigen. »Si ou pas sévi' mort-lá«, sagt man, »on a gagné madichon.« (Wenn ihr diesem Toten nicht dient, kommt Unglück über euch – wörtlich: werdet ihr verflucht.)

Beim Schwarzen gibt es also alles. Man kann dem Toten dienen, um ihm jede Lust zu nehmen, anderen zu schaden. Dazu schreibt Monsignore Le Roy: »In der unsichtbaren Welt lebt die Familie nach Ansicht des Schwarzen als Manen weiter. Zwischen dieser und der sichtbaren Welt gibt es Beziehungen. Der Begräbnisritus ist wie ein geheimnisvoller Punkt, der die Seelen ihrem Geschick zuführt. Wenn der Ritus gut vollzogen wird, gelangt die Seele an ihr Ziel und wird die Lebenden in Ruhe lassen. Anderenfalls fühlt sie sich verlassen, und man muß Racheakte befürchten.«

Pater Briault erklärt den Glauben der Afrikaner an Phantome und geht von den Haitianern aus. »Die Seele geht zu Gott, dann trifft sie die Seelen der Ahnen. Die Schwarzen wissen allerdings nicht, wo. Man könnte behaupten, die Glückseligkeit des anderen Lebens genüge den Seelen nicht, und die Langeweile führe sie auf die Erde zurück. Die Erinnerung der Lebenden an sie bringt ihre Erinnerung zurück.«

Wenn ein Mensch auf dem Land oder in dicht besiedelten Stadtvierteln gestorben ist, schmückt man das Haus mit weißem Stoff und Spitzen, während der Leichnam auf ein Bett oder eine Matte gelegt und mit Blumen bekränzt wird. Während die Frauen in der Umgebung des Totenhauses die *ouangas* niederlegen, kaufen die Männer weißen Rum, der im Verlauf der Totenwache getrunken wird. Herskovits behauptet, man singe, rauche und trinke bei der Wache, um den Toten zu erfreuen und ihn gutgelaunt ins Grab zu schicken. Seabrook berichtet über ein kleines Erlebnis, das die Meinung Herskovits zu bestätigen scheint:

»Eines Abends, als ich aus Morne-Rouis kam und nach Verettes ritt, hörte ich an einer abgelegenen Bergecke Schreie, Lachen, Gesang, alle normalen Geräusche einer *bamboche*. Sie kamen von einer Gruppe hinter Bananenbäumen versteckten Hütten. Am Ende eines schmalen Pfades stieg ich ab, führte mein Pferd am Zügel zwischen die Bäume und glaubte, einen einfachen Kongotanz zu sehen.

Eine Hütte war hellerleuchtet. Im Schein der Fackeln wogte eine große Menschenmenge im Hof hin und her. Die ganze Nachbarschaft schien sich versammelt zu haben. Körbe mit Honigkuchen, Berge von Biskuits und Trockenfisch und ein riesiger Kochtopf auf dem Feuer schienen darauf hinzudeuten, daß man die Nacht hier verbringen wollte. Frauen und Mädchen trugen ihre schönsten Sonntagsgewänder, Goldringe, Ketten und grelle Tücher. Eine Männergruppe spielte in einer Ecke neben einer auf dem Bambuszaun aufgespießten Fackel Karten. Andere trugen ein wenig weiter entfernt lautstark eine Würfelpartie aus.

Sofort wurde ich umringt und herzlich begrüßt:

– Guten Abend, Weißer!

– Guten Abend, Leutnant!

– Guten Abend, Doktor!

Sie kannten mich nicht und versuchten zu erfahren, mit welchem Titel sie mich anreden sollten. Sie boten mir trockenen weißen Rum in einem Aluminiumbecher an. Ich trank einen Schluck, dankte und fragte:

›Ja, danke, aber was soll das hier alles?‹

›Der große Moun ist tot‹, antworteten sie, ›schau ihn dir an.‹

Sie ließen mich in die Hütte eintreten, um ihren Toten anzusehen. Das Zimmer war übervoll. Man hatte alle Stühle und Tischchen von Nachbarn ausgeliehen. Es waren auch Kisten vorhanden. Auf einem Tisch sah ich Honigkuchen, getrockneten Hering, Bonbons, Kandiszucker, eine halb geleerte Flasche Rum. Die ganze Familie hatte sich mit Vettern und Freunden versammelt. Man trank, aß, sang, klagte und amüsierte sich köstlich.

Im Hintergrund saß der Tote auf dem Ehrenplatz in unmittelbarer Nähe der Teller und des Rums. Er trug ein Hemd und eine blaue Baumwollhose. Die Kleidung war sehr sauber. Außerdem trug er seinen Sonntagsstrohhut und Schuhe. Man hatte ihn so natürlich wie möglich hingesetzt und am Stuhl festgebunden, damit er nicht umfiel. Sein Kopf neigte sich auf die Schulter, das alte runzlige Gesicht hatte nichts Abstoßendes. Er sah wie ein friedlicher ein wenig rheumakranker Greis aus, der am Fest teilnehmen wollte und dabei eingeschlafen war.

Die fröhliche Gesellschaft erwartete, daß ich ihn begrüßte. Als ich Zigaretten anbot, nahm ein junger Mann zwei mit den Worten: ›Papa will sicher auch rauchen.‹

Er zündete zwei Zigaretten an und steckte eine zwischen die Lippen des Greises. Diese Geste sah weder gewöhnlich noch schockierend, sondern eher lustig aus. Ich glaube, auch für die anderen war dies komisch, denn einige Augenblicke später, während die Zigarette langsam herunterbrannte und Rauch aufstieg, rief ein Mädchen lachend:

*Szene in einem armen Viertel auf Haiti*
*Quelle: Musée des Arts Décoratifs*

›Seht doch nur, Opa raucht! Das macht ihm Spaß!‹ Einige Jugendliche klatschten in die Hände und riefen: ›Ja richtig! Er raucht!‹ ›Gib ihm zu trinken!‹ schlug ein Junge vor.

In ihren Worten lag keine Ironie, sondern fröhliche Zuneigung. Sie glaubten, der Geist des Toten schwebe um sie und freue sich über die kleinen Aufmerksamkeiten.«

Da auf Haiti durch die tropische Hitze schnell Verwesung einsetzt – dies ist von großer Bedeutung für die Herstellung der *Zombi* –, dauert die Totenwache eine oder höchstens zwei Nächte, denn die Leichname werden nach vierundzwanzig Stunden begraben. Noch während der Bestattung versuchen die Angehörigen, den Toten wohlgesonnen zu stimmen. Man legt ein Skapulier, einen Rosenkranz, einen Kamm, Seife, eine Pfeife und Tabak und bei einer Frau Parfum in den Sarg.

## GEISTER UND DÄMONEN

Man hütet sich allerdings, Alkohol beizufügen, denn der Tote könnte sich betrinken und gefährlich werden. Wenn man Geld in den Sarg legte, käme er zurück, um den Rest des Familienbesitzes zu holen. Nadeln? Damit würde er die Lebenden stechen.

Wenn man das Haus mit dem Sarg verläßt, dreht man ihn sorgfältig mehrere Male um, damit der Tote die Orientierung verliert und nicht mehr den Rückweg findet. Dann geht man zum Friedhof, schlägt unterwegs viele Haken und macht Umwege. Es werden Nägel verstreut, damit sich der Tote verletzt, wenn er aus dem Grab kommt und seine Anwesenheit durch Schmerzensschreie anzeigt. Diese letzte Vorsichtsmaßnahme scheint zu bestätigen, daß man nicht nur die Rückkehr des Toten als körperloser Geist – dann wären die Nägel nutzlos –, sondern auch im Zustand des *Zombi* oder erweckten Leichnams fürchtet.

Wie man sich vorstellen kann, sind diese Maßnahmen sehr häufig nutzlos. Erst wenn der Tote unter einem dicken Stein- oder Zementblock begraben ist, beginnen die Unannehmlichkeiten. Man kann alles mögliche tun, um den Geist des Toten zu verwirren, man kann Fußangeln auslegen. Er kommt häufig schon in den ersten Nächten zurück. Dieser Glaube an Phantome ist wie überall auf den Antillen auch beim haitianischen Volk allgemein verbreitet. An Straßenecken sieht man häufig Nischen, die mit einem Kreuz geschmückt sind. Die Nischen selbst enthalten Heiligenbilder, Weihrauchbecken, Kerzen, die an schlechten Tagen angezündet werden und die *Zombis* fernhalten sollen. (Das Wort *Zombi* ist in diesem Zusammenhang in seiner weitesten Bedeutung als Gespenst und nicht als lebender Toter zu verstehen.) Die Furcht vor den *Zombis* ist auf den Antillen so groß, daß die Menschen es nur ganz selten nach Einbruch der Dunkelheit wagen, das Haus zu verlassen. Nur die Aussicht auf eine *bamboche* oder eine Feier läßt sie ihre Furcht überwinden.

Auch die afrikanischen Eingeborenen glauben an die bösartige Macht der Phantome oder Manen. Nach Pater Briault »gehen die Manen vor allem nachts durch die schlafenden Dörfer, sehen Krankheiten voraus, verteilen Unglück, bewirken hier Dürre und dort Überschwemmungen. Die Manen sind keine Geister. Sie sind körperlose Seelen, die zu den Lebenden zurückkommen und in ihren Behausungen umgehen.«

Die haitianischen Zauberer scheinen diese Furcht vor den Toten nicht zu teilen, denn einige wagen es sogar, die Leichname auf den Friedhöfen wieder auszugraben, um sie ihren magischen Übungen dienstbar zu machen. Mit dem Kleinhirn reibt man die Schneide der Macheten ein, damit sie besser schneiden, oder man taucht den Hammer ein, damit er kräftiger schlägt. Das getrocknete und zer-

324

DAS REICH DER TOTEN

stampfte Herz wird in kleine Säcke verteilt, das Menschen mit schwachem Charakter um den Hals tragen, um mutiger zu werden. Manchmal nehmen die Hexer auch die Leichname, um daraus *ouangas des Todes* herzustellen. Diese ingesamt weitverbreiteten Praktiken können allerdings nicht mit denen der »lebenden Toten« verglichen werden.

Das Frühjahr 1918 brachte eine ausgezeichnete Zuckerrohrernte. Die Fabrik, die ihre eigenen Pflanzungen unterhielt, hatte neu angeworbenen Arbeitern eine zusätzliche Prämie zum Lohn angeboten. Bald kamen ganze Familien aus der Ebene und den Bergen mit ihrem gesamten Gepäck in das Anstellungsbüro und wurden auf die Felder verteilt.

Seabrook[44] berichtet folgendes: »Eines Morgens erschien ein alter Neger, Ti-Joseph du Colombier, an der Spitze einer zerlumpten Bande. Sie folgte ihm schlurfend, verwirrt und glich Automaten. Als er sie in einer Reihe für die Einstellung aufstellte, blieben diese Wesen mit starrem, leerem und erloschenem Blick wie Tiere stehen und gaben keine Antwort, als man sie nach ihrem Namen fragte.

Joseph erklärte, sie seien dumme Bauern aus den Bergen bei Morne-au-Diable, einer Berggegend ohne Wege an der dominikanischen Grenze. Sie kannten nicht die kreolische Sprache der Ebene. Er sagte, sie seien von dem Lärm und Dampf der Fabrik erschreckt. Auf den Feldern würden sie aber unter seiner Leitung die härtesten Arbeiten verrichten. Man müßte sie nur so weit wie möglich vom Lärm und Gedränge der Fabrik fernhalten.

Das war wirklich das beste, denn diese Wesen waren keine lebenden Männer und Frauen, sondern arme Zombis, die Joseph mit Hilfe seiner Frau aus ihren friedlichen Gräbern geholt hatte, um sie für sich arbeiten zu lassen. Joseph wußte genau, wenn der eine oder andere zufällig von Verwandten erkannt würde, wäre das für ihn eine böse Sache!«

Seabrook fährt fort: »Die armen Zombis wurden fern von jedem Ort auf abgelegene Felder geschickt. Hier kreuzten sich keine Straßen mehr. Dort wohnten sie und blieben unter sich, wie es jede andere Familie oder Dorfgruppe getan hätte. Wenn die anderen Gruppen, die ebenso abgetrennt wie sie wohnten, sich abends um einen gemeinsamen Topf mit Mais oder reichlich mit Knoblauch gewürzten Wegerich und Trockenfisch versammelten, stellte Croyance zwei Töpfe auf das Feuer, denn bekanntlich dürfen die Zombis kein Salz kosten oder Fleisch essen. Die Speise, die ihnen vorgesetzt wurde, war ohne jede Würze.

Während sie Tag um Tag unter der brennenden Sonne wortlos arbeiteten, schlug Ti-Joseph sie, damit sie schneller arbeiteten. Bald bedauerte Croyance die armen Kreaturen, die in ihren Gräbern hätten ausruhen sollen. Als sie abends die geschmacklose Suppe kochte, überkam sie Mitleid.

Jeden Samstagnachmittag holte Ti-Joseph die Löhne der Gruppe ab. Manchmal ging er oder Croyance nach Croix-du-Bouquet zu einer Samstags*bamboche* oder zu einem sonntäglichen Hahnenkampf. Einer von ihnen blieb allerdings immer bei den Zombis, um ihnen Essen zu geben und sie an der Flucht zu hindern.

So gingen März und April ins Land; dann wurde es Ostern. Die Arbeiter hatten drei Tage frei. Joseph ging mit vollen Taschen nach Port-au-Prince und überließ die Zombis Croyances Obhut. Er versprach ihr, Pfingsten dürfe sie in die Stadt gehen.

Als der Sonntag kam und die gute Frau die verlassenen Felder sah, zog sich ihr Herz schmerzhaft zusammen, und sie dachte: ›Die armen Zombis wären vielleicht froh, die Prozession von Croix-du-Bouquet und die fröhliche Menschenmenge zu sehen. Da alle Leute aus Morne-au-Diable in die Berge an die Grenze zurückgegangen sind, um dort bei der Familie Ostern zu feiern, besteht keine Gefahr, daß man die Zombis erkennt. Alles wird gut gehen.‹ Um ehrlich zu sein, hatte Croyance auch Lust, die Prozession zu sehen.

Sie band sich ein schönes neues Kopftuch um, weckte die Zombis aus einem Schlaf, der sich kaum vom Wachzustand unterschied, gab ihnen einen Teller kalte ungesalzene Suppe, die sie ohne Murren aßen, und machte sich mit ihnen in Indianerreihe auf den Weg, wie es auf dem Land üblich war.

Sie folgten ihr bis zum Marktplatz. Alle kleinen Stände unter Palmen, wo wochentags Obst-, Gemüse- und Fleischhändler standen, waren von den Marktschreiern verlassen; die Menge drängte sich vor der Kirche.

Croyance wies den Zombis einen Platz im Schatten dieser Lädchen an. Die Glocken begannen zu läuten, und die Prozession kam aus der Kirche. Der Priester an der Spitze trug ein goldenes Kreuz und wurde von kleinen schwarzen Meßdienern in weißen und roten Röcken mit Weihrauchbecken und kleinen Mädchen der Gemeindeschule in gestärkten Kleidern unter Leitung einer Nonne gefolgt, die sich mit einem Schirm vor der Sonne schützte. Croyance kniete wie alle nieder, als die Prozession vorbeizog, und bedauerte, nicht mitgehen zu können. Die Zombis waren mit leerem Blick sitzen geblieben und sahen nichts.

Mittags gingen Frauen mit Körben durch die Menge und boten kleine Bananenfeigen, Kuchen, Apfelsinen, Trockenfisch und ein Glas Rum zu einem Sou feil.

Als Croyance ihren Trockenfisch und gesalzene Biskuits aß und einen Becher Rum neben sich stehen hatte, bedauerte sie die armen Zombis, die so hart für Joseph arbeiteten und nichts bekommen hatten. In diesem Augenblick ging eine Frau vorbei und rief: ›Tabletten! Pistazientabletten! D'ei fü' zehn cobs!‹ Tabletten sind eine Art Bonbon aus braunem Zucker (*rapadou*) mit Pistazien oder Korianderbeeren. Croyance sagte sich: ›Diese Tabletten sind nicht gesalzen. Also kann ich sie den Zombis geben, das wird nicht schaden.‹

Sie entknotete eine Ecke ihres Taschentuchs, entnahm ein Geldstück (*gourdon*) und kaufte Tabletten, die sie durchbrach und an die Zombis verteilte, die sie sofort begierig lutschten.

Sie hatte allerdings nicht daran gedacht, daß die Pistazien gesalzen waren. Als die Zombis sie nun durchbissen, begriffen sie, daß sie tot waren. Sie begannen zu schreien, erhoben sich und flohen in die Berge.

Niemand wagte, sie zurückzuhalten, denn sie waren lebende Tote, und alle Welt wußte es.

Als die Zombis nachts am Dorfrand an den Hängen des Morne-au-Diable ankamen, wurden die in Indianerreihe gehenden Toten von den Dorfbewohnern entdeckt, die auf dem Marktplatz eine *bamboche* abhielten. Die Menge ging auf sie zu, und jeder erkannte einen Vater, einen Bruder, eine Frau, eine Tochter, die man einige Monate vorher begraben hatte.

Die meisten begriffen sofort, daß man sie aus den Gräbern geholt hatte und daß sie Zombis waren. Einige hofften noch, an diesem Ostertag sei ein Wunder geschehen und die Toten seien auferstanden. Sie stürzten auf sie zu, um sie zu umarmen.

Die Zombis aber überquerten den Platz mit ihrem schlafwandlerischen Schritt. Sie erkannten niemanden. Als sie zum Friedhof weitergingen, warf sich eine Frau, deren Tochter unter den Toten wandelte, schreiend auf sie und bat, sie möge bleiben. Die Tochter stellte ihre eisigen Füße auf die arme Mutter, und alle gingen über sie hinweg, ohne sie anzusehen. Als sie am Friedhof ankamen, begannen sie zu laufen, rannten zwischen den Gräbern umher, und jeder begann, vor der leeren Gruft den Boden aufzukratzen, um endlich dorthin zurückzukehren. Als ihre kalten Hände den Boden ihres eigenen Grabs berührten, lösten sie sich auf.

In jener Nacht schickten die Brüder und Söhne der Zombis, die man vorher in allen Ehren beerdigt hatte, einen Boten auf einem Esel in die Berge. Er kam am folgenden Tag zurück und trug das blutbefleckte Hemd Ti-Josephs.

Man machte eine Kollekte im Dorf. Mit dem Geld und dem Hemd Ti-Josephs gingen die Männer zu einem *bocor* in Trou-Caiman, der in einem schwarzen Sack einen *ouanga* anfertigte, ihn mit Nadeln durchbohrte, die Exkremente eines Bocks daran rieb und mit in Blut getauchten Hahnenfedern umgab. Für den Fall, daß der *ouanga* durch einen Gegenzauber Ti-Josephs geschwächt würde und nicht schnell genug wirkte, schickten sie starke Männer in die Ebene. Dort erwarteten sie Joseph und enthaupteten ihn eines Abends mit ihren Macheten . . .«

# ANHANG

## ANMERKUNGEN

1 Ayida Oueddo ist die Gemahlin des Wodu-Jupiter Damballa Oueddo. Die drei Marien sind »Maitresse Ezilée, Maria Magdalena und Maria, die Mutter des Johannes«. Die Beschwörung des Kolibri ist eng mit der folgenden vedischen Formel verwandt: »Wie der Adler sich in die Lüfte erhebt, soll sich dein Herz mir zuwenden und mir ewig treu bleiben.«

2 Geza Roheim befaßte sich eingehend mit der Magie der Indianer, insbesondere der Arunta. Er beschrieb die Zeremonien der Intichinma aus psychologischer Sicht, so daß viele magische Praktiken in einem vollkommen neuen Licht erscheinen.

3 F. Alexanders Buch *Die Versenkung des Buddha*, Imago 1924, ist eine interessante Untersuchung des Yoga aus psychoanalytischer Sicht.

4 Edmond Pilon, *Dansons la Carmagnole* und Louis Figuier, *Les Merveilles de la Science*.

5 Nicolas Valios, *Les cinq livres*, Ms. der Bibliothèque de l'Arsenal, S.A., Nr. 166 bis, S. 141.

6 Vollständiger Titel: *Guide charitable qui tend la main aux curieux pour les débarrasser de ce fâcheux labyrinthe où il sont toujours errants et vagabonds*, Ms. der Bibliothèque de l'Arsenal, S.A., Nr. 152.

6a Von Fachleuten wird heute allerdings angenommen, daß der bedeutende Indologe Albert Grünwedel (1856–1935) an einer Geistesstörung litt, als er versuchte, in »Tusca« den Text der »Agramer Mumienbinde« zu übersetzen. Die daraus abgeleiteten Folgerungen sind daher mit Reserve zu betrachten. Anm. d. Verlages.

7 La Martinière, *Le Chymique inconnu ou l'Imposture de la Pierre philosophale*, Paris 1660.

8 In seinem *Traité élémentaire d'occultisme et d'astrologie* schreibt Papus, einem »éminent rédacteur« (?), der schriftstellerische Begabung und großes Wissen besitze, sei »die Synthese des Goldes mit Eisen« gelungen. Eisen »ist ein Bestandteil des Goldes«. Wenn man also Gold herstellen möchte, braucht man zunächst einmal Gold, d. h. in Eisen eingeschlossenes Gold.

ANHANG

8a Heute sind der Wissenschaft zahlreiche weitere Transurane (= Elemente mit einer höheren Ordnungszahl als der des Urans, 92) bekannt, und zwar: Neptunium (93), Plutonium (94), Americium (95), Curium (96), Berkelium (97), Californium (98), Einsteinium (99), Fermium (100), Mendelevium (101), Nobelium (102), Laurentium (103), Rutherfordium und Kurtschatowium (104), Hahnium und Nielsbohrium (105). Je höher die Ordnungszahlen, desto instabiler werden die Elemente. Theoretische Überlegungen lassen jedoch vermuten, daß bisher noch nicht synthetisierte Elemente mit Ordnungszahlen von 110 bis 114 eine größere Stabilität (Lebensdauer) aufweisen. Anm. d. Verlages.

9 Zitiert nach Leo Larguier, *Le Faiseur d'or Nicolas Flamel.*

10 R. P. Trilles, *Les Pygmées de la Forêt Equatoriale*, Paris 1932.

11 Wir möchten jedoch kein falsches Bild entstehen lassen. In Afrika wie in Europa wohnen Gut und Böse dicht beieinander. Nicht allen Medizinmännern werden so harte Prüfungen auferlegt. Wir sind überzeugt, daß nicht in ganz Kamerun so strenge Maßstäbe angelegt werden. Daher wollen wir noch auf andere Nachfolgeverfahren zu sprechen kommen.

12 *Diverses leçons*, Lyon 1610, Bd. II, S. 300 ff.

13 P. Le Loyer, *Discours et histoires des spectres, visions et apparitions*, Paris 1605, S. 340.

14 P. P. Crespet, *Deux livres de la hayne de Sathan et malins esprits contre l'homme et de l'homme contre eux*, Paris 1590, S. 379.

15 Jean des Caurres, *Œuvres morales et diversifiées en histoires*, Paris 1584, S. 390.

16 Zitiert nach Goulart, *Thrésor d'histoires admirables*, Bd. I, S. 535.

17 Le Loyer, op. cit., S. 353.

18 Dom Calmet, *Traité sur les apparitions des esprits*, Paris 1617, Bd. I, S. 44.

19 *Scaligerana*, Groningen 1696, Artikel Azazel.

20 Le Loyer, op. cit., S. 244.

21 *Trois livres des apparitions des esprits, fantosmes, prodiges, etc. composez par Loys Lavater, plus trois questions proposées et résolues par M. Pierre Martyr*, Genf 1571.

22 P. de Lancres, *Tableau de l'inconsistance des mauvais anges*, S. 218.

23 Alfred Maury, *Les Fées du Moyen Age, recherches sur leur origine, leur histoire et leurs attributs, pour servir à la connaissance de la mythologie gauloise*, Paris 1843, S. 76.

24 Dom Calmet, op. cit., Bd. I, S. 246.

25 Ibd., S. 248.

26 Ibd. S. 128–130.

27 Ibd., S. 251.

28 Maury, op. cit. S. 81 f.

29 *Le Livre des légendes*, Paris 1836, S. 170.

30 *De situ orbis*, Buch III, Kap. VI.

31 *Poésies de Marie de France*, Édition Roquefort, S. 537.

32 Kirghtley, *The fairy Mythology*, Bd. II, S. 287.

33 Jean d'Arras, *Histoire de Mélusine*, S. 310.

34 Crofton Croker, *Fairy Legends and Traditions of the South of Ireland*, London 1834, Teil I, S. 228, u. Teil II, S. 10.

## ANMERKUNGEN

35 Maury, op. cit. S. 73.
36 *Le Livre des légendes*, S. 160.
37 Goulart, op. cit. S. 539.
38 Ibd., S. 533.
39 *Traité de l'apparition des Esprits*, S. 123.
40 Migne, *Dictionnaire des sciences occultes*.
41 Dom Calmet, op. cit. Bd. II, S. 2 v. S. 31.
42 Ibd., Bd. I., S. 33.
43 Ibd., Bd. IV, S. 39.
44 W. B. Seabrook, *L'Ile magique*, Paris 1932.

# LITERATUR ÜBER MAGIE, RELIGION, WELTBILD, ZAUBEREI UND GEHEIMLEHREN

Viele Leser werden den Wunsch haben, sich über die im deutschen Sprachraum greifbare (entweder im Buchhandel erhältliche oder in Bibliotheken vorhandene) einschlägige Fachliteratur zu informieren. Der Verlag hat daher eine nach Themenkreisen gegliederte Literaturübersicht erarbeitet, in der weiterführende Werke – vorwiegend mit umfangreichen Bibliographien ausgestattet – angeführt sind. Da es zu jedem Themenkreis zahllose Einzelwerke gibt, kann es sich bei dieser Aufzählung von Titeln naturgemäß nur um eine kleine Auswahl handeln. Sie bietet jedoch in jedem Fall die Möglichkeit, tiefer in die Probleme der einzelnen Abschnitte einzudringen.

## a) Allgemein

Amadou, Robert: *Das Zwischenreich. Vom Okkultismus zur Parapsychologie.* Holle, Baden-Baden 1957

Biedermann, Hans: *Handlexikon der magischen Künste von der Spätantike bis zum 19. Jahrhundert.* Akadem. Druck- u. Verlagsanstalt, Graz 1973

Blacker, Carmen, und Michael Loewe: *Weltformeln der Frühzeit. Die Kosmologien der alten Kulturvölker.* Diederichs, Düsseldorf-Köln 1977

Bonin, Werner: *Kleines Lexikon der Parapsychologie und ihrer Grenzgebiete.* Scherz, Bern 1976

Danzel, Theodor-Wilhelm: *Magie und Geheimwissenschaft in ihrer Bedeutung für Kultur und Kulturgeschichte.* Strecker u. Schröder, Stuttgart 1924

Eckartshausen, Karl von: *Aufschlüsse zur Magie (1788–1790).* München 1923, Reprint Ansata, Schwarzenburg 1978

Eliade, Mircea: *Das Mysterium der Wiedergeburt. Initiationsriten, ihre kulturelle und religiöse Bedeutung.* Rascher, Zürich 1961

Eliade, Mircea: *Mythen, Träume und Mysterien.* O. Müller, Salzburg 1961

Eliade, Mircea: *Die Sehnsucht nach dem Ursprung. Von den Quellen der Humanität.* Bibl. Suhrkamp, Frankfurt a. M. 1976

Eliade, Mircea: *Das Okkulte und die moderne Welt. Zeitströmungen in der Sicht der Religionsgeschichte.* O. Müller, Salzburg 1978

ANHANG

Frazer, James George: *Der goldene Zweig. Eine Studie über Magie und Religion.* Ullstein-TB 3373, 3374. Frankfurt a. M. 1977

Frick, Karl R. H.: *Die Erleuchteten. Gnostisch-theosophische und alchemistisch-rosenkreuzerische Geheimgesellschaften bis zum Ende des 18. Jahrhunderts.* Akadem. Druck- u. Verlagsanstalt, Graz 1973

Hansmann, Liselotte, und Lenz Kriss-Rettenbeck: *Amulett und Talisman. Erscheinungsformen und Geschichte.* Callwey, München 1977

Keller, Werner: *Was gestern noch als Wunder galt . . .* Droemer/Knaur, München 1973

Lehmann, Alfred: *Aberglaube und Zauberei von den ältesten Zeiten bis in die Gegenwart.* Stuttgart 1925, Reprint Scientia, Aalen 1969

Miers, Horst E.: *Lexikon des Geheimwissens.* Goldmann-TB Nr. 11 142, München 1976

Papus (G. Encausse): *Die Grundlagen der okkulten Wissenschaft (1926).* Reprint Ansata, Schwarzenburg 1977

Schlötermann, Heinz: *Mystik in den Religionen der Völker.* Reinhardt, München-Basel 1958

Seligmann, Kurt: *Das Weltreich der Magie. 5000 Jahre geheime Kunst.* DVA, Stuttgart 1958 (u. ö.)


b) Altchina

Blofeld, John: *Das Geheime und das Erhabene. Mysterien und Magie des Taoismus.* Barth, Weilheim 1974

Bredon, Juliet, und Igor Mitrofanov: *Das Mondjahr. Chinesische Sitten, Bräuche und Feste.* Zsolnay, Wien 1953

Hübotter, Franz: *Die chinesische Medizin zu Beginn des XX. Jahrhunderts und ihr historischer Entwicklungsgang.* B. Schindler, Leipzig 1929

Needham, Joseph: *Die frühen Chinesen.* In: Blacker u. Loewe, Weltformeln (s. u. »Allgemein«!)


c) Alte Kulturen Amerikas

Anders, Ferdinand: *Das Pantheon der Maya.* Akadem. Druck- u. Verlagsanstalt, Graz 1963

Biedermann, Hans: *Altmexikos heilige Bücher.* Akadem. Druck- u. Verlagsanstalt, Graz 1971

Disselhoff, H. D.: *Das Imperium der Inka und die indianischen Frühkulturen der Andenländer.* Safari, Berlin 1972

Krickeberg, Walter: *Altmexikanische Kulturen.* Anhang v. Gerdt Kutscher. Safari, Berlin 1966


d) Das alte Indien

Blofeld, John: *Der Weg zur Macht. Praktische Einführung in Mystik und Magie des tantrischen Buddhismus.* Barth, Weilheim 1970

LITERATUR

Eliade, Mircea: *Yoga. Unsterblichkeit und Freiheit.* Rascher, Zürich 1960
Gombrich, R. F.: *Die Inder.* In: Blacker u. Loewe, Weltformeln (s. u. »Allgemein«!)
Sri Aurobindo: *Integralyoga.* Drei-Eichen, München 1969
Vivekananda, Swami: *Karma-Yoga und Bhakti-Yoga.* Bauer, Freiburg i. Br. 1970
Wanke, Lothar: *Zentralindische Felsbilder.* Akadem. Druck- u. Verlagsanstalt, Graz 1977
Yogananda, Paramahansa: *Autobiographie eines Yogi.* Barth, München 1977
Zimmer, Heinrich: *Maya. Der indische Mythos.* Insel, Frankfurt 1978
Zimmer, Heinrich: *Abenteuer und Fahrten der Seele. Mythen, Märchen und Sagen aus östlichen und keltischen Kulturbereichen.* Diederichs, Düsseldorf-Köln 1977

e) Altägypten

Champdor, Albert: *Das ägyptische Totenbuch in Bild und Deutung.* Hg. v. M. Lurker. Barth, München 1977
Kolpaktchy, Grégoire: *Das ägyptische Totenbuch.* 2. Aufl., Barth, Weilheim 1955
Lurker, Manfred: *Götter und Symbole des alten Ägypten.* Barth, München 1974
Moffet, Robert K.: *Wunder und Rätsel der Pyramiden.* Goldmann-TB 11 192. München 1976
Posener, Georges (Hg.): *Lexikon der ägyptischen Kultur.* Löwit, Wiesbaden o. J.
Roeder, Günther: *Kulte, Orakel und Naturverehrung im alten Ägypten.* Rascher, Zürich 1960
Roeder, Günther: *Urkunden zur Religion des alten Ägypten.* Jena 1915, Reprint Diederichs, Düsseldorf-Köln 1978

f) Der alte Orient und das Judentum

Blau, Ludwig: *Das altjüdische Zauberwesen.* Budapest 1898, Reprint Akadem. Druck- u. Verlagsanstalt, Graz 1974
Jacobs, Rabbi Louis: *Die Juden.* In: Blacker u. Loewe, Weltformeln (s. u. »Allgemein«!)
Jirku, Anton: *Von Jerusalem nach Ugarit. Gesammelte Schriften (u. a. »Die Dämonen und ihre Abwehr im AT«).* Akadem. Druck- u. Verlagsanstalt, Graz 1966
Keel, Othmar: *Die Welt der altorientalischen Bildsymbolik und das Alte Testament.* Benziger, Zürich-Einsiedeln 1972
Lambert, W. G.: *Sumer und Babylon.* In: Blacker u. Loewe, Weltformeln (s. u. »Allgemein«!)
Papus (G. Encausse): *Die Kabbala.* Dt. Ausg. Heidelberg 1962, Reprint Ansata, Schwarzenburg 1975
Renckens, Henricus: *Urgeschichte und Heilsgeschichte. Israels Schau in die Vergangenheit.* M. Grünewald-Verlag, Mainz 1967
Scholem, Gershom: *Von der mystischen Gestalt der Gottheit. Studien zum Grundbegriff der Kabbala.* Suhrkamp, stw 209, Frankfurt a. M. 1977
Wehr, Gerhard: *Der Chassidismus. Mysterium und spirituelle Lebenspraxis.* Aurum, Freiburg i. Br. 1978

ANHANG

## g) Griechenland, Etrurien und spätantike Mysterienkulte

Dionysius Areopagita: *Mystische Theologie und andere Schriften*, hrsg. von W. Tritsch. Barth, München 1966

Haardt, Robert: *Die Gnosis. Wesen und Zeugnisse*. O. Müller, Salzburg 1967

Jamblichus: *Über die Geheimlehre. Die Mysterien der Ägypter, Chaldäer und Assyrer*. Hg. Th. Hopfner. Leipzig 1922. Reprint Ansata, Schwarzenburg 1978

Kerényi, Karl: *Antike Religion*. Langen-Müller, München 1971

Melas, Evi: *Tempel und Stätten der Götter Griechenlands*. DuMont, Köln 1977

Möller, E. Wilhelm: *Geschichte der Kosmologie in der griechischen Kirche bis auf Origenes*. Halle 1860. Reprint Akadem. Druck- u. Verlagsanstalt, Graz 1977

Pfiffig, Ambros J.: *Religio Etrusca*. Akadem. Druck- u. Verlagsanstalt, Graz 1975

Scheffer, Thassilo von: *Hellenische Mysterien und Orakel*. Spemann, Stuttgart 1948

Widengren, Geo: *Mani und der Manichäismus*. Urban-TB 57, Kohlhammer, Stuttgart 1961

## h) Europa: Mittelalter und neuere Zeit

Agrippa ab Nettesheym, Henricus Cornelius: *De Occulta Philosophia* (Hg. Karl A. Nowotny). Akadem. Druck- u. Verlagsanstalt, Graz 1967

Biedermann, Hans: *Materia Prima. Eine Bildersammlung zur Ideengeschichte der Alchemie*. Verlag für Sammler, Graz 1973

Horlacher, Conrad: *Kern und Stern der vornehmsten Chymisch-Philosophischen Schriften*. Frankfurt a. M. 1707, Reprint Akadem. Druck- u. Verlagsanstalt, Graz 1975

Kiesewetter, Carl: *Geschichte des neueren Occultismus. Geheimwissenschaftl. Systeme von Agrippa von Nettesheym bis zu Carl du Prel*. Leipzig 1891–1895, Reprint Ansata, Schwarzenburg 1977

Kiesewetter, Carl: *Die Geheimwissenschaften*. Leipzig 1895. Reprint Ansata, Schwarzenburg 1977

Marzell, Heinrich: *Zauberpflanzen, Hexentränke. Brauchtum und Aberglaube*. Kosmos, Stuttgart 1964

Peuckert, Will-Erich: *Pansophie. Ein Versuch zur Geschichte der Schwarzen und Weißen Magie*. De Gruyter, Berlin 1956

Peuckert, Will-Erich: *Die große Wende. Das apokalyptische Saeculum und Luther*. Wiss. Buchges., Darmstadt 1966

Peuckert, Will-Erich: *Gabalia. Ein Versuch zur Geschichte der magia naturalis im 16. bis 18. Jahrhundert*. De Gruyter, Berlin 1967

Vogt, Alfred: *Theophrastus Paracelsus als Arzt und Philosoph*. Hippokrates-Verl., Stuttgart 1956

## i) Afrika

Bonin, Werner F.: *Die Götter Schwarzafrikas*. Verlag für Sammler, Graz 1979

Bozzano, Ernesto: *Übersinnliche Erscheinungen bei Naturvölkern*. Aurum, Freiburg i. Br. 1975

335

## LITERATUR

Mair, L.: *Magie im schwarzen Erdteil.* Kindlers Univ.-Bibliothek, München 1969

Mbiti, John S.: *Afrikanische Religion und Weltanschauung.* De Gruyter, Berlin 1974

Haaf, Ernst: *Hexenwahn in Afrika. Schutz- und Abwehrzauber in Westafrika.* In (Sammelband): Naturvölker unserer Zeit. Bild der Wissenschaft, Stuttgart 1971

Wright, Harry B.: *Zauberer und Medizinmänner. Augenzeugenberichte von seltsamen Heilmethoden.* Orell Füssli, Zürich 1958